그녀의
완벽한
이상형

그녀의 완벽한 이상형

1판 1쇄 찍음 2016년 4월 22일
1판 1쇄 펴냄 2016년 4월 29일

지은이 | 김서현
펴낸이 | 고운숙
펴낸곳 | 봄 미디어

기획·편집 | 정수경 김민지

출판등록 | 2014년 08월 25일 (제387-2014-000040호)
주소 | 경기도 부천시 원미구 소향로17, 304(두성프라자) (우)420-864
영업부 | 070-5015-0818 편집부 | 070-5015-0817 팩스 | 032-712-2815
E-mail | bommedia@naver.com
소식창 | http://blog.naver.com/bommedia

값 9,000원

ISBN 979-11-5810-201-2 03810

김 서 현 • 장 편 • 소 설

그녀의
완벽한
이상형

contents 🌿

1화

이웃사촌

지구 온난화로 인해 봄이 없어졌다고는 하나 4월 초의 교정은 그런대로 봄의 기운을 머금고 있었다. 노랗게 피어난 개나리와 정문 옆에 당당히 서 있는 백목련, 자목련은 서로 제가 더 멋지다며 탐스러운 꽃을 피우고 있었고 진달래도 제법 꽃망울을 잡았다.

무엇보다도 사람들의 옷차림이 가벼워졌다. 모두들 무거운 겨울을 벗고 가벼운 봄을 입고 있었다. 그리고 그 풍경을 보는 해강의 입가에도 따스한 봄바람만큼 가벼운 미소가 번졌다.

창문을 닫아 놓았기에 꽃향기가 날 리는 없지만 그녀는 숨을 깊게 들이쉬었다. 향긋한 향기가 폐부에 가득 들어차는 느낌이 들었다.

고등학교에 들어온 지 벌써 한 달이 넘어가고 있었다. 대체 누구를 위한 수업 시간인지는 모르지만 지켜보는 선생도 없는 0교시는 무척 소란스러웠다. 간간이 책을 읽거나 엎드려 잠을 자는 아이들을 빼고는 모두들 수다를 떨고 심지어 교실을 운동장 삼아 뛰어다니는 남자애들도 있었다.

뭐 상관없었다. 아무리 소란스러워도 이 마음의 평화를 깰 정도는 아니니까. 조짐이 좋다. 벌써 한 달이나 지났는데 아무런 일도 일어나지 않았다. 어쩌면 고등학교에서는 아무 일도 없을지 모른다. 보통의 여고생처럼 학교로, 학원으로 다람쥐 쳇바퀴 돌듯 다니며 공부와 씨름하고 친구를 사귈 수 있을 것이다.

친구라…….

해강의 입가가 더 길게 늘어졌다.

바야흐로 나의 여고 시절은 활짝 핀 봄꽃처럼 우아하고 아름답게…….

쾅! 해강의 우아한 상상은 거칠게 열리는 문소리와 함께 멈춰 버렸다. 교실 문을 박차고 들어온 사람들은 2, 3학년 상급생들이었다. 그녀들의 매서운 눈초리가 교실 안을 쫙 훑어보자 아이들은 본능적으로 슬금슬금 제 자리를 찾아 앉았다.

아무 말도 없었지만 그녀들은 '나는 일진이다!'라는 포스를 뿜어내고 있었기 때문이다.

언니들을 보는 순간 해강은 심장이 쿵쾅거리기 시작했다.

설마…… 아니겠지? 아닐 거야. 아니어야 해!

눈을 감은 해강은 속으로 간절히 빌었다. 제발 아니기를…….

교탁 앞에 자리 잡은 상급생들 중 교칙에는 아랑곳하지 않고 곱실거리는 파마를 한 키 작은 여자가 입을 열었다.

"문해강이 누구냐?"

젠장! 젠장! 젠장…… 올해도 어김없이 찾아오는 이 불행을 어이할꼬.

해강이 속으로 욕을 날리고 있을 때 아이들이 술렁거렸다. 벌써 한 달이 지나긴 했지만 얌전하게 생활하던 해강이 누군지 아는 이는 드물었다. 책상에 고개를 푹 박고 있던 해강의 짝만이 불안한 눈으로 해강을 바라보았다.

그래, 안다. 나 찾는 거.

해강의 입에서 가느다란 한숨이 나왔다.

"문해강이 누구냐고!"

대답이 없자 여자의 입에서 고함이 터져 나왔다. 몇몇 아이들의 눈이 해강에게 쏠림과 동시에 해강이 살짝 겁먹은 웃음을 지으며 자리에서 일어섰다.

"제가 문해강인데요. 왜 그러세요, 선배님?"

작게 몸을 움츠리며 웃는 해강을 본 상급생들이 느릿느릿 다가와 그녀를 에워쌌다. 혹시 피해를 입을까 봐 짝꿍은 책상과 하나가 되어 납작 엎드려 버렸다.

그중 파마머리의 키 작은 상급생이 저보다 머리 하나는 더 큰 해강의 어깨에 손을 올렸다.

"네가 문해강이야?"

"네."

기어들어 가는 목소리에 그녀들의 표정이 가소롭다는 듯 변했다.

"이따 점심때 체육관으로 와라. 안 나오면 우리가 온다."

"네."

고개를 숙이고 다소곳이 대답하는 해강의 머리를 상급생들이 차례대로 툭, 툭 치고 교실을 나가자 숨죽이고 있던 반 아이들이 한꺼번에 이산화탄소를 내뿜었다. 울상이 된 짝꿍이 해강을 보며 울먹였다.

"저 언니들 우리 학교 일진들이야. 아까 키 작은 언니가 넘버 쓰리래. 너 뭐 잘못했어?"

넘버 쓰리는……. 영화 찍냐?

자리에 털썩 앉은 해강이 한숨을 내쉬었다.

"휴, 나도 묻고 싶다. 내가 무슨 잘못을 그렇게 했는지 말이야."

언니들 앞에서 다소곳이 웅크리고 있던 해강의 표정이 언제 그랬냐는 듯 짜증스럽게 변했다.

울먹이던 짝꿍은 그런 해강을 보며 의아한 듯 눈을 끔뻑거렸다.

너무 무서워서 정신이 나갔나?

일진 언니들도 무섭지만 해강의 상태도 정상이 아닌 것 같아 짝꿍은 슬며시 책상 사이를 벌리며 몸을 옆으로 뺐다.

점심시간이 되자 짝꿍이 일어서는 해강의 손을 잡았다. 커다란 뿔테 안경 안 만화 캐릭터 같은 눈망울에 눈물이 그렁그렁하다.

"괜찮아? 내가 선생님한테 말할까?"

"아니야. 한두 번 겪는 일도 아닌데. 내가 해결할 수 있어. 걱정해 줘서 고맙다."

그냥 분노가 일 뿐이야. 나에게 이런 일을 겪게 하는 누구에게……

해강은 머릿속에 떠오르는 누군가를 향해 이를 갈았다.

❖   ❖   ❖

이런 일일수록 빠른 처리가 중요하다. 해강은 소란스러운 복도를 있는 힘껏 뛰었다. 간간이 아이들과 부딪히기도 했지만 지금 중요한 것은 그게 아니었다. 잘못하면 또 고등학교 생활 내내 시달릴지도 모른다는 생각에 무조건 체육관으로 뛰었다.

거짓말 조금 보태서 올림픽 금메달이라도 딸 정도의 빠르기로 체육관에 도착한 해강은 숨을 고르고 땀에 젖은 앞머리를 대충 정리하면서 안으로 들어섰다.

높게 달린 창으로 들어오는 빛줄기가 마치 무대조명처럼 어두운 공간을 여기저기 비추고 있었고 그 가운데에 상급생들이 짱으로 보이는 언니를 중심으로 아치형 모양으로 서 있었다. 참 영화스러운 장면이었다.

터질 정도로 교복을 줄여 입어 하나같이 움직임이 부자연스러웠다.

해강은 약간 비굴한 웃음을 지으며 냉큼 언니들 앞에 다소곳하게 섰다. 그러자 짝꿍이 말했던 넘버 쓰리 언니가 핸드폰을 꺼내더니 한쪽 입술을 올렸다.

"제법 시간 개념이 있네."

"그럼요. 누구 명이신데요. 재깍 와야죠."

"서론은 필요 없고. 너!"

이번엔 넘버 투인 부짱이 해강에게 손가락질을 하며 목소리를 높였다. 이쯤에서 움찔해 줘야 잘 넘어갈 수 있기에 해강은 너무 티 나지 않게 몸을 웅크렸다.

"네가 이승민 여친이야? 좋은 말 할 때 헤어져라."

"아, 선배님. 저 승민이 여친 아니에요."

너무 순순히 아니라고 말하는 해강의 모습에 그녀들은 서로의 얼굴을 쳐다보았다. 자신들이 아는 정보와 다르다. 단번에 겁을 줘 승민에게서 확 떼어 놓으려고 한 계획이 틀어지자 부짱이 해강을 때릴 듯 앞으로 한 발 튀어나오며 위협을 했다.

"이게 어디서 구라를 쳐! 너랑 승민이랑 같이 등·하교하고 데이트하는 것도 목격한 사람이 있는데 발뺌할 거야?"

부짱의 으름장에 해강은 이해한다는 듯 고개를 끄덕거리고 차근차근 설명을 시작했다.

"그게요, 어떻게 된 거냐면요. 유치원 때부터 옆집에 살아서 할 수 없이, 정말 하는 수 없이 같이 등·하교를 하는 거거든요.

이웃사촌 아시죠? 저는 그냥 이웃사촌이지 진정 여친은 아니에요. 맹세합니다. 거슬리시면 이제부터 등·하교도 같이 안 할게요. 저는 전적으로 언니 편입니다. 승민이랑 사귀시는 거 적극 찬성이니까 마음대로 사귀세요. 저는 전혀 신경 쓰실 필요가 없는 애예요. 그러니까 승민이랑 잘 지내시길 바랍니다."

너무 순순하다. 겁에 잔뜩 질려 어쩔 수 없이 하는 말이 아니라 진심으로 밀어 주는 분위기에 상급생들은 헷갈리기 시작했다. 이런 경우는 처음이라 당황한 부짱이 짱을 보자 잔뜩 폼을 잡고 앉아 있던 그녀가 드디어 일어섰다.

운동으로 다져진 완벽한 일자 몸매. 짝 찢어진 눈은 면도칼 같은 카리스마가 스르르 떨어지고 두툼한 입술은 껌 좀 씹게 생겼다. 콧날이 높긴 하지만 어디서 맞았는지 오른쪽으로 약간 휘어 있었다. 한마디로 무섭게 생긴 언니였다.

해강은 약간 겁먹은 듯 눈을 내리깔고 뒤로 조금 물러섰다. 그러자 마치 성은을 내리는 중전 마마처럼 짱이 천천히 입을 열었다.

"진짜 승민이 여친 아니야?"

"아니에요."

"만약 거짓말이면 넌 내 손에 죽는다."

어느 안전이라고 거짓을 아뢰리까.

해강은 고개를 힘차게 흔들며 체육관 입구 쪽을 흘깃 보았다. 짱이 믿는 것 같아 한시름 놓았지만 여기서 시간을 더 지체하면 돌이킬 수 없는 사태가 일어날 수 있다.

해강은 다소 다급하게 말을 이었다.

"절대 방해 안 될 테니 저 이제 가도 될까요? 자꾸 시간 끌면 별로 안 좋은데……."

"뭐가 안 좋아. 이게 확! 어디서 이상한 수작을 부리려고!"

무서워하던 기색은 온데간데없는 해강을 보며 짱은 어이가 없었다. 진심인지 연기인지 헷갈렸다.

그냥 여기서 패 버릴까?

선배들이 능장을 부리는 사이 쾅! 문을 걷어차는 소리가 나자 해강은 눈을 질끈 감았다.

아씨! 늦었다.

해강의 얼굴 위로 짙은 그림자가 드리워졌다. 저 멀리 화사한 봄이 아스라이 사라지고 있었다.

아! 내 봄 같은 여고 시절이 날아간다.

"너네 뭐야? 뭔데 해강이를 불러 내?"

변성기를 지나고 있는 중저음의 사운드가 흥분을 고스란히 담아 공허한 체육관에 메아리쳤다.

소식도 빠르지. 귀신같이 알고 나타난다니까. 이제 틀렸다. 체념한 해강이 시선을 다시 돌렸다. 선배들은 단체로 뭐라도 맞은 사람마냥 황홀한 표정들이었다.

"누구 맘대로 해강이를 건드려? 죽을래?"

다소 높은 목소리에 반대쪽으로 고개를 돌리니 쭉 뻗은 다리로 성큼성큼 걸어오는 승민의 모습이 보였다. 열일곱인 주제에 벌써 180을 훌쩍 넘긴 우월한 기럭지. 교복 모델이라도 되는지

와이셔츠의 단추는 두 개씩 푼 주제에 넥타이는 꼭 걸치고 있다. 시원하게 넘긴 앞머리 덕분에 쌍꺼풀이 짙은 두 눈에 힘을 주고 다가오는 모습이 마치 런웨이를 걷는 모델 같았다.

오뚝 솟은 높은 코에 두툼하고 선명한 빨간 입술, 비록 분노를 담고 있지만 까맣고 깨끗한 눈동자는 마치 빨려 들어갈 듯 아름다웠다.

"너희들 뭐야? 뭔데 해강이를 오라마라야?"

승민의 으름장에 그나마 정신을 차린 짱이 나름 어깨에 힘을 주었다. 하지만 발그레하게 물든 뺨은 숨겨지지가 않았다.

"너 여친 있어서 나랑 못 사귄다며. 근데 얘는 네 여친 아니라는데?"

"얘 내 여친 맞거든. 그러니까 꺼지시지."

승민의 말에 해강이 펄쩍 뛰며 손을 저었다.

"아니에요, 선배님! 그냥 이웃이에요, 이웃! 절대 이웃이라고요!"

짱의 째려보는 눈빛에 해강이 열심히 변명을 하자 승민이 그런 그녀를 뒤로 밀어내고 앞을 슥 가로막았다. 그리고 허리를 숙여 짱과 나란히 눈을 맞추었다. 검게 빛나는 맑은 눈빛과 마주한 짱은 순간 숨을 멈추었다.

남자애 눈이 왜 이렇게 예뻐? 짱이 그의의 예쁜 눈에 젖어 있을 때 승민의 입술에서 무시무시한 협박성 멘트가 흘러나왔다.

"해강이 털끝 하나라도 건드려 봐. 여자고 뭐고 박살 내 버릴 테니까."

레이저빔이라도 나올 것 같은 강렬한 눈빛과 씹어뱉는 듯한 말투. 진심이다. 그냥 해 보는 소리가 아니다. 어금니를 꽉 깨문 승민을 보며 짱은 본능적으로 그의 레벨을 간파했다. 만렙까지는 아니더라도 그에 버금가는 전투력을 가진 놈이다. 머리보다 몸이 먼저 알고 고개를 끄덕이자 승민은 허리를 폈다.

"해강이 주변에 얼씬거리지 마."

"아, 알았어. 가자, 애들아."

진짜 졸았는지 짱이 애들을 주르륵 끌고 허둥지둥 나가자 이번엔 해강의 분노 게이지가 폭발할 듯 상승했다. 생각 같아서는 먼지가 되어 사라지도록 패 주고 싶었지만 차마 그렇게 하지 못한 해강이 어금니를 깨물었다.

승민을 노려보던 해강은 그의 등짝을 주먹으로 냅다 갈기고는 체육관을 나섰다.

"악! 왜 때려!"

"짜증 나! 짜증 나!"

해강이 '짜증 나'를 연발하며 걸어가자 아픈 등을 문지르던 승민은 영문을 모르겠다는 표정으로 그 뒤를 쫄래쫄래 따라나섰다. 그리고 선배들 앞에서는 보이지 않았던 미소를 담아 해맑게 외쳤다.

"해야! 같이 가!"

승민은 앞서 걷던 해강이 갑자기 걸음을 멈추고 뒤를 돌아보자 입을 꼭 다물고 그녀의 눈치를 살폈다.

"대체 왜 그래?"

"몰라서 물어?"

"뭐가?"

"난 너랑 여자 친구, 남자 친구 이런 거 하기 싫다고 했잖아."

"그럼 네가 남자 친구냐?"

"그런 말이 아니잖아!"

가까이 다가온 해강이 다시 주먹을 휘두르자 가볍게 상체를 뒤로 빼서 그 주먹을 피한 승민이 헤헤 웃었다.

"못 살아! 못 살아!"

"왜?"

"네 여친으로 소문나서 이날 이때까지 소개팅도 못 해 보고 상급생들에게 찍혀서 만날 숨어 다니고. 내가 왜 태권도며 합기도를 배운 줄 알아? 무도에 뜻이 있어서가 아니라 이 한 목숨 부지하려 발버둥 치는 거라고! 싫어! 싫다고! 그리고 무엇보다 넌 내 이상형이 아니란 말이야!"

"네 이상형이 뭔데?"

열 받아 방방 뛰는 해강과 다르게 승민은 여전히 장난스런 말투였다.

저놈한테 내 화가 통할 리가 없지.

참을 인 자를 마음속으로 새긴 해강이 화를 가라앉히려고 애쓰며 입을 열었다.

"난 훈남 스타일에, 지적이고, 자상하고, 배려심 돋고, 내가 기대면 포근하게 감싸 줄 수 있는 그런 남자가 좋아. 너처럼 응석받이에, 제멋대로고, 공부도 안 하는 그런 날라리 말고 말이야."

숨도 쉬지 않고 다다다 쏟아 낸 해강의 말에 승민이 입을 앞으로 삐죽 내밀더니 바지 주머니에 손을 찔러 넣었다. 그리고 고개를 숙이며 괜히 발로 땅을 툭툭 쳤다. 상처 받은 듯 풀죽은 그 모습을 보니 해강은 조금 미안한 마음이 들었다.

말이 너무 심했나?

"뭐 네가 멋지지 않다는 건 아니야. 넌 키가 크고, 스타일도 좋잖아. 잘생겼고 귀엽고……. 단지 내 이상형이 아니라는 거지."

해강의 말에 기분이 풀어진 듯 입가가 길게 늘어진 승민이 재킷 주머니에 손을 넣고 부스럭거리더니 은박지에 둥그렇게 싼 것을 내밀었다.

"배고프지."

"이게 뭐야?"

"참치 마요 주먹밥. 제일 좋아하잖아. 내가 아침에 만들어 온 거야. 식지 말라고 내내 주머니에 넣고 다녔다."

"그래서 지각했지."

"와! 귀신이다. 어떻게 알았어? 나 지각한 거?"

어떻게 알았겠니. 나랑 등교 안 하는 날은 늘 지각이면서…….

일진 언니들 때문에 어차피 점심은 물 건너갔다. 배에서는 먹을 것을 제때 안 준다며 파업을 준비하듯 꼬르륵 소리를 내고 손이 떨리려 하고 있다. 무슨 열일곱이 밥 한 끼 안 먹었다고 손이 떨리는지…….

해강이 주먹밥을 받아 체육관 옆 벤치에 앉자 승민은 다른
쪽 주머니에서 조그마한 물통을 꺼내 뚜껑을 열어 내밀었다.

"사과 주스랑 같이 먹어."

"이것도 만들어 온 거야?"

"그럼. 네가 제일 좋아하는 주스잖아."

"못 산다. 내가."

"히히."

아무튼 미워할 수가 없다니까.

퉁퉁한 주먹밥의 양쪽을 손바닥으로 눌러 타원형으로 만든
해강이 색연필을 까듯 은박지를 빙 둘러 까 내자 윤기가 자르르
흐르는 김이 나왔다. 내내 주머니에 넣고 다닌 보람이 있었는지
아직도 따뜻한 밥은 맛있었다. 한입 물어 우물우물 씹고 있는데
뭐가 좋은지 승민은 싱글벙글이다. 마치 지 새끼 입에 먹이를
넣어 준 어미 새마냥 뿌듯한 눈빛이었다.

"넌 점심 먹었어?"

"아니."

고갯짓을 하며 자연스럽게 입을 벌린다.

"아."

"자."

"음, 완전 맛있다."

"자기가 만들어 놓고 맛있대."

"응, 난 내가 만들어도 맛있어. 히히."

덩치는 산만 한 녀석이 조그마한 해강의 어깨에 고개를 기대었다. 재킷 주머니에 손을 넣은 승민은 눈을 감고 우물거리며 행복한 듯 미소 지었고 그런 승민을 보는 해강의 입에도 웃음이 고였다. 둘은 사이좋게 주먹밥 하나를 나눠 먹었다.

이 철부지를 어이할꼬. 한숨이 나왔지만 저렇게 해맑은 웃음을 지으면 더 이상 화를 낼 수도 없었다.

일진 언니들은 물리쳤지만 심심하면 나타나 '네가 승민이 여친이야?' 를 외치는 여자애들을 상대하느라 1년이 어떻게 흘러갔는지 모르겠다. 왜 내 인생에 나를 찾는 사람보다 승민을 찾는 사람이 더 많은 건지. 이제 분노도 일지 않았다.

❀   ❀   ❀

저녁이 어스름해질 무렵, 해강은 엄마 해미가 들려 준 냄비를 조심스레 들고 옆집으로 향했다. 많은 집들 중 해강과 승민의 집은 마치 쌍둥이마냥 똑같은 모양에 똑같은 구조였다. 작지만 마당이 있고 손수 만든 우편함도 있었다. 아버지들끼리 협력해서 만든 땅콩 집으로, 승민과 해강이 태어나기도 전부터 살아온 곳이었다.

서로의 집 담장 사이에 만들어 놓은 쪽문은 늘 열려 있어 대문을 통하지 않고도 자유롭게 드나들 수 있었다. 그래서 어릴 적엔 쪽문을 사이에 두고 네 마당, 내 마당 가끔 싸우기도 했다. 마치 한집에 살면서 여긴 내 방, 저긴 네 방 하듯이 말이다.

승민이네 마당으로 들어간 해강은 열려 있는 현관으로 들어가며 인기척을 냈다.

"아줌마."

"어머, 해강아! 잠시만."

전화기를 귀에 가져다 대고 있던 정숙은 마지막 말은 거의 입 모양으로만 말하고 부엌을 나가며 통화를 계속했다.

"왜 또 그러는데? 우리 집 양반은 회사에 관심 없대도."

늘 상냥하던 정숙의 목소리가 좋지 못했다. 누구랑 통화를 하기에 목소리가 저런지. 식탁 위에 냄비를 내려놓던 해강은 어정쩡한 자세로 부엌 한쪽에 서 있었다.

"그건 형부 사정이지 왜 형곤 씨 탓이야? 형곤 씨는 처음부터 회사에 들어가지 않겠다고 했잖아. 자꾸 회사 일에 형곤 씨 끼워 넣지 말라고. 언니!"

목소리가 점점 격해지자 해강은 슬쩍 눈치를 봤다. 계속 있어야 하나? 아무래도 승민이 큰 이모랑 통화 중인 것 같았다. 사이가 별로 안 좋아서 자주 만나지도 않는다고 했는데, 얼마 전 가족 모임에 다녀왔다고 하더니 무슨 일이 있었나 보다.

어른들 일에 주제넘게 나설 수도 없어 해강은 그냥 집으로 갈까 싶어 몸을 비틀었다.

"승민이 이제 겨우 열여덟이야. 왜 승민이까지 들먹여? 나한테 이럴 시간에 형부랑 지호나 잘 챙겨!"

화가 났는지 전화를 끊은 정숙의 씩씩거리는 숨소리가 부엌

안쪽까지 들렸다. 이럴 때는 피해 주는 게 도와주는 일이다 싶어 해강은 정숙의 뒤에 대고 말했다.

"저 가 볼게요. 엄마가 이거 드시래요."

"뭐야? 와! 갈비찜이네. 냄새 정말 좋다. 많이도 줬네. 어떻게 알고 시간 딱 맞춰 가져온 거야?"

"저희 엄마 손 큰 거 아시잖아요. 이것도 적지 않을까 걱정하시던데요. 내내 바깥만 보시다 아저씨 차 들어오는 거 확인하시고 얼른 가져다주라고 등 떠미셨어요."

"너도 아직 저녁 전이지? 같이 먹자."

"아니에요. 저는 집에 가서 먹을게요."

"같이 먹자. 아줌마가 기분이 별로라서 그래. 해강이랑 같이 먹으면 괜찮아질 것 같아."

언니와의 통화로 나빴던 기분이 해강의 미소 하나로 사르르 녹는 것 같아 정숙은 그녀를 잡았다.

"헤, 그럼 그럴까요?"

정숙의 웃는 모습을 보니 함께 저녁을 먹는 게 좋을 듯해 해강은 고개를 끄덕였다. 그리고 정숙을 도와 저녁 식탁을 차리기 시작했다.

"같이 차리자니까…… 어, 해강이 왔구나."

마침 내려온 형곤이 해강을 보며 웃었다.

"안녕하세요, 아저씨."

"해강이는 점점 예뻐지네. 고2 되더니 아가씨 티가 확 나."

"아이구, 무슨 그런 당연한 말씀을요. 제가 원래 좀 예쁘잖아요."

"하하하, 역시 우리 며느리답다."

너스레를 떨던 해강은 며느리라는 형곤의 말에 난처한 표정을 지었다.

괜히 밥 먹는다고 했나?

살짝 후회가 밀려오는데 정숙이 말을 보탰다.

"우리 해강이야 원래 미모가 출중하지. 승민이랑 나란히 서 있으면 얼마나 보기가 좋은데."

"그럼, 그럼. 승민이가 철이 없어서 네가 고생을 좀 하겠지만 잘 부탁한다."

"어머, 이이는. 승민이가 왜 철이 없어요? 해강이한테는 이 세상 둘도 없이 자상한 앤데. 공부 잘하지, 운동 잘하지, 얼굴도 잘생겼지. 해강아, 너 하나 먹여 살릴 능력은 충분하니까 걱정하지 않아도 돼."

정숙의 다정한 말에 해강은 일그러진 미소를 지었다. 먹여 살릴 걱정은 전혀 하지 않는다. 단지 아줌마의 며느리가 되는 걸 걱정하는 거다. 하지만 그녀는 유교의 도를 알기에 겉으로 싫다는 내색을 하지 않았다.

며느리가 될지 안 될지는 먼 미래의 일이다. 벌써부터 그런 것을 걱정할 시간은 없었다. 공부만 하기에도 빠듯했다. 벌써 2학년도 반이나 지나갔다. 약 1년 후면 그녀의 인생이 결정될 중요한 시기가 오는 것이다.

'승민이가 아니라 내 미래를 걱정해야 하는 거라고.'

다행히 3학년이 되자 그녀를 괴롭히던 상급생들은 졸업을 했고 같은 학년 여자애들은 공부를 하느라 정신이 없었다. 깐족거리는 1, 2학년 애들은 그냥 힘으로 뭉갰다. 예쁘장한 외모와 다르게 온갖 운동을 섭렵한 그녀에게 어설픈 후배들은 한 주먹거리도 안 되었다.

3학년이 되어 입은 가장 큰 혜택은 전교 50등 안에 드는 해강을 선생님들이 보호해 준다는 것이었다. 대한민국에서 고3은 공부만 잘하면 장땡이다. 그래서 해강의 주변을 알짱거리던 여자애들은 모조리 떨어져 나갔다.

'아싸!'를 외치며 공부에만 전념하고 싶지만……. 해강의 심각한 문제는 그저 그런 여자아이들이 아니라 바로 승민이었다.

내일부터 모의고사가 시작된다. 이 모의고사가 끝나면 여름 방학이고 그러면 고3도 끝이 난다.

시곗바늘은 12시를 넘기고 있지만 책상에 앉은 해강은 문제집을 잡아먹을 듯한 기세로 공부에 열중하고 있었다. 옆에 놓인 핸드폰이 부르르 몸을 떨기 전까지 말이다.

"어? 아줌마 어쩐 일이세요?"

―승민이가 연락이 안 돼서. 내일이 모의고사라던데 혹시 너랑 같이 공부하고 있니?

이 자식, 또 어딜 간 거야. 혹시 싸움하는 거 아니야?

걱정스런 마음은 접고 해강은 밝은 목소리로 아줌마를 안심시켰다.

"네, 같이 공부하다 잠깐 편의점에 뭐 사러 갔어요. 핸드폰도 놓고 갔네요. 걱정 마세요."

—그래? 그럼 안심이고. 너희 부모님 제주도 가셨다면서 둘이서 불편하겠다. 아줌마가 먹을 거라도 해서 갈까?

"아니에요! 지금 승민이가 먹을 거 사러 갔어요. 안 오셔도 돼요. 밤새서 공부하고 내일 제가 아침 먹여서 학교 데리고 갈게요. 걱정 마세요. 절대."

—해강이랑 같이 있으면 안심이지. 그럼 부탁해.

전화를 끊고 해강은 자리에서 발딱 일어섰다. 서랍에서 뭔가를 꺼내 작은 가방에 넣은 그녀는 그대로 집을 나섰다. 예쁜 단독 주택이 줄지어 있는 동네는 한밤이지만 환하게 켜져 있는 가로등 덕분에 밝은 분위기였다.

골목을 기웃거리며 승민에게 전화를 걸었지만 아줌마 말대로 신호는 가는데 받질 않았다. 자신의 전화는 웬만하면 받는데 기분이 별로 좋지 않았다.

"혹시?"

짐작 가는 곳을 떠올리곤 지체 없이 달리기 시작했다.

약 10분 뒤. 한적한 공터에 도착한 해강은 숨을 몰아쉬며 조심스럽게 주변을 살폈다. 어디선가 퍽, 퍽, 강력한 펀치가 내리 꽂히는 소리가 연거푸 들려오자 해강은 스스로를 기특하게 여겼다.

"역시 내 감은 끝내준다니까."

몸을 납작 낮추고 공터 안의 상황을 보니 가로등 불빛을 조명 삼아 몇몇의 그림자가 어른거리고 있었다. 5대 1의 싸움이었다. 승민을 가운데 놓고 빙 둘러 서 있는 녀석들을 보니 승민을 자기 파에 끌어들이려 공들이고 있다는 다른 학교 애들로 보였다.

건장한 외모에, 싸움도 꽤 하고, 공부도 잘하면서 껄렁거리는 승민은 늘 저런 녀석들의 표적이 되었다. 본인은 성실한데 자꾸 저런 애들이 말을 건다고 투덜거렸지만 해강은 생각했다.

인과응보. 지 행실이 그러니 저런 애들이 붙지.

물론 걱정되는 마음은 당연했다.

"흠, 다섯 명이라……. 승민이가 좀 불리하려나? 그래도 나랑 같이 운동을 몇 년이나 했는데 밀리면 쪽팔리는 거지. 저쪽도 운동 좀 했나 보네. 어쭈! 팔 뻗는 각도가 제대로인데. 그렇지. 승민이도 잘 받아치고……. 에이, 셋이 한꺼번에 덤비면 승민이가 맞아야 하잖아."

사방에서 날아오는 주먹과 발길질을 모두 피할 수는 없는 노릇이라 승민의 몸이 휘청거렸다. 갑자기 놈들 중 하나가 야구방망이를 꺼내 들었다. 해강은 쯧쯧 혀를 찼다.

"아니지, 그건 반칙이지. 몹쓸 놈들이구먼."

몸을 일으킨 해강은 그늘진 곳에 서서 크게 숨을 들이마셨다. 그리고 호루라기를 입에 대고 힘껏 불었다. 호르르륵! 날카로운 호루라기 소리가 어두운 밤하늘을 가르며 공터에 내리

꽂혔다.

"경찰 아저씨! 저기요! 저기에서 지금 패싸움하고 있어요!"

호르르륵! 여자애의 고함과 호루라기 소리가 다시 나자 공터의 놈들은 주춤거리다 줄행랑을 치기 시작했다.

다섯 명이 모두 사라지자 해강은 천천히 공터로 들어섰다. 그리고 바닥에 대자로 편하게 눈까지 감고 누워 있는 승민을 보며 코웃음 쳤다.

"어쭈! 경찰이 출동했는데 뭘 배짱으로 여기 누워 있냐? 도망 안 가?"

"내가 사 준 호루라기 소리도 모를까 봐? 게다가 소리까지 질렀잖아. 경찰 아저씨 어쩌고저쩌고⋯⋯. 여친 목소리도 모르는 바보가 어디 있냐?"

"호루라기 소리가 거기서 거기지. 그리고 누가 여친이야? 어서 일어나."

맞은 놈이 뭐가 좋다고 웃는지 해강은 어이가 없었다.

가로등이 환하게 켜져 있는 벤치에 앉은 해강은 승민의 얼굴과 몸을 꼼꼼히 살폈다. 터진 입술에 약을 바르고, 약솜에 소독약을 묻혀 상처 난 손등을 소독하고, 약간 흠집이 난 턱에 밴드도 붙였다.

"옷 걷어 봐."

"얘가 밖에서 무슨 짓이야?"

승민이 과도한 손짓을 하며 몸을 사리자 해강의 매운 손바닥이 그의 등에 짝 하고 달라붙었다.

"등이랑 가슴 쪽 맞은 거 같으니까 파스라도 붙이자고."

"뭐야? 나 맞는 거 다 봤어?"

"응."

"근데 그냥 보고만 있었어? 배신자."

"넌 혼자서도 잘하잖아. 자, 다 붙였어."

"꼼꼼히도 챙겨 왔네."

해강이 준비해 온 약들을 보던 승민이 감탄하자 해강은 익숙한 손길로 약들을 챙겼다.

"네 덕분에 내가 비상 구급상자를 알차게 채워 다니잖아. 더 아픈 데 없어?"

"아, 고개가 뻐근해."

손으로 목을 주무르던 승민이 은근슬쩍 해강의 어깨 가까이 다가갔다. 2년 사이에 5cm는 더 자라 185가 되어 버린 커다란 몸이 불편하게 해강에게 기대었다. 해강은 엄마처럼 그런 승민의 얼굴을 쓰다듬어 주었다.

"애기야, 애기. 응석쟁이."

"귀엽잖아."

"185cm가 귀엽냐? 징그럽지. 정신 좀 차려. 만날 싸움만 할 거야?"

"나 수업 시간에 공부 엄청 열심히 해. 네 생각도 안 하고 선생님만 쳐다본다고. 알지도 못하면서……."

"그러니까 그게 불가사의라고! 난 하루에 다섯 시간도 못

자고 학원 수업에, 수학은 과외까지 받는데 반에서 겨우 3등이고 넌! 학교 수업만 듣는데 어째서 반에서 5등 안에 드냐고! 이건 뭔가 잘못됐어!"

"해강아."

"왜!"

갑자기 등수 얘기를 하며 흥분한 해강을 승민이 조심스럽게 불렀다. 당연히 목소리가 곱게 나갈 리 없었다. 자신을 째려보는 해강을 향해 승민이 입술을 내밀며 불쌍한 표정을 지었다.

"나 배고파."

"배고파?"

"응. 불난 떡볶이 먹고 싶어."

"입안도 찢어졌던데 매운 거 먹어도 괜찮겠어?"

"치즈 한 장 올려 주면 되지."

"알았어. 일어나."

배고프다는 말에 흥분이 쫘악 가라앉은 해강이 가방을 챙기자 승민이 냉큼 가방을 빼앗아 갔다.

"이건 내가 들게."

집으로 돌아온 해강은 잽싸게 떡볶이를 만들어 찬 우유와 같이 내밀었다.

"매우니까 같이 먹어. 너 키 큰 거 절반은 내 공인 거 알지? 내가 준 우유가 못해도 태평양 절반은 될 거다."

"알아. 근데 넌 진짜 안 먹어?"

"매운 음식 잘 못 먹는 거 알잖아."

"이상해. 여자애들은 매운 거 좋아하던데……."

부엌을 대충 치운 해강이 떡볶이를 먹고 있는 승민을 보며 말했다.

"그릇 개수대에 넣고 1층 소파에서 자. 이불 가져다줄게."

승민은 대답 없이 잠자코 떡볶이만 먹었다. 말 많은 녀석이 대답을 안 하는 게 이상했다. 뭐라고 할 것 같은데.

"난 밤새야 할 것 같으니까 먼저 자."

이불을 가지러 1층에 있는 안방으로 들어가려는 해강의 눈에 계단 쪽으로 가는 승민이 보였다. 예감이 좋지 않았다. 해강은 눈살을 찌푸리며 승민을 향해 손가락질을 했다.

"너 어디 가?"

"헤에."

"야!"

쿠당탕탕! 긴 다리로 계단을 성큼성큼 오르는 승민을 따라갔지만 상대적으로 다리가 짧은 해강이 2층 자신의 방에 도착했을 땐 벌써 승민이 침대에 엎드려 버린 후였다. 해강은 누워 있는 승민의 팔을 잡아당겼다.

"나 공부할 거란 말이야. 그러니까 내려가서 자!"

"해. 아무 소리도 안 내고 조용히 잘게."

"1층에서 자라고!"

"난 여기가 좋아. 음, 좋다. 해강이 냄새."

베개를 끌어안은 승민이 입가를 길게 늘이며 행복한 표정을 지었다. 저렇게 천진한 표정으로 웃고 있으면 더 이상 실랑이는 의미가 없어진다. 해강은 졌다는 듯 고개를 흔들었다.

"옷이나 갈아입고 자."

옷장 서랍을 열어 한쪽에 개켜 있는 파란색 운동복을 꺼내는데 실눈을 뜬 승민이 한마디를 한다.

"그거 말고 녹색으로 줘."

운동복을 건네던 해강은 순간 어이가 없었다.

"왜 네 잠옷이 내 옷장에 있는 건데?"

"내가 갖다 놨잖아. 저번에."

윗도리를 홀떡 벗은 승민은 바지만 꿰차고 다시 눈을 감았다. 옷을 홀렁 벗는 모습에 해강은 재빨리 고개를 돌렸다. 어릴 때부터 녀석의 누드는 무수히 봤지만 이젠 고등학생이다. 아무 데서나 홀떡홀떡 옷을 벗는 버릇은 좀 고쳤으면 좋겠는데 영 말을 안 듣는다.

"윗도리는 왜 안 입어?"

"더워."

으, 다시 혈압이 치솟는다. 주먹을 불끈 쥔 해강은 이를 꽉 물고 조용히 책상에 앉았다. 방의 불은 끄고 스탠드만 켠 뒤 다시 문제집을 파고들었다.

문제를 풀며 수첩에 요점 정리를 하고 있는데 뒤에서 웅얼거리는 승민의 목소리가 들렸다.

"해야."

"왜?"

"발이 불편해."

해강은 뒤로 고개를 돌렸다. 초등학교 입학 기념으로 산 침대는 162cm인 해강에겐 적당했지만 승민에게는 많이 작은 크기라 발목이 침대 밖으로 비죽 튀어나와 있었다. 해강은 말없이 일어나 승민이 자기 발받침이라고 만든 긴 의자를 침대 아래쪽에 대어 주었다.

"키만 멀대같이 커서⋯⋯."

"네가 태평양 절반만큼 준 우유 때문에 그래."

"잠이나 자!"

이불을 끌어당겨 얼굴까지 덮어 버린 해강은 투덜거리며 책상 앞에 앉았다. 저 녀석을 찾아다니느라 한 시간은 더 늦게 자게 생겼다.

시간 가는 줄 모르고 공부를 하던 해강은 어깨가 아파 오자 팔을 앞으로 모아 쭉 뻗었다. 어느덧 새벽 4시가 넘어 있었다. 허리까지 아픈 것 같아 자리에서 일어섰다.

"조금만 더 하면 되는데⋯⋯."

허리를 이리저리 돌리며 스트레칭을 한 뒤 다시 자리에 앉았지만 이미 눈꺼풀은 무겁게 내려앉고 있었다.

정말 조금 남았는데⋯⋯.

영어 단어들이 정체불명의 언어로 바뀌고 숫자가 트위스트를 추고 있었다. 어느새 책상에 엎드린 해강은 쿨쿨 잠에 빠져들었다. 시험 기간에 자는 잠은 어쩜 이리 달콤한지⋯⋯. 해강은 이내 푸푸 소리를 내며 단잠에 빠져들었다.

한편 잠을 자던 승민은 목이 말라 눈을 떴다. 그리고 머리를 긁적거리며 해강을 찾았다.

"해야, 나 물."

졸음이 담긴 눈으로 책상 쪽을 보니 스탠드 불빛이 희미하게 내려앉은 책상에 해강이 엎드려 자고 있었다. 시계를 확인하자 아직 5시 전이었다.

해강이 깰까 봐 조용히 일어난 승민은 그녀의 어깨를 살며시 감싸 안았다. 작은 머리가 어깨로 툭 떨어졌다. 만날 저더러 애기 같다고 하지만 정작 귀여운 건 그녀였다.

잠든 해강을 물끄러미 바라보는 승민의 입가에 미소가 번졌다. 자신이 저를 얼마나 좋아하는지 알아줬으면 좋겠다. 그냥 친구로만 보지 말고 남자로 봐 줬으면 좋겠는데 해강은 언제나 친구를 고집한다. 행복한 미소 끝에 쓸쓸함이 남았다.

피곤했는지 안아서 침대로 옮기는데도 해강은 잠에서 깨지 않았다. 이불을 목까지 끌어 덮어 준 승민은 책상에 앉아 해강이 요점 정리해 놓은 수첩을 보았다.

"잘해 놨네. 역시 내 해야."

승민은 처음부터 쭉 훑어 내려오며 부족한 부분은 다른 색 펜으로 첨가해 놓고 아직 못 한 부분은 정리를 해 주었다. 하품을 하며 시계를 보자 어느덧 5시 50분을 지나고 있었다.

한 시간 정도는 더 자도 되겠다. 기지개를 켠 승민은 다시 침대에 가서 누웠다. 살그머니 해강의 머리에 제 머리를 맞댄 그는 미소를 머금고 잠이 들었다.

띠리링, 띠리링. 알람이 울리기 시작했다. 벌써 아침이다. 얼마 못 잔 거 같은데……. 일어나야 한다는 머리와 달리 몸은 포근한 이불 속으로 더욱 파고들어 갔다.

아! 어제 공부 다 못 하고 잤잖아!

못 들은 척 좀 더 잠을 청하려던 해강은 못 다한 공부가 생각나 떠지지 않은 눈을 억지로 떴다. 그런데 이 뜨거운 느낌은 뭐지? 누군가 자신을 꼭 껴안고 있었다. 순식간에 온몸에 소름이 쫙 끼친 해강이 소리를 질렀다.

"야! 이승민! 일어나!"

"으응…… 5분만……. 엄마 5분만 더…….'"

밀어냈지만 승민은 다리까지 동원하여 해강의 몸을 결박하듯 휘감았다. 바지만 입고 있는 터라 승민의 가슴 맨살이 그대로 해강의 얼굴에 닿았다. 그 부분이 불에 덴 것처럼 화끈거려 해강은 소리 없는 비명을 질렀다.

승민의 팔이 풀어지질 않자 몸부림치던 해강은 이불을 걷어내고 가까스로 몸을 뺐다.

"일어나! 빨리!"

"조금만 더, 5분만 더."

"왜 너랑 내가 같이 침대에서 자고 있는 거야? 설마 내가 여기 들어와서 잤니?"

"아함, 책상에 엎드려 자기에 편히 자라고 내가 여기 눕혔지."

"근데 너는 왜 여기에서 자?"

"나도 편히 자려고……."

진짜 말이 안 통한다.

우리가 유치원생이냐? 같은 침대에서 꼭 끌어안고 자게!

타오르는 화산처럼 머리에서 김이 부글부글 끓어오를 지경이었다. 그러던 해강의 얼굴이 갑자기 용암처럼 시뻘겋게 변했다.

"이, 이 변태 자식."

"뭐가?"

"저리 안 가!"

해강이 소스라치게 놀라며 밀어내자 억울한 듯 대꾸하던 승민이 텐트처럼 솟은 제 운동복을 보고 벌떡 일어섰다. 그러다 중심을 잡지 못하고 침대에서 떨어진 그는 민망한지 얼굴을 빨갛게 물들였다.

"이, 이건 생리적인 거야. 화장실 가면 해결된다. 뭐."

"빨리 안 나가!"

베개며 쿠션을 손에 잡히는 대로 던지자 승민이 재빠르게 방을 나섰다. 해강은 닫힌 방문을 보며 가슴을 때렸다.

내가 진짜 애를 키우는 거 같다니까.

그때 닫혔던 방문이 빠끔 열리며 승민이 얼굴만 쏙 내밀었다.

"해강아, 나 속옷 좀."

승민의 속옷과 교복을 들고 욕실로 간 해강은 다시 어이가 없었다. 그래서 닫힌 욕실 문을 향해 툴툴거렸다.

"왜 내 옷장에 네 속옷이랑 여벌의 교복이 있냐고. 왜!"

그러자 커다란 수건으로 허리를 감싼 승민이 욕실 문을 열고 나오며 활짝 웃었다.

"내가 갖다 놨지. 이럴 때 입으려고."

"빨리 입기나 해!"

해강이 던지는 옷을 받은 승민이 슬쩍 미소를 지었다. 은근히 기분 좋았다. 그래도 저를 남자로 보기는 하나 보지? 그래서 해강의 얼굴에 제 얼굴을 들이밀며 놀리듯 물었다.

"왜? 왜 빨리 입으래?"

"여름 감기는 개도 안 걸린다는데 그러다 감기 걸리면 너 개 되는 거거든. 난 개 안 좋아해."

"쳇."

자신을 이성으로 의식해 옷 입으라고 성화인 줄 알았는데 실망이다. 언제나 한결같이 친구를 외치는 해강을 보며 승민의 고개가 툭 떨어졌다.

✿   ✿   ✿

대학을 가느냐 마느냐의 기로에 놓여 있는 여름방학. 대한민국 고3에게 방학이 어디 있을까. 그저 공부만이 진리요, 공부만이 살 길이었다. 그런데 지금 승민은 학원에 가려는 해강의 앞에 서서 같이 안 놀아 준다고 툴툴거리니 환장할 노릇이었다.

"넌 대학 안 갈 거야?"

"갈 수 있대. 담탱이가 스카이는 아니어도 서울 적당한 데는 갈 수 있다고 그랬어."

"난 S대 갈 거거든. 그러니까 공부해야 돼."

"그냥 좀 놀고 나랑 같이 적당한 데 가면 안 되나? 어떻게 만날 공부만 하냐?"

철부지 같은 말에 해강은 정색을 했다. 여기서 밀리면 승민의 인생도 잘못될 수 있다는 투철한 사명감에 말투까지 진지해졌다.

"잘 들어. 스카이 나와도 취직이 안 되는데 적당한 데 나오면 취직이 되겠어? 너 결혼은 할 거야? 직장이 튼튼해야 결혼도 하지."

"난 너랑 할 건데."

"넌 내 이상형이 아니라니까! 그리고 취직하려면 열심히 스펙을 쌓아야지. 스펙도 없는데 괜찮은 직장을 얻을 수 있겠어? 그리고 무엇보다 난! 내가 결혼할 사람이 성실하고 머리 좋고 책임감 있는 사람이길 바래. 그래야 자식을 낳아도 기본 머리는 있을 것 아니야."

"무슨 이상형이 계속 늘어."

좀 오버하는 것 같았지만 이렇게 해야 이해를 하는 녀석이

37

니 어쩔 수 없었다. 해강의 말에 잠시 생각에 잠긴 승민의 표정이 사뭇 진지해졌다.

"그럼 나도 그 학원 다닐까?"

"학원은 뭐 아무나 받는 줄 알아? 여기도 시험 봐서 들어와야 하는 곳이야. 게다가 결석 세 번 하면 바로 아웃인데 네가 참 잘 다니겠다."

"네가 원하니까."

단순하게 말하는 승민을 보며 해강은 머리카락이 비죽 솟는 느낌이 들었다. 하면 한다는 놈이니까.

학원 수업이 모두 끝나고 가방을 챙기는데 대각선 앞자리의 동규가 문제집을 가지고 왔다.

"해강아, 이 문제 좀 봐 줄 수 있어?"

"응? 뭔데?"

"여기 이거……."

문제집을 보느라 둘의 얼굴이 가까워지자 뜨거운 기운이 느껴졌다. 해강의 입김이 동규의 얼굴에 닿은 것이었다. 동규가 괜히 마른 입술을 축이며 안경을 올렸다. 어색해하는 동규 때문에 덩달아 어색해진 해강은 흐트러지지도 않은 앞머리를 만지작거렸다.

"뭐하냐?"

"이승민! 여기까지 어떻게 들어왔어?"

갑자기 들린 승민의 목소리에 해강이 놀라며 그의 곁으로 다가갔다. 하지만 승민의 눈은 동규에게 박혀 있었다. 노려보는 눈매가 매서웠다. 학원생이 아니면 아무나 들여보내지 않는데 이곳에 있는 것이 놀라워 해강은 승민의 팔을 당겼다.

"어떻게 들어왔냐고?"

"여기 다니겠다고 했잖아. 시험 봐서 들어왔지."

"그래? 잘됐다."

해강은 진심으로 기뻐했다. 이제야 마음잡고 공부에 집중할 모양이다. 기특한 눈으로 승민을 보았지만 여전히 그의 시선은 해강의 뒤쪽을 향해 있었다.

아! 동규랑 얘기 중이었지.

해강은 그제야 미안한 듯 동규에게 손을 흔들었다.

"먼저 갈게."

"응, 내일 봐."

해강은 동규를 노려보는 승민의 팔을 잡아끌었다.

저 자식 마음에 안 든다. 키도 작은 게…….

해강에게 끌려가던 승민이 퉁명스럽게 입을 열었다.

"쟤가 네 이상형이야?"

"뭐?"

"훈남에, 지적이고, 자상하고, 배려심 돋고, 네가 폭 안길 수 있는? 근데 덩치가 너만 해서 안기겠냐?"

"시끄러워. 그런 거 아니거든."

정말 아무 사이도 아니었다. 그냥 같은 반 친구로 가끔 모르는 문제를 물어보는 사이일 뿐이다. 그 정도는 다른 애들과도 하는 일이었다.

그러나 승민의 눈에는 동규가 무지하게 거슬렸다. 나중에 알고 보니 옆 학교에서 전교 1, 2등을 다투는 놈이었다. 왠지 자존심이 상하는 것 같고 기분도 나빴다.

방학이 거의 끝날 무렵이었다. 학원을 나서며 승민을 찾는데 동규가 그런 해강을 따라 나왔다. 그리고 어렵게 입을 열었다.

"저…… 출출하지 않아? 뭐 좀 먹고 갈래?"

"글쎄…… 시간이 늦어서……."

학원 수업이 끝나는 시각은 11시 30분이었다. 항상 해강의 부모님이나 승민의 부모님이 번갈아 오시는데 어쩐 일인지 오늘은 차가 보이지 않는다. 승민의 모습도 보이지 않아 걱정이 되는 참이었다.

해강은 연신 학원 주변을 두리번거렸다. 그러자 동규가 머뭇거리며 다시 입을 열었다.

"아직 도착 안 하신 것 같은데 간단히 먹고 조금 이따 우리 엄마 오면 태워 달라고 하자."

"해강이 배 안 고프대. 너 혼자 먹어."

어디서 나타났는지 불쑥 모습을 드러낸 승민이 해강의 팔을 잡아당겼다. 힘없이 주르륵 딸려 간 해강은 동규에게 눈인사를 하고 승민을 노려보았다.

"어디 있었어?"

"……."

"아파. 천천히 가."

"……."

대꾸 없이 학원 옆으로 해강을 끌고 간 승민은 대뜸 헬멧을 내밀었다. 그러자 해강의 얼굴이 하얗게 질리기 시작했다.

"너, 너 오토바이 가져왔어?"

"타."

"싫어."

"꽉 잡아."

"싫다고!"

싫다는 해강에게 헬멧을 씌운 승민은 다짜고짜 해강의 팔을 잡아 제 허리에 둘렀다.

"간다!"

"꺄악!"

부르르릉. 오토바이의 시동음을 들은 해강은 경직된 손으로 승민의 허리를 꽉 잡았다.

12시에 가까운 도로는 한산했다. 순식간에 집 앞에 도착한 승민은 완전히 굳어 버린 해강의 팔을 풀었다. 오토바이에서 내려 해강의 헬멧을 벗겨 주자 새하얗게 질린 얼굴이 드러났다. 창백해진 낯빛을 보니 미안한 마음이 들었지만 마음과 달리 입에서는 퉁명스러운 말이 나왔다.

"그러게 집에 바로 가지. 무슨 군것질이야."

"야! 이 나쁜 새끼야! 나 오토바이 무서워하는 거 알면서 뭐하는 짓이야!"

해강은 갑자기 정신이 든 사람처럼 등에 메고 있던 가방으로 승민을 때리기 시작했다.

안다. 어릴 적 오토바이에 치인 적이 있는 해강이 오토바이를 무서워한다는 것을. 집도 가까우니 살살 몰고 가면 될 줄 알고 가져온 것인데 동규랑 있는 걸 보고 화가 나서 무작정 끌고 나오고 말았다.

하도 애 취급하기에 폼 좀 잡아 볼까 했는데 눈물까지 그렁그렁한 해강을 보니 정말 미안한 기분이 들었다.

승민은 마구잡이로 가방을 휘두르는 해강을 품에 꼭 안았다. 해강의 몸이 가늘게 떨리고 있었다. 그의 심장도 떨렸다.

"미안해, 해강아. 정말 미안해. 다시는 안 그럴게."

"나쁜 놈. 엉엉엉. 얼마나 무서웠는지 알아? 진짜 무서웠어. 엉엉엉."

"미안."

승민의 품에 안긴 해강은 눈물을 뚝뚝 흘리며 울음을 토해 냈다. 그런 해강의 머리를 연신 쓰다듬는 승민은 미안함에 가슴이 쓰려 왔다.

어느 정도 진정이 됐는지 코끝이 빨개진 채 훌쩍거리는 해강의 눈치를 살피며 승민이 물었다.

"배고파?"

"정신이 홀딱 깨서 배고픈 것도 모르겠다."

휴지로 코를 풀며 퉁명스럽게 대꾸하는 해강을 보고 승민은 안도의 숨을 내쉬었다. 대답을 해 준다는 것은 화가 풀어졌다는 뜻이니까. 승민은 오토바이에서 뭔가를 꺼내어 해강에게 내밀었다.

"자, 참치 마요 주먹밥. 내가 집에서 만들어 온 거야."

"그래서 학원 지각했지?"

"어떻게 알았어?"

"1교시 쉬는 시간, 2교시 쉬는 시간, 너희 반 여자애들이 승민이 왜 안 오냐고 날 얼마나 들볶는지. 내가 앉아서 네 소식을 다 꿰차고 있다."

"그것도 미안. 어서 먹어. 배고파서 군것질하려고 했던 거 잖아. 여기 사과 주스도."

"넌?"

"한입 주면 되지. 아."

바지 주머니에 손을 넣고 당연하게 입만 벌리는 승민을 보며 해강의 입가에 울음이 가셨다. 어찌 됐든 미워할 수 없는 내 친구였다.

✿　　　✿　　　✿

아직 꽃망울도 채 터지지 않은 3월 초. 봄이라는 말이 무색하게 날씨는 한겨울인 양 매서웠다. 하지만 신입생 환영회 장소로 향하는 해강의 마음에는 봄바람이 살랑살랑 불고 있었다. 온갖 고난과 역경을 딛고 일어선, 아니, 들어온 학부였다.

그 사실 하나로 그간의 고생이 눈 녹듯 녹았다.

"그래, 바야흐로 나의 여대생 시절이 시작되는 거야."

설마 여기까지 '네가 승민이 여친이야?' 하며 머리끄덩이를 잡아당기는 정신 나간 여자는 없겠지. 두 손을 맞잡은 해강의 가슴은 설렘과 희망으로 부풀었다. 물론 뒤에서 그녀를 부르는 목소리에 부풀었던 가슴에서 피시식 바람이 빠져나갔지만.

"해강아."

해강은 바로 옆에 선 승민을 쫙 노려보았다. 자식, 키만 커서 옆에서 올려 보려니 목이 아프다. 싱글벙글 웃는 승민의 예쁜 눈이 사랑을 듬뿍 담아 반짝반짝 빛을 내며 해강을 내려다보고 있었다.

"오늘 신입생 환영회 한다며? 지금 가는 거야?"

"응."

"가면 재미있을려나?"

"그럼 가지 말든가."

시큰둥하게 답하고 걸어가는 해강의 곁을 따르며 승민은 괜히 눈치를 보았다. 뭔가 기분이 상한 것 같은데 왜인지 이유를 알 수가 없었다.

학기가 시작된 몇 주 동안 붙어 다니지 말라는 해강의 요구에 따라 다섯 발자국 안으로 다가가지 않았다. 강의실에서도 조금 떨어져 앉았고 심지어 점심도 같이 못 먹었다.

나쁜 계집애. 그런데 왜 저리 퉁퉁 부은 얼굴이냔 말이다.

승민은 조금 화난 말투로 해강의 어깨를 톡 치며 물었다.

"뭐야, 왜 화를 내? 내가 뭘 어쨌다고?"

갑자기 해강이 걸음을 멈추고 승민을 돌아보았다. 노려보는 눈빛이 심상치 않아 그는 다시 머리를 굴렸다. 아무리 생각해도 잘못한 것이 없다.

"난 중학교 3년, 고등학교 3년. 6년 내내 피 터지게 공부해서 들어온 학부를 넌 달랑 6개월 공부하고 들어왔다는 게 말이 돼! 이건 무슨 비리가 있는 거야. 너 잔디 깔아 주고 들어왔니?"

"잔디는……."

"하긴 너네나 우리나 비슷한 집인데……. 그럼 도대체 뭐냐고."

해강의 분노에도 해맑은 승민의 미소는 여전했다.

"말했잖아. 수업 시간에 엄청 집중한다고. 머리가 좋은 데다 매 시험 때마다 네가 해 주는 요점 정리까지 더하는데 같은 학부에 들어오는 건 당연한 일 아니야? 너 요점 정리, 매번 나 보라고 했던 거잖아."

"시, 시끄러! 나 공부하려고 한 거지 너 보라고 한 거 아니거든. 에푸!"

얼굴이 조금 붉어진 해강은 승민을 쏘아붙이다가 재채기를 했다. 신입생 환영회라고 치마를 입었더니 추웠다. 그래도 명색이 3월인데 겨울 코트에 목도리를 칭칭 감고 나타날 수는 없지 않은가. 신입생이었다. 말만 해도 풋풋함이 가득한 신입생.

45

해강은 다소 얇은 노란색 반코트의 앞자락을 여몄다. 그나마 부츠를 신었기에 다행이지 그냥 구두를 신었으면 다리도 다 얼었을 것이다. 무슨 봄이 이렇게 추운지 모르겠다.

투덜거리는 해강의 목에 복슬복슬한 목도리가 둘러졌다. 승민이 하고 있던 빨간색 목도리였다. 목도리에서 따뜻한 체취가 느껴졌다.

"추운데 왜 이렇게 얇게 입었냐? 3월이라도 아직 겨울이야. 따뜻하게 입고 다녀."

코까지 푹 파묻히게 목도리를 빙빙 감아 준 승민은 목도리 끝을 정리해 주며 다정하게 말을 건넸다. 이럴 때는 좀 어른스러워 보이기도 했지만 해강의 눈에 승민은 여전히 이웃에 사는 친구였다. 코끝이 간질거리는 것은 목도리의 털 때문이다.

눈만 빼꼼 나오게 얼굴을 빙빙 감싸 버린 승민은 만족한 듯 해강의 어깨에 손을 둘렀다.

"오케이. 가자."

"떨어져라."

"응?"

"다섯 발자국!"

"3주나 지났잖아! 왜 아직도 다섯 발자국 떨어져야 해?"

"난 나의 대학 생활을 지키고 싶어. 그건 네 협조 없이는 절대 불가능하거든. 그러니까 부탁할게. 응? 미니야."

해강이 두 손을 모아 드물게 콧소리를 내자 승민의 눈가에 웃음이 번졌다. 실로 오랜만에 보는 애교였다. 거기에 미니라는 애칭까지……. 만족한 승민은 관대한 웃음을 입가에 담고 고개를 끄덕였다.

"뭐, 그렇게까지 바란다면. 그래. 먼저 가. 다섯 발자국 후에 따라갈게."

"네 걸음으로 다섯 발자국. 알았지? 먼저 간다."

185cm의 다섯 발자국이면 좀 거리가 되겠지. 승민을 떨어뜨린 해강은 환영회 장소를 향해 종종걸음으로 최대한 빨리 달렸다. 하지만 술집에 도착한 해강은 알았다. 제가 아무리 최선을 다해 달려도 165cm의 다리는 185cm의 다리를 절대로 이길 수 없다는 것을…….

가게 입구에 선 해강은 승민을 뒤로 밀어내며 주변을 두리번거렸다.

"나 먼저 들어갈게. 넌 10초 후에 들어와."

"왜 또?"

"둘이 들어가면 같이 온 줄 알 거 아니야. 그러니까 조금 이따 들어와."

미처 대답을 하기도 전에 해강은 안으로 들어가 버렸다. 그렇게 들어가 버리는 해강이 승민은 약간 서운했다. 그냥 옆에 있고 싶은 것뿐인데 언제나 밀어낸다. 둘이 있으면 안 그러는데 밖에만 나오면 그랬다.

정말 저를 안 좋아하나? 아니다. 제가 필요할 때 해강은 언제나 곁에 있었다. 물론 투덜거리긴 했지만……. 그래도 오늘은 어쩐지 서운하다.

괜히 신발코로 바닥을 탁탁 치던 승민은 속으로 천천히 10초를 센 후에 술집으로 들어갔다.

안으로 들어가자 사람들의 이목이 쏠렸다. 그래서 잠깐 헷갈렸다. 학부 사람들이 누구인지. 하지만 이내 노란색 코트를 입은 해강을 발견하고 활짝 웃으며 안쪽 테이블로 향했다.

승민이 다가오자 몇 개의 테이블에 나눠져 있던 학부생들의 관심이 집중되었다. 특히 여자 선배들은 승민의 전신을 순식간에 스캔하며 눈을 빛내고 있었다.

"쟤야. 이번에 들어온 킹카."

"완전 죽인다. 그냥 연예인이네."

승민에게 꽂힌 여자 선배들과 다르게 남자 선배들의 시선은 귀여운 여자 신입생에게 가 있었다.

1학년부터 4학년까지 모두 모인 자리라고 해도 학생부 간부를 빼면 대부분 1학년이었다. 그나마 많이 참석하지도 않았다.

앞에 맥주잔을 놓은 신입생들은 긴장하며 자기소개를 시작했다. 몇 명의 소개 뒤 해강의 차례가 되었다. 해강은 마른 입술을 혀로 축이고는 자리에서 일어섰다.

"문해강이라고 합니다. 정말 들어오고 싶었던 학부거든요. 잘 부탁드립니다."

"술은 좀 하냐? 경영학부는 술이 필수인 거 알지?"

남자 선배의 우스갯소리에 해강도 마주 웃었다.

"저희 아빠가 주당이라 술은 미리 확실하게 배웠습니다."

"너 맘에 든다."

"감사합니다."

선배가 반기며 술잔을 높이 들자 해강도 고개를 살짝 돌리며 반 정도 비웠다. 말했던 대로 아빠와 함께 맥주는 조금씩 마셨던 터라 이 정도는 괜찮았다. 긴장해서 목도 말랐기에 자리에 앉은 해강은 옆의 물 잔을 들었다.

"이승민입니다."

다소 딱딱하고 간결한 인사였다. 인상이 굳어진 것 같아 해강은 고개를 빼 두 사람 건너 앉은 승민을 쳐다보았다. 짙은 눈썹에 힘이 들어갔다.

눈썹이 저렇다는 건 화가 났다는 건데 대체 뭐 때문에 화가 난 거지?

"키가 어떻게 돼?"

여자 선배의 호기심 어린 질문에 자리에 앉으려던 승민의 입술이 삐딱해졌다. 해강이 보기엔 억지로 웃는 입매였지만 아무도 모르는 듯했다.

"185인데요."

"와! 스타일 좋다."

여자 선배들의 감탄과 동기들의 부러움에도 승민은 뭐가 못마땅한지 해강을 슬쩍 째려보았다. 어라? 물을 마시던 해강은 어이가 없었다.

뭔데 째려봐? 죽을라고.

승민과 해강의 눈싸움을 눈치채지 못한 여자 선배들의 질문이 계속 이어졌다.

49

"운동 좋아해?"

"뭐 이것저것 시간 날 때 하는 편이에요."

"어쩐지 잔근육들이 막 살아 있다 했어."

"네가 잔근육들을 언제 봤다고 그런 말을 하냐?"

"저기 팔뚝에 있잖아."

열 받은 일이 있는지 겉옷을 벗고 소매까지 걷어 올린 승민의 팔을 보던 여자 선배들의 입가에서는 침이 떨어질 지경이었다.

전생에 공덕을 쌓았나 보다. 졸업하기 전에 저런 킹카가 강림해 주셨으니 말이야. 얼굴 착해, 몸매 착해, 낮고 굵은 저 목소리하며 듬직한 커다란 손까지……. 그냥 딱 연예인 포스를 팍팍 풍기고 있다.

다른 신입생들의 질문은 한두 개로 끝인데 승민에 대한 질문은 끊임없이 이어졌다. 쓸데없는 옷과 신발 사이즈, 좋아하는 이상형 등등……. 대답하는 승민의 목소리에 점점 귀찮음이 묻어나고 있었지만 질문은 계속 이어졌다.

여자 선배 하나가 사심을 듬뿍 담아 과도하게 눈을 깜빡거리며 승민을 향해 아예 몸을 돌리더니 혀 짧은 소리를 했다.

"좋아하는 음식이 뭐야? 나 자취해서 음식 잘하는데……."

앞만 보고 무심하게 대답하던 승민이 질문을 한 여자 선배에게로 눈을 돌렸다.

저 맑고 까만 눈동자라니……. 스무 살 넘은 남자의 눈이 저렇게 예쁠 수 있다는 것을 처음 알게 된 순간이었다.

여자 선배를 잠깐 바라보던 승민의 입가에 사악한 미소가 걸렸다.

"해강이가 만들어 주는 불난 떡볶이를 제일 좋아합니다."

"푸읍!"

순간 좌중은 찬물을 끼얹은 듯 조용해졌다. 그래서 해강이 술을 뿜는 소리가 아주 선명하게 들렸다. 승민의 눈이 그윽하게 해강을 향하자 테이블의 모든 눈들이 자동으로 해강에게로 움직였다.

뜨악하여 동그랗게 떠진 해강의 눈과 달콤함이 뚝뚝 떨어지는 승민의 눈이 마주쳤다. 그러자 술렁이는 선배들 중 한 명이 질문을 했다.

"너네 사귀냐?"

"네."

"아니요!"

동시에 나온 다른 대답에 선배들의 술렁임이 좀 더 커졌다. 당황한 해강이 해명하려는데 승민의 입이 먼저 열렸다.

"사귀는 사이 맞습니다. 그러니까 해강이는 소개팅, 미팅, 헌팅도 거절합니다. 혹시 해강이에게 면담을 하고 싶으신 분은 저에게 문의해 주세요."

산뜻하게 자기소개를 마무리한 승민이 아무 일 없었다는 듯 자리에 앉자 여자 선배들의 찌르는 듯한 눈초리가 일제히 해강을 향하였다. 그 째림은 그간 겪었던 것과는 차원이 다른 것이었다.

오 마이 갓! 내 대학 생활도 날아갔다.

환영회고 뭐고 간신히 술집에 앉아 있던 해강은 1차가 끝나자마자 집으로 행했다.

"해야! 문해강, 같이 가!"

그래 안다. 아무리 뛰어 봤자 165의 다리는 185의 다리를 따돌릴 수 없었다.

아무리 불러도 해강이 멈출 생각을 하지 않자 승민은 그녀의 앞을 가로막았다. 해강은 눈도 마주치지 않은 채 옆으로 비켜 그를 지나갔다. 그래서 다시 그 앞을 막았다.

승민이 막으면 해강은 옆으로 빠져나가기를 서너 번. 결국 기분이 상한 승민이 해강의 팔을 잡아 세웠다. 그러자 잔뜩 부은 얼굴의 해강이 화난 눈으로 승민을 노려보았다.

승민에게 잡힌 팔을 빼내려고 했지만 커다란 손에 잡힌 팔을 빼내기에는 역부족이었다. 결국 해강은 부츠의 앞코로 녀석의 정강이를 걷어찼다.

"억!"

느닷없는 발길질에 놀란 승민의 손이 떨어졌고 기회를 놓치지 않은 해강은 핸드백 공격을 시작했다.

"아파!"

"너 나랑 원수 졌니?"

"내가 뭘?"

이리저리 몸을 틀며 핸드백을 피하던 승민이 억울하게 외쳤다. 그래서 해강은 더 속이 터졌다.

제가 왜 화가 났는지 이 둔한 놈은 정말 모르는 걸까?

씨근거리던 분을 누른 해강은 아이를 타이르듯이 설명을 시작했다.

"나도 이제 대학생이 됐는데 연애다운 연애를 해야 하지 않겠어? 언제까지 네 뒤치다꺼리만 하냔 말이야!"

"나랑 해, 연애. 그러면 되잖아."

"이 바보야! 연애라는 건 좋아하는 사람과 두근거리는 설렘으로 시작하는 거라고. 볼 거, 못 볼 거 다 본 사이에 하는 게 아니고!"

기어이 고함이 터지게 만든다. 다시 한 번 붕 하고 핸드백이 날아오자 허리를 뒤로 꺾어 공격을 피한 승민이 핸드백을 덥석 잡았다. 무기마저 잡힌 해강은 약이 올랐다. 한 술 더 떠 승민은 아주 당당하게 입을 열었다.

"너 나랑 결혼한다고 했잖아."

"내가 언제? 이제 말도 막 지어내네?"

"유치원 다닐 때."

"그건 다섯 살 때잖아."

"뽀뽀도 해 놓고……."

"야! 일곱 살 때 생일 축하한다고 우리 반 애들 다 한 거거든."

"그래도 입술에 한 사람은 너밖에 없다, 뭐."

"네가 갑자기 고개 돌려서 그런 거잖아!"

"내 첫 키스인데……."

말도 안 되는 억지에 해강은 머리에 김이 오를 지경이었다. 어쩌면 저렇게 한결같은지 존경스럽기까지 하지만 그래도 승민이와 연애라니…… 상상조차 안 된다.

둘이 손잡고, 영화 보고, 키스하고, 섹…… 몰라! 도저히 상상이 안 된다. 해강은 핸드백을 포기하고 머리를 쥐어뜯으며 앞질러 걸어 나갔다.

"같이 가."

승민이 바로 따라붙자 다시 우뚝 멈춘 그녀는 정말 간절함을 담아 애원했다.

"난 좋아하는 사람이랑 길가에서 귀걸이도 사고, 아이스크림도 먹고, 영화관에서 두근거리며 손도 잡아 보고 싶어."

"나랑 하자니까. 모두."

"넌 안 떨려. 태어날 때부터 옆에 있었잖아. 그냥 쌍둥이 형제 같다고. 어떻게 떨려? 응? 말이 돼?"

"난 떨리는데……."

말이 안 통한다. 승민을 그대로 내버려 둔 채 집으로 들어와 버린 해강은 한숨을 푹 쉬었다. 굴레 같은 이 운명을 받아들여야 하는가!

처연히 고개를 숙였던 해강이 돌연 주먹을 불끈 쥐며 소리쳤다.

"천만에! 나 내 이상형과 반드시 연애하고 만다!"

✿　　✿　　✿

신입생 환영회 때의 영향이 컸는지 이후 내 여자임을 밝히지 않아도 늘 붙어 다니는 해강과 승민은 자동적으로 CC로 인정되었다. 가끔 여자 선배들의 유치한 행동과 모르고 해강에게 대시하던 남자들은 승민이 확실하게 쳐 놓은 실드에 모두 튕겨져 나갔다.

순순하게 곁에 붙어 있는 해강을 보며 승민은 헤벌쭉 웃음을 감추지 못하고 있었다. 이제 인정하는 거구나. 비록 스킨십은 허락하지 않지만 겨울에 춥다는 이유로 해강의 손을 잡고 다니거나 졸린 척 어깨에 고개를 기대곤 했다.

그때마다 툴툴거리긴 해도 여전히 해강은 승민을 잘 받아주었다. 그녀의 가방에는 언제나 승민을 위한 일회용 밴드가 들어 있었고 승민은 해강의 보디가드였다. 그렇게 2년이 지나가고 있었다.

3학년이 되는 초여름. 승민이네는 이사 준비로 바빠졌다. 승민의 아버지가 그토록 원하던 교수직을 맡게 되었던 것이다. 그 대학이 캐나다에 있다는 것만 빼면 승민도 원 없이 좋아해 줬을 텐데……

"원하던 곳에 가게 되었으니 좋겠어."

해미의 말에 정숙이 걱정스럽게 대답을 했다.

"승민이도 곧 군대에 갈 텐데, 이렇게 이사를 가게 돼서 좀 걱정이야. 한 달만 있다 가도 좋을 텐데 말이야."

"군대 가기 전에는 우리 집에서 지내면 되지. 지금까지도 제집처럼 드나들었구먼. 무슨 문제야."

"그래서 더 미안하다고."

이삿짐과 별도로 승민의 짐 가방은 따로 분류했다. 승민은 입영 영장을 이미 받아 놓은 상태였다. 7월 말, 너무 더울 때 가는 거라 그의 어머니는 걱정이 많았다. 4주 훈련 후에 면회를 가 보지도 못할 것 같아 해강에게 부탁을 단단히 해 놓았다.

"걱정 마세요. 제가 잘 챙길게요. 원래 제가 승민이 챙김 도우미잖아요."

"해강이에게 미안하다. 어차피 네가 데리고 살 거니까 미리 연습한다고 생각해라."

"아줌마!"

정숙의 우스갯소리에 해강은 울상을 지었다.

왜 모두들 승민을 저에게 떠넘기지 못해 안달인지. 내가 베이비시터냐고!

해강의 울상은 아랑곳없이 두 가족의 이별은 평화롭게 이루어졌다. 형곤이 해강의 아버지인 상수를 보며 걱정 어린 표정을 지었다.

"이 친구 물러서 영 마음이 놓이지 않네. 제수씨, 이 친구 보증이나 그런 거 절대 못 하게 해요."

"내가 애인가? 그런 걱정은 붙들어 매."

"부탁을 받으면 거절을 못 하잖아. 그러니 영 불안해서 말이야."

형곤의 얘기에 해강이 상수의 팔짱을 끼며 거들었다.

"그건 아저씨 말이 맞아요. 아빤 누가 부탁하면 무조건 들어 주시니까……."

"너까지 그러냐. 참. 이거 부탁 잘 들어주고 실없는 사람 되겠네. 허허허."

"알면 고쳐요. 해강 아버지."

가족과 친구의 공격에 상수는 허허 웃음만 지었다.

승민의 부모님이 캐나다로 간 지 한 달 뒤 승민도 군 입대를 했다. 뭐 남들 다 가는 군대인데 뭐가 다를까 했었다. 그런데 마음 한구석이 간질거리고 따끔따끔거린다. 게다가 동기들보다 늦은 입대라 배웅하는 사람들도 별로 없었다.

몇 안 되는 친구들과 선후배들은 입대 전날 마지막이라고 모두 술집에 모여 미리 환송회를 했고 훈련소 들어가는 길에는 해강과 그녀의 부모님만 따라왔다.

"들어가세요."

"그래, 몸조심하고 무슨 일 있으면 우리 집으로 전화해라. 알았지?"

해미는 당신 아들이 입대하는 것마냥 울먹이시며 빨개진 코를 몇 번이고 풀었다. 그래서이다. 눈시울이 뜨거워지는 건 엄마가 우시니까 괜히 따라 울고 싶어져서 그런 거다. 승민이 눈치채지 못하게 눈가를 찍어 낸 해강은 일부러 뚱한 표정을 지어 보였다.

어머니가 자꾸 울자 아버지가 타박을 놓았다.

"어허, 당신이 왜 그렇게 울어? 애 마음 심난하게……."

"그러게. 훌쩍. 미안하다. 승민아."

"아니에요, 아줌마. 엄마가 계셨으면 더 우셨을 텐데요. 아저씨 저 그만 들어갈게요. 아줌마 달래 주세요."

"그래. 알았다."

승민은 상수의 손을 꽉 잡더니 안심하라는 듯 빙긋 웃음을 짓고 한쪽에 우두커니 서 있는 해강을 보았다.

눈자위가 붉어진 것을 보니 운 것 같아서 마음이 짠한 동시에 어쩐지 뿌듯한 느낌도 들었다.

더운 날씨에 긴 머리를 하나로 묶은 해강은 땀이 끈적거리는 목을 괜히 만지작거리며 손부채질을 했다. 손바람에 눈물이 조금이라도 마르길 바랐지만 승민의 짧아진 머리카락을 보는 순간 또 코끝이 찡하니 아파 왔다. 엄마의 마음이 이해됐다.

자식 군대 보내는 마음이 이런 걸 거야. 절대 뭔가 아쉬워서 그런 건 아니라고…….

코를 훌쩍이던 해강은 얼른 눈가의 물기를 짜내고는 승민을 보며 웃었다. 군대 들어가는 승민의 마음이 더 안 좋을 텐데 제가 울고 짜면 안 될 것 같아서 억지로 웃음을 지었다.

"이제 진짜 남자가 돼서 오겠네?"

"나 원래 남자였거든. 너만 인정 안 하는 분위기였지."

"밥 잘 먹고, 말썽 부리지 말고, 지각 절대 안 된다. 걱정이다. 나 없으면 너 만날 지각하는데……. 사람들이 때리면 나한테 일러. 내가 군대 홈페이지에 당장 민원 넣을게. 알았지?"

"걱정되냐?"

"그럼 걱정이 안 되냐? 철이 없어도 너무 없는 너를 22년 동안 돌본 게 나인데, 나 없이 21개월씩이나 혼자 둬야 하는 이 상황이 걱정 안 되냐고! 4주 동안 연락도 안 되는 곳에서 빡세게 굴린다는데…… 그것만 생각하면 내가 요즘 잠도 안 온다."

말하다 보니 점점 흥분이 되어 목소리는 고조되고 안 그래도 더운 날씨에 얼굴은 벌게지고 있었다. 신경질적으로 이마의 땀을 손등으로 닦아 내는 해강을 보며 승민의 입가가 조금씩 벌어지고 있었다.

"미쳤어? 왜 웃고 난리야?"

"기분 좋아서. 나 걱정해 주는 네가 너무 좋아서."

"정신 차려! 너 지금 군대 가는 거라고. 여행가는 게 아니라."

"기다릴 거지?"

"뭐?"

"나 제대하기 전에 고무신 거꾸로 신으면 지구 끝까지라도 쫓아가서 잡아 올 거니까 고무신 제대로 신고 있어라."

"고무신 같은 소리 하고 있네. 시끄러! 빨리 들어가."

"간다. 잘 지내. 내 해."

들어가는 내내 해강을 보며 웃는 승민을 보고 그녀도 같이 손을 흔들어 주었다.

승민의 모습이 사람들 사이로 사라지자 울컥 눈물이 나왔다. 22년 만에 처음 떨어져 본다. 태어나면서부터 쌍둥이처럼 같이 지냈기에 처음이었다. 승민이가 곁에 없는 것은…….

멀어지는 승민의 뒷모습에 해강의 눈가가 조금씩 젖어 들고 있었다.

✿   ✿   ✿

입고 있던 민간인의 옷을 벗어 집으로 보내고 군복으로 갈아 입자 군대에 온 것이 실감났다. 군대에서 보내 온 옷을 보면 대부분 운다던데. 해강이는 조금만 울었으면 좋겠다. 부모님에게 한 통, 해강이 부모님에게 한 통, 해강이에게 한 통, 모두 세 통의 편지를 썼다.

4주의 훈련 뒤 아줌마와 아저씨, 해강이가 먹을 것을 한 아름 싸 가지고 왔다. 규칙적인 생활과 훈련 덕분에 몸은 더 좋아졌는데 얼굴이 까매지고 말랐다고 아줌마는 또 우신다. 근데 해강이는 안 운다. 눈 안쪽은 빨개진 것 같은데 입은 환하게 웃고 있다. 그게 좋아 슬쩍 어깨에 손을 올리려다 괜히 팔꿈치로 명치만 맞았다. 거긴 급소인데…….

몇 번의 휴가를 나와도 해강이의 태도는 똑같았다. 투덜거리면서도 잘 챙겨 주고, 그러나 여전히 거리는 좁혀지지 않고. 해강이에게 난 정말 남자가 아닌가?

GOP(General Outpost)로 가게 되었다. 거긴 최소 휴가 단위가 6개월에서 1년이라던데⋯⋯. 몸이 힘든 거야 견디면 된다. 하지만 마음이 힘든 건 어떻게 견뎌야 할지 모르겠다. 해강이 얼굴도 보고 싶고, 나 없이 지내야 할 그 시간들도 견디기 힘들다. 내 해야. 너도 잘 견뎌 줘.

1년 만의 휴가다. 신이 나서 해강이에게 전화부터 했는데 결번으로 나온다. 이상하다. 아줌마, 아저씨 번호도 모두 결번이란다. 이게 무슨 뜻이지?

해강이네 집으로 갔다. 그런데 다른 사람이 살고 있다. 경매로 낙찰 받은 집이란다. 대체 해강이는 어디에 있는 건지⋯⋯.

학교로 갔다. 휴학계를 낸 해강이는 어디로 갔는지 찾을 수가 없다.

제대 후에도 대한민국을 이 잡듯이 뒤졌다. 하지만 해강이는 없었다.

학교를 졸업한 난 부모님이 계신 캐나다로 갔다.

그렇게 해강이가 없는 5년이 흘렀다.

2화

한번 '해'바라기는
영원한 '해'바라기

출근 시간은 늘 바쁘다. 분명 일찍 나왔는데 버스를 한 대 놓쳤더니 시간이 빠듯해졌다. 게다가 눈까지 내린 터라 버스 정류장에는 평소보다 많은 사람들이 몰려 있었다.

회사로 가는 버스를 보고 이번에 놓치면 지각이라는 생각에 해강은 번개 같은 속도로 달려 몰려드는 사람들을 헤치고 몸을 날렸다.

"잠깐만요. 죄송합니다. 좀 비켜 주세요."

서너 번의 몸부림 끝에 자리를 잡은 그녀는 버스가 출발하자 가늘게 숨을 내쉬었다.

내일은 더 빨리 나와야 하나? 오늘도 결코 늦게 나온 건 아니었다. 아침에는 늘 사람들이 몰려서 문제지. 그러나 그녀의 진지한 고민은 버스가 움직이자 멈춰 버렸다.

"어어어어!"

버스가 커브를 틀 때마다 사람들은 한 덩어리가 되어 흔들렸고 그 속에 완벽하게 끼인 해강도 별수 없이 사람들과 함께 움직였다. 손잡이 고리를 잡은 그녀는 다리에 힘을 주어 넘어지지 않으려고 안간힘을 썼다.

끼이이익. 하지만 한낱 인간의 힘으로 관성의 법칙을 거스를 수는 없는 일. 해강의 작은 몸은 파도에 흔들리는 나룻배처럼 버스의 움직임에 따라 이리저리 흔들렸다.

고작 30분 타고 있었던 것뿐인데 하루 종일 근무한 것처럼 피로가 몰려온다. 이제 시작인데 벌써 이러면 곤란하다.

사무실에 들어가자마자 각 책상에 커피를 올려 둔 그녀는 자기 몫으로 커피 믹스 두 봉지를 머그잔에 가득히 타 단번에 들이켰다. 다량의 카페인이 들어가자 정신이 좀 드는 것 같았다.

"휴, 살 것 같다."

자리에 돌아오니 그녀의 옆자리에 빈 책상이 들어서 있었다. 해강은 반대편 옆자리에 앉은 미영에게 물었다.

"오늘 신입 사원 들어와요?"

"그런 것 같아요. 이번에 나온 신제품 완전 죽 쒔잖아요. 그것 때문에 새로운 인재를 영입했다나 뭐라나. 꽤 잘난 사람이래요."

"그래요?"

"아, 그러면 해강 씨 막내에서 벗어나는 건가? 축하해요."

"그러네."

미영이 웃으며 축하의 인사를 건네자 해강도 슬며시 웃음 지었다.

회사에 들어온 지 거의 1년이나 되었지만 그동안 막내 노릇을 하느라 잡일을 전부 도맡아 했다. 몸이 힘든 건 둘째 치고 이건 복사하려고 회사에 들어온 것 같아 은근히 자존심도 상했었는데 이제야말로 일다운 일을 할 수 있겠다 싶어 기운이 났다.

신제품 출시 실패로 인해 바늘방석 같은 회의가 끝나고 기다리던 신입 사원이 드디어 사무실에 들어왔다. 불경기라 몇 명 뽑지도 않은 신입 사원 중에서도 탑을 달리는 성적으로 들어온 인재라고 한다. 게다가 사장 비서실 언니들이 은근슬쩍 흘린 정보에 의하면 외모 또한 출중하다고 하니 사무실 노처녀들의 기대는 하늘을 찌를 듯했다.

이런들 어떠하리, 저런들 어떠하리. 막내만 벗어날 수 있다면 추남인들 마다하리.

해강에게는 오로지 자신이 부려 먹을 수 있는 막내가 들어온다는 사실이 중요했다.

사무실 사람들의 기대가 부풀어 오를 무렵 문이 열렸다. 그 열린 공간이 꽉 찰 만큼 커다란 남자가 들어오자 사무실 여직원들의 가벼운 탄성이 터져 나왔다. 일반인에게서 후광이 비칠 일은 없겠지만 복도 불빛을 등진 남자의 머리에서 후광이라도 이는 듯 모두들 눈이 부신 표정이었다.

일단 큰 키는 합격. 숱 많은 단정한 머리에 조그마한 얼굴. 신기하게도 저 작은 얼굴에 짙은 눈썹과 커다랗고 순한 눈, 오똑한 콧날과 선이 분명한 입술이 모두 들어 있다.

잘생겼다. 그냥 잘생긴 정도가 아니라 연예인 포스 팍팍 풍기게 잘생겼다.

"안녕하세요, 이승민입니다. 마케팅 부서로 발령받았습니다. 잘 부탁합니다."

남자다운 굵은 목소리에 말을 할 때마다 움직이는 목울대까지……. 대박. 마케팅부 대표 숙 자매의 눈동자가 레이저를 뿜을 듯 빛을 내고 있었다.

강희숙, 임영숙. 둘은 서른두 살 동갑으로 모르는 회사 소식이 없을 정도로 빠르고 정확한 소식통을 자랑하고 있지만 히스테리 또한 만만치 않아 그들에게 밉보이면 확인되지 않은 루머 역시 순식간에 퍼지기도 했다.

해강은 1년간 같은 부서에서 근무하며 몸소 경험을 했기 때문에 둘 앞에서는 입조심을 하려 노력 중이었다.

그런 두 여자의 눈이 금맥을 발견한 사람처럼 빛을 내고 있었다. 거의 LTE급으로 빛을 내는 눈동자를 보니 조만간 회사의 모든 여직원들이 마케팅 부서로 몰려올 것이 눈에 선했다.

신제품 건으로 회의 때 깨져 풀이 죽어 있던 여자 직원들은 언제 그랬냐는 듯 승민이 사무실로 들어섬과 동시에 재빠른 동작으로 그를 포위해 버렸다. 갑자기 여자들이 우르르 몰리자 약간 겁먹은 듯 그의 얼굴에 당황한 미소가 생겼다.

"어머, 진짜 크다. 키가 몇이에요?"

"187입니다."

"대박. 몸도 좋다. 나이는 몇 살?"

"스물일곱인데요."

"완전 꽃나이네. 애인은 있어요?"

"네, 있습니다."

"어머, 거짓말."

"진짜 있는데요."

"박 대리님은 유부녀인데 왜 아쉬워해요?"

"내가 언제?"

승민이 여직원들 사이에 끼어 옴짝달싹도 못하자 유 팀장이
나섰다.

"자, 궁금한 것은 나중에 물어보고 자리에 가서 일들 하라
고. 이승민 씨 자리는 저쪽이니까 가서 앉고."

"네."

"문해강 씨, 해강 씨가 승민 씨 사무실 분위기 익힐 수 있게
도와줘요."

"네? 네."

이 팀장의 말에 살았다는 듯 승민은 잽싸게 자리를 찾아 앉
았지만 여직원들은 여전히 아쉬운 눈빛으로 그를 바라보고 있
었다.

처음 문이 열릴 때 해강은 환상을 보는 것이라고 생각했다.
5년 동안 한 번도 잊어 본 적 없는 얼굴이었다. 승민이 들어와

다른 사람들 틈에 끼어 있을 때도 꿈을 꾸고 있는 건가, 허벅지를 꼬집어 보기도 했다. 그런데 아프다. 진짜 아프다. 승민이 맞았다.

넋 놓고 있던 해강은 팀장의 말에 그제야 정신을 차렸다. 이미 승민이 옆자리에 털썩 앉아 생글생글 웃는 얼굴로 눈을 맞춰 왔다. 아는 척을 해야 하는데 타이밍을 놓친 해강은 괜히 얼굴을 만지작거리며 더듬더듬 입을 열었다.

"어…… 자리는 거기 앉으시면 되고요. 당분간 나, 아니, 저 따라 다니면서 업무 파악하시고……."

"웬 존댓말?"

"헉!"

"5년이라는 시간이 좀 길긴 하지만, 설마 내 얼굴 잊은 건 아니지?"

"……비상구로 잠깐 나와 봐."

손가락을 까딱해 보인 해강이 사무실 사람들의 눈치를 살피며 사무실을 나서자 그런 해강의 뒷모습을 보는 승민의 얼굴에 미소가 번졌다.

그녀를 보는 것만으로도 심장이 두근거렸다. 5년 동안 그리워하던 얼굴이었다. 듣고 싶었던 목소리였다. 그런데 그녀가 눈앞에 있다. 꿈에서 보는 환상이 아니라 만질 수 있는 진짜 해강이었다.

떨리는 마음을 누르고 비상구로 가니 붉어진 얼굴을 한 손으로 감싼 해강이 보였다.

열이 나나.

승민은 얼른 그녀의 얼굴에 손을 대었다. 뜨겁다. 혹시 감기라도 걸린 건 아닌지 걱정스런 마음에 이마도 짚어 보았다. 이마는 서늘했다. 다행히 열이 나는 건 아닌 것 같아 한시름 놓는데 해강이 어물어물 얼굴을 뒤로 빼어 손을 피했다.

"너 왜 여기에 있나?"

"왜 있긴. 면접 보고 입사한 거지."

"아, 그렇지. 면접 봐서 들어왔겠구나."

아직도 놀란 심장이 두근두근거리고 있었다. 회사에서 승민을 만날 거라고는 전혀 예상하지 못했기 때문에 목소리마저 떨리고 있었다.

그런 해강을 보며 승민은 온화한 미소를 지었다. 얼마나 찾아다녔는지 모른다. 제대를 하고 부모님이 계신 캐나다에 가 있는 바람에 해강을 찾는 시간이 더 늦어졌다. 이렇게 가까이에 있는 줄도 모르고 엉뚱한 곳만 뒤지고 다닌 모양이다.

해강이 더 퀸 코스메틱에 있다는 걸 알자마자 바로 입사 지원서를 냈다. 사실 오고 싶지 않은 곳이었지만 해강과 함께 하고 싶은 마음에 앞뒤 잴 것 없이 들어오게 된 것이다.

해강의 얼굴을 빤히 바라보니 그녀도 눈을 맞춰 왔다. 이제 진정이 됐는지 커다래진 눈이 조금씩 제자리로 돌아오고 있었다.

해강은 자신을 향해 웃고 있는 승민을 가만히 살폈다. 어딘지 모르게 어색했다. 그간의 공백이 정말 길었나? 아니, 조금 달라진 승민의 모습 때문일지도 모르겠다. 키도 조금 더 큰 것 같고, 개구쟁이처럼 반짝거리던 눈빛이 어른스럽게 짙어졌다. 목소리도 더 무게감 있어졌고, 동작 하나하나가 달라졌다. 정확하게 뭐가 달라졌는지 꼭 짚어 말하기는 어렵지만…….

하지만 같은 것도 있었다. 그녀를 보며 짓는 부드러운 미소, 애정 어린 눈빛, 그녀에게 집중하고 있는 몸짓. 그제야 해강의 굳어졌던 얼굴이 서서히 펴졌다. 승민에게 다가간 해강은 두 팔을 벌려 그를 안았다.

5년 전보다 더 커지고 단단해진 몸을 두 팔 안에 다 담을 수는 없었지만 따뜻한 기운은 온몸에 담을 수 있었다. 있는 힘껏 그를 안은 해강이 숨을 깊게 들이쉬었다. 다른 듯 익숙한 체취에 마음이 노곤해졌다.

"진짜 반갑다."

"뭐냐? 내가 안아 줘야 맞는 거 아니야?"

"누가 안으면 어때? 반가운 건 마찬가지인데."

팔을 풀며 해강이 주먹으로 승민의 팔을 툭 쳤다. 어색하던 느낌은 싹 사라졌다. 오랜만에 만난 친구는 여전히 멋졌고, 편했다.

❀   ❀   ❀

비상구 벽에 등을 기댄 승민이 계단에 쪼그려 앉은 해강을 물끄러미 바라보았다.

"대체 어디에 있었기에 5년 동안 연락이 끊긴 거야?"

"너 군에 들어가고 1년쯤 지났을 땐가? 아빠가 친구 보증을 서셨어. 집이 은행에 넘어갈 때까지 아빠도 모르셨더라고. 그 친구분이 자기가 다 해결한다고 하면서 은행에서 날아오는 독촉장도 친구분 집 주소를 해 놓아서 엄마랑 난 집에 압류 딱지가 붙을 때야 아빠가 보증 서신 것을 알았어. 해결하겠다고 큰소리치던 아빠 친구는 잠적을 했고 그 빚을 아빠가 몽땅 떠안게 된 거야. 집은 경매로 넘어갔고 은행 빚은 아빠 퇴직금으로 대부분 갚았는데……."

해강의 목소리가 약간 잠겼다. 이미 지나간 일이지만 생각하면 지금도 가슴이 떨렸다. 큰 숨을 들이쉰 해강이 빙긋 웃으며 말을 이었다.

"그 친구분이 사채까지 썼더라고. 아빠 이름으로. 사채업자들 피해 다니느라 핸드폰도 다 없애고 아는 사람들하고 일절 연락도 끊어야 했어. 너무 갑작스럽게 일어난 일이라 너한테 말도 못 했다."

말끝에 미안한 웃음이 붙었다. 담담히 얘기를 듣던 승민의 눈빛에 염려가 서린다.

"그런 일이 있었구나. 미안해. 힘들 때 곁에 있어 주지 못해서……."

"내가 더 미안하지. 군대에 있을 때 많이 외롭다는데 말도 없이 사라졌으니 얼마나 놀랐겠어. 너 외로울 때 힘이 못 되어서 미안."

"이젠 괜찮은 거지?"

"응. 그 친구분을 찾았거든. 돈은 못 돌려받겠지만 남은 빚은 그 아저씨가 갚기로 해서 이젠 괜찮아."

"복학은 안 한 거야?"

"다시 복학할 형편은 안 돼서……. 사실 취직 잘하려고 경영학부 들어간 거거든. 비록 삼수했지만 여기 들어왔잖아. 그럼 됐지, 뭐."

밝은 해강의 얼굴은 여전하다. 늘 씩씩하고 작지만 곁에 있으면 온 세상을 다 가진 듯 든든한 나의 해. 마음을 다친 것 같지는 않아 승민도 마음이 놓였다.

입가에 미소를 띤 그가 커다란 손으로 해강의 머리를 쓰다듬었다. 그러자 해강이 눈을 흘겼다.

"역시 내 해는 씩씩해."

"어쭈, 너 많이 컸다. 내 머리를 다 쓰다듬고."

"원래 키는 내가 너보다 훨씬 컸는데……."

"아줌마랑 아저씨는 아직 캐나다에 계신 거야? 너 혼자 한국에 온 거고?"

"응, 아예 그곳에 자리를 잡으셨지. 정식 교수가 되셨거든. 이민 신청할 예정이셔."

"잘됐다. 그 대학에 자리 잡고 싶어 하셨는데 원대로 되셨네. 보고 싶다. 연락드린 지 오래인데. 엄마, 아빠가 아시면 좋아하시겠다."

"너네는?"

"두 분 지금 외가댁 근처에 계셔."

"제주도에?"

"응."

"연락 끊기고 나서 가장 먼저 알아본 곳이 너희 외가였는데."

"처음엔 서울에 숨어 지내고 그다음엔 지방 여기저기를 다녔어. 제주도로 가신 지는 얼마 안 되셨어. 난 계속 서울에 있었고."

"그럼 너 혼자 산단 말이야?"

"야, 서울에 혼자 사는 사람이 얼마나 많은데. 뭘 그렇게 놀라."

아무렇지도 않게 말하는 해강을 보며 승민이 미간을 찌푸렸다.

요즘 세상이 얼마나 무서운데 혼자 산다는 말을 덥석 하는지……. 혼자 사는 사람들이 아무리 많다고 해도 해강이 혼자지내는 건 아니었다.

"너 사는 데가 어디야?"

"이따 퇴근하고 같이 가 볼래?"

당연하게 고개를 끄덕이는 승민을 보며 해강의 입가가 편하게 늘어났다. 5년 만에 처음으로 편한 미소를 짓는 것 같았다.

하지만 퇴근길이 그리 쉽지만은 않았다.

승민이 퇴근 준비를 하자 해강의 예상대로 숙 자매를 비롯한 여직원들이 그의 주변을 쫙 둘러싸며 한마디씩 재잘거렸다.

"승민 씨, 집이 어디예요?"

"오늘 첫날인데 가볍게 한잔하고 가실래요?"

"그래요. 우리 저녁 먹으면서……."

4D를 능가할 정도로 입체적인 재잘거림이 본격적으로 길어지기 전에 승민은 두 손을 앞으로 들었다. 다행히 여직원들의 말은 멈추었고 그 틈에 환한 미소를 띤 승민은 겨우 입을 열 수 있었다.

"같이 가고 싶긴 한데 오늘은 아주 중요한 약속이 있어서요. 다음에 꼭 같이 먹도록 하겠습니다. 그럼 가 볼게요. 조심히 들어가세요."

다른 말이 나오기 전 제 할 말을 마친 승민은 긴 다리로 성큼성큼 엘리베이터에 올라탔다. 그리고 다른 사람들이 다가오는 기색이 보이자 닫힘 버튼을 다다다 눌러 버렸다. 입가에는 여전히 상큼한 미소를 머금고 말이다.

먼저 지하 주차장에 내려가 있던 해강은 승민의 모습을 보고 손을 흔들었다.

"여긴 왜?"

"차 타고 가게."

"와! 너 차 있어?"

"내 거 아니야. 사촌 형 것 잠깐 빌려 타는 거야."

해강은 은색으로 반짝거리는 차에 타면서 입을 딱 벌렸다.

"네 사촌 형 돈 좀 있나 보다. 차 멋진데."

"돈은 좀 있지. 벨트는?"

73

"했어. 가."

의자에 몸을 파묻으며 안락함을 즐기던 해강은 차가 주차장을 빠져나오자 갑자기 몸을 움츠렸다.

"왜 그래?"

"저기."

몸은 숨긴 채 손가락으로 건물 입구를 가리키자 그곳에서 사무실 사람들이 무리 지어 나오는 것이 보였다. 승민은 이아하나는 듯 해강을 보았다.

"왜 숨어? 죄 졌어?"

"일단 가. 빨리 빨리."

차가 회사에서 멀어지자 해강은 그제야 몸을 바로 하며 한숨을 내쉬었다. 그리고 미안한 표정을 지으며 승민의 눈치를 살폈다.

"뭐? 왜?"

"미니야, 미안한데 내 부탁 들어줄 수 있지?"

"무슨 부탁?"

"회사에서 나 모르는 척해 줄래?"

놀란 승민은 저도 모르게 다리에 힘을 줘 액셀을 밟아 버렸다. 그러자 차가 덜컹거리며 속도가 순간 빨라졌다. 5년 만에 겨우 만난 해강의 입에서 나온 소리가 맞는지. 자기가 잘못 들은 거라 생각한 승민은 해강을 바라보았다.

"뭐라고?"

머리를 긁적이던 해강은 결심한 듯 고개를 끄덕이더니 비장하게 말문을 열었다.

"사실 너 때문에 내가 그동안 좀 힘들었어. 초중고, 대학 때까지 네 여자 친구로 찍혀서 일진 애들을 포함, 다수의 여자애들에게 얼마나 시달렸는지 알아? 여기 이마에 상처 왜 났는지 알고 있어?"

"넘어져서 그런 거라며."

"말은 그렇게 했지. 너 지연이 기억해?"

"아니. 몰라. 걔가 누군데?"

"바보. 초등학교 내내 너 좋다고 쫓아다니던 애잖아. 걔가 날 얼마나 싫어했는지 알아? 네 여자 친구라고. 그러다가 5학년 겨울에 돌멩이를 확! 던져서 이마에 맞았잖아. 나 그때 눈알 빠지는 줄 알았다."

"뭐! 돌을 던졌다고!"

"그나마 내가 운동 신경이 있었으니까 피해서 이 정도 상처로 끝난 거지, 안 그랬음 진짜 크게 다쳤을 거야. 그러니까 민아, 나 그냥 모르는 척해 줘. 너랑 나랑 아는 사이라는 거 숙 자매가 알면 난 이 회사에서도 왕따 당할 거야. 그러니까 제발. 승민아. 응?"

고개를 끄덕이는 승민의 표정이 어두웠다. 처음 안 사실이었다. 그저 자기의 여자 친구라는 사실 때문에 해강을 괴롭혔다니. 학년이 바뀔 때 가끔 거친 여자애들이 해강에게 위협을 가했다는 건 알았지만 그때마다 자기가 모두 해결했다고 생각했는데 착각이었던 모양이다.

가끔 귀찮아 하긴 했어도 언제나 웃는 얼굴로 해강은 늘 자신의 모든 것을 받아 주었다. 다치면 약을 발라 주고, 졸리면 침대를 빌려 주고, 먹고 싶다고 하면 시간이 언제든 떡볶이를 만들어 주던 해강이다. 그런 일을 겪은 것은 꿈에도 모르고 있었다. 해강에 대해선 누구보다도 잘 안다고 생각했는데…….

핸들을 잡은 손에 힘이 들어갔다. 그러나 해강을 보며 웃었다.

"알았어. 모르는 척할게."

"고맙다. 내 사정 이해해 줘서."

해강의 앞에서는 아무렇지 않은 듯 미소 지었지만 마음이 무거웠다.

잠시 후 제법 깨끗한 5층짜리 원룸 앞에 멈춰 선 승민이 의외라는 듯 해강을 보자 그녀가 뽐내듯 어깨를 으쓱했다. 그러나 곧 웃음을 터트리고 말았다.

"겉만 멀쩡한 거야. 들어가자."

계단을 올라 4층에 멈춘 해강은 열쇠로 문을 열었다. 겉은 깨끗하고 고급스럽기까지 했는데 안은 아니었다. 계단을 오르면서 어쩐지 빈집인 것 같은 문들도 보여 이상하다고 생각하던 중이었다.

승민의 의아함을 눈치챈 해강은 그가 묻기 전에 먼저 대답을 내놓았다.

"재개발 들어갈지도 모르는 건물이야. 그래서 빈집도 더러 있고. 대신 보증금 없고 월세가 시세보다 훨씬 싸. 게다가 회사에서 버스로 30분 거리라고. 이런 집을 어디서 구해."

"재개발이라면 언제⋯⋯."

"확실히는 몰라. 뭐 마실래?"

"아무거나."

해강이 음료를 준비하는 동안 승민은 집 안을 둘러보았다. 공간은 좁았다. 제가 양팔을 벌리면 양쪽 벽이 닿을 것만 같았다. 현관을 들어오자마자 오른쪽으로 부엌 싱크대가 있고, 왼쪽으로 욕실이 있었다. 한쪽 벽에 낡은 침대가 있었고 옷장 대신 쓰는지 긴 옷걸이와 옷상자가 보였다.

낡고 초라한 방에서 화장대 하나는 봐 줄 만했다. 투명하고 작은 네모난 타일을 거울 테두리에 죽 이어 붙인 것이 여간 정성을 들인 것이 아니었다.

"화장대가 안 어울리지? 전에 살던 여자가 직접 설치한 거야. 다른 건 포기해도 여자의 무기를 포기할 수 없다면서 만든 거래. 이사 가면서 왜 안 가져갔는지 모르지만 덕분에 내가 잘 사용하고 있어. 자, 요구르트."

"아직도 변비 있어?"

"뭐 가끔."

승민에게 커다란 요구르트 병을 건넨 해강은 화장대 의자로 쓰는 긴 의자를 권했다. 그곳에 앉으려던 승민의 눈이 놀란 듯 커졌다. 침대에 앉은 해강이 고개를 끄덕였다.

"어? 이거?"

"맞아, 네 전용 발받침. 압류 딱지 붙을 때 재활용으로 버릴 거라고 뻥치고 간신히 빼내 왔지."

"역시 내 해야."

승민은 해강의 머리를 슥슥 쓰다듬었다. 5년 동안 얼마나 보고 싶었는지 손바닥에 느껴지는 보드라운 머리카락의 감촉에 가슴이 짜릿하게 떨려 왔다.

5년간의 이야기가 몇 시간으로 끝날 리가 없었다. 허풍을 보탠 승민의 군대 이야기, 사채업자를 피해 전국을 돌던 부모님과 혼자 서울로 올라와서 자리를 잡기까지의 우여곡절, 회사에서 숙 자매에게 혼쭐이 났던 일들.

3박 4일이 걸려도 모자랄 이야기는 계속되었다. 새벽까지 수다를 떨던 승민을 겨우 돌려보낸 해강은 너무 피곤하여 바로 곯아떨어졌다.

그리고 아침에 겨우 눈을 뜬 뒤 시계를 보며 경악했다.

"악! 이게 뭐야! 젠장, 너무 늦게 잤어. 미치겠네."

이 늦은 아침에 밥은 당연히 생략이었다. 머리를 감고 비비크림을 얼굴에 바른 해강은 부츠를 발에 꿰며 계단을 뛰어내려 왔다. 일찍 나와도 버스 안에서 전쟁인데 이 시간이면 세계대전쯤 되는 일을 겪어야 했다. 세계대전에서 살아남아야 지각을 면하니 선택의 여지는 없었다.

택시? 택시라……. 그건 어느 나라 교통수단이니?

빵빵. 원룸에서 나와 비탈진 길을 마구 달려 내려갈 때였다. 느닷없는 경적 소리에 반사적으로 고개를 돌리니 어제의 그 은빛 승용차 옆에 승민이 서 있었다.

"어? 너 왜 여기 있어?"

"같이 회사 가자고. 타."

어제 늦게 가고도 아침에 일찍 일어났는지 승민의 옷차림은 완벽 그 자체였다. 딱 떨어지는 슈트에 몸과 팔의 배색이 다른 반코트를 입고 있었다. 허리 라인을 살린 옷을 입으니 큰 키가 더 커 보인다. 하긴 학교 다닐 때에도 늘 외모에 신경을 쓰던 녀석이니 사회인이 되어서는 그 센스가 더 빛을 발하는 것 같았다.

승민의 말에도 해강은 버스 정류장을 향해 계속 걸으며 고개를 저었다.

"아침부터 무슨 오해를 받으려고. 난 그냥 버스 탈게. 회사에서 봐."

"해야!"

해강이 뒤도 안 돌아보고 뛰다시피 가자 승민은 차에 락을 걸고 서둘러 그 뒤를 따라 걸었다.

예상대로 정류장에서는 3차 대전이 일어나고 있었다. 굽 낮은 부츠를 신고 오길 잘했다. 해강은 핸드백을 얼굴 앞으로 단단히 잡고 무조건 문을 향해 돌진했다. 이 버스를 놓치면 100% 지각을 면치 못한다는 생각에 무조건 앞으로 밀고 나갔다.

"죄송합니다. 잠깐만요. 악! 조금만 비켜 주세요. 어!"

그녀처럼 출근을 위해 전쟁터에 참여한 제 또래의 여자, 등발을 자랑하는 고딩들, 불룩 나온 배를 무기로 무작정 밀고 들어가는 아저씨들 사이로 몸을 들이밀던 해강은 갑자기 좌우의 압박이 사라지자 얼굴을 보호하던 핸드백을 슬며시 내렸다. 사방으로 5cm가량의 여유 공간이 그녀를 빙 두르고 있었다.

이 빡빡한 버스 전쟁에서 이 무슨 기적 같은 일이란 말인가? 어안이 벙벙한 그녀의 정수리 쪽에서 익숙한 목소리가 들려왔다.

"안 타? 이거 놓치면 지각이다."

"어? 이승민, 너 왜……."

"빨리 올라가."

뒤에 선 승민은 한 팔로 다른 사람들을 막아 그녀에게 지나갈 수 있는 공간을 만들어 주는 동시에 다른 팔로는 해강의 몸을 감싸 사방의 적들을 차단했다. 강력한 보디가드 덕분에 해강은 손 하나 까딱 안 하고 무사히 버스 중간에 안착할 수 있었다.

부앙, 오늘도 심술궂은 버스는 관성의 법칙을 빽 삼아 버스 안의 사람들을 넘어지게 하려고 급출발을 했다. 주변에서 비명 비슷한 소리가 들려왔다. 평소 같으면 그 비명에 화음을 얹었을 해강이었지만 승민의 든든한 팔 안에서 처음으로 관성의 법칙을 무시하고 꿋꿋하게 서 있을 수 있었다.

고등학교 이후로 오랜만에 겪는 경험에 해강은 무심코 고개를 들었다. 다른 사람들보다 머리 하나는 더 큰 승민이 한 손으로 버스 기둥을 잡고 다른 손으로는 자신의 어깨를 감싸고 있었다.

여러 번의 코너링이 있었지만 그는 흔들림이 없었고 그의 팔 안에 있는 해강 역시 편하게 서 있을 수 있었다.

그의 등으로 사람들이 밀리고 제 어깨를 감싼 팔에도 다른 사람들이 몸을 부딪쳐 왔지만 승민의 팔 안에 있는 해강은 하나도 느낄 수가 없었다. 출근길의 풍경과는 다른 공간에 있는 듯, 가만히 승민의 옷깃을 잡고 있던 해강이 살짝 미소를 지었다.

"왜 웃어?"

용케 그녀의 웃음을 봤는지 승민이 조그맣게 물었다. 그러자 해강의 웃음이 더 짙어졌다.

"우리 고등학교 다닐 때 생각나서. 그때도 네가 내 보디가드였잖아."

"그러게. 그랬는데. 5년 동안 힘들었겠다. 내 해, 앞으로는 계속 보디가드 해 줄게."

"말썽이나 피우지 마."

승민의 말에 해강은 그의 가슴을 툭 쳤다. 말썽은 무슨⋯⋯. 중얼거리며 어이없다는 표정을 짓는 승민을 향해 해강이 웃음 지었다. 덩치만 커다란 어린애 같은 승민이 갑자기 소인국에 나타난 걸리버같이 커다랗게 보인다.

언제 이렇게 든든하게 자랐냐. 귀여운 내 친구가.

다행히 버스는 시간에 맞춰 회사 앞에 멈춰 섰다. 지각은 면했다는 마음에 가볍게 건물로 들어서는데 뒤에서 미영의 목소리가 들렸다.

"해강 씨."

"아, 미영 씨. 좋은 아침이요."

"좋은 아침인데…… 어떻게 둘이 같이 출근해요?"

"네? 헉!"

지각을 면했다는 기쁨에 들떠 승민이 바로 옆에 있다는 것을 깜빡했다. 해명을 하려 입을 벌린 해강이 잠시 머뭇거리는 사이 승민이 대신 대답을 했다.

"요 앞에서 만났어요. 같은 버스를 탔더라고요. 해강 씨, 버스에서 많이 시달렸나 봐요. 머리가 헝클어졌네요."

승민의 긴 손가락이 삐죽 튀어나온 해강의 머리카락 몇 올을 가지런히 정돈해 주었다. 길고 매끄러운 머리카락들이 승민의 손가락을 따라 아래로 차분하게 내려앉았다.

커다래진 미영의 눈이 그런 승민의 손가락에 꽂히자 당황한 해강은 그의 손을 쳐 내며 얼른 제 손으로 머리를 빗었다.

"버, 버스에 사람들이 너무 많아서……. 어서 가요. 이러다 늦겠네."

해강은 미심쩍은 눈으로 저를 보는 미영의 팔을 잡아끌며 그녀 모르게 승민에게 눈을 부라렸다. 너 죽어. 눈으로 협박하는 해강을 보며 승민이 혀를 날름 내밀었다.

❀   ❀   ❀

겨울 신제품 출시의 실패로 회사에서는 후속 제품을 연이어 내놓을 계획이었다. 신제품 출시 때문에 야근과 당직을 밥 먹듯이 했는데 연말을 앞두고 또 그 짓을 하게 생겼으니 사무실은 북극에 가라앉은 빙산마냥 차갑고 무거웠다.

불만이 목 끝까지 차올랐지만 누구 하나 입 밖으로 내뱉는 사람은 없었다. 그만큼 분위기는 살얼음판이었다.

무엇이 문제였는지 소비자들의 동향을 알아보러 부서 사람의 반수 이상은 외근을 나갔고 남아 있는 사람들 역시 밥 먹을 새도 없이 지난 출시 제품의 홍보 전략과 판매 전략 등을 다시 살펴보고 있었다.

저녁을 대충 때운 채 10시가 넘어가도록 누구 하나 퇴근할 엄두를 못 내고 눈치만 살피고 있는데 유 팀장이 서류를 정리하는 것이 보였다. 정리된 서류를 팔에 한 아름 안은 것을 보니 집에 가져갈 모양이었지만 그것이 어디냐. 부서원들의 얼굴에 환한 기색이 돌았다.

"먼저 들어갑니다. 오늘 소비자 성향 조사한 것 통계 내서 내일까지 내 책상 위에 올려놔요."

헐, 내일까지 책상 위에 올려놓으라는 말은 우리는 집에 가지 말라는 소리? 팀장의 말에 전략을 분석하던 사람들은 슬금슬금 퇴근을 시도했지만 외근까지 나가 소비자 성향을 조사해 온 사람들은 울상이었다. 숙 자매와 남자 직원 하나가 서로의 눈치를 보다가 성별, 나이, 취향을 고려해 분류한 서류를 들고 해강의 앞으로 걸어왔다.

해강은 몸에서 보내는 심상치 않은 신호에 미간에 주름을 잡았다 폈다 하며 자꾸만 마르는 입술을 혀로 핥고 있었다. 아랫배가 따끔따끔 찌르듯이 아픈 것을 애써 참고 있는데 가까이 다가온 숙 자매가 눈을 깜박거리더니 미소를 지었다. 해강은 아픔을 참고 억지로 미소를 지었다.

"무슨 일이세요?"

"해강 씨, 이거 좀 도와줄래?"

"그래. 이런 건 해강 씨 전문이잖아. 우리가 분류는 다 해놨으니까 엑셀 작업만 하면 금방 끝날 거야."

"우린 오늘 약속이 있어서……. 벌써 많이 늦었어."

연말연시에 약속 없는 사람이 어디 있겠냐마는 해강은 그냥 쓰게 웃기만 했다. 승민이 들어오기 전까지, 아니, 들어온 후에도 잡일은 여전히 해강의 몫이었다. 그리고 다행히 오늘 그녀는 약속이 없으니까…….

"두고 가세요. 대신! 저 내일 일찍 조퇴해 버릴 거니까 팀장님한테 말 잘해 주셔야 해요."

"그럼, 그 정도는 우리가 해 줘야지."

"해강 씨만 믿어."

혹시 맘이 바뀔까 빛의 속도로 퇴근을 하는 숙 자매와 남자직원들을 보며 해강은 속으로 혀를 찼다. 잠깐 사이에 사무실 사람들 모두 퇴근을 하고 남은 사람은 해강과 잠시 나갔다 온다며 아직 안 들어온 승민뿐이었다.

사람들이 모두 가 버리자 해강은 기다렸다는 듯 책상에 엎드리며 끙끙 앓는 소리를 냈다. 아무도 없는 사무실에 해강의 신음 소리가 울려 퍼졌다.

샌드위치로 대충 저녁을 때운 승민은 근처 김밥집에서 김밥과 따뜻한 국물을 사 오는 길이었다. 저도 배가 고팠고 해강도 배가 고플 것이다.

비상구에서 오붓하게 먹을 생각으로 해강에게 연락을 시도하던 그는 고객이 전화를 받을 수 없다는 소리를 듣고 의아한 표정을 지으며 사무실 안으로 고개를 빼꼼 내밀었다.

하지만 사무실은 텅 비어 있었고 들리긴 거라곤 음산한 신음 소리뿐이었다. 바짝 긴장이 된 그는 조심스럽게 걸음을 옮겼다. 사무실에 있는 사람이라곤 책상에 엎드려 있는 해강뿐이었다.

"뭐야? 왜 아무도 없어?"

"다 퇴근했어."

"퇴근? 넌?"

"이거 해야 돼. 말 시키지 마. 죽겠다. 아이고."

귀찮다는 듯 책상의 서류를 손바닥으로 탁탁 내려친 해강은 승민의 쪽으로 고개를 돌리며 인상을 찌푸렸다.

해강의 얼굴을 본 승민의 미간에 주름이 잡혔다. 목소리가 심상치 않다 여겼는데 아니나 다를까, 하얗게 질린 얼굴에서는 식은땀까지 나고 있었다. 놀란 승민이 재빨리 해강의 이마를 짚어 보았다. 식은땀이 흥건한 이마는 차가웠고 붉은 볼은 뜨거웠다. 승민의 눈에 당장 걱정이 어렸다.

"어디 아파?"

"응. 아파."

대답할 기운도 없는지 목소리가 신음처럼 나왔다. 해강이 양팔로 배를 감싸며 끙끙거리자 승민은 곁의 의자에 앉았다.

"혹시 생리통이야? 너 아직도 생리통으로 고생하냐?"

"더 심해졌어. 결혼하면 낫는다니까 좀만 버텨 보려고."

"나한테 시집오면 되는데……."

"죽는다. 애인 있다는 놈이 헛소리 그만해라. 아이고."

다시 고개를 반대편으로 돌린 해강을 보는 승민의 눈빛이 애틋해졌다. 코트를 들어 그녀의 몸을 덮어 준 승민은 무언가가 떠올랐는지 다시 서둘러 사무실을 나섰다.

잠깐 선잠이 들었던 해강은 딸깍, 딸깍 하는 소리에 실눈을 떴다. 옆에 앉은 승민이 진지한 표정으로 뭔가를 하고 있었다.

"뭐해?"

"요즘 핫팩은 뭐 이리 작냐. 내 손바닥 반만 하네."

감기려는 눈에 힘을 주고 승민을 보니 광택이 흐르는 스카프에 스테이플러로 핫팩을 박고 있었다. 억지로 몸을 일으킨 해강은 의아한 표정을 지었다.

"그거 누구 스카프야?"

"몰라. 저쪽에 떨어져 있기에 집어 왔어. 잠깐만, 다 됐다."

승민이 내민 스카프는 숙 자매 중 임영숙 대리의 것이었다. 비싼 명품이라고 자랑했던 것인데 승민이 손바닥만 한 핫팩을 빈틈없이 박아 놓은 스테이플러 때문에 구멍이 숭숭 뚫려 있었다.

순간 아픔도 잊어버린 해강이 나오려는 비명을 삼키며 승민을 책망했다.

"너 미쳤어? 그거 명품이라고 임 대리님이 엄청 자랑한 거란 말이야. 거기에 스테이플러로 핫팩을 박으면 어떻게 해! 아이고, 허리야."

"그렇게 중요한 거면 잘 간수하든지……. 그리고 이거 진짜 아니야. 짝퉁이야."

"짝퉁이야?"

"딱 봐도 티 나는구먼. 뭐라 그러면 비슷한 거 하나 사 주지, 뭐. 신경 쓰지 말고 이거 배에 두르고 있어."

승민은 스카프를 해강의 배에 묶어 주었다.

신경 쓰지 말라니. 숙 자매의 무서움을 알 리가 없는 그는 그렇게 말을 하지만 해강은 달랐다. 뒤끝 길기로 치면 '가늘고 길게'가 모토인 숙 자매였기에 두고두고 복수를 갈고 닦아 빛내 줄 것을 생각만 해도 모골이 송연했다.

숙 자매에게 절대 들키지 말아야겠다는 생각을 하던 그녀는 승민을 물끄러미 바라보았다. 생각해 보니 승민은 주변의 누구에게도 관심이 없었다. 녀석의 관심은 늘 해강, 자신에게 향해 있었으니까…….

역시 뭉치면 산다. 비록 손바닥만 한 핫팩들이지만 승민이 촘촘하게 박은 덕에 모아진 뜨거운 열기가 꽤 쓸 만했다. 두꺼운 겨울옷을 뚫고 들어온 열기가 아랫배를 감싸자 해강의 미간 주름들이 서서히 펴지며 굳었던 얼굴이 부드러워졌다.

"좀 살 거 같다."

"약은?"

"먹었어."

해강의 의자를 뒤로 젖힌 승민이 그녀의 다리를 제 의자에 올려놓고 코트로 덮어 주었다. 생리를 하면 평소보다 몇 배는 피곤해하는 그녀임을 알기에 머리까지 살살 쓸어 주었다. 할 수 있다면 대신 앓아 주고 싶지만 그건 불가능한 일이니 그저 옆에 있어주는 것밖에 할 수가 없었다.

"좀 자."

"나…… 조금 이따 깨워 줘."

졸음이 오는지 해강의 목소리가 잦아들어 갔다. 승민은 어느새 색색 소리를 내며 잠이 든 해강을 흐뭇하게 바라보았다. 하나도 변하지 않았다. 작은 입술도, 커다란 눈도, 동그란 이마도, 여전히 예쁜 해강이.

식은땀 때문에 이마에 달라붙은 머리카락들을 떼어 준 그는 가만히 이마를 쓸고 볼을 어루만졌다. 보드라운 감촉이 좋았다. 보고 또 봐도 해강의 얼굴은 언제나 좋았다.

아직도 통증이 가시지 않았는지 배에 손을 댄 해강이 끙끙거리며 미간을 찌푸렸다. 그녀의 곁에 바짝 다가앉은 승민은 핫팩 아래로 손을 넣어 해강의 배를 살살 문질러 주었다.

승민의 손에 긴장으로 경직되었던 해강의 몸이 다소 풀어졌다. 그녀의 몸이 편해지는 것을 확인한 그가 나직한 목소리로 중얼거렸다.

"나한테 시집오면 생리통 사라진다니까 고집하고는……."

해강이 들었다면 또 펄쩍 뛰었겠지만 진심이었다. 해강의 곁에 제가 아닌 다른 사람은 생각조차 할 수 없으니까.

❊   ❊   ❊

온몸이 찌뿌드드했다. 눈을 뜬 해강은 허리를 비틀며 두 팔을 들어 기지개를 켰다. 그러다 눈을 비비며 시계를 본 그녀의 눈이 튀어나올 듯 커졌다.

"헉! 뭐야? 벌써 8시야? 어쩜 밤새 잔 거야?"

허둥지둥 자리에서 일어난 해강은 승민의 코트를 의자에 휙 던지고는 숙 자매가 남기고 간 서류들을 찾았다.

"미쳤어! 미쳤어! 이승민 깨우라니까 그냥 내버려 둔 거야? 어디 간 거야! 오기만 해 봐라. 죽었어!"

흥분한 해강은 컴퓨터를 켜고 설문지를 찾으며 의자에 바로 앉았다. 허둥지둥거리던 그녀는 그제야 모니터에 붙은 메모를 발견했다.

서류 작업 완료. 프린트해서 묶어 놨어. 나 잘했지. ✶＾＾✶

가지런히 놓인 설문지 옆에 서류철을 보니 통계 낸 자료들이 깨끗하게 프린트되어 있었다. 속으로 알고 있는 욕을 모조리 퍼 붓던 해강은 입을 다물었다. 진작 말을 하지. 미안한 마음에 휙 팽개친 승민의 코트를 잘 정돈하여 다시 의자에 걸어 놓았다.

그런데 한참이 지나도 승민은 나타나지 않았다.

어느덧 출근 시간이 되자 사람들이 한두 명씩 모습을 드러내기 시작했다. 작업한 서류를 숙 자매에게 넘겨 준 해강이 얼굴을 바짝 디밀었다.

"저 조퇴해도 되죠?"

"벌써? 그래도 점심은 먹고 가지, 해강 씨. 출근하자마자 퇴근한다 하면 팀장님이 별로 안 좋아하실 것 같은데. 안 그래, 희숙 씨?"

"그래, 점심시간 되면 우리가 팀장님에게 말해 줄게. 몇 시간만 더 있자. 결재받으러 가야겠네."

슬며시 자리를 뜨는 숙 자매를 보며 해강은 그럴 줄 알았다는 듯 쓴웃음을 지었다.

한두 번 겪는 일도 아니었다. 필요할 때는 온갖 감언이설로 꼬여 내고 일이 끝나면 언제 그랬냐는 듯 안면몰수다. 하지만 해강도 입사 1년 차를 지나고 있었다. 순순하게 당하기엔 그녀의 짬밥도 어느 정도 찼다.

결재를 위해 팀장을 향해 걸어가는 숙 자매를 향해 해강이 은근히 말을 붙였다.

"확인 안 해 보세요? 제가 밤새 피곤한 몸으로 작성한 거라 혹시 틀릴 수도 있잖아요."

그녀의 말에 숙 자매는 가던 걸음을 멈추고 서류를 훑어보았다. 쭉쭉쭉 내려가던 눈길이 한 군데, 두 군데, 세 군데째 멈춰 선 뒤 해강을 돌아보았다. 노려보는 숙 자매의 눈길에 해강이 배를 움켜쥐었다.

"사실 제가 생리통이 심한데도 불구하고 참아 가면서 어제 밤새서 한 거거든요. 아시잖아요. 저 생리하면 죽음인 거."

깐족거리는 것도 정도껏 해야 한다. 적절히 동정 모드로 행동을 바꾼 해강은 울상을 지었다. 아닌 게 아니라 약기운이 떨어지는지 온몸을 관통하는 통증 때문에 척추에 전율이 이는 중이었다. 허옇게 질린 얼굴과 이마에 식은땀은 옵션이었고, 다리까지 바들바들 떨리기 시작했다.

화를 내려던 숙 자매는 그녀의 상태가 거짓이 아님을 눈치채고는 못마땅한 표정을 지었다.

"일을 이렇게 해 놓고 조퇴를 하겠다고 하면 안 되지. 해강 씨가 그렇게 책임 의식 없는 사람인 줄 몰랐네."

책임 의식은 내가 아니라 당신들에게 필요한 거 아닌가요?

적반하장도 유분수지만 해강은 참았다. 참을 수밖에 없는 위치이니까.

"오타는 딱 그거 세 개예요. 아이, 믿으셔도 돼요."

"진짜지?"

"네."

"알았어. 기다려 봐."

도도한 숙 자매의 태도에 해강은 속으로 욕을 했지만 겉으론 웃었다. 승민이 깔끔하게 마무리 지은 서류를 확인하여 앞부분에서 오타 세 개를 일부러 만들어 넣은 것이었다. 사회생활이 다 그렇지, 뭐.

잠시 후 오타를 점검한 숙 자매는 팀장에게 결재를 받고 해강에게 다가와 선심 쓰듯 고개를 끄덕였다.

"팀장님 허락 떨어졌어요. 가서 쉬어요."

네, 네. 성은이 망극하옵니다. 해강은 황송하다는 듯 웃음을 짓고는 가방을 챙겼다. 승민의 얼굴을 보고 갔으면 좋겠는데 짜식은 대체 어디로 간 건지 코빼기도 보이지 않았다. 아픈 배를 부여잡은 해강은 버스 정류장으로 향했다.

오늘따라 아침부터 춥다. 하긴 12월이니 추운 게 당연하겠지만……. 찬바람에 코끝이 빨개져 왔다. 콧물이 흐르자 훌쩍거린 해강은 버스가 언제 오나 연신 고개를 옆으로 돌렸다.

"으, 춥다. 몸이 안 좋아서 더 추운 거 같아. 아! 빨리 집에 가고 싶어."

"문해강."

통증을 줄이려고 몸을 반으로 꺾어 발을 동동 구르던 해강은 제 이름을 듣고 고개를 들었다. 승민이 은색 차에서 손을 흔들고 있었다.

"타. 데려다줄게."

"뭐야. 너 어떻게 나온 거야?"

"거래처 간다고 하고 나왔지."

차에 올라 안전벨트를 매던 해강은 고개를 갸웃거렸다.

"너 어제 나랑 같이 버스 타고 출근했잖아. 이 차는 갑자기 어디서 나온 거야?"

"새벽에 잠깐 집에 갔다 왔어. 너도 어제 입던 옷인데 나까지 그러면 같이 밤샌 거 들킬 수 있잖아."

"에구, 기특해라. 그런 생각도 다 하고. 우리 승민이 다 컸네."

"내가 원래 더 컸다니까……."

승민의 머리를 쓰다듬은 해강이 입가에 미소를 지었다.

출근 시간을 넘긴 서울 시내는 시원하게 뻥뻥 뚫렸다. 편하게 집에 도착한 해강은 승민의 어깨를 툭툭 쳤다.

"고마워. 덕분에 편하게 왔다. 잘 가."

조금이라도 빨리 집에 가려고 발을 놀렸지만 통증 때문에 바들바들 떨리는 다리는 쉽게 말을 듣지 않았다. 벽을 짚으며 몸을 지탱하던 해강은 갑자기 발이 붕 뜨자 낮은 비명을 질렀다.

"꺅!"

어느새 차에서 내린 승민이 그녀를 번쩍 안아 계단을 오르고 있었다. 해강이 놀라 다리를 버둥거리자 그가 제 품으로 그녀를 바짝 끌어안았다.

"그러다 너 떨어져."

"뭐하는 거야. 걸어가면 돼. 내려놔."

"부들부들 떨리는 다리로 언제 올라가려고. 내가 안전하고 편안하게 집까지 모실 테니까 가만히 있어."

승민의 말에 해강은 몸에 힘을 빼고 그의 가슴에 편안하게 기대었다. 사실 다리뼈가 녹아 버린 듯 버티는 것이 쉽지 않았다. 생리가 시작되면 제 몸이 제 몸 같지가 않았다. 익숙한

93

체취와 따뜻한 체온이 으슬으슬 몸살 기운을 몰아내 주었다. 따뜻한 품에 몸을 맡기던 그녀가 살풋 웃었다.

"고2 때 생각난다."

"뭐?"

"나 발목 다쳤을 때 네가 며칠 동안 내 방까지 이렇게 안고 올라갔었잖아."

"아! 그때. 나도 늙었나 봐. 그때는 하나도 안 무거웠는데 오늘은 좀 무겁네. 응차."

3층쯤 왔을 때 승민이 과도하게 해강을 추슬러 안더니 기합까지 넣었다. 그 행동에 해강의 얼굴이 빨개졌다. 감히 여자에게 무겁다는 소리를 하다니……. 승민의 목에 팔을 두른 그녀가 몸에 힘을 주자 승민의 다리가 휘청거렸다.

"야, 뭐해? 힘들잖아."

"무겁다며. 나이 먹은 만큼 몸무게도 늘었거든. 당연히 무겁겠지. 힘 좀 더 써 봐. 키만 큰 멀대가. 익, 익."

"이게……."

일부러 심술을 부리느라 해강이 온몸에 힘을 꽉꽉 주자 약이 오른 승민은 그녀를 안은 손을 느슨하게 하는 동시에 갑자기 속도를 높여 한 층을 단숨에 올라갔다. 순간 덜컹거리며 롤러코스트를 탄 듯이 몸이 붕 뜨는 느낌에 해강은 심장이 내려앉는 것 같아 반사적으로 승민에게 매달렸다.

"으앗!"

그녀의 놀란 숨결이 얇은 셔츠를 통해 전해지자 승민의 입가에 장난스런 미소가 생겼다.

해강은 펄떡펄떡 뛰는 심장을 진정시키고 승민의 목을 꽉 졸라 버렸다.

"죽을래!"

"으악!"

티격태격 우여곡절 끝에 집에 들어온 해강은 우선 편한 옷으로 갈아입었다. 침대에 눕다가 나갔던 승민이 다시 들어오자 몸을 일으켰다.

"왜? 뭐 두고 갔어?"

"잠깐 앉아 봐. 어제 저녁도 대충 먹고 아침도 걸렀잖아. 이거 먹고 자."

종이봉투에서 꺼내진 죽을 보자 갑자기 식욕이 돌았다. 배가 고프긴 했지만 차려 먹기도 귀찮고 무엇보다 잠이 쏟아지던 터라 식사할 생각을 못 하고 있던 해강은 승민이 내민 죽이 반가웠다.

"이건 또 언제 사 왔대?"

"집에 다녀오면서 사 왔지. 자, 아!"

"오버하지 마. 손은 멀쩡하거든."

"그냥 입 벌려. 너도 나한테 종종 이렇게 먹여 줬잖아."

"그땐 네가 아프기도 했고 먹여 달라고 징징거렸잖아."

"그러니까 이젠 내가 해 준다고. 아."

여전히 제멋대로이다. 그녀가 눈을 흘기든 말든 승민이 숟가락을 그녀의 입 앞에 내밀었다. 마지못해 해강은 입을 벌렸

95

다. 적당히 식은 죽이 입안으로 들어왔다. 누가 먹여 주는 죽
맛은 생각보다 괜찮았다. 그녀가 입에 있던 죽을 삼키자 승민
은 또 숟가락을 내밀었다.

해강이 날름날름 죽 한 그릇을 다 비우자 약까지 챙겨 먹여
준 승민은 해강을 침대에 눕힌 뒤 아기를 싸매듯 목까지 이불
을 꼭꼭 여며 주었다.

꼼꼼히 챙겨 주는 승민의 보살핌에 해강은 울컥 뭔가가 치밀
었다. 부모님과 떨어져 서울에서 혼자 산 지 벌써 3년째였다.
곁에서 누군가 이렇게 보살펴 주는 일은 참 오랜만이었다.

이불을 잘 여며 주고 머리까지 한 번 쓰다듬은 승민이 일어
서려 하자 해강이 그를 불렀다.

"승민아."

"응? 왜? 어디 불편해?"

말 한마디에 이불 속에 꽁꽁 숨어 있는 자신을 여기저기 살
피는 승민이 듬직했다. 행복하다. 해강의 얼굴에 웃음이 고였
다.

"다시 만나서 정말 반갑다."

웃음을 담은 해강의 눈빛이 이제야 가득 차 보인다.

갑자기 집이 그렇게 되고 쫓기듯 제주도로 내려갔었을 때도
괜찮을 줄 알았다. 아빠 친구를 찾아 빚에서 해방되었을 때 모
든 것이 예전처럼 돌아갈 줄 알았다.

그러나 갚아야 할 빚이 없어져도 말 그대로 알거지가 된 가
족들은 뿔뿔이 흩어져야 했다. 해강은 서울에서, 부모님은 제

주도에서 각자 먹고 사는 일이 급했다. 변변히 마음 나눌 친구 하나 없는 그녀인지라 속상한 마음도, 힘든 내색도 누구에게 할 수 없었다.

오로지 혼자 힘으로 견뎌 내기에 그녀는 지쳐 있었다. 뭐라 도 잡고 싶었지만 잡을 그 무엇도 없었다. 그래서 모르는 척했 다. 많이 힘들구나. 정말 지쳤구나. 입 밖으로 내뱉는 순간 몸도 와르르 무너질까 봐 일부러 외면했었다.

승민이 먹여 준 죽은 맛있었고 그의 품은 따뜻했다. 무너져 가는 마음 한쪽을 승민이 받쳐 주는 것 같았다. 그냥 이렇게 보기만 해도 허전한 마음이 채워지고 있으니 말이다.

해강에게 웃어 준 승민은 잠을 청하는 그녀를 보고 집을 나 섰다.

3화
여전히 일방통행

이틀 후면 크리스마스였다. 며칠 동안 소담스럽게 내린 눈 덕분에 세상은 온통 하얀색으로 덮여 있었다. 애인이 있든, 솔로든 일단 크리스마스는 사람의 마음을 설레게 만들었다.

신제품이 출시되고 수고했다며 회식까지 거하게 했던 때가 아득하게만 느껴졌다. 사무실에는 소리 없는 한숨이 켜켜이 쌓이고 있었다. 정시에 퇴근한 것이 언제인가. 사무실 사람들은 너 나 할 것 없이 시계를 보며 입술을 깨물었다.

"팀장님, 오늘도 야근해야 돼요?"

미영이 애교 섞인 목소리로 항의를 하자 서류에 고개를 박고 있던 팀장이 눈을 들었다. 그는 핸드폰으로 시각을 확인한 뒤 사무원들을 향해 혀를 찼다.

"며칠이나 됐다고 앓는 소리를 합니까? 지금 다른 부서들도 다 똑같은 거 몰라요?"

"그래도……."

이왕 이렇게 된 거 욕을 먹더라도 끝장을 볼 양인지 미영은 말을 이었다. 그런데 팀장이 손을 들어 그 말을 막았다.

"알았어요. 사실 오늘 저녁 겸 회식하라고 회식비가 나왔으니 정리하세요."

"아우, 뭐예요?"

"진작 좀 알려 주시죠."

"그냥 퇴근하면 안 돼요, 팀장님?"

말끝에 짜증이 섞인 팀장을 보며 사람들이 야유를 퍼부었다. 꼭 저런 식이다. 정말 중요한 사실은 쏙 빼놓고 얘기하는 것. 게다가 짜증 섞인 말투까지. 미리 좀 알려 주지. 그랬다면 일의 효율이 더 컸을 텐데…….

사람들의 야유와 원성이 높아지고 퇴근을 하겠다는 소리가 나오자 팀장이 목소리를 키웠다.

"겸사겸사 이승민 씨 환영회도 할 테니 빠지는 사람 없도록 합시다."

그러자 집에 가도 되냐고 투정을 부리던 여자 직원 몇몇의 입이 꼭 다물어짐과 동시에 눈동자에 광채가 어리기 시작했다.

❖   ❖   ❖

연말이라 식당마다 사람들이 그득했다. 다행히 팀장이 미리 예약을 해 놓아 기다리지 않고 식사를 할 수 있었지만 늘 오던 식당에 삼겹살과 소주를 본 숙 자매를 비롯한 여직원들은 별로 좋지 않은 기색이었다.

"맨날 삼겹살이야. 연말 회식인데 좀 깔끔한 곳에 가면 안 되나?"

구시렁거리는 말을 못 들은 척 팀장이 모두의 잔에 술을 따라 주고 잔을 들었다.

"힘든 거 압니다. 하지만 회사가 살아야 나도 사는 거니까 좀 더 힘냅시다. 자, 건배!"

"건배!"

마음에 들진 않았지만 팀장의 말이 틀린 건 아니니 불만으로 툭 나왔던 입들이 들어갔다. 어쨌거나 야근을 할 때보다 마음이 편해진 것은 사실이었다.

해강은 잘 익은 고기와 파채를 상추에 싸서 입에 넣었다. 얼마 만에 먹어 보는 고기인지 입에서 살살 녹았다.

"승민 씨, 여기 잔 받아요."

"네."

"입사한 거 축하하고, 앞으로 잘 지내요."

번갈아 가며 승민의 잔을 채워 준 숙 자매는 과도한 눈웃음까지 쳤다. 그녀들이 돌아가자 기다렸다는 듯 미영을 비롯해 남녀 직원들이 주르륵 그에게 술을 권하였다. 비우지 못한 술

잔 대여섯 개가 그의 앞에서 순서를 기다리고 있었다.

대각선에 앉은 해강은 눈을 찡그리며 술을 마시는 승민을 보고 걱정스런 표정을 지었다. 저 녀석 술은 잘 못하는데…… 환영회를 겸한 것이라 거절도 못 하는 그를 보며 해강은 손에 든 쌈을 입에 넣고 승민의 곁으로 다가갔다.

"승민 씨, 내 잔도 받아요."

"어? 아, 네."

승민의 옆자리를 비집고 앉은 해강은 여직원들의 따가운 눈총을 애써 무시했다. 앞에 놓인 술을 다 마시면 승민은 아마 내일 아침 해를 못 볼 수도 있다. 그러니 눈총에 맞아 죽더라도 승민을 구해야 했다.

해강은 새로운 술잔에 술을 따르며 인사치레를 했다.

"제가 사수니까 저에게 제일 잘 보여야 하는 거 알죠?"

"알죠. 잘 부탁드립니다."

승민이 활짝 웃자 삼겹살을 든 젓가락과 술잔들이 공중에서 멈추었다. 스물일곱이나 먹은 남자의 웃음이 저리 해맑고 순수할 수 있다니. 여직원들은 그저 감사할 따름이었다.

옆에 앉은 해강은 상추를 드는 척 승민의 술잔을 들어 한입에 털어 넣었다.

"대리님, 거기 김치 좀 주세요."

"여기."

해강은 승민의 다른 편에 앉아 있는 대리에게 김치를 받는 척 다른 술잔을 들어 역시 한입에 마셨다. 비슷한 방법으로 앞에 있는 술잔을 모두 해치운 그녀는 한숨을 내쉬었다. 술이 세긴 하지만 연거푸 대여섯 잔을 마시니 머리가 띵했다. 그러자 승민이 상 아래로 슬그머니 상추쌈을 내밀었다. 잘 구워진 마늘의 향에 만족하며 해강은 쌈을 달게 먹었다.

"승민 씨, 샐러드 좀 먹어 볼래요? 여기 샐러드가 참 맛있어요."

"아, 네."

희숙이 생글생글 웃으며 샐러드를 내밀자 승민도 웃으며 접시를 받았다. 하지만 접시 안의 내용을 확인한 순간 승민은 난처한 얼굴이 되었다. 식당에서 직접 만든 분홍색 소스와 함께 온갖 과일과 야채가 소담스럽게 담겨 있었기 때문이다. 그중에서 유독 초록색이 선명한 오이가 눈에 확 들어왔다.

몸 상태가 좋지 않을 때, 가끔 승민이 오이 알레르기 증상을 보이는 것을 알고 있는 해강은 희숙이 샐러드를 담아 오는 순간부터 저도 모르게 긴장을 하고 있었다.

승민이 접시를 앞에 조심스럽게 내려놓자 희숙의 집요한 눈길이 어서 먹으라는 듯 재촉을 했다. 오이 알레르기가 있다는 말을 해도 되지만 첫날부터 그런 설명을 하는 건 좀 그랬다. 게다가 항상 알레르기 증세가 있는 건 아니니 괜히 밉보일 수도 있었다.

그는 머뭇거리는 손으로 소스에 범벅이 된 사과를 콕 찍어 입에 넣었다. 오이 향이 나는 것 같아 도대체 무슨 맛인지 알 수가 없었지만 어색한 웃음과 함께 꿀꺽 삼켰다.

희숙이 만족한 듯 자기 자리로 돌아가자 해강은 옆 사람과 대화를 하며 번개 같은 손놀림으로 접시의 오이를 낚아채 볼이 미어지도록 입에 넣었다.

승민은 무사히 구했지만 배가 부르도록 마신 소주와 오이 때문에 결국 고기를 별로 먹지 못한 해강은 아쉬움에 식당을 나오면서 승민의 옆구리를 팔꿈치로 꾹 찔렀다.

나중에 고기 사.

해강의 입 모양을 보고 고개를 끄덕이던 승민은 미영이 돌아보자 태연하게 웃음을 지었다.

회식이 길어지는 걸 별로 좋아하지 않는 팀장과 피곤해하는 남자 직원 몇이 귀가를 하자 숙 자매가 승민의 양옆에 섰다.

"노래방 가지 않을래요?"

"좋다. 가자. 가요. 승민 씨. 요기 시설 괜찮은 곳 있어요."

"제가 노래를 좀 못해서……."

승민이 손을 저으며 몸을 빼자 미영까지 합세를 했다.

"그냥 분위기 타는 거지. 노래 안 해도 되니까 가요. 네?"

"그게……."

난처해하는 승민의 대답은 듣지도 않은 영숙이 해강을 향해 눈길을 힐끔거리며 마지못해 입을 열었다.

"해강 씨도 노래방 갈 건가?"

오지 말라는 뉘앙스가 짙게 풍기는 질문에 어이가 없었지만 예쁘게 웃음 지은 그녀는 당연하다는 듯 대답을 했다.

"그렇게 원하시는데 당연히 가야죠. 걱정 마세요."

103

떨떠름해진 숙 자매의 얼굴을 못 본 척 해강이 너스레를 떨었다.

미영은 그런 해강을 그녀 모르게 훔쳐보았다. 뭔지 모르지만 이상한 기류가 느껴진다. 지난번 같이 출근할 때는 그런가 보다 했는데 계속 볼수록 어쩐지 승민과 해강이 아는 사이처럼 느껴졌다.

해강보다 한 살 어리지만 입사는 먼저 한 탓에 사회 물도 더 먹었고 눈치라면 둘째가라면 서러울 정도로 빠르기 때문에 미영은 제 직감을 믿고 좀 더 지켜보기로 했다.

노래방에 도착한 사람들은 말하지 않아도 직급 순서대로 버튼을 눌렀다. 분위기 띄우기용 트로트와 숙 자매의 섹시한 노래, 미영과 해강의 최신 유행곡까지 마치고 나자 승민의 차례가 되었다.

"승민 씨는 왜 노래 안 골라요?"

"아까 노래 안 해도 된다고 하셨는데……."

"어머! 누가?"

"여기 미영 씨가……."

"내가요? 언제 그랬어요? 누구 들은 사람 있으세요?"

완전 오리발을 내미는 미영과 그에 맞장구를 치는 숙 자매를 보며 승민은 당했다는 표정을 지었다. 그리고 그런 승민을 해강은 동정 어린 눈으로 바라보았다. 앞과 다른 뒷말……. 한두 번 당한 것이 아니라 놀랍지도 않았다.

한참 고민하던 승민은 입술을 깨물며 앞으로 나갔고 숙 자매와 미영은 눈 한 번 깜빡이지 않고 승민에게 온 신경을 집중했다. 저 외모에, 저 목소리로 하는 노래가 어찌 기대되지 않겠는가?

전주가 흐르자 승민은 손으로 이마를 만지작거리며 혀를 내밀어 입술을 축였다. 노래는 시작도 안 했는데 그 동작 하나에 숙 자매의 눈이 벌써 풀리고 있었다. 잠시 후 상큼 발랄한 노래가 시작되었다.

"내 여자 친구가 되어 줄래. 이 세상에서 나만큼 널 아껴 주는 남자가 없다는 걸 알잖아. 널 보면 심장이 내려앉고 네 입술만 훔쳐보게 돼. 이제 그만 애태우고 OK라고 말해 줘."

목의 힘줄이 드러나도록 열창을 하는 승민을 보며 숙 자매와 미영은 이미 구름 위를 둥둥 떠다니는 기분이었다. 가끔 자신들을 향해 눈길을 던지며 활짝 웃음 짓는 모습이 마치 고백이라도 받는 듯한 착각이 들어 세 사람은 각각 상상의 나래 속에 빠져들고 있었다.

그러나 해강은 입을 일그러뜨리며 억지로 웃음을 지을 뿐이었다. 저 노래는 승민이 저에게 여친이 되어 달라고 조를 때 부르는 18번이었기 때문이다.

한 술 더 떠 제 노래에 흥이 난 승민이 허리에 손을 얹고 엉덩이까지 살랑살랑 흔들자 노래방 안은 자지러지는 여자들의 비명 소리로 가득 차 귀가 다 먹먹할 정도였다.

"저거 또 시작이다. 군대를 다녀와도 여전히 철이 없네. 쯧쯧쯧."

"승민 씨 있잖아요."

"네?"

중얼거리던 해강은 저를 부르는 것도 아닌데 미영의 말소리에 화들짝 놀라 대답을 했다. 미영은 여전히 승민을 바라보며 꿈결처럼 속삭였다.

"노래 참 잘 부르네요. 안 그래요?"

"뭐, 그럭저럭이요."

"춤도 어쩜 저렇게 잘 출까? 진짜 귀여워 죽겠다."

"저건 춤이라기보다는 율동에 가깝지 않아요? 뻣뻣하게 흔드는 게 유치원 애들 재롱 잔치 보는 거 같은데……."

코웃음을 날리며 승민의 춤을 평가 절하하던 해강은 노려보는 미영의 눈빛에 찔끔 입을 다물었다. 눈에 콩깍지가 쓰인 것 같은데 춤이면 어떻고 율동이면 어떠랴. 해강은 미영의 눈을 피해 음료수를 홀짝거렸다.

여직원들의 강력한 지지에 힘입어 승민은 노래를 연거푸 세 곡이나 부른 뒤 자리에 앉을 수 있었다. 그러나 힘겨워하는 제 등을 남모르게 쓸어 준 해강 덕분에 승민은 고생한 보람을 느꼈다. 이번엔 제 노래를 해강이 받아 줬을까 눈치를 살폈지만 평소와 같은 그녀를 보고 약간의 실망도 느꼈다.

노래방에서 나온 사람들은 그곳에서 추가로 마신 술 때문에 모두 비틀거렸다. 잽싸게 숙 자매를 보낸 사람들 몇몇이 3차를 떠났고 노래방 앞 도로에는 승민과 해강, 미영만이 남게 되었다. 몹시 피곤한 해강도 택시를 잡기 위해 도로를 살폈다.

"저도 갈게요. 내일 봬요."

"같이 가요, 해강 씨. 저도 그쪽 방향이거든요. 택시!"

말이 끝나기가 무섭게 승민이 택시를 잡더니 해강의 팔을 끌었다. 그 모습을 본 미영의 눈이 순식간에 가늘어졌다. 속으로 '아버지!'를 외친 해강이었지만 항의할 틈도 없이 승민의 손에 잡혀 택시 안으로 쏙 들어가고 말았다.

택시가 떠나자 팔짱을 낀 미영은 입을 오므렸다.

"뭔가 있는데, 저 둘. 뭔가 있어."

택시가 미영에게서 멀어지자 해강이 승민의 뒤통수를 탁 때렸다.

"아야! 왜 그래?"

"우리 모르는 사이라니까 왜 자꾸 아는 척해? 너 머리 좋다며! 미영 씨 눈치가 얼마나 빠른 줄 알아? 그런데 그 앞에서 자꾸 나랑 말 섞고 팔 잡고 하면 어떡해! 제발 조심 좀 해라."

"그냥 술김에 그랬다고 하면 되잖아. 아무튼 남 이목에 신경을 너무 쓴다니까."

"난 사회생활이 고달프다. 너라도 날 도와줘라. 부탁이다, 미니야."

"알았어. 아함, 술 마셨더니 졸리다."

대수롭지 않게 대답하는 녀석이 더 불만이라 해강은 입을 삐쭉거렸다.

하품을 한 승민은 눈을 감으며 해강의 어깨에 고개를 기댔다. 아주 작은 어깨인데, 큰 키를 구부려야 기댈 수 있는 어깨인데 언제나 편했다. 해강의 목에 코를 대고 숨을 쉬던 승민은 만족스러운 미소를 머금고 금세 잠이 들었다.

툴툴거리던 해강은 승민이 잠이 들자 살며시 얼굴을 만져 보았다.

"다행이네. 알레르기 증상도 안 나타나는 거 같고, 술기운 도 많이 가신 거 같고……."

해강은 불편할까 봐 승민이 깨지 않게 조심하며 최대한 허리를 꼿꼿하게 폈다. 그래도 여전히 불편한 것은 마찬가지겠지만…….

❋　　　　❋　　　　❋

크리스마스이브라고 일이 없는 건 아니다. 다행히 퇴근도 함께 온다는 사실이 그나마 위안이 되었다.

"으갸갸갸, 퇴근이 오기는 하는구나."

해강이 굳은 어깨를 풀기 위해 기지개를 켜자 여기저기에서 비슷한 신음들이 들렸다. 매일 이렇게 일을 한다면 업계 1위는 따 놓은 당상일 텐데…….

연인이 있는 사람들은 연신 시계를 보며 바람처럼 사무실을 빠져나갔고 연인이 없는 사람들도 일단 서둘러 회사 건물을 빠져나갔다. 회사에만 들어오면 삭신이 쑤시고 온몸이 노곤해지는 걸 보니 수맥이 흐르는 것이 틀림없었다. 해강도 책상을 정리하고 사무실을 나섰다.

눈송이가 하나둘 떨어지고 있었다. 미영은 한숨을 폭 내쉬었다. 눈을 보니 옆구리가 더 시린 것 같아 선뜻 집으로 걸음을 옮기지 못하고 있었다.

크리스마스에 혼자라는 것이 쓸쓸해 퇴근을 하고 있는 사람들을 쭉 둘러보았다. 숙 자매에게 눈길이 멈추었지만, 이 지구에 단세 사람만 남아도 절대 숙 자매는 아니었다. 숙 자매를 제외하니 남은 사람은 해강과 승민이다. 미영은 입맛을 다시며 둘을 보았다. 자신의 감으로 봤을 때 둘은 뭔가가 있었다. 미영의 눈빛이 번쩍거린다.

심심한데 저 둘이나 파 볼까?

미영이 음흉한 미소를 숨긴 채 살피고 있는 줄도 모르고 승민은 해강에게 연신 문자를 보내고 있었다.

〈뭐할래?〉
〈하긴 뭘 해! 피곤해.〉
〈크리스마스이브잖아.〉
〈나 부처님 믿거든.〉
〈절에 가는 걸 본 적이 없구먼. 크리스마스에 부처님 팔지 마!〉

"해강 씨."
"네?"
승민의 문자에 답을 보내던 해강은 미영의 부름에 얼른 핸드폰을 감추며 자연스럽게 대답을 했다.

"그냥 가기 뭐한데 우리 가볍게 한잔할래요?"

"그럴까요?"

해강이 미영의 제안에 맞장구를 치자 승민은 기가 막혔다. 제가 놀자고 할 때는 피곤하다고 거절했으면서 미영의 말에는 단박에 OK라니……

뒤통수를 노려보았지만 해강은 아랑곳하지 않고 미영과 사이좋게 술집을 향했다. 두 사람이 멀어지자 승민이 다급하게 외쳤다.

"나도 같이 가요!"

해강을 부르면 승민도 당연히 온다고 할 것 같았는데 예감이 맞았다. 미영은 흥미 가득한 눈으로 두 사람을 번갈아 보았다.

✿   ✿   ✿

날이 날인지라 술집은 사람들로 빽빽했다. 간신이 테이블을 잡은 셋은 생맥주로 일단 목을 축였다. 저녁도 먹지 않았지만 이런 날에는 밥보다 술이 더 당기기 마련이었다. 말없이 술잔을 기울이던 미영이 해강과 승민을 바라보았다.

이렇게 보면 둘이 모르는 사람 같은데, 또 어떻게 보면 예전부터 알고 있는 사람들 같고. 간만에 활력을 불어넣는 일이 생겨 미영은 둘을 유심히 관찰하였다. 그러다 문득 생각난 듯 승민에게 말을 걸었다.

"참, 승민 씨 애인 있다고 하지 않았어요? 오늘 같은 날 안 만나요?"

"아, 맞다. 애인 있다고 했잖아……요. 궁금하네요. 어떤 여자 인지……."

해강도 호기심이 발동하여 승민을 바라보았다. 그동안 그의 곁에 여자가 있던 적은 한 번도 없었다. 거짓말 조금 보태어 눈뜰 때부터 잠이 들 때까지 늘 붙어 다녔지만 승민이 관심을 보였던 여자는 자신뿐이었다. 그러니 애인이라는 말에 호기심이 이는 건 당연했다. 저와 떨어져 있던 5년 동안 사귄 여자가 어떤 여자인지 정말 궁금했다.

미영의 질문에 승민은 입가에 묻은 맥주를 손등으로 닦고는 고개를 흔들었다.

"사실 애인이라고 하기는 그래요."

"왜요?"

"그러게. 왜……요?"

자꾸 반말이 튀어 나가 재빨리 말을 정정한 해강도 미영처럼 눈을 빛내며 승민을 바라보았다. 고개를 숙이자 긴 속눈썹이 그늘을 만들었다. 어쩐지 쓸쓸해 보이는 표정에 해강은 괜히 마음이 짠해졌다.

"짝사랑이에요. 그 애는 절 남자로 보질 않아서요."

"세상에……. 승민 씨 같은 사람을 마다하는 간 큰 여자가 있어요? 누군지 얼굴 한번 보고 싶네."

미영의 말에 위안을 얻었는지 그의 입가에 미소가 약간 생겼다. 흔치 않은 착한 외모에, 학벌 좋아, 직장 좋아, 성격도 착한 것 같은데 어째서 저런 남자를 마다하는지……. 미영은 제가 괜히 안타까웠다.

그러나 해강은 슬그머니 승민의 눈을 피했다. 저 들으라고 하는 소리구나. 하긴 20년 넘게 생기지 않던 애인이 5년 만에 생겼을 리 없었다. 하지만 사람의 마음을 어찌 인력으로 바꿀 수 있냔 말이다.

"진심은 통한다잖아요. 언젠간 알아주겠죠."

"그렇겠죠?"

여전히 입가에 고인 미소가 쓸쓸했다. 분위기가 순식간에 칙칙해지자 미영은 입을 다물었다. 혼자 집에 가면 기분이 가라앉을 것 같아 일부러 나온 자리인데 이런 분위기이면 곤란하다. 미영은 술잔을 높이 들었다.

"자, 자. 오늘은 다 잊고 그냥 마시죠. 건배!"

주거니 받거니 빈속에 마신 알코올은 평소보다 흡수가 빨랐고, 안주만 집어 먹은 승민은 멀쩡했지만 신나게 마신 해강과 미영은 반쯤 정신을 놓은 상태였다. 이런저런 얘기를 하던 미영은 갑자기 승민과 해강의 관계를 캐야 된다는 생각이 들어 해강을 바라보았다.

"해강 씨도 애인, 히끅, 없죠?"

"알면서 물어요."

"그럼 이상형은 뭐예요? 내가 소개팅이라도 시켜 줄까요?"

"진짜?"

이 여자들이! 딸꾹질에 반쯤 꼬부라진 혀로 이상한 소리를 늘어놓고 있다. 오징어를 뜯던 승민은 소개팅이라는 말에 미영과 해강을 번갈아 째려보았지만 기대로 인해 반짝이는 해강의 눈은 미영에게 고정된 상태였다. 정말 소개팅을 시켜 줄 생각인지 자세를 바로 한 미영이 진지하게 들을 준비를 했다.

"말해 봐요."

"일단 쌍꺼풀이 없어야 돼요. 박서준이나 소지섭처럼 외까풀의 눈으로 그윽하게 제 여자를 바라보거나 살짝 힘을 줄 때 터져 나오는 카리스마! 남자라면 눈으로 뿜어 대는 카리스마가 있어야죠. 안 그래요?"

"소지섭 좋아해요? 나돈데. 이번 영화 '샐러리맨' 봤어요? 거기서 액션 완전 죽이죠?"

"봤어요! 봤어요! 어쩜 다리가 그렇게 긴지 머리끝에서 발끝까지 보려면 3박 4일은 걸릴 것 같더라니까요!"

"그렇죠? 카리스마 하면 소지섭이지. 그 샐러리맨에서 여배우 죽을 때 그 눈에 고인 눈물……. 완전 반하지 않을 수 없는 눈이잖아요."

"그 무심하고 냉정한 눈길이 어쩜 그리 촉촉하게 변하는지. 미영 씨 사람 볼 줄 아네요."

"우리 의외로 잘 통하는데요? 건배!"

"건배!"

둘이 신이 나서 잔을 비우자 승민은 옆에서 툴툴거렸다.

쌍꺼풀이 있든 없든 그게 무슨 상관인가? 중요한 것은 눈동자에 담긴 진심이지. 그러면서 핸드폰을 들어 쌍꺼풀이 진 제 눈을 들여다보았다. 소처럼 커다랗고 순한 눈이었다. 카리스 마? 눈에 힘을 주자 뭐 나름 멋져 보였다.

"이 정도면 나도 카리스마 있는데……."

"승민 씨!"

"왜요?"

"술이 없어. 빨리 좀 시켜 봐."

해강의 말에 승민이 약간 짜증 섞인 말투로 대답을 했지만 눈치를 채지 못했는지 아예 말까지 놓았다. 다행히 미영도 같이 정신을 놓은 덕에 해강의 반말은 별 탈 없이 지나갔다. 술을 시 킨 해강은 미영에게로 다시 고개를 돌렸다.

"참! 미영 씨 애인 있지 않아요? 히끅, 저번에 보니까 회사 앞에서 기다리고 그러던데……."

해강의 말에 미영은 긴 한숨을 토해 냈다.

"헤어졌어요. 보름 전쯤에. 휴우, 난 그게 징크스예요. 남자 친구랑 크리스마스를 같이 보낸 적이 없다니까요! 잘되다가도 꼭 크리스마스를 앞두고 헤어져요. 조상 중에 노처녀로 죽은 분 이 있는 게 분명하다니까. 1년을 넘긴 적이 없어. 에잇!"

"그랬구나. 안됐다."

"크리스마스 때 남친이랑 하고 싶은 거 참 많았는데……. 같 이 영화도 보고, 근사한 레스토랑에 가서 와인도 마시고, 히끅, 명동 거리도 걷고……. 그런데 크리스마스 직전이 되면 꼭 이별 을 하게 되니 미치겠다고요."

"어쩐지 이해가 될 것 같네요. 나도 크리스마스 때 하고 싶은 거 있는데……."

흥분한 미영의 말에 해강이 입가에 미소를 띠며 중얼거리자 승민은 귀를 쫑긋했다. 크리스마스에 하고 싶은 일이라니. 저에게는 한 번도 얘기한 적이 없었다.

반쯤 풀린 눈으로 미영이 해강에게 다음 말을 재촉했다.

"하고 싶은 게 뭔데요?"

"파자마 파티."

파자마 파티? 생전 처음 들어본 말에 승민은 고개를 갸웃거리며 더욱 집중을 했다.

"친한 여자 친구들끼리 잠옷 입고 밤새도록 맛있는 거 먹으면서 수다 떠는 거. 나 그거 해 보고 싶었어요."

해강의 소망 어린 목소리에 미영이 의외라는 듯 입을 열었다.

"해강 씨, 성격 좋아서 친구들한테 인기 많았을 것 같은데, 파자마 파티 한 번도 못 해 봤어요?"

"그게, 저 사실 여자 친구가 거의 없어요. 학교 다닐 때 왕따였거든요."

"왕따? 왜? 전혀 안 그래 보이는데……."

"그럴 일이 있었어요."

해강이 입을 다물자 미영도 더 이상 묻지 않았다. 대신 제안을 했다.

"음…… 그럼 내가 친구 해 줄까요?"

"미영 씨랑? 내가 한 살 더 많은데?"

"사회에선 아래위 5년은 친구 먹는 거래요. 그냥 친구 해요."

"그럴까? 좋다. 친구 먹자."

"오케이. 그런 의미에서 2차 어때?"

"좋지. 가자."

이야기의 끝은 화기애애했다. 소개팅 얘기도 흐지부지 끝나고 술로 화제가 돌아가자 한시름이 놓였다.

그러나 문제는 두 여자를 따라다니며 시중을 들게 된 승민에게 있었다. 술로 떡이 된 여자 둘을 건사하기란 그리 쉬운 일이 아니었다. 해강이 혼자라면 업어 버리면 됐지만 미영까지 다리에 힘이 풀린 채였다. 양쪽에 각각 해강과 미영을 끌어안은 승민은 이를 박박 갈았다.

"이 여자들 때문에 내가 제명에 못 산다. 끙."

"야! 3차 가자! 3차!"

"히끅. 우리 4차 아니야? 4차 가자! 오늘 죽는 거야!"

죽긴. 내가 먼저 죽겠다고!

사정없이 꼬인 발음처럼 꼬인 발걸음으로 비틀거리며 3차, 4차를 외치는 여자들을 간신히 끌어안고 있던 승민은 타지 않겠다고 뻗대는 미영을 택시 안으로 억지로 구겨 넣었다.

"아저씨, 잘 데려다 주세요."

"4차! 히끅. 미영아. 4차 가자!"

"가만 좀 있어 봐! 아저씨 빨리 가세요! 빨리."

승민은 옆에서 손을 허우적대며 미영을 부르는 해강을 붙들고 택시를 출발시켰다. 하나라도 보내야 정신을 챙길 수 있을 것 같았다.

"내 친구! 미영이, 미영이 어디 갔어?"

"집에 갔어. 너도, 꿍차. 집에 가자."

"미영이랑 놀 거야! 넌 저리 가!"

"가만히 좀 있으라고! 확 바닥에 버리기 전에."

"미영이랑…… 놀건데……."

처음엔 버둥거리던 해강은 제풀에 지쳐 승민의 등에 얌전히 업혔다. 승민의 목에 팔을 두른 해강이 몸을 가누지 못해 고개를 이리저리 돌리자 뜨거운 숨결이 목덜미에 흩어졌다. 그러나 이내 잠이 들었는지 몸이 느슨하게 늘어졌다.

12시가 훌쩍 넘은 시각이었지만 크리스마스이브답게 거리는 사람들로 가득했고 눈이 부신 트리가 곳곳에 있어 마치 루미나리에에 온 것 같았다. 해강의 체온이 더해져 하나도 춥지 않았지만 그의 마음은 왠지 추웠다.

해강에 대해 모든 것을 안다고 생각했는데 왕따라니.

학창 시절 해강에게 특별히 친한 여자 친구가 없었다는 건 알고 있었다. 하지만 왕따를 당했을 거라고는 상상도 못 했다. 항상 씩씩했고, 그가 필요할 때는 언제나 곁에 있어 주었고, 제 할 일을 똑 부러지게 잘했었다.

앞가림을 알아서 했기에 그녀의 부모님뿐만 아니라 제 부모님에게도 신뢰받고 학교 선생님들에게도 사랑받았다. 그런데

117

또래들 사이에서 왕따였다니…….

입술을 꽉 깨문 승민이 중얼거렸다.

"미안해. 미안하다. 해강아."

5년 만에 만났는데 자꾸 미안한 일만 생긴다. 그녀를 업은 승민의 마음이 천근만근 무거워졌다.

✦　　　✦　　　✦

침대 위 창으로 햇빛이 쏟아져 들어왔다. 눈부신 햇살이 잠을 방해하자 뒤척이던 해강은 목이 말라 잠에서 깼다. 눈이 뻑뻑하고 머리도 아팠다.

"아으, 머리야."

이마를 부여잡은 해강은 냉장고를 열려다 문에 붙은 쪽지를 보고 눈을 끔벅거렸다.

싱크대에 꿀물 있어. 너무 찬 거 먹으면 속 더 안 좋으니까 마시고 전화해.

해강의 입이 옆으로 길게 찢어졌다. 이쁜 녀석. 그녀는 유리컵의 뚜껑을 열고 미지근해진 꿀물을 마셨다. 맛있다. 한 방울도 남기지 않고 마신 해강은 승민에게 전화를 했다.

몇 번의 신호음이 가자 그가 전화를 받았다.

"어, 나야."

118

─잘 잤어?

"잘 잤지. 넌 잘 들어간 거야? 나 집에 어떻게 왔어?"

핸드폰 너머가 조용했다. 그래서 대답을 재촉했다.

"어떻게 왔냐고?"

─술이 떡이 돼서 갔다. 해장이나 하게 우리 집으로 와.

"그래."

승민이 알려 준 주소대로 발걸음을 옮긴 해강은 눈이 휘둥
그레졌다. 자기가 살고 있는 동네와 불과 서너 정거장 떨어져
있는 곳이었지만 비교조차 할 수 없을 만큼 고급 오피스텔들
이 늘어져 있었다.

초인종을 누르자 티셔츠에 면바지를 입은 편한 차림의 승민
이 반갑게 맞아 주었다.

"내가 데리러 간다니까."

"잠깐 들를 곳도 있고. 뭐하러 왔다 갔다 해. 근데 너 로또
맞았어? 집이 끝내준다."

"우리 집 아니야. 사촌 형 건데 잠깐 빌려서 있는 거야. 주
스?"

"아니, 물. 그나저나 나 어제 어떻게 집에 간 거야?"

"어떻게 갔겠어? 내가 데려다줬지. 술에 취해 축 늘어진 1톤
의 너를 업고 죽을힘을 다해 왔지."

"까분다. 미영 씨는 잘 갔어?"

"잘 갔겠지."

무심한 말투에 해강이 고개를 흔들었다. 그러자 물컵을 내민 승민이 '뭐?'라며 입 모양으로 물었다.

　"넌 어쩜 하나도 안 변했니? 대체 관심 있는 게 뭐야?"

　"너."

　헐. 순간 소름이 쫙 돋았다. 27년, 아니, 떨어져 있던 5년과 기억나지 않은 세 살 때까지의 세월을 뺀 19년 동안 항상 듣던 말인데 오늘따라 소름이 끼친다. 해강은 눈을 가늘게 하고 몸을 앞으로 내밀었다.

　"넌 그런 말이 그렇게 자동으로 나오니?"

　"뭐가?"

　"됐다. 근데 네 집도 아니라면서 집들이하려고 부른 건 아닐 테고 여긴 왜 오란 거야?"

　"크리스마스잖아. 파티하자고."

　해강은 파티 준비라며 승민이 내민 쇼핑백 안을 보고 미소를 지었다. 그리고 승민이 입고 나온 옷을 봤을 때는 박장대소를 하고 말았다.

　"푸하하하하! 웃겨! 너 완전 웃겨! 하하하하하!"

　"사이즈가 없더라고."

　승민이 내민 쇼핑백에는 분홍색 바탕에 앙증맞은 병아리 그림이 그려져 있고 귀여운 프릴이 달린 파자마가 들어 있었다. 스물일곱이 입기에는 조금 간지러운 그 잠옷을 승민도 입고 나온 것이었다. 게다가 길이가 맞지 않아 팔도 다리도 깡똥해 저절로 웃음이 터져 나왔다.

한 술 더 떠 아기자기한 레이스가 달린 모자까지 내밀자 해강은 배를 잡고 거실 바닥을 뒹굴었다. 한바탕 웃고 나니 온몸 구석구석 엔도르핀이 돌아 그야말로 최고의 기분이 되었다.

아직도 눈가에 고여 있는 눈물을 닦아 낸 해강은 승민을 도와 카펫 위로 음식들을 날랐다. 불떡볶이와 팝콘, 참치 마요 주먹밥, 마지막으로 와인을 세팅한 둘은 소파에 등을 기대고 똑같은 파자마를 입고 나란히 앉았다.

"와인에 떡볶이랑 주먹밥이 어울리냐? 최소한 치즈라든가, 훈제 연어 같은 거랑 먹어야 하는 거 아니야?"

"파자마 파티에는 떡볶이랑 주먹밥이지. 그냥 탄산음료 내놓을까 했는데 그것까지는 차마 못 하겠더라. 자, 한잔해."

"여자 잠옷은 입으면서 탄산음료는 왜 안 돼?"

"그래도 파티인데 와인은 있어야지. 그나저나 옷걸이가 좋아서 그런지 난 뭘 입어도 핏이 산다. 어때, 잘 어울리지 않아?"

모델처럼 이리저리 포즈를 취하며 떠는 괜한 너스레에 해강은 웃고 말았다. 어제 술자리에서 한 말을 마음에 담아 두었나 보다. 언제나 제 마음을 잘 읽어 주는 승민이 고마웠다.

와인을 입에 넣고 음미하던 해강이 갑자기 자기 가방을 찾았다. 그리고 그에게 무언가를 내밀었다.

"뭐야?"

"크리스마스 선물."

"선물?"

승민의 입이 대번 커다랗게 벌어졌다.

"향수네."

"너 멋 부리는 거 좋아하잖아. 비싼 건 아니야."

향을 맡아 본 승민의 얼굴에 웃음이 피어났다. 손목과 귀 뒤에 향수를 바른 그가 갑자기 해강을 꼭 껴안았다. 얼굴까지 마구 비비자 기겁한 해강은 그를 밀어냈다.

"뭐하는 거야?"

"영역 표시. 너한테 내 냄새 배라고."

"네가 동물이냐? 영역 표시를 하게?"

"인간도 어차피 동물이야. 내 거라고 표시하는 거야. 아! 잘못했다. 향수가 아니라 그냥 내 냄새를 배게 해야 진짜 영역 표시인데."

"까불래? 죽을래?"

"윽!"

배에 해강의 주먹을 맞은 승민이 과장되게 아픈 표정을 짓고는 뒤로 벌렁 넘어졌다. 잠시 후 몸을 일으킨 승민이 주먹을 쥐고 앞으로 내밀자 해강이 눈을 부라렸다.

뭐하라고?

"나도 선물."

"선물?"

배시시 웃음이 고인다. 그녀가 손을 내밀자 손바닥 위로 은색의 가느다란 줄이 길게 늘어졌다.

"팔찌?"

"그냥 팔찌 아니라 은팔찌. 어디에도 가지 못하게 수갑 채우는 거야."

"쯧쯧쯧, 드라마가 사람 버려 놨다."

말은 그렇게 해도 오랜만에 받아 보는 선물에 기분이 한껏 올라갔다.

해강의 팔목에 가느다란 팔찌가 채워졌다. 은색의 가는 체인 중간중간 알파벳 M 모양이 달려 있었다.

"내 이름 이니셜인 M을 넣은 거니까 길 잃어버리면 경찰서에 가서 나 불러 달라고 해."

"내가 애냐? 길을 잃어버리게……."

타박을 놓았지만 기분은 좋았다. 든든한 보호자가 생긴 것 같았다. 씨익 웃음 지은 승민이 카펫에 엎드렸다.

"선물 교환도 끝났으니까 이제 수다를 떨어 볼까?"

텔레비전에서 크리스마스 특선으로 로맨틱 코미디를 방영하고 있었다. 눈이 내리는 거리를 두 연인이 다정하게 걷고 있었지만 영화는 보는 둥 마는 둥 얘기에 빠진 둘은 와인 한 병이 바닥 날 때까지 수다를 떨었다.

승민의 군대 이야기, 캐나다로 가신 그의 부모님 이야기, 해강의 가족이 제주도에서 겪었던 여러 가지 사건들. 지난번에 다 하지 못했던 5년간의 이야기는 밤늦도록 계속되었다.

어둠이 사방을 짙게 물들이자 쌩쌩한 승민과 다르게 어제 과음한 해강은 졸음이 왔다. 카펫에 엎드린 그녀는 반쯤 잠이 든 상태에서 중얼거렸다.

"근데 승민아."

"응?"

"넌 한 번도 나한테 화를 안 낸다."

"너 내가 화낼 일 했어?"

"아니. 으음, 지금까지 내가 뭐라 하든 한 번도, 나에게 화를 낸 적이 없잖아."

"그랬나? 화낼 일이 없었나 보지."

"넌 나한테, 아함. 너무 관대한 거 같아."

해강이 스르르 잠이 들자 승민은 조심스럽게 와인 잔과 안주 접시들을 치웠다. 카펫 위를 정리하고 이불을 가져다 덮어 주자 해강의 얼굴에 만족스러운 미소가 번졌다. 그 옆에 팔을 괴고 누운 승민이 해강의 어깨를 토닥거려 주었다.

"화낼 일 한 적 한 번도 없었어. 단 한 번도."

"으응?"

"아냐. 자."

승민이 조그맣게 속삭인 말에 해강이 반문하자 승민은 다시 그녀를 토닥거렸다. 토닥거림에 기분이 좋아진 해강이 승민의 품으로 파고들었다. 조그마한 입에서 숨결 같은 목소리가 가늘게 흘러나왔다.

"승민아."

"응?"

"잘 자."

"응."

"다시 만나서…… 정말…… 좋다."

잠든 해강을 보는 승민의 눈빛이 짙어졌다.

넌 알까? 이렇게 보고만 있어도 좋은데……. 네가 조금만
날 받아 주면 좋겠는데…….

한결같은 자신의 마음을 한결같이 친구로만 보는 해강에게
조금 더 떼를 써야 할 것 같았다.

또 한 해가 지나갔다. 봄이 오기 전에 겨울 후속 상품을 내놓아야 하는데 생각보다 진전이 없었다. 회사에는 비상이 떨어졌고 급기야 새로운 팀을 짠다는 소문이 돌기 시작했다.

한시적인 팀이기도 했고 만약 이번에 신제품이 실패할 경우 팀원들에게 책임이 돌아갈 수 있기 때문에 혹시라도 새 팀으로 차출될까 분위기가 흉흉했다. 더구나 팀을 이끌어 갈 팀장이 외부에서 온다는 사실 또한 사람들의 불안감을 높였다. 어떤 사람이 상사로 올지 모르는 상황에서 선뜻 자원하는 사람들은 많지 않았다.

소문은 사실이 되었다. 새 팀의 팀장이라는 사람이 회장실을 방문했다는 소식을 제일 먼저 알아온 사람은 숙 자매였다.

사무실 모든 사람의 관심이 숙 자매의 입에 집중되어 있었다.

"굉장히 젊은 사람이래."

"회장님 친척이라는 말도 있고, 손자라는 말도 있던데."

"능력 있는 인재인데 외국에 있다가 회장님 호출 때문에 부랴부랴 온 거래."

"아냐. 사실 개망나니인데 회장 손자라 이 기회에 경영권 맡기려고 부른 거라던데?"

정확한 것은 없었다. 실속 없는 카더라 통신에 해강은 코웃음을 치며 일에 몰두했다. 확실하지도 않은 소문보다 컴퓨터가 알려 주는 통계 자료 하나가 더 시급했으니까. 그러나 사람들의 수다는 계속되었다.

"근데 외모는 끝내준다고 하더라."

"그래. 완전 모델 저리 가라래."

물론 공통된 의견을 보이는 부분은 있었지만 소문은 부풀려지는 법. 실물을 보기 전에는 어떤 모델인지 알 게 무엇인가? 요즘엔 키 작고 배 나온 아저씨 모델들도 꽤 있으니 말이다.

잠시 후 새로운 팀장이 온다는 소리에 사무실에 일대 혼란이 일었다. 기획실에서 몇 명, 홍보부에서 몇 명씩 새로운 팀원을 뽑은 팀장이 이번엔 마케팅 부서로 오고 있다는 소리에 모두들 기대 반, 불안 반 두근거리는 마음을 진정시키고 있었다.

과연 새 팀으로 가는 것이 득인가? 독인가? 뚜껑이 열리고 결과가 나와 봐야 득인지 독인지 구분이 갈 텐데 말이다.

이윽고 문이 열리며 새 팀의 팀장이 들어섰다. 윤이 나는 갈색 구두가 먼저 사무실 안으로 들어왔고 이어 긴 다리가 들어왔다. 명품에 대해 잘 모르는 해강의 눈에도 엄청 좋아 보이는 양복을 걸친 남자는 승민만큼이나 키가 컸다. 순간 해강은 일하던 손을 멈추고 자리에서 일어섰다.

다소 차가워 보이는 인상의 쌍꺼풀이 없는 날카로운 눈매. 사무실을 죽 훑어보는 카리스마 있는 인상에 해강은 저도 모르게 입을 벌렸다.

생전 처음 가슴이 두근거린다.

마케팅 부서에 들어선 지호의 날카로운 눈빛이 사람들을 하나하나 죽 훑어보았다. 스캔하듯 훑어보던 눈빛이 한 사람에게서 1초쯤 머무르더니 입가에 알 듯 모를 듯 희미한 미소가 스쳐지나갔다.

머물렀던 눈빛이 다시 움직였다. 마치 아무 일도 없었다는 듯 그의 눈빛이 냉정하게 변하더니 들고 온 종이로 향하였다.

"회사 지침에 따라 새로운 팀을 꾸렸으며 그에 따른 인력을 차출해 갈 예정입니다. 통보받으셨죠?"

자세한 설명도 없이 제 할 말을 하는 그 태도가 너무 자연스러워 팀장은 자신보다 한창 아래인 지호의 말에 공손히 고개를 끄덕였다. 고개도 들지 않은 지호가 명단의 이름을 호명하기 시작했다.

"김미영 씨."

"네?"

역시 다른 설명은 없었다. 종이를 한 장 넘긴 그의 입에서 또 다른 이름이 불려졌다.

"문해강 씨."

"네!"

넋 놓고 지호의 얼굴을 보던 해강은 저를 부르는 소리에 화들짝 놀랐다. 차갑고 냉정한 모습. 칼같이 떨어지는 말투. 듬직한 어깨. 무엇보다 카리스마 넘치는 외까풀의 눈매가 마음 깊숙한 곳을 짜르르 울리게 만들었다.

아직 어떤 성격을 가졌는지 알 수는 없으나 누군가를 보고 심장이 떨리기는 처음이라 당황도 되었다. 진짜 이상형이 나타난 걸까? 너무 크게 대답을 한 것 같아 쥐구멍에라도 숨고 싶어 빨개진 얼굴을 만지며 고개를 돌렸다.

그녀를 잠깐 바라본 지호가 명단을 덮었다. 그리고 천천히 입을 뗐다.

"마지막으로, 이승민 씨. 새로운 팀에 합류하게 된 것을 축하드립니다. 앞으로 한 시간 후에 11층에 마련된 사무실로 짐을 옮겨 주시기 바랍니다."

할 말을 마친 지호가 사무실을 나서자 싸늘한 냉기도 같이 빠져나갔다. 모두들 저도 모르게 긴장을 하고 있었는지 가느다란 한숨이 여기저기에서 나왔다. 그 와중에 숙 자매의 품평이 시작되었다.

"완전 킹카다. 카리스마 대박인데."

"좀 더 확실한 뒷조사가 필요해. 미영 씨랑 해강 씨. 잘해요. 마케팅부 먹칠하지 말고."

멋진 팀장과 함께할 수 없다는 사실에 질투가 난 숙 자매는 괜히 해강과 미영을 흘겨보았다. 그리고 승민을 향해서 부드러운 미소를 지었다.

"승민 씨는 오자마자 다른 부서로 가야 하네요. 섭섭하다."

"어려운 일 있으면 언제든지 말해요. 우리가 힘닿는 데까지 도와줄게요."

숙 자매가 하는 말을 못 들은 양 승민의 눈길은 해강에게 가 있었다. 박서준이나 소지섭 같은 눈매가 이상형이라고 하더니 딱 그런 카리스마 넘치는 매서운 눈매를 가진 남자가 나타났다. 승민은 곤란한 듯 중얼거렸다.

"하필……."

승민이 무슨 생각을 하고 있는지 알 길이 없는 해강은 벌렁거리는 가슴을 잡고 미영에게 귓속말을 하기 바빴다. 사실 무슨 말을 어떻게 꺼내야 할지도 모를 정도로 가슴이 뛰었다.

"소지섭이지?"

"아니지. 박서준이지."

"누구든……. 아, 이렇게 가슴이 떨리다니. 나 태어나서 처음이야."

"진짜? 그럼 이 기회에 대시해 봐. 같은 부서에 신제품만 대박 나면 안 될 것도 없잖아."

"그럴까? 좋아. 그럼 나 도와줘야 돼."

"오케이. 접수."

귓속말이라고는 하나 그들에게 온 신경을 집중하고 있던 승민에게는 둘의 목소리가 도청기라도 단 듯 선명하게 들려왔다.

몹시 못마땅한 얼굴이 된 그는 찌푸려진 미간으로 해강을 뚫어져라 바라보았다. 어릴 때부터 봐 왔던 해강이었다. 누구에게 가슴이 떨린다는 얘기는 그도 처음 들었다.

그동안 저를 밀어내면서도 남자를 만나거나 제대로 된 애인을 사귄 적은 없었다. 그래서 반쯤 그냥 해 보는 소리인가 했는데 아니었다. 그녀의 마음을 흔들어 놓을 만한 남자를 못 만난 것이었다. 27년 만에 최대 적수를 만난 것 같은데 하필 그 사람이 이지호라니……

혹시 어릴 때 기억 때문에 그런 이상형을 갖게 된 건 아닌지 승민은 괜히 입이 씁쓸했다. 같은 부서로 발령된 것이 득인지 실인지 아직은 감이 오지 않았다.

❖　　　❖　　　❖

긴 회의 탁자에 사람들이 앉자 지호의 눈이 차갑게 모두를 죽 훑어보았다. 그리고 막 자리에 앉으려는 승민을 향해 고갯짓을 했다.

"이승민 씨, 커피 좀 내오죠."

"네."

자리에 앉으려던 승민은 엉거주춤하게 대답하며 사무실을 나섰다. 나가면서 해강을 힐끗 보니 여전히 넋이 나간 듯 황홀한 눈빛이었다. 평생 곁에 있었지만 해강의 눈이 저렇게 분홍빛으로 일렁이는 것은 처음 보았다.

긴장해야 하나 말아야 하나……. 그는 절대 해강의 상대가 되지 못한다. 그가 아는 해강이라면 그렇다. 하지만 '만에 하나'라는 것이 있으니까……. 피식 입가에 웃음을 건 승민은 자판기에 동전을 넣었다.

승민이 커피를 뽑으러 나간 사이 지호의 말이 시작되었다.

"무슨 일 때문에 여기 모였는지 아실 겁니다. 일의 성과에 따라 일시적인 팀이 될 수도 있고, 특별구성팀으로 지속될 수도 있습니다. 제품 출시가 실패한다면 그에 따라 감봉 혹은 지방 계열사로 내려갈 수 있지만 성공한다면 성과급이 주어지겠죠. 모두의 능력을 십분 발휘해 주시길 바랍니다."

덤덤한 말에 사람들 사이에서 가벼운 술렁임이 일었다. 그러나 아랑곳하지 않고 지호는 말을 이었다.

"그리고 지금부터 모두의 직급은 제로에서 출발합니다. 저역시 팀장의 직함은 내려놓겠습니다. 보고와 검토의 관계가 아닌 서로 토론하고 협력하는 관계로 일을 하겠습니다. 앞으로 한달. 신제품이 성공적으로 출시되기를 바랍니다. 그리고 반드시 그렇게 될 겁니다."

단호하고 확신에 찬 어조에 술렁임이 가라앉았고, 반은 미심쩍은 눈빛, 반은 선망의 눈빛이 되었다. 물론 해강은 후자였다.

자뻑인지 타고난 카리스마인지 그런 건 중요하지 않았다. 곁에서 본 남자라고는 승민이 전부였고, 늘 실실 웃는 얼굴에 저에게 사족을 못 쓰는 행동만 보았는데 저리 강하고 능력 있는 남자의 모습이라니……. 역시 남자는 카리스마다.

미영도 같은 생각인지 두 여자의 얼굴에 흐뭇함이 가득했다.

지호의 말은 새 팀의 사기 진작에 도움이 되었고 덕분에 퇴근 시간은 아주 늦어졌다.

버스가 끊긴 시각이라 나란히 택시에 앉은 승민은 꿈속을 거니는 듯 헤벌레한 표정의 해강을 힐끔 보았다. 눈의 초점은 아직도 회사에 남겨 놓은 듯 몽롱한 눈빛에 승민은 그녀의 눈앞에서 손을 흔들었다.

"야, 정신 차려 봐."

"미니야."

"왜?"

"난 세상에 너 같은 남자만 있는 줄 알았다."

"나 같은 남자가 어떤 남자인데?"

승민의 질문은 듣지도 못했는지 해강은 흥분한 목소리로 다다다다 말을 쏟아 냈다.

"말 한마디, 한마디가 어쩜 저렇게 칼같이 떨어지냐! 그 눈빛 봤어? 완전 카리스마 작렬! 좌중을 압도하는 목소리! 진중한 무게감! 남자라면 무게감이 있어야지. 안 그래? 아, 숨이 안 쉬어진다. 진짜 가슴 떨려. 손도 떨려. 보여?"

손을 내밀고 호들갑을 떠는 해강을 보면서 승민이 고개를 끄덕였다. 진짜 꽂힌 모양이다. 일이 점점 곤란하게 돌아간다.

넋 빠진 해강을 무사히 집에 데려다주고 집으로 오니 12시가 훌쩍 넘어 있었다. 피곤한 얼굴로 오피스텔 문을 열던 승민은 안에서 느껴지는 기척에 잠시 멈칫거렸다. 현관에 윤이 나는 갈색 구두가 놓여 있었다. 천천히 신발을 벗고 들어서자 거실에 앉아 있는 남자가 보였다.

"나보다 먼저 나갔는데 늦었다."

"한국엔 언제 들어온 거야?"

"어제."

"그런데 왜 짐이 없어?"

승민은 물을 마시면서 거실을 이리저리 둘러보았다. 어제 들어왔다는 사람이 들고 온 것이라고는 서류 가방 하나가 전부였다.

그런 승민을 쳐다보는 지호의 입가에 비스듬한 미소가 걸렸다. 그리고 미소만큼 삐딱한 목소리가 나갔다.

"당분간 호텔에 있을 거야."

"여기 형 집이잖아."

"내가 들어오면 네가 나갈 거야?"

"원하면……."

지호의 맞은편에 앉은 승민의 표정은 무덤덤했다. 언제나처럼 형의 말투는 삐딱했다. 왜 저에게 그러는지 알지만 형의 페이스에 말려들고 싶지 않았다. 그냥 무덤덤하게 넘어가는 것이 상책이다.

승민의 대답에 지호의 한쪽 눈썹이 살짝 올라갔다.

정말 싫은 녀석이다. 아무 노력도 하지 않으면서 늘 많은 것을 가지고, 당연한 듯 누리는 녀석이 싫었다. 제가 잘난 것을 모르는 척 과시하는 태도도 싫다. 여기서 나가면 당장 있을 곳도 없는 주제에 나간다고 당당히 말하는 지금의 저 태도도 싫다.

"손님이 왔는데 차 한 잔도 안 주냐?"

"뭐 마실래?"

"간다."

정색을 하더니 나가 버리는 지호를 보며 승민은 입맛을 다셨다. 가만히 있어도 뿜어져 나오는 저 적대감은 여전하다. 한 번씩 저렇게 억지를 쓸 때면 어떻게 해야 할지 모르겠다. 틀어져 버린 저 마음을 어떻게 바로 잡아야 할지 대책이 없다.

괜히 머리를 헝클어트린 승민은 한숨을 쉬며 샤워를 하러 욕실로 들어갔다.

❋   ❋   ❋

다음 날 해강의 집 앞에 도착한 승민은 어이없는 시선으로 그녀를 보았다. 맨날 늦었다고 아침도 생략하고 대충 비비크림만 바르던 애가 오늘은 확실한 화장발이 무엇인지 보여 주고 있었다.

찬바람 쌩쌩 부는 이 겨울 아침에, 두꺼운 스타킹을 신었다고는 하나 허벅지 위로 훌쩍 올라오는 미니 스커트와 허리 근처를 겨우 가리는 털 조끼라니.

하나로 묶고 다니던 생머리도 대체 무슨 짓을 했는지 구불

구불하게 변해 있었다. 평소와 다르게 힘을 준 속눈썹과 붉은 입술이 그녀답지 않아 승민의 미간에 주름이 생기기 시작했다.

발갛게 상기된 볼을 한 해강이 승민의 곁으로 다가오더니 멋쩍은 듯 머리와 옷을 매만지며 물었다.

"어때? 이상해?"

"어. 대빵 이상해. 대체 얼굴에 무슨 짓을 한 거야?"

"이상하긴 뭐가 이상해! 이쁘기만 한데. 눈은 장식으로 달고 다니냐?"

승민의 대답에 발끈한 해강은 괜히 그를 밀치고 앞서 걸었다. 사실 승민에게 이런 모습을 보인다는 것이 조금 쑥스럽긴 했지만 가슴 떨리는 상대에게 예쁜 모습을 보여 주고 싶은 것은 여자의 당연한 마음이었다.

약간 춥기도 하지만 거울로 확인한 모습은 나쁘지 않았다. 그래서 뒤에서 투덜거리며 따라오는 승민을 몰래 째려봤다.

"자식이. 아무튼 보는 눈도 없어. 이 정도면 예쁜 거지 뭘 바래?"

승민도 해강을 흘겨보고 있었다.

맘에 안 든다, 저런 모습. 내게 먼저 보여 주지. 뽀로통하니 내민 붉은 입술도 사랑스럽고, 치켜뜬 눈의 긴 속눈썹도 예뻤다. 하지만 그것이 지호 형을 위해 꾸민 거라니 달갑지 않을 뿐이었다.

투덜거리던 승민은 버스 정류장의 세계대전을 보고 냉큼 해강의 뒤로 붙었다. 그리고 사람들 사이를 뚫고 무사히 버스에 올라탔다.

오늘 날씨가 춥긴 한가 보다. 사람이 많은 버스 안임에도 불구하고 온몸이 서늘했다. 아니면 너무 춥게 입고 나온 걸지도 모르고……

해강은 버스 좌석에 붙은 손잡이를 잡고는 몸을 움츠렸다. 춥다. 입김까지 나올 지경인 그때 등 쪽에서 포근한 느낌이 그녀를 따스하게 안았다.

승민이 해강의 몸을 코트 안으로 넣어 앞자락을 여미자 그의 넉넉한 품 안으로 해강의 몸이 쏙 들어가 바깥 공기를 완벽하게 차단했다. 뜻밖에 백허그가 되어 버린 상황에 해강은 기분이 이상했다.

몸을 맞대는 스킨십이야 수도 없이 했었다. 손잡기. 어깨 기대기. 볼 맞대기. 아기였을 적엔 목욕도 같이 한 사이였으니 말이다. 더구나 지금은 두꺼운 겨울옷을 입었으니 살이라고는 손톱만큼도 닿지 않았다. 상황이 야릇한 것도 아니었다. 언제나처럼 승민은 보디가드 노릇을 하고 있을 뿐이었다.

그런데 기분이 이상하다. 아마 5년 전보다 더 듬직해진 체격 때문일 것이다. 그때보다 단단해진 손 때문일 것이다. 밀착된 녀석의 몸에서 슬그머니 등을 떼려고 하는데 정수리 부근에서 나지막한 목소리가 들렸다.

"뭘 입어도 예쁘니까 따뜻하게 입고 다녀. 감기 걸리면 너만 손해야."

"쳇."

따뜻한 입김과 함께 녀석의 체취가 풍겼다. 제가 준 향수를 뿌린 거 같은데 그 향기만이 아니다. 그냥 승민의 향기. 포근하고 깨끗한 향기. 혼자 어색해진 해강은 코웃음을 치며 일부러 창밖에 시선을 두었다.

회사에 들어가자 달라진 해강의 모습에 미영은 놀란 듯 입을 벌렸지만 곧 엄지를 들어 보이며 고개를 끄덕였다. 이상하다는 승민의 말에 살짝 풀이 죽었던 해강의 얼굴이 단박에 밝아졌다.

곧 회의가 시작되었다. 지호가 직급 없이 모두 제로에서 시작하자고 했지만 그의 호칭은 자연스럽게 팀장이 되었다. 어찌되었든 상부에 보고할 누군가는 있어야 하니까 말이다.

흩어져 있던 사람들은 10시가 되자 자연스럽게 회의 탁자로 모여들었다. 짧은 시간이었지만 지호의 말이 신뢰를 줬는지 탁자에 내려놓은 자료들이 상당했다. 사람들이 모이자 지호가 먼저 입을 열었다.

"문제를 해결할 시간이 많지 않았지만 급하니 할 수 없네요. 좋은 의견 있으면 내주시길 바랍니다."

몸에 잘 맞는 슈트가 탄탄한 몸매의 매력을 더해 주었고 날카로운 눈빛에 담긴 냉정함은 그저 멋있었다. 웃음기라고는 하나 없는 딱딱한 목소리였지만 그래서 더 신뢰가 갔다.

누군가 발언을 하자 지호의 몸이 그쪽으로 살짝 기울어지는 것을 본 해강은 숨을 가늘게 내뿜었다. 무슨 CF의 한 장면처럼 보이는 비주얼에 연방 감탄밖에 나오지 않았다.

"그렇군요. 다른 의견 있습니까?"

지호의 말에 해강이 반쯤 손을 들었다.

"저요."

"네, 해강 씨."

흡! 벌써 이름도 외우고 있다. 게다가 성 없이 이름만 불러 줬다.

해강은 뜨거워지려는 볼에 손을 올려 살짝 열을 식힌 후 준비해 온 자료를 모두에게 나누어 주며 목소리를 다듬었다.

"흠흠, 드린 자료를 보면 아시겠지만 저희가 이번 겨울을 겨냥해 주력한 상품은 색조 쪽입니다. 연말연시에는 모임도 많고 올해는 유례없는 최대 불황이었기 때문에 화사한 립스틱이나 간단히 분위기를 연출할 수 있는 새도 쪽의 판매가 많으리라는 예상에 의한 것이었습니다."

그녀의 말에 몇몇이 고개를 끄덕였다. 승민도 입가에 슬쩍 미소를 지으며 그녀를 보았다.

제법인데, 문해강.

"그런데 예상은 빗나갔습니다. 색조에 치중할 것이라는 예상과 다르게 기초 제품의 매출이 상승했습니다. 입술과 눈이 아닌 피부에 포인트를 맞춘 것이죠. 일부러 꾸민 인공의 미가 아니라 원래 가지고 있던 피부, 자연의 미를 강조한 제품들이 강세를 보였습니다."

"일부러 덧댄 장식이 아니라 나 자신이 잇템이다, 그런 말이죠?"

승민이 동의하며 말을 보태어 주자 해강이 눈웃음을 지어 보였다. 덕분에 긴장이 풀렸는지 목소리가 다소 편안해졌다. 힘을 얻은 해강은 말을 이었다.

"그래서 생각해 봤는데, 연말연시는 물 건너갔지만 봄이 오잖아요."

"하지만 이제 1월인데 봄 상품이라면 매출을 내는 데 시간이 걸리지 않을까요?"

영업부에서 온 남자가 의문을 제기하자 해강은 빙긋 웃었다. 예상했던 질문이니까.

"봄에 제품을 내놓자는 게 아니라 봄을 대비한 상품을 내놓으면 어떨까 싶어요."

무슨 의미인지 이해를 못 한 사람들이 술렁거렸다.

해강은 준비해 온 다른 자료를 모두에게 나누어 주었다. 숙자매가 담당했던 설문 조사서였다. 엑셀 작업을 제게 떠넘겨서 투덜거렸는데 그 자료가 이렇게 도움이 될지 몰랐다. 설명하는 목소리에 자신감이 좀 더 붙었다.

"지난가을 저희 부서, 그러니까 마케팅 부서에서 설문 조사한 것들입니다. 여자들이 가장 관심을 갖는 분야, 가장 많은 돈을 투자하는 부분이 어디인지 결과표를 보시면 피부인 것을 알 수 있습니다. 겨울 제품 매출과도 같은 결과입니다. 겨울은 건조하고 추운 날씨 때문에 피부 조직이 얼었다 녹았다를 반복하며 탄력이 저하됩니다."

"이미 시중에 수분을 채워 주고 탄력을 높이는 제품은 수도 없이 나와 있지 않나요? 일례로 저희 회사에도 몇 가지 라인이 있고요."

다른 부서에서 온 여자의 말에 해강은 고개를 끄덕였다.

"그래서 생각한 것이 열을 내는 제품입니다. 바르면 피부에 열을 더해 피부 조직이 어는 것을 막아 주고 더불어 수분은 유지하며 탄력까지 더해 주는 크림 같은 것이요. 다이어트 제품 중에 몸에 바르면 열을 내면서 체지방을 분해해 주는 제품들이 있거든요. 얼굴에도 열을 내는 것을 바르면 추위도 방지하고 피부 보호도 되니 좋지 않을까요?"

표정들이 별로다. 이상한 의견을 내놓은 건가? 다소 상승한 자신감이 아래로 추락하면서 덩달아 처진 몸이 조용히 의자에 엉덩이를 붙이고 앉았다. 의기소침하여 고개를 숙이는데 옆에 앉은 승민의 손이 탁자 아래로 다가왔다.

커다랗고 따뜻한 손이 토닥토닥 그녀의 손을 두드렸다. 힐끗 그를 향해 곁눈질을 하자 환한 미소가 돌아왔다. 그 마음이 고마워 해강도 살짝 미소를 돌려주었다.

그때였다. 탁자 끝에 앉은 남자가 조그맣게 입을 열었다.

"저……."

키도 작고 몸집도 작은 남자였다. 소심한 성격 때문에 개발부 연구실에 콕 박혀 연구만 하던 사람이었다.

움츠린 목과 굽은 어깨가 습관이 된 듯 허리를 바로 펴지 못하는 그는 최대한 몸을 작게 만들어 눈에 띄지 않으려 노력했다. 그래서 지호가 자기 이름을 불렀을 때 기절할 만큼 놀랐다. 앞으로 나선 적이 없었고 나설 일도 없었다. 그런데 느닷없이 특별팀의 일원이 되다니……

실패하면 지방 한직으로 간다니 오히려 좋은 기회가 될 수 있다는 생각도 들었지만 연구를 포기하고 싶지는 않았다. 그래서 해강이 내놓은 제안을 듣는 순간 가슴이 부르르 떨렸다. 제가 연구하던 것이기 때문이다.

그가 머뭇거리며 고개를 들자 계속 그를 보고 있었는지 지호의 눈과 딱 마주쳤다. 흠칫 몸을 움츠린 그가 불안한 듯 연신 안경을 올렸다.

"말해 보세요. 양동현 씨."

모두의 이름을 외우고 있는지 자연스럽게 이름이 나왔다. 그런 지호에게 감탄한 해강은 동현에게로 눈을 돌렸다. 동현의 이마에서는 이제 식은땀까지 배어 나오고 있었다.

엄청 소심한 사람이네.

모두의 눈이 쏠리자 그는 마른 입술을 연신 침으로 적실 뿐쉽게 입을 열지 못하고 있었다.

슬슬 답답함을 느끼고 있는데 반대편에 앉은 승민이 부드럽게 말을 걸었다.

"혹시 해강 씨 의견에 덧붙일 말이 있으세요?"

"네, 그게…… 그 열을 내는 크림은 없지만……."

없다는 말에 기대감이 푸식 빠진 해강이 어깨를 늘어뜨렸다.

동현의 말이 띄엄띄엄 이어졌다.

"지금 연구 중인…… 마스크팩 중에…… 열을 내는 게 있는데……."

그의 말에 해강이 눈이 반짝 빛났다.

"열을 내요? 수분이나 탄력도 더해 주면서요?"

"그게…… 막 뜨겁진 않구요. 흡수를 위해 살짝 열이 나는 정도인데……."

더듬거리던 그가 말을 잇지 못하자 승민이 그의 곁으로 다가왔다.

"그 마스크팩 연구 자료를 좀 볼 수 있을까요?"

동현이 고개를 끄덕이자 승민이 다른 사람들을 둘러보았다.

"다른 의견이 생길 때까지 일단 이쪽으로 가닥을 잡는 건 어떨까요? 겨울과 봄을 겨냥한 제품은 많이 있지만 겨울에서 봄으로 넘어가는 시기에 출시되는 건 별로 없잖아요. 얼굴에 발라 따뜻함을 유지하는 화장품이 있다면 초봄의 추위에도 충분히 승산이 있을 것 같은데, 어떠세요?"

승민의 낮고 울림이 좋은 목소리가 널찍한 사무실을 가득 채웠다. 그리 크지 않은 목소리였지만 묘하게 매력적인 목소리는 사람들의 마음을 움직였다.

개발부에서 같이 온 남자 하나가 동현의 말에 부연 설명을 하면서 앞으로 나섰다. 다른 사람들도 옆 사람들과 의견을 나누기 시작했다.

사람들의 암묵적인 동의가 이루어지자 승민은 지호를 바라보았다. 그의 동의를 얻기 위해서였다. 찰나였지만 지호의 눈에 살의가 어렸다. 하지만 그것을 본 사람은 승민뿐이었다. 곧 냉정함을 되찾은 지호가 자리에서 일어섰다.

"괜찮은 의견이네요. 문해강 씨?"

"네?"

"기획서 작성해 보세요. 광고 문구와 CF 촬영, 용기 디자인 등 모든 사항을 동시에 진행하도록 합니다. 양동현 씨는 연구실에 가서 자료와 샘플 가져다주시고요."

"네."

"그리고 혹시 다른 의견이 있으면 기탄없이 말해 주세요. 아이디어는 많으면 많을수록 좋으니까요."

기뻤다. 회사에 들어와서 근 1년 동안 온갖 잡일만 맡아 했다. 간혹 회의에서 의견을 내긴 했지만 그다지 좋은 반응을 얻은 적은 없었다. 설문 조사를 하거나 의견을 수합하거나 하는 것이 해강이 한 그나마 비중 있는 일이었다.

그런데 자신의 의견이 제품으로 나올 수도 있다니 기쁘지 않을 수가 없었다. 웃음을 감추지 못한 그녀는 자꾸 벌어지려는 입을 손으로 막으며 저도 모르게 지호에게 꾸벅 인사를 했다.

"곧 작성하겠습니다."

"좋은 아이디어였어요, 해강 씨."

돌아서려는 그녀의 귓가에 나직하게 변한 달콤한 목소리가 스쳤다. 희미한 미소를 머금은 그의 붉은 입술도 눈에 들어왔다. 다른 사람들은 모르게 그녀에게만 은밀히 보여 준 친밀한 행동에 해강의 얼굴이 순식간에 달아올랐다.

손으로 입을 가리고 있어 붉어진 얼굴을 그에게 들키진 않았지만 쿵쾅거리는 심장 소리를 들었을까 봐 그녀는 냉큼 그를 등지고 섰다.

"왜 그래, 해강 씨?"

미영이 그런 해강을 보며 의아한 듯 눈을 크게 떴다.

"아냐, 아냐. 빨리 기획서 작성해야지."

미영에게 손을 흔든 해강은 의자에 앉아 자판을 끌어당겼다. 되도록 빨리 작성해서 지호에게 보여 줄 참이었다.

아자! 작게 기합을 넣은 그녀는 빛의 속도로 자판을 지치 시작했다. 하루라도 빨리 제품 출시를 하고 성공을 해야 그녀의 연애도 시작될 수 있으니까.

그녀를 비롯한 사무실의 사람들이 분주하게 움직이고 있을 때 승민은 지호의 적의 어린 시선을 고스란히 받고 있었다. 그저 해강의 의견에 힘을 실어 주고 싶었을 뿐인데 형의 입장에서는 제가 또 주제넘게 나선 꼴이 되어 버렸다. 그 시선을 피하려 일부러 커피를 뽑으러 가는 척 사무실을 나섰다.

자판기에서 커피를 뽑고 있는데 언제 따라왔는지 지호가 그의 곁에 섰다.

"또 시작이냐?"

한숨과 섞여 나오는 목소리에 짜증이 묻어 있었다.

무슨 말을 해도 모두 삐딱하게 들릴 것을 알기에 승민은 입을 다물었다. 그런데 그것이 지호의 성질을 더 돋우는 꼴이 되어 버렸다.

시선을 피하려고 자판기를 향해 서 있는 승민의 어깨를 콱 잡은 지호가 그를 제 쪽으로 돌려세웠다. 난처한 표정으로 어쩔 수 없이 그와 눈을 맞췄다.

질투와 시기심이 뒤엉킨 눈빛이 아프게 마주쳤다.

"넌 이 회사에 관심 없다며. 그런데 왜 들어온 거야? 갑자기 외할아버지 유산이 탐이 났나? 이모가 뭐라고 언질이라도 주시던?"

잠자코 듣고 있던 승민은 어머니를 언급하는 말에 저도 모르게 미간을 찌푸리며 주먹을 쥐었다. 이건 저와 지호의 문제였다. 아니, 엄밀히 따지면 지호 혼자 겪고 있는 문제였다. 그것에 어머니를 보탤 필요는 없었다.

주먹을 꽉 쥔 승민을 보며 지호가 비아냥거렸다.

"왜 한 대 치게? 완벽하게 예의 바른 이승민이 사촌 형에게 그러면 안 되지. 아니다, 어른들이 안 계시니 본색을 드러내도 되나?"

"그만하자."

"뭘 그만해? 넌 항상 그랬잖아. 어른들 앞에서는 예의 바른 척, 애교 많은 척, 완벽한 놈인 척. 노력하지 않고 모든 걸 얻은 것처럼 굴지만 실상은 아니잖아. 피터지게 공부해서 S대에 들어가 놓고 아닌 척하지."

"형."

"지금도 그래. 외할아버지 회사에 관심 없다고 해 놓고 제 발로 들어오다니. 그것도 회사가 어려울 때 말이야. 그게 무슨 뜻 인지 다른 사람들은 속아도 난 안 속아. 안 그래? 결국 내 것을 뺏고 싶어 하는 거잖아."

뼛속 깊이 박힌 승민에 대한 미움, 켜켜이 쌓아 온 적의가 오늘 그 끝을 보는 것 같았다.

어릴 때는 형이 왜 그러는지 몰랐고 좀 더 커서는 그런 형이 말도 안 되게 웃긴다고 생각했었다. 하지만 성인이 된 지금도 이런 식이면 곤란하다. 안쓰럽기도 하지만 성인이 된 형에게 이러쿵저러쿵 설명한다는 것도 우스운 일이었다.

승민은 최대한 덤덤하게 대답했다.

"형의 마음을 이해 못 하는 건 아닌데, 억지라는 생각은 안 해 봤어? 내가 왜 형에게 그런 짓을 할 거라고 생각하는 거야?"

지호의 입술이 삐딱하게 올라가며 그럴 줄 알았다는 듯 미소를 지었다.

승민은 속으로 한숨을 쉬었다. 무슨 말을 해도 지호에게는 통하지 않는다.

"아니라고 하고 싶어?"

"내가 왜 형 걸 뺏어. 그럴 이유가 없잖아."

"그럴 이유라……. 모르는 척하는 데는 여전히 선수구나."

"형……."

일방적으로 대화를 끝낸 지호가 정색을 했다. 마치 아무 일도 없었던 것처럼. 바지 주머니에 손을 넣은 그가 차가워진 눈으로 승민을 보며 무심한 듯 입술을 움직였다.

"이젠 내 차례야."

"무슨 소리야?"

"가장 소중한 것을 빼앗기는 기분이 어떤 건지 너도 느껴 보라고."

지호가 희미한 미소를 짓자 승민은 미간을 찌푸렸다. 무엇을 뺏겠다는 건지. 의미 없는 형의 적의가 그저 답답할 뿐이었다.

지호가 눈길을 창가로 돌리더니 툭 말을 던졌다.

"예쁘게 컸더라. 네 해, 해바라기 이승민이 27년을 바라본 상대. 문해강 맞지?"

느닷없이 나온 해강의 이름에 승민은 미간을 찌푸렸다. 여기에서 왜 해강이 나오는지 몰라 지호를 노려보자 그의 입가에 보일 듯 말 듯 미소가 어렸다.

"무슨 짓을 하려고!"

"역시 눈치 빠른 녀석이라니까."

말뜻을 알아차린 승민의 인상이 점점 일그러지자 지호가 통쾌하다는 듯한 표정을 지었다.

"너도 겪어 봐. 자신의 것을 빼앗길 때의 그 참담함을 말이야."

"해강이 건들지 마."

"글쎄⋯⋯."

만족한 미소를 머금고 돌아서는 지호를 보는 승민을 착잡한 심정이었다.

비틀어지고 유치하고 억지에 가까운 저 말을 어떻게 받아들여야 할까? 더구나 해강을 빼앗겠다니……. 어이가 없었다.

❄   ❄   ❄

어둠이 짙게 깔린 늦은 시간. 시계를 보던 해강은 서둘러 책상을 정리했다. 퇴근 시각을 넘긴지는 오래. 완벽한 기획서를 작성하겠다고 조금 더 자료를 찾고, 오타를 점검하고 머리를 쥐어짜다 보니 시간이 이렇게 됐는지도 몰랐다.

"어떻게 해. 이러다 막차 놓치겠네."

후다닥 책상 정리를 마친 해강은 단숨에 로비까지 내려왔다. 시간을 보니 있는 힘을 다해 뛰어가면 아슬아슬하게 버스를 탈수 있을 것 같았다. 눈이 내려 미끄러운 길을 조심하며 뛰어가는데 누군가 경적 소리를 냈다.

빵―

"헉, 놀래라. 누가 개념 없이…… 팀장님!"

"지금 퇴근합니까?"

"네. 팀장님은 아까 퇴근하지 않으셨어요?"

"볼일이 있어서 다시 들어왔다 가는 길입니다."

"아, 그러시구나."

이런 우연이……. 아니, 필연일 거야.

뜻밖의 만남에 해강은 볼을 발그레 물들이며 다리를 조신하게 모았다. 야근한 보람이 확실하게 느껴지는 순간이었다. 행운의 여신도 제 편 같아 연신 감사를 드린 해강은 예쁘게 미소를 지었다.

그러자 차에서 내린 지호가 빙그레 웃으며 물었다.

"집에 가는 길입니까?"

"네."

"늦었는데 뭐 타고 가요?"

"버스 막차가……! 내 차!"

해맑게 웃으며 대답하던 해강의 얼굴이 일순 일그러졌다. 이런 젠장……. 전력 질주를 했다면 탈 수 있었을 막차가 그녀의 눈앞에서 유유히 지나가고 있었다.

이왕 주는 행운, 완벽하게 줄 수는 없는 것일까? 변덕스러운 행운의 여신에게 속으로 욕을 한 해강이 지호를 보며 어정쩡한 미소를 지었다.

지호가 그녀의 눈길을 따라 지나가는 버스를 가리켰다.

"혹시 막차가 저건가요?"

"그런 것 같네요."

"아! 내가 해강 씨를 잡아서 놓쳤구나."

"아니요! 무슨 그런 말씀을……."

백 번이고, 천 번이고 잡아도 됩니다. 버스야 내일 새벽이 되면 또 오지만 팀장님 같은 이상형을 놓치면 언제 또 올지 모르니까요.

"아니에요. 택시 타면 돼요. 금방인데요. 뭐."

택시는 어느 나라 교통수단이냐고 한탄하던 것도 잊은 채 해강은 손과 머리를 열심히 흔들며 적극적으로 아니라는 제스처를 취했다.

"그러지 말고."

지호가 차를 가리키며 해강을 보자 그녀의 눈이 동그래졌다. 그녀를 향한 지호의 눈길이 달콤하게 변했다.

"타세요. 데려다줄게요."

"네? 아니에요! 정말 금방이에요!"

화들짝 놀란 해강이 펄쩍 뛰며 뒷걸음질을 치자 지호는 난처한 표정을 지었다.

"너무 아니라고 하니까 무슨 실례를 한 것 같은데요."

"아뇨. 그게 아니라. 팀장님도 피곤하실 텐데 빨리 가셔야 할 것 같아서요."

"그럼, 이렇게 하죠. 가는 방향이 같으면 타요. 어때요?"

"그건, 괜찮겠네요."

아직 잘 모르는 사이에 덥석 차를 얻어 타는 것도 그렇고, 그렇다고 호감 있는 상대가 같이 차를 타자는데 거절하는 것도 그렇고, 난감한 차에 지호가 내놓은 의견은 아주 적절했다. 해강은 내심 같은 방향이길 바라며 물었다.

"어느 쪽으로 가세요?"

"신도림 쪽으로 갑니다."

"정말이요? 저도 그쪽인데……."

가는 방향도 같다니. 이건 정말 필연이다.

저도 모르게 입가가 덩실 늘어난 해강은 너무 바보 같은 표정을 지은 것 같아서 얼른 입술을 깨물었지만 주체할 수 없는 기쁨에 입가가 자꾸 늘어나고 있었다.

"타세요."

"그럼 감사히 타겠습니다."

얼른 차를 돌아 보조석에 올라탄 해강은 코를 킁킁거렸다. 새 차인 모양인지 옅은 가죽 냄새 사이에 은은한 남자 화장품 냄새가 났다.

지호가 차에 올라타자 화장품 냄새가 더 짙어졌다. 음, 내 남자……는 아니지만 남자의 향기에 가슴이 벌렁거렸다.

"향수는 안 쓰시나 봐요."

"향수를 쓰면 머리가 아파서요. 해강 씨는 향수 쓰나 봐요. 옅게 향이 나요."

"향이 나요?"

향수를 뿌리지 않으니 향이 나도 화장품 향이 날 텐데……. 해강은 제 몸을 킁킁거렸다. 그러자 승민의 향수 냄새가 희미하게 나는 것 같았다.

하긴, 출근할 때 꼭 붙어 있고 틈만 나면 영역 표시라고 몸을 비비대니 냄새가 안 옮는 게 이상했다. 의식도 못 하고 있었는데 승민의 냄새가 배었다고 생각하니 정말 동물이 된 기분이었다.

"혹시 머리 아프세요?"

"아니요. 은은해서 좋네요."

"다행이네요."

퍼뜩 정신을 차린 그녀가 인사를 하자 지호도 방긋 미소를 지었다. 날카로운 눈매가 부드러워지며 입가에 달콤한 미소가 맺혔다.

그 미소에 정신이 아찔해진 해강은 얼른 시선을 돌렸다. 계속 보고 있다간 숨이 막혀 버릴 것 같았다. 크게 심호흡을 한 뒤 자꾸 벌어지는 입술을 당기느라 애를 썼다.

그럴 리 없겠지만 어두운 밤하늘은 별이 보이는 듯 반짝거리고, 매연으로 가득한 서울 공기가 숲에라도 온 듯 청량하게 느껴졌다. 집으로 가는 길이 정말 행복했다. 집이 아주 멀었으면 좋겠다는 생각도 잠시, 어느새 집 근처에 도착하자 지호가 아쉬운 듯 입을 열었다.

"집 앞까지 가도 됩니다만."

"아뇨, 길이 좁아서 차를 돌리기 어려워요. 그냥 여기서 걸어갈게요. 저기 보이는 저 건물이에요."

"그럼 조심히 들어가요. 내일 봅시다."

"네, 안녕히 가세요."

지호의 차가 출발하자 해강은 두 주먹을 불끈 쥐고는 하늘을 향해 마구 휘둘렀다.

"예쓰! 예쓰! 예에쓰!"

그래, 이런 작은 일부터 시작하는 거야.

지호가 바래다준 것이 마치 연애의 시작이라도 되는 양 기분이 날아갈 것 같았다. 제자리에서 팔딱팔딱 뛰던 해강은 정신을 가다듬고 가슴에 손을 얹으며 흥분을 가라앉히려 노력했다.

"아니야. 설레발치지 말자. 괜히 그랬다간 될 것도 안 되니까 천천히, 자연스럽게 하자. 팀장이니까 그냥 데려다준 것 일수도 있잖아. 팀원을 챙기는 단순한 친절일 수도 있다고. 그렇지? 헛물켜지 말자고, 문해강."

말은 그렇게 하면서도 연신 벌어지는 입은 어찌할 도리가 없었다. 예의든 관심이든 기분이 좋은 건 사실이었다. 분명 아직은 예의로 대하는 게 맞을 거다. 그러나 관심의 퍼센트를 늘리면 되는 거다.

"아자. 인생의 봄 좀 만들어 보자, 문해강."

다시 한 번 파이팅을 외친 해강은 날아갈 듯 가벼운 발걸음으로 집을 향해 걸었다.

❂　　　❂　　　❂

이미 연구하던 마스크 팩 덕분에 제품은 순조롭게 진행되어 가고 있었다. 봄을 대비한 제품으로 출시하려면 늦어도 2월 초, 설 명절 전에는 모든 것이 끝나야 했다. 한 달 남짓 남은 기간에 특별구성팀원들은 총력을 기울이고 있었다.

너 나 없이 야근을 하는 와중에 퇴근 준비를 하는 승민을 보고 해강이 조그맣게 물었다.

"어디 가?"

"약속이 있어."

"저녁 약속?"

"미안."

미안해하는 표정의 승민을 보며 해강의 눈이 동그래졌다.

"뭐가 미안해?"

"다들 야근하는데 혼자만 저녁 먹으러 나가서……. 가족 모임이라 빠질 수가 없어."

에구, 착한 녀석.

해강은 생긋 미소를 지었다.

"우리도 맛있는 거 먹으러 갈 거야. 걱정 마셔. 잘 먹고 내일 보자."

"그래."

"그런데 가족 모임이라니? 누구?"

"외할아버지랑 이모네 가족."

"아, 맞다. 너 이모 계셨지. 잘 다녀와."

승민이 여전히 미안한 얼굴을 하고 사무실을 나서자 해강은 더욱 환한 미소를 지어 보였다. 저녁 한 끼 먹는데 뭐 저리 미안한 표정을 짓는지. 저 물렁한 성격으로 이 험한 세상을 어찌 헤쳐 나갈지 걱정이었다.

"정신 훈련을 시키든가 해야지. 영 마음이 안 놓이네."

해강이 나름 심각하게 승민의 정신 상태를 고민하고 있을 때 집에 들른 승민은 샤워를 하고 옷을 갈아입었다.

평소 편하고 캐주얼한 옷차림을 즐겨입는 그였지만 자리가 자리인 만큼 양복을 꺼내 들었다. 평소에 잘 입지 않는 슈트를 입으니 조금 불편했지만 코트까지 걸친 승민은 다소 굳은 얼굴로 집을 나섰다.

155

외할아버지가 누구인지 조만간 해강에게 고백해야 할 것 같았다. 외할아버지가 누군지 안다 해도 그녀라면 선입견 없이 지금처럼 대해 줄 것이다.

예약이 되어 있다는 한정식집에 도착하니 20분 전이었다. 약속 시각까지는 아직 많이 남아 있었지만 승민은 식당으로 들어갔다. 개량한복을 단아하게 차려입은 종업원이 나와 그를 맞이했다.

"김정혜로 예약되어 있습니다."

"이쪽으로 오세요."

종업원을 따라 간 승민은 예약된 방의 문이 열리는 순간 뭔가 잘못됐다는 걸 느꼈다. 분명 전달받은 약속 시각은 8시였다. 그런데 방에는 이미 외할아버지와 이모부 내외, 지호까지 넓은 상에 둘러앉아 식사를 하고 있었다.

"늦었구나. 차가 많이 막히니?"

"……네, 이모. 늦어서 죄송합니다."

"죄송하긴……. 어서 앉아."

이모인 정혜의 다정한 말에 승민은 외할아버지와 이모부에게 고개를 숙인 뒤 지호의 옆에 앉았다. 승민이 자리에 채 앉기도 전에 외할아버지인 부일의 무덤덤한 목소리가 들렸다.

"사회 생활하는 놈이 미리 오지는 못할망정 10분이나 늦다니……. 요즘 것들은 정신 상태가 글러 먹었어."

"아버지는……. 지금까지 일하다 왔잖아요. 요즘 신제품 개발 때문에 바빠서 그랬죠."

정혜가 승민의 변명을 해 주자 부일의 언성이 높아졌다.

"지호는 같은 팀 아니냐? 팀장이라는 자리에 있어도 10분 먼저 와서 자리 점검하고 있었는데 승민은 고작 팀원인 주제에 늦었으니 하는 소리다."

"죄송합니다. 다음부터는 늦지 않을게요."

"으흠, 여기 전복죽 하나 더 내오라고 해라."

부일의 잔소리는 그것으로 끝이었다. 종업원이 앙증맞은 그릇에 전복죽을 내오고 이어 제대로 된 식사가 나왔다.

밥을 먹던 승민은 옅은 미소를 머금고 부일과 대화 중인 지호를 보았다.

"내일 8시에 가족 모임 있으니까 늦지 마."

한숨이 나왔다. 30분이나 늦게 약속 시각을 알려 준 지호가 유치했다. 한숨을 쉰 승민은 맞은편에 앉은 정혜를 보았다. 우아한 옷차림을 하고 교양 있는 웃음을 짓고 있지만 연신 부일의 비위를 맞추느라 눈동자가 분주하게 움직이고 있었다.

지호가 약속 시각을 잘못 알려 준 것을 이모는 알지도 몰랐다. 아니, 승민이 약속 시각을 넘기는 순간부터 알았을 거다. 어렸을 때부터 그랬으니까. 지호가 저렇게 변한 것도 어쩌면 이모 탓일지 몰랐다.

외할아버지에게는 회사를 물려받을 아들이 없었다. 지호의 엄마인 정혜와 승민의 엄마인 정숙, 두 딸만 둔 부일은 아들이 없는 것을 늘 아쉬워했다. 그러다 지호가 태어나고 3년 후 승민이 태어나자 두 손자에게 거는 기대는 남달랐다. 그에게 가장 가까운 핏줄인 것이다.

사위가 둘이나 있지만 첫째 사위 형식은 그럴 그릇이 못 되었고, 둘째 사위는 사업은 안중에도 없었다. 자연 그의 관심과 기대는 손자들에게 향했다.

"이번 신제품이 중요하다는 건 말 안 해도 알겠지? 잘해라."

"걱정 마세요. 순조롭게 진행되고 있으니까요."

지호가 자신 있게 대답하자 부일의 눈빛이 싸늘하게 변했다.

"입으로 하는 장담 말고 결과로 보여라."

"네, 회장님."

대번에 작아진 목소리와 외할아버지가 아닌 회장이라는 호칭, 움츠러든 어깨. 말 한마디에 지호의 기가 죽자 안타까워진 정혜는 얼른 부일의 수저에 굴비를 얹어 주었다.

"아버지, 드세요. 좋아하시는 거잖아요."

"으흠."

헛기침을 하며 수저를 드는 부일을 보며 정혜가 지호에게 눈짓을 했다. 그만 어깨 펴라고, 밥 먹고 기운 내라고. 정혜의 노력에도 불구하고 지호의 움츠러진 어깨는 쉽게 펴지지 않았다.

잠시 고요한 식사가 계속되었다. 말없이 밥을 먹던 부일이 툭 던지듯 물었다.

"회사 생활은 할 만하냐?"

누구라고 지칭하지는 않았지만 다정해진 음색과 애정 어린 말투가 누구를 향하는지 알 수 있었다. 정혜의 불편해진 시선과 지호의 무시, 형식의 못마땅한 눈길에 얼굴이 따끔해진 승민은 미소를 머금고 부일을 보았다.

"네, 좋아요."

"너도 지호처럼 처음부터 들어왔으면 좋잖아. 요새 애들 말로 할아비한테 튕기는 거냐?"

"아니에요. 제가 왜 튕겨요."

"그래, 지금이라도 들어왔으니 잘했다. 열심히 해라."

"네, 할아버지."

애교 섞인 승민의 말투에 부일의 입가에 엷은 미소가 생겼다. 내리사랑이라고 지호도 예뻤지만 막내인 승민은 그야말로 눈에 넣어도 아프지 않을 만큼 예뻤다. 정혜와 정숙을 키울 때는 몰랐는데 손자는 자식보다 훨씬 더 마음이 가는 존재였다.

두 놈 다 든든하고 예쁘기 그지없었다. 지호는 맏손자답게 믿음직하고 진중했다. 한 회사의 대표로 손색이 없었다. 승민은 막내답게 애교가 많고, 능력도 뛰어났다. 둘을 사랑하는 크기는 똑같았다. 단지 표현이 서툴러 대하는 게 다를 뿐이었다.

입가에 미소를 지운 부일이 으름장을 놓았다.

"내 회사지만 꼭 내 핏줄에게 물려주라는 법은 없다. 잘하는 놈에게 줄 거야. 알지?"

"네."

"네, 할아버지."

지호와 승민의 대답을 들은 부일의 입가에 만족스런 미소가 맺

했다. 두 놈이 있으니 더 퀸의 미래는 걱정할 것이 없어 보였다.

한동안 뜸했던 가족 모임이었다. 승민이 제대를 하고 회사로 들어오자 본격적으로 모임을 재개한 것이다.

부일의 속내는 지호와 승민을 제대로 단련시켜 회사에 적응시킬 생각이었지만 승민 때문에 가족 모임이 다시 시작되었다고 생각한 정혜는 내심 서운했다.

여전히 승민만 예뻐하는 부일에 대해 지호 역시 서운함을 감추지 못했지만 내색하지 않으려고 애썼다. 나쁜 감정을 드러내는 건 지금 그에게 득 될 게 없으니까.

"조심해서 가세요. 아버지."

"그래, 너희도 조심해서 들어가라."

식당 밖으로 나와 부일이 먼저 출발하자 정혜는 입가에 고운 미소를 지은 채 승민을 보았다.

"집으로 가니? 차는?"

"택시 타고 가면 돼요."

"그럴래? 그럼 다음에 보자."

"안녕히 들어가세요. 이모, 이모부."

미소 뒤에 감춰진 질투와 시기를 이제는 알아 버려 이모가 마냥 편하지만은 않았다. 처음 그것을 알고는 어쩔 줄을 몰랐지만 이제는 적당히 무시하고 있었다. 지호처럼 이모도 그가 일일이 반응하기에는 억지가 있었기 때문이었다.

"집에도 좀 와. 이지호. 엄마 걱정하잖아."

승민에게 인사를 한 정혜가 안쓰러운 듯 지호를 향해 말하자 그가 활짝 미소를 지었다.

"잘 지내니까 걱정하지 마요."

"새로 장만한 오피스텔은 지낼 만해? 예전 집보다 회사가 멀어서 괜찮아?"

일부러 들으라는 듯 목소리를 높인 정혜는 힐끔 승민을 보았다. 캐나다에서 승민이 들어오자마자 집을 알아봐 줄걸, 괜히 시간 끌다 부일이 승민에게 그 집을 내준 탓에 지호가 들어왔을 때는 회사에서 좀 더 먼 곳으로 알아볼 수밖에 없었다.

그런데 지호가 만족한 웃음을 지었다.

"좋아요. 그쪽으로 마련해 주셔서 오히려 감사한 걸요."

"무슨 말이니?"

"그런 게 있어요. 어서 가세요. 아버지, 조심해서 가세요."

"그래, 회사에서 보자."

정혜의 차까지 출발하자 승민이 먼저 지호에게 인사를 건넸다.

"갈게, 내일 회사에서 봐."

"안 물어보냐?"

뒤돌던 걸음이 멈추었다. 약속 시각을 일부러 잘못 알려 준 것에 대해 말하는 모양이었다. 하지만 승민은 정말 할 말이 없었다.

"딱히 물어볼 거 없어. 그냥 내가 잘못 알아들은 거야."

"그거 말고, 신도림 쪽에 내 집이 있는 거 말이야. 우연 치고는 대단하지 않아?"

지호의 말에 승민의 미간에 주름이 생겼다. 무슨 말인지 알 수가 없었다. 그러자 지호의 만면에 득의양양한 웃음이 가득했다.

"모르면 할 수 없고. 내일 보자."

지호가 손을 흔들고 가 버리자 승민은 눈살을 찌푸렸다. 지난번과 많이 달라진 태도도 의심쩍었지만 지호가 뱉은 말도 무슨 뜻인지 추측하기 힘들었다.

"신도림? 설마……."

신도림이라면 해강의 집이 있는 쪽이었다. 내 것을 빼앗는다더니 지금 해강의 얘기를 한 것인가?

머리가 지끈거렸다. 마음에도 없는 회사에 들어와 일하는 것도 외할아버지에게 미안한데 지호까지 상대해야 한다고 생각하니 앞이 아득했다. 아직 해강의 마음도 얻지 못했는데 사방팔방에서 난리다.

"휴우, 앞으로 힘들어지겠네."

머리를 긁적거린 승민은 천천히 택시 승강장으로 걸음을 옮겼다.

5화
해의 마음이
움직인다

사무실에 모인 사람들은 감격과 긴장이 뒤범벅된 얼굴로 한 곳을 응시하고 있었다. 그곳에는 푸른 새싹을 연상시키는 연두색과 우아한 금색이 어우러진 화장품 기초 세트가 놓여 있었다. 모두들 입을 열지 못하고 있자 미소를 지은 지호가 먼저 말을 꺼냈다.

"여러분이 애써 주신 덕분에 드디어 제품이 나왔습니다. 광고는 오늘부터 나갈 거고 다음 주 중, 시중에 유통될 예정입니다. 그동안 수고 많았습니다."

"수고하셨습니다."

"수고했어요."

누군가 박수를 치자 모두 한마음이 되어 박수를 쳤다. 짧은 시간이었다. 사실 미리 연구하던 마스크 팩 자료가 없었다면 제품이 완성되지 못했을 수도 있었다. 해강은 동현의 곁으로 다가가 손을 내밀어 악수를 청했다.

"양동현 씨 덕이 커요. 연구 중인 자료가 없었다면 이렇게 빨리 제품이 나올 수 없었을 거예요."

"저…… 저야…… 뭐……."

여전히 움츠린 어깨에 말을 더듬고 있었지만 동현도 기쁜지 얼굴이 발갛게 상기되었다. 다른 사람들이 그런 동현을 보며 감사 인사를 한마디씩 던지자 얼굴이 더욱 빨개졌다.

모두들 왁자지껄 신나는 분위기에 지호가 한마디를 보탰다.

"오늘은 회식이 있을 겁니다. 한 사람도 빠지지 말고 모여 주시기 바랍니다."

"야호! 한우 먹는다!"

누군가 소리를 지르자 사방에서 와락 웃음이 터져 나왔다.

두 달 만의 정시 퇴근이었다. 그것도 1등급 한우와 함께. 향기로운 한우 냄새에 해강은 입안 가득 침이 고였다. 불판 위에 올린 고기에 핏기가 살짝 가시자마자 입에 넣은 해강은 세상을 다 얻은 듯한 표정을 지었다.

"으음, 입에서 녹는다. 녹아."

"그렇게 맛있어?"

"미영 씨도 먹어 봐. 장난 아니야."

"그래?"

군침을 꼴깍 삼킨 미영도 고기를 입에 넣자마자 해실해실 눈동자가 풀렸다.

"맛있지?"

"대박! 진짜 1등급이구나."

"그렇다니까."

다시 고기를 입에 넣은 해강이 쌈을 싸기 시작했다. 그리고 건너에 앉은 승민의 입 앞으로 불쑥 내밀었다.

"너도 얼른 먹어. 진짜 끝내줘."

"어?"

승민이 당황한 표정으로 쌈을 손으로 받자 해강은 그제야 아차 하며 얼른 손을 당겼다. 회사 내에서는 아직도 내외하는 사이인데 너무 친근감 있게 행동한 것 같았다.

몇 명의 시선이 의아하게 바뀌려고 했지만 해강은 침착하게 다시 쌈을 쌌다. 그리고 동현에게 그것을 내밀었다.

"동현 씨도 먹어요. 고기가 참 부드럽네요."

"네, 고마워요."

그렇게 서너 명에게 쌈을 싸 준 해강은 다시 본분으로 돌아와 고기를 먹기 시작했다. 곁눈질도 하지 않고 열심히 고기를 먹는 모습에 승민의 입가에 흐뭇한 미소가 자리를 잡았다.

얼마나 먹었는지 바지가 터져 나갈 것 같아 허리를 느슨하게 하고 겉옷을 여민 해강은 행복한 얼굴로 고깃집을 나섰다. 다들 고깃집 앞에 자리를 잡고 서자 누군가 2차를 제의했다.

"그냥 가기 아쉬운데 소화도 시킬 겸 노래방이나 갈까요?"

정시에 퇴근을 했기 때문에 이제 겨우 8시였다. 모두들 고개를 끄덕이며 그 의견을 따라 노래방으로 우르르 몰려갔다. 커다란 방을 가득 채운 사람들은 서로 먼저 노래를 하겠다고 마이크와 리모컨을 빼앗으려 야단이었다.

고기를 너무 많이 먹었는지 숨도 쉴 수 없을 만큼 배가 불러 해강은 몰래 노래방을 빠져나왔다.

"근처에 약국이 있었던 것 같은데……."

속이 너무 거북해 소화제라도 먹어야 할 것 같았다. 근처를 두리번거리고 있는데 누군가 그녀를 불렀다.

"해강 씨."

"팀장님? 왜 나오셨어요?"

"잠깐 약국엘 좀 갔었어요."

"어디 불편하세요?"

걱정이 되어 해강이 미간을 찌푸리며 묻자 지호가 빙그레 웃었다.

"나 말구요. 이거 마셔요."

"저요?"

해강은 지호가 내민 소화제를 멍청하게 바라보았다. 그러자 웃음을 삼킨 지호가 말했다.

"아까 보니까 너무 급하게 먹는 것 같더라고요. 이거 필요하죠?"

"네? 아, 네……."

오랜만에 맛본 한우에 정신이 가출했었나 보다. 지호가 같이

166

있다는 것도 망각한 채 그렇게 먹다니……. 한우가 중요하니, 팀장님이 중요하니!

당황한 그녀는 변명을 늘어놓기 시작했다.

"제가 평소에는 소식을 하는데 오늘은 고기가 정말 맛있어서요. 저 집 정말 맛있었어요. 진짜 고기가 맛있어서……."

"좋은 식당으로 알아봤거든요. 해강 씨가 고기 좋아한다고 해서요."

"네?"

"다음엔 더 맛있는 식당에 같이 가요."

민망함에 붉어진 얼굴을 만지작거리던 해강은 지호의 마지막 말에 눈을 동그랗게 떴다.

무슨 뜻일까? 내가 고기를 좋아한다고 해서 고깃집으로 회식 장소를 고른 거라고? 맞나? 맞는 건가? 왜?

묻고 싶은 말은 한가득이었지만 차마 입이 떨어지지 않았다. 마주친 지호의 눈빛이 부드럽게 그녀의 얼굴을 바라보고 있었다. 순간 심장이 쿵쾅거리며 펌프질을 시작하자 얼굴이 빨갛게 달아올랐다.

마치 연인을 보는 듯한 달콤한 눈길에 얼굴이 녹아 버릴 것 같았다. 해강은 숨 쉬는 것도 잊고 지호의 눈을 홀린 듯이 바라보았다.

"문해강! 해강 씨! 어디 있어?"

어디선가 들려온 미영의 목소리에 퍼뜩 정신을 차린 해강은 화들짝 놀라며 대답을 했다.

"여, 여기 있어."

"빨리 와. 자기 차례야."

"응. 가!"

노래방 건물 밖까지 나온 미영을 향해 정신없이 대답을 한 해강은 다시 지호에게 고개를 돌렸다. 그는 여전히 부드러운 미소를 짓고 있었다. 그녀의 입이 멍청하게 벌어지려고 할 때 다행히 그가 말을 건넸다.

"약속했어요. 어서 들어가 봐요."

"네."

돌아서는 지호를 보며 퍼뜩 정신이 돌아온 해강이 다급하게 말을 꺼냈다.

"팀장님은 안 들어가세요?"

"재미있게 놀아요. 상사는 이쯤에서 빠져 줘야 하는 거잖아요. 전 다음에 같이하죠."

어쩜 배려심도 수준급이셔라.

해강은 돌아서는 지호의 뒷모습을 홀린 듯 바라보고 있었다. 넓은 어깨와 잘빠진 허리 라인, 각이 잡힌 슈트의 뒤태가 참으로 섹시했다. 해강은 뜨거워지는 양 볼을 두 손으로 감싸며 중얼거렸다.

"완전 멋져. 섬세한 배려까지. 아! 정신을 못 차리겠네. 이 세상에 내 이상형이 정말 있다니…… 믿기지가 않는다."

중얼거리던 해강의 입이 길게 벌어졌다. 주체할 수 없는 기쁨의 웃음 때문에 입을 다물 수가 없었다. 그녀는 흐뭇한 미소를 머금고 머리를 좌우로 까딱까딱 흔들며 천천히 발길을 돌렸다. 생각 같아선 덩실덩실 어깨춤이라도 추고 싶지만 그랬다간 신고가 들어올 것 같아 가볍게 리듬을 타는 것으로 기쁨을 대신했다.

"세상은 역시 아름다운 거야."

그녀가 노래방 건물로 들어가자 다른 건물 안에 있던 승민이 밖으로 나왔다. 행복해 보이는 해강과 달리 승민의 표정은 걱정스러운 듯 인상을 쓰고 있었다.

"너 지금 착각하는 거야. 정신 차려라. 문해강."

한숨과 함께 중얼거리는 그의 손에는 봉투가 들려 있었다. 너무 급하게 고기를 먹는 것 같아 약국에 들렀던 그는 해강을 향해 다가가는 지호를 보며 옆 건물로 몸을 숨겼다.

그냥 나갈걸. 그래서 약을 줄걸.

너무 황홀해하는 해강의 눈빛 때문에 나서지 않은 것이 후회되었다.

❖   ❖   ❖

모두의 노력이 빛을 발하는지 신제품의 대한 반응은 생각보다 좋았다. 연일 매출이 오르고 공장은 풀가동에 들어갔다. 이대로 특별팀이 유지될 거라는 말이 나돌자 해강의 입가에도 연신 미소가 자리했다.

자고로 눈에서 멀어지면 마음에서도 멀어진다. 그런데 특별팀이 유지가 된다면 지호와 매일 볼 수 있다는 말이 된다.

"드디어 내 인생의 첫 연애가 시작되는 건가?"

의미심장한 미소를 머금은 그녀가 행복한 상상을 펼치려는 순간 누군가 곁에 쑥 다가왔다.

"뭐야? 왜 정신 나간 표정으로 서 있어?"

"아! 눈치 없는 미니. 이게 정신 나간 표정이냐? 황홀한 표정이지. 이러니까 네가 여자 친구가 없는 거야. 알아?"

"나 애인 있는데?"

"애인이 있어? 누구…… 아, 됐거든."

승민의 말에 눈이 커지려던 해강은 얼른 정색을 했다. 보나 마나 대답은 '너! 내 해'가 될 게 뻔하니까.

"이제 인정하는 거야?"

"인정은 개뿔. 너랑 나랑 사귀면 법에 걸린다니까. 근친상간 몰라?"

"너랑 나랑은 DNA 자체가 달라. 근친상간 같은 소리 하고 있네."

"시끄러. 그나저나 얼굴이 왜 그래?"

"내 얼굴이 뭐?"

갑자기 화제가 전환되자 승민은 제 얼굴을 쓰다듬었다. 그러자 해강이 혀를 찼다.

"명색이 화장품 회사에 다닌다는 애 피부가 왜 이러니? 환절기라고 피부 버석해진 거 좀 봐."

"두 달 동안 야근을 밥 먹듯이 했잖아. 그래서 그런가 보지.

그런 너도 피부가 곱진 않다."

"그렇지. 휴우, 나 너무 상했어. 그런 의미로 우리 보양식 먹을까?"

"보양식? 뭐? 삼계탕? 장어? 아니면……."

"피부에 하는 보양식이 있어. 내일 주말이니까 이따 내가 네 집으로 갈게."

해강이 손을 살랑살랑 흔들며 가자 승민은 고개를 갸웃거렸다. 피부에 하는 보양식이 뭘까 궁금했다.

저녁이 되자 말한 대로 양손 가득 뭔가를 들고 해강이 승민의 집을 찾았다.

"뭘 이렇게 많이 샀어?"

"저녁도 먹어야 하고 피부에 보양식도 발라야 하고."

피부 보양식이 뭐야? 처음 들어보는 말에 승민은 장을 봐 온 봉투를 열었다. 그러자 해강이 봉투 안에서 밀가루를 꺼냈다.

"반죽 좀 해 봐. 저녁은 수제비야."

"네가 해 주는 거 아니었어?"

"힘 뒀다 뭐할래? 자고로 반죽은 제대로 된 힘으로 치대야 쫄깃한 법이라고."

"네가 나보다 세잖아."

"죽을래? 맞을래?"

"그냥 반죽할게."

승민이 반죽을 힘차게 치대는 동안 해강은 육수를 만들고 야채를 썰었다.

치덕치덕, 통통통통.

리듬 있게 들리는 소리에 기분이 좋아진 승민이 해강의 어깨를 슬쩍 건드렸다.

"우리 꼭 같이 사는 거 같지 않냐?"

"후릅."

육수 간을 보는 척 해강에게서 대답이 없자 승민이 또 물었다.

"신혼부부 같아."

"헛소리 말고 반죽이나 치대세요."

아무튼 틈만 주면 헛소리를 한다. 고개를 저은 해강은 수제비에 넣은 야채 외의 과일과 채소들을 손질하기 시작했다.

반죽이 숙성되는 동안 그릇에 뭔가를 담아 온 해강이 승민을 소파로 잡아끌었다. 머리띠로 앞머리까지 싹 올리자 매끈한 이마가 드러났다.

"뭐하는 건데?"

"남자도 요즘엔 피부 관리해야 하는 거 알지? 게다가 우리는 화장품 회사에 다니고 있잖아. 당연히 관리를 해 줘야지."

"내 피부는 타고난 거라 괜찮거든."

"얘가, 얘가…… . 이제 곧 서른이다. 타고난 피부는 딱 서른까지 유효한 거라고. 잔말 말고 누워."

해강의 으름장에 승민은 투덜거리면서도 소파에 누웠다. 그러자 철떡하며 차갑고 진득한 것이 얼굴에 닿았다.

"으앗! 이게 뭐야!"

"과일이랑 야채 간 것. 먹지 마. 피부에 바를 거니까."

혀로 날름 입술 근처를 핥은 승민이 씩 웃었다.

"맛있네."

"몸에도 좋고 피부에도 좋고. 이제 말하면 안 돼. 그만 먹고."

자꾸만 입가에 있는 팩을 핥아 먹는 승민의 어깨를 찰싹 때린 해강은 자신의 얼굴 위에도 팩을 올려놓고 소파 밑에 나란히 누웠다.

그것도 잠시, 아무것도 안 하고 가만히 누워 있자니 좀이 쑤시는지 승민은 몸을 뒤틀기 시작했다. 다리를 접었다 폈다, 손을 배 위에 올렸다 내렸다. 나중에는 고개를 돌리려고 하자 해강의 나지막한 목소리가 그런 그를 멈추게 했다.

"가만히 있으라고 했다."

최대한 입술을 움직이지 않고 하는 말이라 그런지 어금니를 꽉 문 것처럼 들려 찔끔한 승민은 얼른 고개를 원위치 시켰다. 그러나 역시 10초쯤 지나자 얼굴이 간질거리고 발가락이 아픈 것 같아 몸을 꼼지락거리기 시작했다.

"가만히 있으라고!"

"심심해. 심심해. 이건 고문이다."

"딱 10분만, 10분만 잠잔다고 생각하고 누워 있는 게 어렵냐?"

"어려워. 그러니까……."

"뭐?"

해강이 눈을 뜨자 코앞으로 커다란 손이 보였다. 소파 위에 누운 승민이 손을 내민 것이었다.

"어쩌라고?"

"손 잡아 줘. 그러면 얌전히 있을게."

"웃기시네. 그냥 일어나든지. 아! 그래, 잡아 줄게."

코웃음을 치던 해강의 말투가 갑자기 부드러워지더니 승민의 손을 냉큼 잡아 주었다. 이렇게 순순히 스킨십을 허락할 해강이 아닌데. 뭔가 미심쩍었지만 보드라운 해강의 손이 좋아 승민은 그녀의 손을 당겨 옆구리에 끼었다.

"아, 좋다."

"이제 자."

"네 손이 너무 뜨거워서 잠이 올지 모르겠다."

"손 뺀다?"

"아니. 잘게."

승민이 잠잠해지자 해강은 슬쩍 눈을 떴다.

오늘 약을 잘 쳐야 하는데 승민이 넘어와 줄지 걱정이다. 착한 녀석이니까 아마 허락해 줄 것이다.

잠깐 눈만 감고 있으려고 했는데 장장 한 시간이나 자 버렸다. 얼굴에 올린 팩은 꾸덕꾸덕하게 잘 말라 있었지만 위장도 그와 마찬가지로 꾸깃꾸깃 쪼그라든 것처럼 배가 고파 왔다.

둘은 후다닥 움직여 수제비를 끓여 식탁에 앉았다. 해강이 제주도 집에서 가져온 김장 김치까지 식탁에 올리자 푸짐한 저녁이 완성되었다.

"잘 먹겠습니다!"

"대박! 맛있어."

뜨거운 수제비를 후후 불어 먹던 해강이 순식간에 줄어든 승민의 그릇을 보며 물었다.

"더 줄까?"

"응."

"설거지는 내가 할게. 넌 앉아서 과일 먹고 있어."

승민의 눈매가 가늘어졌다. 원래 해강이 잘 챙겨 주긴 했지만 오늘은 어쩐지 매우 관대하다. 음식도 같이 만들고 설거지는 자기가 한다 하고, 아까의 스킨십까지……. 갑자기 불길한 느낌이 들어 승민이 수저를 내려놓고 해강을 보았다.

"왜? 더 먹는다며?"

"뭐야?"

"뭐가?"

"뭔가 있는데……. 네가 그렇게 순순히 손을 맡길 리가 없잖아. 뭔데? 말해 봐."

해강이 얌전히 숟가락을 내려놓더니 입가를 길게 늘여 미소를 만들었다. 그 미소를 보니 불인감이 가중되는 것 같았다.

"사실은…… 부탁이 있는데……. 미니야."

"뭔데?"

"저번에 우리 집 재개발 들어갈지도 모른다고 했잖아."

"그런데?"

"글쎄, 그게 당장 다음 주에 들어간다잖아. 그래서 지금 입주

민들 싹 다 집 비우라고 난리지 뭐야. 하도 야근을 해서 그런 공고가 뜬 줄도 모르고 있었다가 엊그제 알았어."

"……."

조금 과장된 푸념을 늘어놓고 있는 해강을 승민은 멀뚱하게 볼 뿐이었다. 그녀는 조금 더 불쌍한 표정을 지어 보였다.

"내가 지난주부터 막 집을 알아봤거든. 그런데 기간이 너무 촉박해서…… 돈이 맞으면 날짜가 안 맞고, 날짜가 맞으면 돈이 터무니없이 비싸고……. 나 길에 나앉게 생겼어."

"……."

"그래서 말인데…… 미니야, 나 여기서 잠깐만 지내면 안 될까?"

승민은 눈만 커다랗게 떴을 뿐 대답을 하지 않았다. 뜻밖의 반응에 조금 당황스러워진 해강이 서둘러 말을 붙였다.

"오래 안 있어. 집 구할 동안, 아주 잠깐만 있을게. 그동안 내가 청소도 하고, 밥도 하고, 그래, 네가 원하는 거 다 들어줄게. 어떻게 안 될까?"

동그란 눈망울에 촉촉한 물기를 머금은 해강이 콧소리까지 덧붙이자 승민의 얼굴이 무표정으로 변했다. 거절하면 어쩌지. 조마조마한 심정으로 눈치를 보자 승민이 슬쩍 눈길을 돌리며 말했다.

"집안일 해 준다고?"

"응!"

"내가 원하는 것도 해 주고?"

"그럼, 그럼. 말만 해. 내가 할 수 있는 건 다 해 줄게."

"뭐, 그럼 할 수 없지. 불편해도 내가 참아야지."

"역시 넌 천사야, 천사. 수제비 더 먹을래?"

"응."

해강이 활짝 웃으며 그의 그릇을 들고 가스레인지 쪽으로 가자 승민은 주먹을 불끈 쥐고는 소리 없이 '아자!'를 외쳤다. 굴러 들어 온 복을 마다할 리 없었다. 해강과 한공간에 있을 수 있다니…… 생각만으로 피가 머리 위로 솟구치는 기분이었다.

"많이 먹어, 미니야."

"그래, 그래. 먹자."

입가가 자꾸 늘어지려고 해 승민은 필사적으로 입술을 물었다.

그런 부탁이라면 백만 번도 더 들어줄 수 있다. 같이 있고 싶어 안달인 그의 곁에 먼저 와 준다는데 거절할 이유가 없다.

연신 고개를 끄덕인 승민은 수제비를 배불리 먹었다.

"내일 토요일인데 짐은 내일 옮길래?"

"그래도 돼? 그럼 나야 고맙지."

"뭐 시간도 되니까 내가 같이 옮겨 줄게."

"안 그래도 용달 하나 불렀어."

"뭐? 벌써?"

승민의 눈이 동그래지자 수제비를 떠먹으며 해강이 웃었다.

"네가 당연히 오케이할 줄 알았거든. 우리 미니는 착하니까. 난 다 먹었다. 넌?"

"어? 좀 남았어. 거실로 가 있어. 설거지 내가 할게."

"그럴래? 내가 과일 가져갈게."

개수대에 그릇을 넣은 해강이 쟁반에 과일을 가지고 거실로 가자 승민은 고개를 갸웃거렸다. 뭔가 속은 느낌이 드는 건 그냥 기분 탓이겠지.

"어쨌든 같이 사는 거잖아. 문해강, 너 호랑이 굴에 들어온 거야. 어흥, 확 잡아먹어야지. 흐흐흐."

이렇게 기분이 좋을 수가 없다. 설거지하는 내내 콧노래까지 부르는 승민의 뒷모습을 보며 해강이 싱긋 미소를 지었다.

호랑이 굴에 들어가도 정신만 차리면 된다. 잘하면 호랑이 가죽을 벗겨 올 수도 있는 일이니까. 승민에 대해 이미 다 통달한 그녀에게 있어 그는 호랑이는커녕 귀여운 아기 고양이쯤으로 보였다.

각자 다른 생각을 품은 채 해강은 승민의 집으로 들어가게 되었다.

❖   ❖   ❖

눈을 뜬 해강은 온몸으로 느껴지는 둔중한 통증에 신음을 흘리며 침대에서 일어났다.

"에구구, 역시 이사는 장난이 아니야."

토요일에 짐을 옮기고 일요일 내내 정리를 했더니 전신운동을 한 것마냥 근육통이 일었다. 하지만 출근을 하려면 일어나야 한다.

어기적거리며 방을 나서자마자 맛있는 냄새가 코를 찔렀다.

"흠흠, 카레 냄새다."

"일어났어?"

부엌으로 향한 해강의 눈에 벌써 씻었는지 젖은 머리카락으로 카레를 만드는 승민이 보였다. 곁으로 바짝 다가가자 기다렸다는 듯 그가 카레에 고기와 감자를 듬뿍 얹은 숟가락을 내밀었다.

"먹어 봐."

"음⋯⋯."

"어때?"

"당연히 맛있지. 최고다."

"어서 씻고 나와."

"오케이."

해강이 후다닥 욕실로 들어가자 함박웃음을 지은 승민은 상을 차리기 시작했다. 번개 같은 속도로 씻은 해강은 머리에 수건을 감고 식탁에 앉았다. 카레를 듬뿍 퍼 준 승민은 그녀가 먹는 모습을 가만히 지켜보았다.

맛있게 먹던 해강이 지나가는 말투로 물었다.

"근데 카레 재료가 있었어? 냉장고에 고기는 없었던 것 같은데⋯⋯."

"있었어. 냉동실 한쪽에."

"그랬군. 그나저나 언제 일어나서 씻고 이것까지 한 거야?"

"그냥…… 일찍 눈이 떠지더라고."

입맛 없을 때 해강이 늘 먹던 음식이 카레였다. 이사하느라 힘들어서 아침을 거른다고 할 게 뻔해 어젯밤에 일부러 재료를 사온 것이었다. 게다가 해강이 같은 집에 있다는 생각에 뜬눈으로 밤을 보냈다. 지척에서 잠을 자고 있을 그녀를 생각하니 도저히 잠이 오지 않았다.

그런 사실을 숨긴 채 승민은 잘 익은 깍두기를 그녀의 앞으로 밀었다.

"같이 먹어."

"너도 얼른 먹어. 야, 이러다 지각하겠다."

"내 차 타고 가."

"무슨 오해를 받으려고, 난 버스 탈란다."

"회사 근처 주차장에 주차하고 걸어서 들어가면 되지."

"그런가? 아니다. 그러다 중간에 누구 만나면?"

"버스에서 만났다고 하면 되잖아. 어차피 같은 방향인 거 아는 사람은 아는데……."

"음, 그럼 난 머리 말려야겠다. 설거지는 놔둬. 내가 갔다 와서 할게."

"내가 할게. 난 출근 준비 다 했어."

"미안하잖아. 원래 내가 다 하기로 하고 들어왔는데."

"저녁엔 네가 하면 되지."

"오키."

출근 준비를 하고 나란히 차에 오르자 갑자기 승민의 입가가 덩실 늘어났다. 그리고는 해강을 보며 흐뭇하게 말했다.

"우리 꼭 맞벌이하는 신혼부부 같지 않냐? 같은 집에서 나와 같이 출근하니까 되게 좋다. 그치?"

"음, 집주인과 하숙생 같기도 하지. 입 다물고 출발이나 하셔."

"쳇. 간다, 가."

대답은 퉁명스럽게 했지만 해강도 기분이 묘하기는 마찬가지였다. 한 걸음 옆집에 살았고, 시도 때도 없이 승민이 그녀의 집에 와서 자기도 했지만 그때와는 뭔가가 달랐다. 어른이 되었기 때문일까? 아니면 5년의 공백이 있어서 그런 걸까?

그렇다고 승민이 하는 장단에 맞춰 주면 혼자서 지구 반대편까지 뚫고 들어갈 기세였기 때문에 해강은 일부러 더 퉁명스럽게 대답을 했다.

"좋은 아침입니다."

상쾌한 인사로 아침은 연 해강은 다 접어 두고 일에만 몰두했다. 제품의 반응이 좋긴 하지만 긴장을 늦추면 안 된다. 그녀가 생애 처음 내놓은 아이디어로 만든 제품인 만큼 절실하게 성공하기를 원했다.

정신없는 하루가 지나가고 퇴근 시간이 가까이 다가오자 해강은 기지개를 쭉 폈다. 그런 그녀의 모습을 보고 미영이 웃었다.

"와, 하루가 어떻게 가는지 모르겠다."

"그러게. 근데 자기는 제품도 나왔는데 뭘 그렇게 열심히 해?"

"지금부터지. 봄 신상 나올 때까지는 이 기세를 몰아! 히트 상품으로 선정되는 게 내 목표거든."

"암튼 열성도……. 난 먼저 간다."

"내일 봐, 미영 씨. 음, 나도 슬슬 정리하고 들어가야겠다."

퇴근 준비를 하다 승민을 보니 그도 나가려는 참인 모양이었다. 눈이 마주친 승민이 손으로 문을 가리키며 눈짓을 했다. 해강도 고개를 살짝 끄덕이며 눈짓을 하자 승민이 인사를 했다.

"먼저 들어갑니다."

회사에서 조금 떨어진 주차장에 도착한 승민은 곧 뒤따라 나온 해강을 보며 차 문을 열어 주었다.

"마트 들렀다 갈까?"

"그래. 저녁 뭐 먹을래? 내가 맛있게 만들어 줄게."

"날도 추운데 얼큰하고 뜨끈한 거 먹을까?"

"아귀찜 해 줄까? 소주도 곁들여서?"

"좋지. 출발."

마트에 도착한 승민이 카트를 밀고 오자 어느새 물건을 집은 해강이 그 곁으로 다가왔다.

"샴푸?"

"거의 다 썼더라고. 이거 괜찮지?"

"응."

"생필품은 별로 살 건 없고, 수산물 코너로 가자."

그렇게 마트에서 장을 보는 내내 승민의 입을 귀에 걸려 있었다. 마트 봉투를 차에 넣으면서 승민이 해강을 돌아보았다. 그가 눈을 빛내며 입을 열려는 순간 해강이 검지로 그의 입을 막더니 눈을 부라렸다.

"신혼부부 안 같아. 남매 같아."

"쳇, 상상력하곤."

"내가 운전한다."

"맘대로 해."

해강이 그러거나 말거나 승민은 혼자만의 즐거움을 기꺼이 누리기로 했다. 함께 나란히 부엌에 들어가 재료를 손질하고, 한 식탁에 앉아 저녁을 먹고, 군것질을 하며 같은 프로그램을 보는 내내 그는 '난 지금 신혼이다' 라는 상상에 빠져 실실 웃음을 흘리고 있었다.

물론 신혼에서 가장 중요한 스킨십은 허락되지 않았지만 영역 표시를 하는 것으로 아쉬움을 달랬다.

"영역 표시!"

"야!"

해강이 방으로 들어가려고 하자 승민이 느닷없이 그녀를 안고는 얼굴을 마구 비비적거렸다. 해강이 냅다 소리를 질렀지만 승민은 헤헤거리며 손을 흔들었다.

"잘 자."

"아유, 저 초딩."

해맑게 웃으며 방으로 들어가는 승민을 보며 해강은 인상을 썼다. 안 그래도 승민의 향수 냄새가 몸에 밴 것 같아 신경이 쓰였는데 같은 집에 사니 샴푸며 비누까지 공유한 덕에 완전히 같은 냄새를 풍길까 봐 심란했다.

"이러다 진짜 저 녀석 영역이 되는 거 아닌가 몰라."

투덜거리는 말투와 다르게 기분이 나쁘지는 않았다. 가족이니까. 원래 가족은 같은 향이 나는 거니까.

부모님이 제주도에 계신 지금 그녀가 기댈 수 있고 믿을 수 있는 가족은 승민뿐이었다.

"잘 자, 승민아."

해강도 그의 방문에 대고 나지막하게 인사를 했다.

❀   ❀   ❀

설날이 되었지만 비행기 표가 없어 제주도로 내려가지 못했다. 승민 역시 캐나다까지 갈 수 없어 둘은 전화로 새해 인사를 드리기로 했다. 그래도 올 설에는 승민과 해강이 함께한다는 사실에 양쪽 부모님 모두 안심하고 계셨다.

그래서 둘이 같은 집에 산다는 말은 빼놓았다. 혹시 걱정하실까 봐. 아니면 설레발 치실까 봐.

민족 최대 명절인 설이 지나자 봄 신상품으로 회사는 다시 바빠졌다. 특별팀에서 내놓은 신제품은 없었지만 여름 제품을 준비해야 했기에 바쁜 건 마찬가지였다. 한 가지 다행스러운 점이라면 아직은 야근을 하지 않아도 된다는 것이었다.

시계를 보던 해강이 천천히 퇴근 준비를 할 때였다. 곁으로 다가온 지호가 미안한 듯 그녀에게 서류를 내밀었다.

"퇴근 준비하는데 미안해요. 급해서."

"아, 제가 어제 드린 거네요?"

"오전 중으로 검토를 했어야 하는데 못 했어요."

"지금 하면 되죠. 금방 할 수 있어요."

"그럼 부탁해요."

미안했는지 따뜻한 커피까지 준비한 지호가 빙긋 미소를 짓고는 자리로 돌아갔다. 그도 할 일이 남아 있는지 컴퓨터를 응시하고 있었다.

해강은 지호를 힐끔거리다 승민에게 문자를 했다. 외근 나갔다가 바로 퇴근한다고 했는데 저녁은 혼자 먹으라고 해야겠다.

〈갑자기 일이 생겼어. 좀 늦을 거 같아. 저녁 먼저 먹어.〉

문자를 보낸 해강은 서류 파일을 찾았다.

어느새 모두 퇴근한 사무실은 고요했다. 금방 끝날 줄 알았는데 작업을 마치고 시계를 보니 어느덧 7시 30분을 넘어가고 있었다.

"생각보다 오래 걸렸네."

"다 했어요?"

"네, 팀장님. 여기요."

"고마워요."

일부러 그녀를 기다리고 있었는지 해강이 서류를 넘겨주자마자 지호도 자리에서 일어섰다. 나란히 사무실을 나서자 기분이 묘했다. 승민이 말한 함께 출근했다, 함께 퇴근하는 기분이랄까? 묘한 설렘에 혼자 미소 짓던 해강에게 지호가 물었다.

"배고프지 않아요? 마침 저녁 시간인데 같이 밥 먹고 가요."

최근 몇 년간 불행이 계속된다 싶었는데 이렇게 행운을 몰아주려고 그랬나 보다. 속으로 땡큐를 연발한 해강은 얌전히 지호와 함께 차에 올랐다.

"뭐 좋아해요?"

"아무거나 잘 먹어요."

"그럼 지난번에 약속한 고기 먹으러 갈까요?"

"고기요? 괜찮아요."

고기다, 고기! 벌써 입가에 침이 고이고 있다. 5년 동안 외식은커녕 허리띠를 졸라매느라 의식주 모든 것을 아껴야 했다. 그래도 사회생활을 해야 하니 옷에 대한 투자는 아낄 수 없고 집역시 고정 금액이라 어쩔 수 없었다. 오로지 음식으로만 줄여야했으니 고기 먹는 날은 회사에서 회식할 때뿐이었다.

"여기 맛있는 집이에요."

한눈에도 무지하게 맛있고 무지하게 비싸 보이는 집이었다. 너무 고급스러운 건물에 해강은 잠시 주춤거렸다. 그런 그녀의 마음을 알았는지 지호가 웃으며 말했다.

"여기 단골이에요. 그래서 좀 싸게 해 줘요. 그러니까 부담 갖지 마요."

지호의 말에 해강은 머뭇거리면서 안으로 들어갔다. 일반 한 우보다 배는 더 비싼 집이었고 두 배는 더 맛있었다. 입안에서 살살 녹는 고기였지만 지호가 앞에 앉아 있어 긴장한 그녀는 생각보다 많이 먹지 못했다.

저녁을 먹고 나오자 시간은 벌써 9시가 넘어 있었다.

"잘 먹었습니다."

"많이 못 먹는 것 같던데, 불편했어요?"

"아니에요. 맛있게 많이 잘 먹었어요."

"집에 바래다줄게요."

"아뇨, 저녁까지 사 주셨는데요. 버스 타면 돼요."

"버스 타려면 한참 걸어야 하는데. 그럼 버스 정류장까지만 데려다줄게요."

"감사합니다."

참 거절을 못 하게 만드는 재주가 있다. 해강은 미안함과 고마움에 인사를 꾸벅했다. 즐기자, 즐겨. 지호와 함께 있는 모든 시간이 좋았다.

"어, 저기 버스 정류장……."

"이왕 데려다주는 거 집까지 데려다줘야 나중에 생색이라도 내죠. 안 그래요?"

버스 정류장을 지나친 지호는 눈이 커다래진 해강을 보며 빙긋 웃었다. 장난기 어린 말에 해강은 같이 웃었다.

어쩜 유머 감각도 탁월하셔라.

혼자 감탄한 해강은 두말 않고 고개를 끄덕였다. 그러다 문득 이사한 생각이 났다. 그래도 승민의 집을 알려 줄 순 없다. 그러면 둘이 같은 집에 사는 게 알려질 거고, 아무리 어릴 적 소꿉친구라도 이성 간의 동거는 이상한 상상을 불러올 수 있다.

지호에게 오해의 소지를 줄 필요가 없었고 숙 자매의 입방아에 오르내릴 빌미를 제공할 필요도 없었다. 가만히 입을 다문 해강은 예전 빌라 근처에 지호가 차를 세우자 자연스럽게 집 쪽으로 걸음을 옮겼다.

"데려다주셔서 감사해요."

"그냥 들어가게요?"

"네?"

느닷없는 말에 해강이 놀라 반문하자 지호의 눈이 부드럽게 휘었다.

"시간 괜찮으면 잠깐 산책 어때요?"

산책? 이 야밤에? 왜? 나랑 헤어지기 싫어서? 우와, 이건 반 고백이나 다름없는 말이다.

해강의 대답이 바로 나오지 않자 지호가 조심스럽게 물었다.

"너무 늦은 시간인가요? 아니면 다른 약속이라도……."

"아뇨, 늦긴요. 야근할 때는 12시 땡 치면 들어가는데요. 게다가 약속이라니…… 없어요. 그런 거."

해강은 혹시라도 지호가 오해할까 손까지 흔들며 대답했다. 이왕 온 기회이니 꽉 잡아야 했다.

해맑게 웃으며 손을 흔드는 해강을 보던 지호의 눈빛이 순간 흔들렸다. 약간의 의심도 없이 해강은 순수하게 기뻐하고 있었다. 양심이 약간 찔리긴 했지만 그간 승민에게 빼앗긴 것을 생각하면 이 정도는 약과다.

따뜻한 미소를 머금은 그가 해강에게 말했다.

"해강 씨는 참 솔직해요. 꾸미지 않고, 늘 진심으로 사람을 대하네요."

"감사합니다."

"가요. 여긴 해강 씨 동네니까 해강 씨가 안내해 주세요."

"그럴까요."

비록 팔짱을 끼진 않았지만 데이트였다. 아직 쌀쌀한 날씨 탓에 손이 시리긴 했지만 데이트였다. 늘 피곤에 절어 걸어오던 길에 꽃이라도 뿌려진 듯 향긋한 향이 나는 것 같고, 종일 앉아 있어 통통 부은 종아리도 가볍게 느껴졌다.

"여기 돌면 작은 공원이 있어요. 꽃은 별로 없지만 오래된 나무들이 많아서 여름에 오면 녹음이 진짜 짙어요."

"그래요? 그럼 여름에도 같이 와요."

지호의 한마디 한마디가 가슴속에 새겨지고 있었다.

여름에도 같이 와요. 그건 여름이 될 때까지 만나자는 얘기 아닌가!

그간의 고생이 주마등처럼 머리를 스치고 지나갔다. 승민이 뒤치다꺼리하던 베이비시터 시절, 승민을 좋아하는 여자애들에게 물리고 뜯기고 씹히며 견뎌야 했던 인고의 시간들.

괴롭던 시간들이여. 이제 안녕이다. 역시 나에게도 봄은 있었던 거야. 내딛는 한 걸음, 한 걸음이 포근한 봄 같았다. 앞으로 올 희망찬 미래를 보는 것 같아 흐뭇함에 젖어 있는데 어디선가 비아냥거리는 목소리가 들렸다.

"와, 그림 좋다."

"그러게. 근데 여자 쪽이 좀 기운다."

"그거 잘하나 보지. 히히히."

오래된 공원이라는 게 함정이었다. 수령이 지긋한 나무들이 울창하게 자리 잡은 공원은 낮엔 시원한 그늘을 만들어 줄지 몰라도 밤엔 으슥한 범죄의 현장으로 돌변하기 충분했다. 더구나 이렇게 날씨가 쌀쌀한 초봄엔 사람들의 발길이 더욱 뜸하기 마련이다.

맨송맨송한 길을 걷기보다는 운치 있는 곳이 나을 것 같아 공원을 찾았는데 관리가 잘 안 되는 이곳에 종종 동네 일진들이 어슬렁거린다는 걸 깜빡했다.

소리 나는 쪽을 보니 건장한 덩치의 남자애들 서너 명이 서 있었다. 아니다. 어둠 속에서 두어 명이 더 나오는 걸 보니 못해도 일고여덟은 되어 보였다. 학생이라는 걸 과시라도 하듯 절반 정도는 교복을 입고 있었다.

학교 망신인 것도 모르나. 아무튼…… 망했다.

"무슨 일이지?"

해강이 한숨을 내쉬는데 지호가 그녀의 앞으로 슥 나서더니 고삐리들을 향해 나직하게 말했다. 나름 근엄한 목소리였지만 세상 무서울 것 없는 고삐리들에겐 씨알도 먹히지 않았다. 지호의 말에 저들끼리 낄낄거리며 웃을 뿐이었다.

"와! 정의감 쩔어. 남자는 그래야지."

"그럼! 여자를 보호해 줘야 맞지."

"그래서 말인데요. 아저씨."

아이들의 낄낄거림 속에서 맨 앞에 폼 잡고 서 있던 날카로운 눈매의 학생이 지호를 삐딱하게 쳐다보았다.

"우리도 좀 보호해 주죠? 자라나는 새싹들인데 먹을 게 늘 부족해서 허기가 져요. 간식비 조금만 주면 조용히 갈게요."

말끝이 올라가며 협박조로 변했다. 지호는 움찔했다. 한둘이라면 어떻게 해 보겠지만 일고여덟 명이다. 모이면 무적으로 변하는 고딩들이다. 더구나 해강이 곁에 있어 도망가는 것도 체면이 깎이는 일이었다.

이러지도 저러지도 못하던 지호는 일단 밀어붙이기로 했다. 어깨를 펴더니 해강을 뒤로 밀며 목소리에 힘을 주었다.

"경찰 부르기 전에 이쯤에서 그만하지."

하지만 지호의 말이 끝나자마자 아이들의 야유와 비아냥거림이 더욱 커졌다.

"우와, 경찰이래. 존나 무섭다."

"우리 도망가야 하는 거야? 그런 거야?"

"무서워서 오줌 싸겠어. 낄낄낄."

아이들이 소란스럽게 입방아를 찧어 대자 맨앞에 선 녀석이 피식하며 비웃음을 흘렸다.

"경찰 불러. 대신 지갑만 놓고 가면 돼."

말 끝나기가 무섭게 휙 소리를 내며 커다란 주먹이 지호의 앞으로 혹 다가왔다.

"엇!"

갑자기 뒷덜미를 잡아당기는 힘에 지호의 몸이 뒤로 젖혀졌고 커다란 주먹은 지호의 높은 코를 스치듯 지나갔다. 해강이 지호의 목덜미를 잡아 뒤로 당긴 것이었다.

느닷없는 상황에 지호뿐만 아니라 고딩 녀석들도 놀란 눈치였다. 지호의 목덜미를 놓은 해강이 앞으로 나섰다. 무척 짜증이 난다는 듯 미간에 주름이 잔뜩 잡혀 있었다.

"아, 진짜 내가 조신하게 살려고 그렇게 애를 쓰건만 역시 하늘은 내 편이 아닌 듯하네. 야! 이 꼬맹이들아! 새싹들이면 집에 가서 발 닦고 잠을 자야 키가 클 거 아니야! 어디서 어설픈 깡패 노릇이야. 빨리 집에들 가!"

"이 언니가 무서워서 돌았나. 씨발."

해강의 말에 한 놈이 어이없다는 듯 주먹을 뻗었다. 하지만 그 주먹을 가볍게 잡은 해강은 자세를 낮춘 뒤 발목을 차 저보다 배는 큰 녀석을 바닥에 자빠뜨렸다. 넘어진 놈도, 멍하니 그 광경을 보는 다른 놈들도 황당한 표정이 되었다.

"더할래?"

"뭐야? 진짜 돈 거 아니야? 에잇!"

또 한 놈이 덤벼들었지만 살짝 몸을 피한 해강 때문에 휘청거리며 넘어질 뻔했다. 역시 이 땅의 고딩들은 말이 안 통하는 무적의 존재였다. 조무래기들을 몽땅 상대하는 것보다 보스 하나만 잡고 가는 게 낫겠다는 판단에 해강은 맨 앞에 선 놈에게 손을 까딱거렸다.

"네가 짱이냐? 한 방에 끝내자."

"저 아줌마가 뭐래? 한 방?"

"아줌마? 이것들이…… 다 죽었어!"

시집도 안 간 아가씨에게 저런 망발을 하다니. 해강은 달려
가 땅을 박차고 몸을 날렸다. 아줌마라고 한 녀석의 가슴을 왼
발로 콱 밟은 후 오른발을 휘둘러 짱의 얼굴을 후려치자 두 녀
석이 동시에 바닥에 널브러졌다.

이 정도면 확실한 기선 제압이 된 것 같아 해강이 씨익 미
소를 지었다.

"일타 쌍피. 다음은 누구야?"

모두들 입을 쩍 벌리고 할 말을 잃고 있을 때 얼굴이 벌겋
게 달아오른 짱이 자리에서 벌떡 일어섰다.

"그래, 너도 한 무리의 리더니 벌써 무너지면 안 되지. 덤벼
라."

"씨발!"

긴 팔과 다리가 위협적인 소리를 내며 바람을 가르고 무차별
공격을 시작했다. 해강이 주춤거리며 뒷걸음질을 치자 졸개 녀
석들이 신이 나서 떠들어 댔다.

"잘한다. 정호! 아줌마 이제 죽었어."

"우리 짱이 태권도 선수였거든. 이제 끝났어."

아이들의 환호성에 해강은 피식피식 웃음을 흘렸다.

태권도 선수? 어디서 정권 찌르기 조금 배운 거 가지고 선수

는 무슨. 시간 끌 필요도 없이 생각 없이 찔러 들어오는 주먹을 손날로 쳐 낸 해강은 회전을 하며 정호의 어깨를 다리로 쳤다. 그리고 나비처럼 가볍게 바닥에 착지했다.

"윽!"

해강보다 두 배는 됨직한 녀석의 큰 몸이 바닥으로 넘어지자 아이들은 넋이 나간 표정으로 해강과 정호를 번갈아 보았다.

해강은 손을 허리에 얹고 정호를 내려다보았다.

"초등학교 다닐 때 한 3년은 배운 솜씨네. 그런데 주먹은 이렇게 쥐는 거야. 너처럼 쥐었다간 손가락 뼈 나간다고."

녀석이 얼빠진 얼굴로 올려다볼 뿐 아무 대꾸가 없자 이번엔 뒤에 서 있는 녀석들을 향해 한 소리를 했다.

"너희도 정신 차려! 학교 졸업하고도 그러고 살래? 남의 돈 삥이나 뜯으면서? 사회에서 그러면 그건 도둑질이나 사기인 거야. 쇠고랑 찬다고. 그리고 태권도 선수는 아무나 하냐? 4단인 나도 선수를 못 했는데."

아무도 대꾸를 안 하자 고개를 흔든 그녀가 몸을 돌렸다. 그러다 문득 허벅지 쪽에서 느껴지는 서늘함에 허리를 비틀어 치마를 보았다.

"어으, 젠장……."

두 번의 발차기 덕분에 치마 옆구리가 시원하게 터져 있었다.

"이거 어쩌지."

"아싸! 해치워 버려!"

아이들의 외마디 비명과 동시에 느껴지는 인기척에 해강은 어깨를 틀며 반사적으로 날아온 손을 잡았다. 그리고 고개를 숙여 녀석의 겨드랑이 밑을 파고들어 허리의 반동을 이용하자 녀석의 커다란 몸이 둥실 떠올랐다.

쿵!

"윽!"

한 바퀴를 제대로 넘겨 버린 정호의 몸이 바닥에 납작 뻗어 버리자 해강은 한심하다는 듯 내려다보았다.

"참고로 유도는 3단이다. 검도도 배웠는데 저기 저 나뭇가지로 니들도 좀 맞아 볼래? 빨리 집에 안 가!"

"우와."

"가요, 가."

해강의 으름장에 아이들이 어물어물 쓰러진 녀석을 끌고 사라지자 해강은 손을 탁탁 털었다.

"가소로운 것들 같으니. 한 주먹거리도 안 되는…… 헉!"

여유 있는 미소를 지으며 몸을 돌리는 순간 해강은 입을 딱 벌리고 서 있는 지호와 눈이 마주쳤다.

아! 데이트 중임을 잊었다. 아줌마라는 말에 흥분해 주먹부터 나갔다. 어쩌자고 이렇게 센 거야!

이게 다 이승민 때문이다. 그 녀석 좋다고 쫓아다니는 여자애들로부터 한 몸 지키기 위해 온갖 무술을 섭렵했더니 팔다리가 자동으로 움직였다.

해강은 난처한 얼굴이 되어 얼음처럼 굳어 있는 지호에게 한 발자국 다가갔다.

"저…… 팀장님. 괜찮으세요?"

"괜찮, 아요. 해강 씨는…… 안 다쳤어요?"

"다친 곳은 없는 것 같아요."

마음이 다쳤어요. 여리고 여린 마음은 너덜너덜하게 상처를 입었다고요! 봄 같은 연애도 시작과 동시에 끝이다. 첫 데이트에 이 무슨 해괴망측한 일이냐고! 깡패를 물리친 여자와 누가 데이트를 계속하고 싶겠냐고!

눈물이 나올 지경이었다. 30분 전으로 시간을 돌릴 수 있다면 살인 빼고 그 어떤 짓이라도 할 수 있을 것 같았다.

고개를 푹 숙인 해강이 어물어물 입을 열었다.

"그만 집에 갈게요."

"데려다줄게요."

"아뇨, 혼자서도 충분히 갈 수 있어요."

고개 숙인 해강이 뛰기 시작하자 멍하니 서 있던 지호의 입에서 웃음이 터져 나왔다.

"쿡쿡. 하하하."

어릴 때도 엉뚱한 구석이 있긴 했는데 엉뚱한 매력은 커서도 여전했다.

"귀엽네, 문해강. 오늘 데이트는 절대 못 잊을 것 같다."

지호가 웃음을 멈추지 못하고 있을 때 큰길로 나온 해강은 얼빠진 표정으로 중얼거리고 있었다.

"망했어. 망했어. 내가 다 망쳤어. 으으으으, 문해강. 굴러 온

복을 시원하게 차 버렸구나. 그런 네가 승민이 때문에 연애를 못 했다고 원망할 수 있어? 말해 봐, 이 닭대가리야."

얼마쯤 걸었을까, 울리는 벨 소리에 기계적으로 전화를 받자마자 승민의 화난 목소리가 귀 속을 꿰뚫었다.

"문해강은 죽었습니다."

—야! 너 어디야? 진짜 죽을래!

"여기? 저승이지 싶다."

—까불지 말고, 어딘지 말 안 해?

"옛날 빌라 근처야."

—꼼짝 말고 있어. 내가 데리러 갈 테니까!

소리를 버럭버럭 지른 승민이 5분 만에 도착했지만 해강은 여전히 얼빠진 표정이었다. 잔뜩 화가 난 승민이었지만 심상치 않은 그녀의 표정을 보고는 목소리를 누그러뜨렸다.

"지금이 몇 시인데 길에서 헤매고 있어. 큰일 나려고……."

"큰일? 큰일이라면 벌써 났지."

"왜 그래? 무슨 일 있었어?"

"난 망했어. 망했다고, 승민아."

"무슨 멍멍이 소리래."

해강이 중얼거리자 승민은 차를 출발시키며 물었다. 해강의 안색이 어둡다. 얼빠진 말투는 둘째 치고 정말 세상이 망하기라도 한 듯 실망과 좌절이 가득 담긴 표정이었다. 무슨 일이 있었던 걸까?

시간이 점점 흐를수록 늘어지는 그녀의 귀가에 걱정을 하고 참이었다. 무슨 일이 있기에 11시가 다 되어 가는 늦은 시각까지 귀가를 안 하는지 전화를 했지만 받지 않았다.

혹시 안 좋은 일이 생긴 건가? 덜컥 겁이 나 집 앞에 나와 근처를 서성거렸다. 열 번도 넘게 전화를 건 후에야 들리는 해강의 목소리에 안심이 되어 화부터 벌컥 내 버렸는데 해강은 지금 완전 얼빠진 바보 같은 얼굴을 하고 있었다.

"무슨 일 있었어?"

"미니야!"

격하게 승민을 부른 해강이 처절한 목소리로 넋두리를 하기 시작했다.

"팀장님이랑 데이트를 했는데, 내가 바보 같은 짓을 했어! 그게, 고딩들을 만났는데, 평소에 너 좋다고 쫓아다니던 여자애들한테 하는 것처럼 훈계만 하려고 했는데……. 이놈의 몸의 제멋대로 움직여서 그 고딩들을 초토화시켜 버렸다. 아줌마라는 단어에 너무 흥분했나 봐. 그래서 데이트도 초토화됐어. 아! 이제 팀장님은 나를 무서워할 거야. 나처럼 주먹이, 아니다. 발길질도 했다. 그것도 치마가 찢어지도록. 상대방을 날려 버리는 발차기를 하는 여자랑 누가 데이트를 하고 싶겠니."

해강의 넋두리는 집에 도착할 때까지 계속되었다. 어깨를 축 늘어뜨린 그녀는 방으로 들어가며 다 죽어 가는 목소리로 말했다.

"나 죽을 거야. 도저히 팀장님을 볼 수가 없어. 내일 아침은 너 혼자 먹고 가라. 나는 양지 바른 곳도 필요 없다. 그냥 아무

곳에나 묻어 주라."

축 처진 해강의 몸이 문틈으로 사라졌지만 승민은 우두커니 방문 앞에 서 있었다. 해강은 진심이었다. 진짜로 지호에게 호감을 가지고 있었다. 그런 생각이 들자마자 온 세상이 암흑으로 변하는 느낌이었다.

"너 진짜야? 진짜 지호 형에게 마음이 있는 거야? 그럼……
난?"

지금까지 너만 바라봐 온 난 어떻게 하지?

마음이 무겁게 가라앉았다.

6화
가짜가 진짜로
변하는 순간

모처럼 집에 온 지호 때문에 정혜는 마음이 들떠 있었다. 이 것저것 지호가 좋아하는 음식을 차리느라 하루를 종일 부엌에서 보내는 중이었다.

"청주댁, 도미찜 불 좀 봐요."

"네, 사모님. 그렇게 좋으세요?"

"좋죠. 얼마 만에 집에서 같이 밥을 먹는 건지. 멀쩡한 집 놔두고 왜 다른 곳에서 잠을 자는지 모르겠어."

"자식이 부모 마음을 아나요."

"그렇죠. 아이고, 도미 다 타겠네."

"불 껐어요."

정혜가 한껏 들뜬 마음으로 저녁상을 차릴 때 지호는 형식과 거실에 있었다. 언제나처럼 부자는 말없이 신문만 뒤적거리고 있을 뿐이었다.

형식은 야망이 큰 사람이었다. 하지만 야망에 비해 능력이 미치지 못해 늘 부일에게 눈총만 받는 신세였다. 그의 야망을 눈치챈 부일은 처음부터 정혜와의 결혼을 반대했었다. 지금도 그를 탐탁히 여기지 않는 걸 알고 있기에 회사에 대한 욕망을 드러내지도 못하고 있는 중이었다.

그래서 지호에게 거는 기대는 남달랐다. 제가 이루지 못한 그 욕망을 지호가 대신해 주길 바라는 마음이 컸다. 그러나 매번 사촌인 승민에게 밀리는 것 같아 조바심이 일었다.

여전히 신문에 눈길을 둔 형식이 무뚝뚝하게 입을 열었다.

"일은 잘하고 있는 거냐?"

"네."

"승민이가 왜 회사에 들어왔는지도 알아보고 있고?"

"알아보고 있어요."

"아무 관심 없는 듯 굴다가 갑자기 회사로 들어오다니. 그것도 집안 사람 아무도 모르게 공채로 들어온 것이 마음에 걸린다."

"제가 알아서 할게요."

탁! 신문을 덮는 소리에 지호의 몸이 움찔거렸다. 형식의 매서운 눈이 지호를 노려보자 긴장으로 등줄기가 뻣뻣해졌다.

"알아서 해서 늘 승민이에게 지는 거냐? 어떻게 그 나이가 되도록 제대로 하는 게 없어."

목소리는 낮았지만 그 속에 담겨 있는 비난은 바늘보다 날카롭게 지호의 심장을 찔러 댔다. 창백하게 변해 가는 지호의 낯빛을 보던 형식은 못마땅한 듯 자리에서 일어섰다.

어쩌면 저리 심약한지. 승민이의 반만이라도 닮았으면 좋으련만…….

입으로 표현하지 않았지만 형식의 표정에서 모든 것을 읽은 지호는 참담한 심정이 되었다.

마침 거실로 나오던 정혜가 서 있는 남편과 지호, 두 사람을 번갈아 바라보았다. 분위기가 무겁게 가라앉은 것을 눈치챈 그녀가 조심스럽게 말했다.

"식사 준비 다 되었어요."

정혜의 말이 끝나기가 무섭게 방으로 들어간 형식이 겉옷을 들고 나왔다. 그러자 놀란 정혜가 그를 쫓아갔다.

"어디 가세요?"

그러나 이렇다 할 대꾸 없이 형식이 나가 버리자 정혜는 입술을 깨물었다. 제가 먼저 좋아했고, 제가 먼저 고백했다. 아버지의 반대를 무릅쓰고 결혼한 사람이었다. 처음부터 이러진 않았는데 언제부터인가 둘 사이는 멀어져 있었다.

그래서 지호에게 더 애착이 가는 건지도 몰랐다.

세상에서 가장 귀한 내 아들.

지호를 위해서라면 못 할 것이 없고, 이 세상 어떤 것도 다 주고 싶었다. 그런데 단 하나. 아버지의 사랑만은 그녀도 어쩔 도리가 없었다. 한숨을 쉰 정혜는 얼굴 가득 웃음을 짓고 지호를 돌아보았다.

"아버지가 오늘 중요한 약속이 있는 걸 엄마가 깜박했다. 우리끼리 먹자. 너 좋아하는 도미찜 해 놨어."

정혜의 말이 거짓이라는 걸 알면서도 지호도 웃음을 지어 보였다. 외할아버지 비위 맞추랴, 아버지 눈치 보랴. 어머니의 어깨는 늘 움츠러들어 있었다. 자신만이라도 어머니를 편하게 해 드려야 했다.

"냄새 좋네요. 어머니도 오세요."

"그래, 먹자."

상다리가 휘어지도록 푸짐하게 차려진 식탁은 두 사람이 먹기에 많이 버거워 보였지만 둘은 즐거운 표정으로 자리에 앉았다. 하지만 밥이 맛있을 리가 없었다. 젓가락을 깨작거리며 간간이 대화를 이어 가다 문득 정혜가 눈을 빛내며 지호를 보았다.

"참, 지호야. 너 선보지 않을래?"

"선이요?"

"대해그룹이라고 알지?"

"당연히 알죠. 대한민국에서 대해 모르는 사람이 어디 있겠어요."

"거기 넷째야. 내가 사진을 받아 뒀는데…… 잠깐만."

"어머니!"

마음이 급했는지 수저까지 내려놓고 정혜는 방으로 종종걸음을 쳤다. 그 모습에 지호는 피식 웃음을 흘렸다.

"식사는 다 하시고 말하시지."

수저를 내려놓은 지호는 정혜가 나오길 기다리다 문득 며칠 전 해강과의 데이트를 떠올렸다. 비싼 가게이라며 부담스러워하던 모습과 대조적으로 고딩들을 단숨에 제압하던 정의감 넘치는 모습이 떠오르자 웃음이 나왔다.

선이라……. 해강이 승민과 동갑이니까 올해 스물여덟일 거다. 그녀도 선을 볼까? 다시 피식하고 웃음이 터져 나왔다. 해강과 선은 어울리지 않는다. 자기 감정에 솔직하고 그 감정이 고스란히 드러나는데 선을 봤다가는 큰일이 날 것 같았다.

실컷 고딩들을 물리쳐 놓고 당황하던 얼굴이 떠오르자 지호는 저도 모르게 빙그레 미소를 지었다.

"무슨 생각해?"

마침 사진을 찾아 나오던 정혜는 지호의 웃는 얼굴을 신기하게 바라보았다. 입매만 올라가는 예의상 미소가 아닌 진심으로 즐거워하는 미소였다. 의자에 앉은 그녀는 지호에게 재차 물었다.

"너 그렇게 웃는 거 오랜만이다. 뭐 때문에 그러는지 엄마도 알면 안 돼?"

"제가 웃었어요?"

"응, 정말 즐겁다는 듯이 웃었어."

오히려 반문한 지호는 당황스러웠다. 웃다니. 해강을 생각했을 뿐인데 웃음이 나왔다는 건가? 그게 신기해서 그의 입가에 다시 미소가 생겼다. 그러자 정혜가 놀랍다는 듯 목소리가 커졌다.

"또 웃네?"

"그러게요. 자꾸 웃음이 나네요."

남편 때문에 마음을 다쳤을까 하던 걱정이 싹 사라졌다. 흐
뭇한 마음으로 바라보자 지호 역시 정혜와 눈을 맞췄다.

"선은 다음에 볼게요. 요즘 바빠서요."

"바빠서 다음에 보는 거 맞아? 누구 만나는 사람 있는 거 아
니고?"

호기심 어린 정혜의 말에 지호가 애매하게 고개를 갸웃거렸
다.

"없어요."

"수상한데……."

"없다니까요."

"좋아하는 사람 생기면 엄마에게 가장 먼저 알려 줘야 한다.
알겠지?"

"네, 약속할게요."

문해강을 만나는 건 순전히 승민을 골탕 먹이기 위해서니까
정혜가 기대하는 그런 만남은 아닌 거다. 미소의 뒤끝이 씁쓸
하게 변했다.

❀   ❀   ❀

본격적인 봄 시즌에 들어가기에 앞서 워크숍이 진행되었다.
입사하고 몇 번 갔던 워크숍이지만 이번엔 달랐다. 회사에서 거

는 기대치가 크다는 걸 잘 알기 때문에 모두들 긴장과 즐거움이 가득한 얼굴이었다.

미영이 슬며시 해강의 팔짱을 끼더니 의미심장한 미소를 지었다.

"친구, 나한테 맡겨. 둘이 친해지는 확실한 계기를 만들어 줄 테니까."

"믿는다, 친구."

"홧팅!"

"홧팅!"

"모두 차에 타세요! 출발합니다!"

서로 팔목을 크로스하며 함께 파이팅을 외치던 둘은 외치는 소리에 서둘러 차에 올랐다.

워크숍은 강원도에 있는 리조트에서 2박 3일 동안 머무는 일정이었다. 특별팀에 대한 기대를 반영하듯 일정은 빡빡했지만 신제품의 성공적인 매출 덕분에 모두의 표정에는 여유와 자부심이 가득했다. 그 가운데 해강의 표정은 더욱 환했다.

자신의 아이디어로 탄생한 제품이 성공했고, 미영이 넌지시 흘린 지호와의 관계 발전 프로젝트에 대한 기대도 컸기 때문이었다.

첫날부터 다소 빡빡한 일정이 끝나자 모두들 살짝 지친 기색이었다.

"휴, 오자마자 웬 교육이 이렇게 빡세?"

"회장님 특별 지시라잖아. 우리 부서에 거는 기대가 그만큼 크다는 얘기지."

기대는 좋지만 저녁 식사 전까지 계속되는 강행군에 지친 건 사실이었다. 그때 지호가 모두에게 말했다.

"한 시간 후에 간단한 다과회가 있을 예정이니 모두 참석해 주세요. 이것도 연수의 일환이니 특별한 일이 없는 한 모두 참석 바랍니다."

"다과 맞아요? 주류는 없나요?"

누군가의 질문에 지호가 살짝 미소를 지었다.

"당연히 있죠."

"야호!"

잠시 후 커다란 방에 모인 사람들은 짝으로 놓여 있는 맥주와 소주, 그리고 양주를 확인하고 입맛을 다셨다. 해강과 미영도 김이 모락모락 나는 치킨을 보며 군침을 꿀꺽 삼켰다.

"역시 치맥은 진리다."

"입맛 없다고 저녁도 조금밖에 안 먹었잖아. 그런데 치맥은 당겨?"

"당연하지! 그 누가 치느님을 거부하겠어."

해강과 미영은 서로를 보며 쿡쿡거렸다.

모두들 빙 둘러앉아 주거니 받거니 술잔을 기울였다. 기분 좋을 만큼 술이 들어가자 미영이 자리에서 벌떡 일어섰다.

"우리 게임해요."

"게임?"

"서로 친해지는 데 게임만 한 게 없거든요. 모두 콜?"

"콜!"

음식을 한쪽으로 치우자 미영이 어디선가 신문지를 가지고 왔다. 그리고 사회자처럼 진행을 하기 시작했다.

"이 게임 아시죠? 두 사람이 파트너가 되어서 오랫동안 신문지 위에서 버티는 게임이요."

"그거 커플 게임 아니에요?"

누군가의 질문에 미영이 씨익 웃었다.

"파트너라니까요."

언제 준비했는지 미영이 숫자가 적힌 쪽지를 모두에게 골고루 나누어 주었다. 사람들이 쪽지를 확인하는 걸 본 그녀는 진행을 계속했다.

"같은 숫자를 가진 사람들이랑 파트너가 되는 거예요. 자, 1번 나오시고, 다음 2번, 그리고 3번……."

3번을 고른 해강은 두근거리는 마음을 안고 얼른 앞으로 나섰다. 지호와 관계를 발전시키도록 해 준다더니 이런 게임을 준비한 모양이었다. 그런데 옆으로 어슬렁거리며 나오는 사람은 지호가 아닌 승민이었다.

그녀는 미영을 보며 눈짓을 했다. 어째서 지호가 아닌 승민과 짝이 됐는지 항의하는 중이었다.

미영이 어깨를 으쓱하며 고갯짓을 하자 종이를 고르지 않은 모양인지 그냥 자리에 앉아 있는 지호가 보였다.

쳇, 도움이 안 되네.

여기까지 와서 승민과 또 붙어 있어야 한다는 생각에 괜히 그를 째려본 해강은 주먹을 불끈 쥐었다. 대충 하다 자리에 앉아야겠다는 생각을 하는데 누군가 질문을 했다.

"혹시 우승 상품도 있나요?"

"아! 그건 제가 준비를 안 해서요."

미영이 난처한 듯 대답하자 지호가 자리에서 일어섰다.

"약소하지만 상품으로 금일봉 어떤가요?"

그가 지갑을 꺼내자 모두의 눈빛이 반짝거렸다. 그리고는 일제히 금일봉을 연호했다.

"금일봉, 금일봉."

"10만 원! 10만 원!"

사람들의 외침에 지호는 즐거운 마음으로 10만 원을 꺼내어 탁자 위에 올려놓았다. 상품을 본 사람들의 눈빛이 더욱 빛났고 해강은 주먹까지 불끈 쥐었다. 기왕 이렇게 된 거 우승 상품이라도 받아야겠다.

그녀와 같은 생각인지 승민의 눈빛 역시 결연하게 빛나고 있었다.

우승?

당연하지!

신문지를 활짝 펼쳐 놓고 게임이 시작되었다. 신문지의 크기가 작아질수록 파트너들의 밀착도도 높아지기 시작했다. 두 사람이 아슬아슬하게 서 있을 만큼 작아진 신문지 위에서 잠시 망설이던 해강과 승민은 미영의 말에 옆을 보았다.

"양동현, 서지혁 커플 선전입니다. 틈이 안 보이는군요."

남녀 커플 몇 팀이 탈락을 한 가운데 남남 커플인 동현과 지혁이 서로를 꼭 끌어안고 신문지 위에서 위태롭게 버티고 있었다.

"10만 원의 위력이 대단합니다. 민망한지 시선은 다른 곳을 향해 있지만 서로를 안은 팔은 참 굳건하네요."

미영의 맛깔스러운 멘트에 사람들이 와락 웃음을 터트렸다.

이에 질 수 없던 해강이 먼저 신문지 위에 올라가 발을 모으며 승민의 팔을 끌어당겼다.

"우승은 우리 겁니다. 이승민 씨."

결연한 해강의 말에 승민도 신문지 위로 발을 올렸다. 조금은 붉어진 얼굴빛이 된 그는 조심스럽게 해강을 품에 안았다. 정말 제 영역이 된 것처럼 그녀에게서 자신과 같은 향이 나고 있었다. 봉긋하게 솟은 가슴이 밀착되고 해강의 팔이 허리를 둘러 꼭 안자 승민은 어쩐지 숨이 막히는 것 같았다.

장난 반, 진심 반으로 그녀의 얼굴을 비비적거리고, 팔짱을 끼고, 안기도 많이 안았는데 새삼스럽게 가슴이 두근거린다. 커다란 방에 모인 다른 이들은 하나도 보이지 않았다. 오직 품에 안긴 해강의 향기만이 느껴져 그는 가만히 눈을 감았다.

이대로 그녀를 안고 어디론가 사라지고 싶다는 생각이 들었다.

"두 팀 통과! 자, 다음은 최대 난코스입니다. 아마 이번 판에 우승 팀이 나오지 않을까 싶네요."

하지만 그의 상상은 그리 오래가지 못했다. 미영의 말에 해강이 냉큼 팔을 풀고 방방 뛰고 있었기 때문이다.

"승민 씨, 홧팅, 홧팅."

해강이 손바닥을 앞으로 번갈아 내밀자 승민은 마지못해 그녀의 손바닥을 마주쳤다. 그러자 짝 소리가 나게 손바닥을 부딪친 그녀가 다시 반으로 접힌 신문지를 노려보았다.

한 발이 겨우 들어가게 접힌 신문지는 정말 손바닥만 했다.

"어떻게 할까요? 둘이 올라가기엔 무리니까……. 음, 제가 업을까요? 아니면 저를 업을래요?"

해강의 심각한 말에 승민은 1초의 고민도 하지 않았다. 한 팔로 그녀의 등을 감싸고 다른 팔을 오금 아래 넣은 그는 마치 공주님을 안 듯 해강을 번쩍 안았다.

갑자기 승민이 자신을 번쩍 안아 올리자 해강은 반사적으로 그의 목을 끌어안았다. 언젠가 생리통으로 고생하던 자신을 집까지 데려다준다며 안아 줬을 때와 같은 포즈였다. 한 발로 올라가 균형만 잘 잡으면 우승은 따 놓은 당상이었다. 속으로 예스를 외치는데 왼쪽 얼굴이 따가웠다.

고개를 돌리자 뜨거운 숨결이 볼에 닿을 정도로 가까운 거리에 승민의 얼굴이 있었다. 쌍꺼풀 진 커다랗고 맑은 눈빛이 그녀의 눈을 바라보았다. 순간 덜컹, 심장이 내려앉는 것 같았다.

그녀의 눈 속으로 들어와 심장을 헤집어 놓은 듯 그윽한 눈빛에 해강은 저도 모르게 입술을 깨물며 몸을 뒤틀었다. 그러자 그의 팔이 더욱 단단하게 그녀를 안으며 나직하게 속삭였다.

"움직이면 떨어져."

슬며시 눈길을 피한 해강은 갑자기 덜컹거리는 심장 때문에 몰래 심호흡을 했다. 왜 이러지? 심호흡을 했지만 심장은 더욱 빨리 뛰기 시작했다.

스킨십이야 수도 없이 많이 했고 같이 살기 시작한 이후로는 영역 표시라며 시도 때도 없이 자신을 껴안고 얼굴을 비벼 댔다. 그때마다 해강의 손이 등을 강타하면 승민은 늘 장난스럽게 웃음을 짓고 방으로 도망가곤 했다.

물론 정말로 싫었던 적은 없지만, 이런 기분을 느껴 본 적도 없었다. 그저 가족끼리 하는 장난으로 치부했는데 지금 승민은 가족이 아닌 것 같았다.

미영이 뭐라고 얘기를 하는 것 같은데 아무 소리도 들리지 않았다. 주변의 목소리와 사소한 소음들이 블랙홀로 빨려 들어간 듯 삽시간에 고요해졌다.

숨은 가빠지고, 심장이 터질 듯이 심하게 쿵쾅거리는데 점점 아래로 미끄러지는 해강의 몸을 추스르느라 승민이 팔에 힘을 주며 다시 그녀를 꼭 끌어안았다.

몸이 들썩거리며 승민의 품으로 더욱 밀착되었고, 해강은 저도 모르게 고개를 돌리다 다시 눈을 마주하고 말았다. 여전히 그윽한 눈빛이 그녀의 얼굴을 뚫어져라 바라보고 있었다. 선이 분명한 입술이 달싹거리자 해강은 입술을 깨물었다.

"우리가 이겼어."

승민의 말과 함께 주변의 소음들이 팡 하며 그녀의 귓속을 파고들었다.

"네! 문해강, 이승민 팀이 우승했습니다!"

미영의 흥분한 목소리를 들으며 해강은 후다닥 몸을 비틀어 승민의 품에서 빠져나왔다. 그러자 미영이 금일봉을 들고 달려와 냉큼 그녀에게 건네주었다.

"축하해, 해강 씨. 한턱 쏴야 해."

"어? 응, 당연히 쏴야지."

해강은 어색하게 미소를 지으며 재빨리 자리로 들어갔다. 식은땀이 나는 것도 같고 얼굴이 뜨거워지는 것도 같았다. 대체 저 자식은 무슨 생각을 했기에 눈빛이 저 모양이었던 건지. 괜시리 짜증이 났다.

해강은 슬쩍 승민은 훔쳐보았다. 하지만 고개를 반대편으로 돌려 버린 녀석 덕분에 어떤 얼굴을 하고 있는 건지 알 길이 없었다. 싱숭생숭한 이상한 기분에 해 눈을 질끈 감아 버렸다.

미영과 방방거리는 해강을 보며 승민은 쓸쓸함을 느껴야 했다. 밖으로 나오니 차가운 밤바람이 불고 있었다. 그의 마음도 차가운 바람처럼 서걱거렸다.

"내 마음 같네."

언젠간 해강이 마음을 열 거라고 믿었다. 곁에 계속 있다 보면 친구가 아닌 남자로 봐 줄 거라고 믿고 있었다. 그냥 혼자만의 바람이었을까? 그래도 그녀에게 가장 가까운 사람은 저라고 생각했는데 이제 그 믿음마저 흔들리고 있었다.

한숨을 푹 내쉰 승민이 두 주먹을 불끈 쥐었다.

"네가 원한다면 원하는 대로 해 줄게. 네 마음이 진심이라면 그렇게 할게. 하지만 착각하고 흔들리는 거라면 내가 붙잡을 거야. 반드시."

아까 마주쳤을 때 흔들리던 해강의 눈빛을 읽었다. 분명 그녀도 갈등하고 있다. 친구인지 남자인지, 흔들리고 있다.

❂   ❂   ❂

빡빡한 연수 일정에, 다과를 위장한 술 파티까지 끝나고 나니 모두 녹초가 되어 곤하게 잠이 들었다. 그러나 해강은 잠이 오지 않았다. 몸은 힘들었지만 정신은 말똥말똥했다. 눈을 감으면 승민의 눈빛이 떠올랐다. 짙고 무겁지만 포근하고 더없이 든든하던 눈빛……. 게다가 장난기라고는 한 톨도 들어 있지 않은 진지함과 순수함.

고개를 흔든 해강은 옆으로 누워 눈을 더욱 꼭 감았다.

저런 눈빛 보는 게 한두 번이야? 면역이 되었어도 열두 번은 더 되었을 거다. 하지만 가볍게 치부해 버리려고 해도 이번엔 달랐다. 요즘 들어 자꾸만 승민이 의식된다.

친구끼리도 권태기가 있나?

이리저리 몸을 뒤척이던 해강은 결국 자리에서 일어났다.

제법 두꺼운 카디건을 걸쳤는데도 2월의 산속은 상당히 쌀쌀했다. 해강은 옷을 여미며 산책길로 들어섰다. 몸은 춥지만 찬바람에 정신은 더욱 또렷해지고 있었다. 그리고 그 부작용으로 승민의 눈빛이 다시 떠올랐다.

"아, 싫다. 뭐야. 불편하게."

"해강 씨?"

"으앗!"

갑자기 들려온 목소리에 괴성을 지른 해강은 똥그래진 눈으로 목소리의 근원지를 보았다. 지호였다. 여전히 멋진 얼굴에 자상한 미소를 지은 그는 해강을 따스하게 바라보고 있었다.

늦은 밤 어이하여 밖으로 돌아다니는지……. 해강은 놀란 심장을 토닥이며 얼른 입가에 미소를 띠었다.

"팀장님."

"왜 그렇게 놀라요?"

"아무도 없는 줄 알았는데 목소리가 들려서요. 안 주무셨어요?"

"그러는 해강 씨는 왜 안 잤어요."

머릿속이 시끄러워서요.

"그냥 잠이 안 오더라고요."

마음과 다르게 웃음으로 적당히 얼버무린 해강은 금세 기분이 좋아졌다. 모두들 잠든 밤, 둘이 산책길에서 만나다니. 우연도 이런 우연이 없다. 아니, 이렇게 계속되는 우연은 인연인가 싶은 생각에 절로 입가에 미소가 고였다.

"저도요. 오랜만에 여행 온 것 같은 기분이에요. 잠이 안 오네요."

"좀 걸으실래요?"

"여기 분위기 괜찮죠?"

"네, 조용하고 공기도 맑고 너무 좋아요."

지호와 나란히 걸으며 입술을 안으로 모아 물어 보았지만 헤벌쭉 입이 늘어나는 걸 주체할 수 없었다. 마치 영화에 나올 법한 배경에 이상형의 남자가 옆에 있다. 정말 영화 같다는 생각을 하는데 지호가 그녀 쪽으로 고개를 숙이며 속삭였다.

"그런데 있잖아요. 여기에, 고딩들은 없겠죠?"

무슨 말을 하려나 두근두근거리는 심장이 몸 밖으로 튀어나가지 않게 호흡을 조절하던 해강은 그대로 딱 숨이 멎어 버렸다. 지난번 발차기를 기억하고 있는 거다.]

묻고 싶은 과거의 기억이 떠오르자 해강의 얼굴이 화르르 불타 버렸다. 어둠이 얼굴을 가려 주길 바라며 간신히 미소를 지었다.

"기, 기억력이 좋으시네요."

"인상 깊었거든요. 액션 영화 보는 줄 알았어요. 아니면 무협 활극?"

오 마이 갓! 한때 액션배우로 진로를 결정해 볼까 했었지만 다른 사람이 그런 생각을 하다니……. 그것도 팀장님이! 이건 아니다. 난 길라임이 아니고, 그쪽은 김주원이 아니니까. 아! 이대로 봄은 떠나가는 걸까? 자신의 천재적인 운동신경을 한탄하고 있을 때 지호의 달콤한 목소리가 귓가를 맴돌았다.

"나요. 액션 영화 좋아해요. 무협 활극은 더 좋아하고요."

영화가 좋다는 말인데 순간 심장이 덜컹 내려앉았다. 바라보는 지호의 눈빛이 너무 그윽해서 머릿속이 하얗게 변해 버렸다.

그래서 바보처럼 말을 더듬거렸다.

"저, 저도 영화 좋아해요."

"서울 올라가면 같이 영화 보러 갈래요?"

이게 정녕 꿈이 아니라면 신이시여, 감사합니다.

해강은 활짝 웃으며 고개를 끄덕였다. 어느 틈엔가 승민의 생각은 깨끗하게 사라지고 없었다.

해강과 짧은 산책을 마치고 방으로 돌아온 지호는 밤늦도록 잠을 이루지 못했다. 처음엔 단지 승민에게서 가장 소중한 것을 빼앗기 위해 해강에게 접근을 했다. 무난하게 그녀의 관심을 끄는 데 성공했고 승민이 괴로워하는 모습을 보며 처음으로 이겼다는 생각에 묘한 쾌감이 들었다.

그런데 문득문득 그녀와 함께 있으면 진심으로 웃고 있는 자신을 발견하게 된다. 이런저런 잇속을 재지 않고 그저 이 시간이 즐거워 나오는 진짜 웃음. 언제부터인지 가식적인 웃음 외에는 움직이지 않았던 입술이 그녀와 함께 있을 때는 자연스럽게 미소를 짓고 있다.

아니라고. 단지 승민을 괴롭히기 위해 선택한 여자니까 딱 그 정도만 가까워지자 결심하고 온 워크숍인데 승민과 한 팀이 되어 게임을 하는 해강을 보는 내내 마음이 불편했다.

승민과 손을 맞대고, 몸을 밀착시키고, 나중에 승민이 해강을 안고 서 있을 때는 저도 모르게 자리에서 벌떡 일어섰다. 당장 승민의 품에서 해강을 빼앗고 싶었다.

긴 숨을 들이켠 지호는 어둠이 짙게 깔린 창밖을 응시했다.

"정신 차려. 처음에 생각했던 것만 기억하라고."

다짐을 한 지호는 해강의 얼굴을 머릿속에서 지워 내려고 애썼다.

✿　　✿　　✿

다시 쳇바퀴 도는 일상으로 돌아왔다. 승민과 불편할 거라는 예상과 달리 바빠진 회사 일 때문에 둘은 마주칠 시간이 거의 없었다. 알람에 맞춰 일어난 승민이 거실로 나오자 이미 출근 준비를 마친 해강이 신발을 신고 있었다.

"벌써 출근해?"

"어제 끝내지 못한 일이 있어서."

몰래 나가려던 해강은 가까이 다가온 승민 때문에 흠칫 놀랐지만 얼른 미소를 지었다. 마치 아무렇지도 않은 듯. 그러나 승민의 눈빛을 바로 볼 수 없어 눈동자를 이리저리 굴리는 중이었다.

"아침 먹었어?"

"우유 한 잔. 배고프면 회사 근처에서 토스트 사 먹지, 뭐. 넌 먹어. 어제 국 새로 끓였어."

"그래, 토스트라도 꼭 먹어."

"응, 회사에서 봐."

승민에게 손을 흔든 해강은 집을 나서자마자 가슴을 쓸어내렸다.

"아오, 뭐야. 왜 이렇게 불편해."

지금까지 수백 번은 더 본 눈빛인데 이번엔 왜 이렇게 불편한지 모르겠다.

"아무튼 자식, 도움이 안 돼요. 도움이."

겨우 이상형을 만나 연애 좀 하려고 했더니만 소꿉친구가 떡하니 걸림돌이 될 줄 누가 알았을까. 그것도 고작 눈빛 하나로 말이다.

"내가 예민한 거야. 걔가 그러는 게 어디 한두 번인가? 괜히 혼자서 과민 반응하지 말자."

다시 마음을 다잡은 해강은 버스 정류장을 향해 서둘러 뛰어갔다.

거실 창밖으로 해강이 종종걸음 치는 것을 보는 승민의 표정도 어둡긴 마찬가지였다. 저 때문에 괜히 지호에게 상처 받지 않을까 계속 마음이 쓰였다. 지호와 얘기를 해 봐야겠다. 해강을 다치게 하지 말라고, 저와의 일은 자신과 풀자고.

❀　　　❀　　　❀

한 번 호흡을 맞춰 봤기 때문인지 여름 신제품에 대한 회의 내용은 예상을 뛰어넘었다. 각자 생각해 낸 아이템을 설명하느라 저녁 시간이 훌쩍 넘어도 밥 먹으러 가자는 소리가 없었다.

"오늘은 이만하죠. 김미영 씨와 양동현 씨는 아이템을 좀 더 보완해서 내일 다시 보도록 합시다."

"내일 뵙겠습니다."

몇 번의 아이디어 회의 끝에 미영과 동현의 아이템으로 의견이 좁혀 들어갔다. 이번에도 제 아이디어가 되길 바랐던 해강은 살짝 실망했지만 곧 고개를 흔들었다. 누구 아이디어든 연달아 성공하는 게 중요했기 때문이다.

사람들이 대부분 사무실을 빠져나가자 해강은 미영의 곁으로 다가갔다.

"뭐 도와줄 거 없어?"

"도와줄 거야? 도와주면 정말 고맙지. 그럼 이 서류들 중에서 연관된 자료를……."

미영이 제법 두툼한 자료 뭉치를 해강에게 밀어 주고 있는데 지호가 둘에게 다가왔다.

"해강 씨, 잠깐 좀 볼까요?"

"네? 네."

미영이 눈짓을 하자 해강이 어깨를 으쓱해 보였다. 지호가 왜 부르는지 짐작되는 이유가 없었기 때문이다.

"왜 그러세요?"

"저녁에 약속 있어요?"

"약속은 없는데……."

지호의 말에 묘한 기대감이 스멀스멀 피어올랐다.

"시간도 늦었는데 같이 저녁 먹을래요?"

"그럴까요? 아, 안 되겠다. 미영 씨 도와주기로 했어요."

멍하니 지호를 향해 고개를 끄덕이던 해강이 갑자기 생각난 듯 말했다.

그러자 옆에 있던 미영이 대번 손을 저었다.

"아뇨, 혼자 할 수 있어요. 해강 씨 저녁 맛있게 먹어요."

활짝 웃으며 손짓한 미영은 해강에게 열심히 눈짓으로 파이팅을 보냈다.

"내일 봐."

"데이트 잘해."

"데이트는……."

얼굴을 붉히며 손을 저었지만 그녀도 내심으로 데이트야. 데이트, 하며 기대를 하고 있었다.

지호가 해강을 에스코트해서 나가자 미영은 입을 딱 벌렸다.

"워크숍 때만 해도 진도 안 나가네, 도와 달라 하더니만 이건 뭐지? 완전 썸 타는 분위기잖아. 잘 어울린다, 두 사람. 이힝. 나만 외톨이야. 이번 여름 신상 성공시켜서 나도 연애할 거다. 아자!"

전의를 불태운 미영은 의자에 앉아 자료들을 검토하기 시작했다.

언제 예약을 한 건지 아늑한 분위기의 레스토랑에 들어간 해강은 입가의 웃음을 감추지 못했다. 역시 매너남이다.

"음식이 입에 맞을지 모르겠어요."

"잘 맞을 거예요."

누구랑 함께인데 뭘 먹든 맛이 없을까. 지금 해강은 돌과 쇠를 놓고 먹으라 해도 맛나게 먹을 자신이 있었다. 그런데 감칠맛 도는 해산물 파스타와 담백한 토핑의 피자를 보니 군침이 절로 넘어갔다.

"잘 먹겠습니다."

"와인 어때요?"

"좋아요."

익숙한 솜씨로 와인을 고르는 지호의 모습을 보니 드라마의 한 장면을 보는 듯 절로 흐뭇했다.

어쩜 발음도 좋고 와인도 잘 아시네. 귀티가 줄줄 흐르는 모습을 넋을 놓고 보고 있자 그가 잔을 들었다.

"입에 맞아요?"

"진짜 맛있어요. 샐러드부터 와인까지 완벽하게 제 입에 맞아요."

"다행이네요. 해강 씨 입맛을 몰라 어디를 예약할까 고민 많이 했거든요."

지호의 말에 해강이 미간에 주름을 잡았다. 그리고 진지한 목소리로 당부했다.

"그러지 마세요. 지금 회사 일도 많이 바쁜데 그런 데다 시간 쓰지 마시라고요. 그냥 대충 먹어도 돼요."

"네? 하하하하."

해강은 지호가 갑자기 웃음을 터트리자 당황스러웠다.

대체 어느 부분이 웃긴 거지? 개그 요소는 단 1%도 들어가지 않았는데 뭔가 실수를 한 건가?

불안함에 해강이 긴장하자 지호가 손을 저으며 간신히 웃음을 삼켰다.

"아, 미안해요. 해강 씨가 이상해서 웃은 거 아니에요."

그럼 왜! 그렇게 신나게 웃은 거예요! 그것도 말이 끝나자마자! 외치고 싶은 걸 필사적으로 참은 해강이 해명을 하라는 눈빛으로 지호를 마구 쏘아보았다. 그러자 웃음을 머금은 그가 해강을 보았다. 그를 마주 보던 해강은 눈빛이 점점 더 뜨거워지는 것 같아 저도 모르게 살짝 눈길을 피했다.

"그럼 왜 웃어요?"

"해강 씨가 너무 예뻐서요."

쿵. 심장이 떨어졌다.

"좋아하는 여자와 저녁을 먹기 위해 식당을 예약하고 고민하는 건 힘든 일이 아니잖아요. 그러니까 해강 씨도 그냥 즐겼으면 좋겠어요."

다시 쿵. 좋아하는 여자란다. 좋아하는 여자. 이 자리에 있는 여자는 자기밖에 없으니까 지금 지호가 자기를 좋아한다고 고백하고 있는 거다. 해강은 물컵을 들고 벌컥 물을 마셨다. 입이 말라 말이 나오지 않았다. 컵을 단숨에 비우자 지호가 제 잔도 건네주었다.

"고맙습니다."

지호의 물 잔도 모두 비운 해강은 길게 한숨을 내쉬었다.

"물 더 가져오라고 할까요?"

"아뇨. 배불러요."

해강은 지호의 얼굴을 똑바로 바라보았다. 미소를 짓자 날카롭게 보이던 눈매가 부드러워졌다. 저 외까풀의 눈은 봐도 봐도 질리지 않는다. 눈에 대한 생각은 접어 두고 해강은 조심스럽게 물었다.

"혹시 지금 저 좋아한다고 고백한 거 맞으세요?"

"맞아요. 해강 씨 대답은요?"

해강의 입가가 길게 늘어졌다. 고백한 게 맞단다. 살다 보니 이런 일도 있구나.

"저도 팀장님 좋아해요!"

저도 모르게 커진 목소리 때문에 해강의 얼굴이 빨개졌다. 이런 너무 흥분한 거 같다. 다시 목소리를 낮춘 그녀가 조용히 대답했다.

"팀장님은 제 이상형이에요."

"부담되네요. 이상형이라니. 기대에 부응하도록 잘할게요."

그래, 계획대로 하자. 계획대로.

더 이상 해강에게 마음이 끌리는 일이 없도록 하기 위해 지호는 조금 이르다 싶지만 고백을 했다. 예상대로 해강은 오케이를 했고 모든 것은 생각대로 되고 있었다. 그런데 자꾸만 배 속이 따끔거린다. 위통이 도진 모양이다. 애써 무시하려 했지만 따끔거림은 멈추지 않았다.

꿈같은 저녁 식사가 끝나고 집으로 돌아온 해강은 여전히 멍한 표정이었다. 이 세상에 제가 원하는 이상형의 남자가 있다는 것도 신기했는데 그 남자가 사귀자고 말을 하다니……

"꿈인가? 아야. 아파."

제 볼을 꼬집어 보던 해강은 아픈 볼을 문지르며 헤벌쭉 미소를 지었다. 꿈이 아니다. 꿈이…… 아니다.

"와아, 나 전생에 나라를 구했나 봐."

연애를 한다니. 그것도 늘 노래하던 이상형이랑……. 아싸!

콧노래를 부르며 집으로 들어간 해강은 거실에 일거리를 늘어놓은 승민과 눈이 딱 마주쳤다. 갑자기 어색함이 화악 몰려와 표정이 굳어졌다. 잠시 잊었다. 승민이 있다는 사실을 말이다.

눈에 띄게 굳어 버린 해강을 본 승민은 속으로 숨을 삼켰다. 요즘 제 태도가 너무 이상했던 걸 인정해야겠다. 지호 형에게 과도한 관심을 보이는 해강을 다그친 건 사실이니까.

워크숍을 갔던 날, 해강에게 눈빛을 들켜 버린 사실은 꿈에도 모른 승민은 그저 제 행동이 해강에게 부담을 주고 있나 보다 라고 단순히 생각해 버렸다. 자꾸 불편해지는 것 같아 승민은 최대한 아무렇지 않은 듯, 평소처럼 해강을 보았다.

"늦었네. 저녁은?"

"으응? 먹었어. 너는?"

"대충……. 나 일해야 하니까 오늘은 TV 금지."

"일할 거 많아?"

"좀 많은데, 도와줄래?"

장난스런 미소와 함께 눈빛을 반짝이며 승민이 말하자 해강도 평소처럼 목소리를 높였다.

"나도 여태껏 일하고 왔구만!"

"그럼 잠이나 자든가. 시끄럽게 굴지 말고."

"내가 언제 시끄럽게 굴었어."

"몰라. 씻고 욕실 정리나 잘해. 욕실 바닥에 네 머리카락이 귀신처럼 늘어져 있다고."

"또 거짓말. 내가 욕실 정리를 얼마나 잘하는데! 너나 면도 하고 세면대 싹 닦아 놔! 개미들이 우글거리는 것 같아서 징그 럽단 말이야."

"개미라니, 내 소중한 수염에게."

"헐, 퍽도 소중하다."

눈을 흘긴 해강이 방으로 쌩 들어가 버리자 머금고 있던 승 민의 미소가 희미해졌다. 해강의 마음이 조금은 가벼워졌길 바라며 테이블로 눈을 돌렸다.

7화
떠나야 할 때

봄 신상 때처럼 일 진행은 순조롭게 이루어지고 있었다. 벌써 샘플이 나온다는 소식에 특별팀 모두 기대에 가득 차 있었다.

"여기 샘플 가져왔어요."

아직은 평범한 용기에 담겨 있는 화장품들을 보며 모두들 긴장했는지 숨을 내쉬었다. 지호가 그중 한 개를 집어 들자 모두의 이목이 손에 집중되었다.

뚜껑을 열어 향기를 맡아 보고 손등에 슥 발라 본 지호가 고개를 끄덕였다. 참고 있던 숨을 내쉰 모두가 화장품을 집어 들어 테스트를 하기 시작했다.

"향 좋네요."

"촉감도 나쁘지 않아. 그런데 여기 데이터를 보니까……."

"거기 크림 좀 줄래요?"

다른 사람들처럼 해강과 미영도 바짝 붙어 서로의 손등에 화장품을 발라 주었다.

"어때? 괜찮은 거 같지."

"그러게. 이 로션도 발라 봐."

"완전 잘 스며든다."

둘은 만족한 미소를 머금고 촉촉해진 서로의 손을 만지작거렸다.

"미영 씨, 나도 그거 줘 봐요."

미영이 급하게 몸을 돌린 탓에 화장품 뚜껑이 바닥으로 떨어졌다.

"내가 주울게."

"부탁해."

해강이 뚜껑을 줍기 위해 쪼그려 앉자 한 사람 건너 서 있던 승민이 그녀에게로 걸음을 옮겼다.

그런데 지호가 좀 더 빨랐다. 어느새 해강의 옆으로 몸을 구부린 그가 뚜껑을 먼저 집었다. 우연히 두 사람의 손이 겹쳐지자 놀란 해강이 손을 오므렸다.

"아, 팀장님."

"여기요."

"고맙습니다."

"제품 어때요?"

"좋아요. 이번에도 성공할 것 같아요."

한껏 들뜬 목소리에 지호의 입가에 잔잔한 미소가 고였다. 그녀만 보면 반사적으로 미소가 생긴다. 처음엔 의식하지 못했지만 이제는 확실하다. 해강에게 점점 마음이 가고 있다.

섹시한 지호의 미소를 보던 해강은 그가 갑자기 손을 뻗어 오자 흠칫 놀라며 얼굴을 뒤로 뺐다.

"얼굴에 크림이 묻어서요."

"제가 닦을게요. 고맙습니다."

너무 정색하고 뒷걸음질을 친 것 같아 해강은 미안한 마음이 들었다. 다른 사람들과 같이 있어서 그랬나? 툭 까놓고 이제는 사귀는 사이나 마찬가지인데 너무 과민 반응을 보인 것 같아 혹시 지호가 기분 나빠하지 않을까 걱정이 되었다.

그러나 그는 여전히 미소를 머금고 그녀를 보고 있었다.

어쩜 마음도 넓지.

안심한 그녀는 같이 미소를 지었다.

한 걸음 뒤에 서 있던 승민은 그런 둘의 모습을 보며 저도 모르게 주먹을 쥐었다. 넋 빠진 것 같은 해강의 미소도 마음에 들지 않았고, 그런 해강을 보며 가식적으로 웃고 있는 지호도 싫었다.

무엇보다 지호에게 이용당한 것을 알게 된 해강이 받을 상처를 생각하면 분노가 치밀어 올랐다. 이건 저와 지호와의 문제다. 해강을 개입시켜 상처 받게 할 수 없었다.

해강에게 나 때문에 지호가 널 이용하고 있다, 설명해도 듣지 않을 것이고 그런 말조차 그녀에겐 상처가 될 수 있으니 말할 수가 없었다. 따로 지호를 만나서 담판을 지어야겠다. 결심한 승민은 지호를 노려보았다.

❀　　　❀　　　❀

승민이 먼저 만나자고 할 거라 생각했다. 커피숍 창으로 보이는 그의 모습이 다소 초조하자 지호의 입가에 만족스런 미소가 생겼다. 실로 오랜만에 누려 보는 승자의 느낌이었다.

커피숍 안으로 들어간 지호는 창밖으로 시선을 두고 있는 승민을 불렀다.

"어쩐 일이야? 네가 먼저 나를 만나자 불러내고."

시비 거는 말투는 여전했다. 굳은 표정의 승민은 말없이 카페 메뉴판을 지호에게 밀었다.

"차 마실 만큼 오래 있어야 하는 건가?"

"시키기나 해."

"까칠하긴. 아메리카노."

완연한 봄기운에 창가 쪽은 햇볕이 따스하게 내리쬐고 있었다. 적당히 쌉쌀한 커피를 마시는 지호의 입가에 슬며시 미소가 감돌았다. 초조할 거다. 태연한 척하고 있지만 아마 속이 타들어가고 있을 거다.

커피 잔을 내려놓은 지호가 먼저 입을 열었다.

"왜 보자고 한 거야?"

바라보는 승민의 눈빛이 짙다.

그래, 초조하고 화가 나고 안달도 나겠지. 늘 바라보던 해강의 마음이 다른 곳을 향하고 있으니 속이 새까맣게 탔을 거야.

승민을 넘어선 것 같은 생각에 지호는 웃음이 절로 났다. 그러나 최대한 아무렇지 않은 듯 다시 물었다.

"볼일이 뭐냐고."

"그만해."

"밑도 끝도 없이 뭘 그만해?"

뻔뻔하게 잡아떼는 모습이 지호답다고 생각했다. 여전히 유치하고 여전히 상대하고 싶지 않지만 해강이 걸려 있으니 무시할 수 없고 냉정해지기란 더더욱 쉽지 않았다. 저도 모르게 목소리가 격해졌다.

"사람 가지고 장난치는 거 그만두라고."

"누가 장난이래? 내가 진심일지 네가 어떻게 알아."

"그만해, 형. 화나는 일이 있으면 나한테 풀어. 다른 사람에게 피해 주지 말고 나랑 해결해."

"풀 거 없어. 넌 잘못한 거 없다며. 그런데 뭘 풀어?"

희미한 미소를 머금고 있는 지호의 모습에 승민은 어금니를 꽉 물었다. 저 뻔뻔한 얼굴에 주먹이라도 한 대 먹이고 싶었지만 참았다. 제가 아닌 해강이 달린 문제니까.

소리 없이 숨을 들이마신 승민은 최대한 냉정하게 입을 열었다.

"내가 다 잘못했어. 형의 심기를 불편하게 했다면 미안해. 회사에서도 나갈게. 그게 형이 바라는 거지? 그러니까 해강이만은 놔둬. 부탁이야."

고개까지 숙인 승민은 보며 지호의 미소가 짙어졌다. 30년 동안 한 번도 이겨 보지 못한 녀석을 이렇게 간단히 이길 수 있다니. 그동안 녀석 때문에 겪었던 설움과 불편함이 단번에 씻겨 내려가는 기분이었다.

의자에 느긋하게 등을 기댄 지호는 거만한 눈빛으로 승민을 보았다.

"뭐 네가 그렇게까지 말한다면 나도 다시 생각해 보지. 하지만 당장은 아니야. 문해강에게 흥미가 생겼거든."

눈에서 불이 번쩍 일며 승민이 고개를 들었다. 살인이라도 할 것처럼 지호를 쏘아보던 그가 자리에서 벌떡 일어섰다.

"그만해."

"생각해 본다니까. 그리고 지금 문해강 나한테 푹 빠졌잖아. 내가 이상형이라나 뭐라나. 애들도 아니고. 유치하지만 당분간은 장단 좀 맞춰 주려고. 재미있잖아."

커피 잔을 들며 창밖으로 고개를 돌린 지호를 바라보는 승민의 얼굴이 일그러졌다. 비뚤어진 저 성격에 어떻게 대응해야 할지 막막했다. 사람의 마음을 가지고 장난이나 치다니. 지호에 대한 분노심이 화르륵 불타올랐다.

순간 창밖을 보던 지호의 미소가 바뀌었다. 그리고 그 미소를 보던 승민의 표정도 바뀌었다. 해강에게 상처를 주면 어쩌나 하는 생각에 흔들리던 눈동자가 돌연 멈추었다.

분명 비웃음과 함께 해강을 더 데리고 논다는 뉘앙스의 내용인데……. 지호의 얼굴이 부드럽게 빛난다. 입으로는 자기를 괴롭히려고 해강을 이용한다면서도 눈빛이 다르다. 겉으로는 못된 척 말을 하고 있지만 고개를 돌리자 단박에 눈빛이 부드러워진다. 마치 사랑스러운 누군가를 생각하는 듯 설렘이 담긴 눈빛이었다.

승민의 눈동자가 흔들리기 시작했다. 분명 형은 해강을 이용할 속셈이었다. 그런데 지금 보이는 저 눈빛은…….

"진심……이야?"

"뭐? 진심이냐고? 당연하지. 너를 괴롭힐 수 있는 유일한 가치가 있는 사람인데. 말했잖아. 너도 가장 소중한 걸 빼앗기는 기분을 느껴 보라고."

제자리로 돌아온 눈빛의 지호가 한껏 비웃음을 날렸다. 그러나 승민의 눈에는 여전히 불안함이 가득했다. 지호가 해강을 이용하고 상처 입힐까 걱정하는 눈빛이 아닌, 지호가 진심으로 변한 것이 사실인지 걱정하는 눈빛이었다.

승민의 그런 태도에 만족스러운 미소를 머금은 지호가 자리에서 일어섰다.

"먼저 간다. 해강 씨와 데이트 때문에 바빠서."

지호가 카페를 나간 후에도 승민은 한동안 움직일 수가 없었다. 진심이다. 처음엔 어땠는지 몰라도 지금은 진심으로 변한 거다.

"정말…… 정말 해를 좋아하게 된 거야? 정말로?"

아닐 거다. 진심이 아니다. 제가 잘못 봤을 것이다. 그냥 저를 괴롭히려고 해를 이용하는 것뿐이다.

승민은 두 손에 얼굴을 묻었다. 해강의 이상형이 지호라는 사실도 받아들이기 어려운데 설상가상으로 지호가 해강을 진심으로 생각한다면…….

갑자기 숨이 콱 막혔다.

그게 사실이라면…….

"난 어떻게 하지, 해야?"

집으로 돌아와서도 승민은 여전히 멍한 얼굴이었다. 사실일까? 지호 형의 마음이 진심으로 변한 걸까?

한 가지 생각이 계속 맴돌았다. 만약 그것이 사실이라면…….그다음은 생각하고 싶지 않았지만 정답은 하나였다. 해강을 위해 물러나야 한다는 것. 갑자기 누군가에게 목이라도 졸리는 듯숨을 쉴 수가 없었다.

생각만으로도 이렇게 가슴이 아리고 숨이 막히는데 정말로 그런 일이 생긴다면 어쩌지?

승민은 머리를 감싼 채 책상에 엎드렸다. 질끈 감은 눈가가 젖어 들기 시작했다.

마음을 추스르고 찬물로 한바탕 샤워를 하니 정신이 조금 돌아오는 것 같았다. 젖은 머리를 수건으로 문지르며 욕실을 나오는데 막 들어오던 해강과 마주쳤다. 지호와 데이트를 마치고 오는 길인지 콧노래를 흥얼거리고 있었다.

"늦었네?"

"어? 어. 좀."

"저녁은?"

"먹었지. 시간이 몇 시인데……."

여전히 어색한 기류가 둘 사이를 배회했다. 현관에 서서 괜히 딴청을 부리는 해강을 보며 승민은 소리 없이 숨을 들이쉬었다. 그리고 해강에게 성큼성큼 다가가 킁킁 냄새를 맡았다.

어쩐지 승민이 방으로 들어가야 거실을 지나칠 수 있을 것 같아 해강은 들어가지도 못하고 괜히 현관 여기저기를 두리번거리며 정리를 했다. 게다가 웃통을 홀랑 벗고 있어 눈을 둘 곳이 없었다. 목에 걸친 수건 덕분에 가슴이 반쯤 가려져 다행이다 싶었는데 승민이 갑자기 성큼 다가오자 기겁을 하며 그를 손으로 막았다.

"왜? 왜? 뭐하는 거야?"

"술 마셨어?"

"어…… 조금……."

"바쁘다고 집에 전화도 잘 안 드리는 녀석이 술 마실 시간은 있나 보네. 아줌마, 아저씨가 이 사실을 알면 얼마나 슬퍼하시겠냐. 크윽. 자식은 키워 봤자 말짱 헛것이다, 헛것이야."

엄지와 검지로 미간을 잡으며 오버하는 승민을 본 해강은 어이가 없었다. 뭐, 헛것? 작지만 매운 손이 짝하는 찰진 소리를 내며 승민의 맨 등짝을 강타했다.

"악!"

"놀구 있네. 사돈 남 말 하지 말고 너나 잘하세요. 아침에 엄마랑 통화했거든! 어디서 오빠 노릇이야. 씻었으면 잠이나 자!"

"아파!"

"아프니까 청춘이란다. 난 들어간다."

해강이 눈을 흘기며 거실을 지나치려 할 때 승민이 지나가는 말투로 물었다.

"너 팀장님 정말 좋아해?"

해강의 발이 멈췄다. 별거 아닌 질문인데 가슴이 두근거린다. 질문의 내용이 아니라 그 질문을 승민이 했다는 게 기분이 묘했다. 그런 기분을 숨긴 채 당연하다는 듯 말했다.

"당연하지. 내 이상형이잖아. 다정하고 어른스럽고 책임감 있고."

"쳇, 이상형이 또 늘었어. 책으로 써도 한 권 반은 되겠다."

"뭐가? 난 처음부터 자상하고 어른스러운 사람을 원했다고."

승민이 해강의 곁으로 다가왔다. 그리고 얼굴을 바짝 디밀었다.

"이상형과 잘되길 바란다. 그러나……."

입꼬리를 씨익 올리며 음흉한 미소를 짓는 승민을 보며 해강은 고개를 갸우뚱거렸다.

"넌 여전히 내 영역이다. 영원히 내 영역이라고."

대뜸 해강을 안고 얼굴을 비비적거린 승민 덕분에 채 마르지 않은 머리카락에서 물이 떨어져 해강의 얼굴은 물투성이가 되었다.

"야! 너 죽을래!"

"잘 자라. 내 영역."

"아유, 저 초딩. 진짜 언제 철들래!"

달아나는 승민에게 핸드백을 휘두르며 짜증을 부린 해강은 그가 들어가기 전 눈을 맞추며 헤헤 웃자 눈을 부라렸다.

"잘 자, 내 해야."

"그래, 잘 자라. 이 초딩아."

문이 닫힌다. 쿵하는 작은 소리에 심장도 닫혔다. 해의 행복을 위해서 그가 해야 할 일은 하나밖에 없다. 그녀의 행복을 빌어 주는 것.

❀   ❀   ❀

제품 개발이 결정되자 출시일이 바로 잡혔고 모두들 야근에 주말까지 반납하며 총력을 기울였다. 해강은 피곤한 얼굴로 미영에게 커피를 건네주었다.

"윽, 배 속에서 커피콩이 싹을 틔울 것 같아."

"나도 그래. 커피를 너무 마셨나 봐."

"데이트는 잘하고 있냐?"

"요즘엔 바빠서 그냥 집에 바래다주는 정도."

"부럽다. 친구. 나도 이번 여름 신상 성공해서 꼭 연애할 거다. 꼭!"

"파이팅이다."

두 여자는 하이파이브를 하며 서로를 격려했다.

곰곰이 생각해 보니 한 달 가까이 제대로 된 데이트를 하지 못했다. 지호는 팀장이다 보니 그녀보다 더 바쁘긴 했지만 이제 겨우 마음을 확인하고 시작하는 단계인데 막 보고 싶고 그래야 하는 거 아닌가?

해강은 슬며시 핸드폰을 꺼냈다. 그러나 폰을 만지작거릴 뿐 쉽게 문자를 보내지 못하고 있었다.

뭐 그래도 회사에서 매일 아침에 커피 마시고, 같이 점심 먹고, 가끔은 저녁도 함께한다. 때때로 직원들이 동행하지만 주로 둘이 먹을 때가 많았다.

"그게 데이트네."

고개를 끄덕인 해강이 문자를 보냈다.

〈미니야. 오늘은 집 밥 먹자. 뭐 먹을래?〉

문자를 기다리며 컴퓨터 작업을 하는데 답문이 돌아왔다.

〈된장찌개에 나물. 내가 기가 막히게 무쳐 주지!〉
〈생선 구이도 어때? 냉장고에 고등어 있지?〉
〈응, 그럼 한 시간 후에 주차장에서 봐.〉
〈응.ㅆㅆ〉

예전처럼 편해진 문자에 해강은 기분이 좋았다. 친구 한 세월이 얼마인데 그 정도 일로 어색했다는 것이 우습게 느껴졌다.

오랜만에 하는 정시 퇴근이었다. 007 작전을 펼치는 것처럼 회사에서 조금 떨어진 주차장으로 간 해강은 주변을 경계하며 차에 올라탔다.

"자, 출발할까?"

"아! 두부가 없다. 된장찌개에 두부가 빠지면 안 되지."

"잠깐 마트 들르지, 뭐."

마트에 도착한 둘은 나란히 카트를 밀고 두부 코너로 갔다.

"시식하세요. 국산 콩으로 만든 고소한 두부예요. 여기 콩나물도 사은품으로 드려요."

판매원이 홍보하는 소리에 승민이 해강의 팔을 끌었다.

"야, 우리 저거 사자."

"저건 너무 많잖아. 두부 두 모에 콩나물까지. 우리가 집에서 밥을 얼마나 해 먹는다고 저렇게 많이 사."

"조림 해 놓으면 일주일은 먹잖아. 먹어 봐. 맛있지? 사자. 응? 해야. 콩나물도 준대."

승민이 해강의 입에 두부를 넣어 주며 애교를 부리자 판매원 아줌마가 함박웃음을 머금었다.

"잘생긴 신랑이 원하는데 하나 사, 새댁. 이거 국산 콩으로 만들어서 진짜 고소해."

판매원의 말에 승민도 활짝 웃으며 대꾸했다.

"정말 맛있어요. 자기야, 하나 사자."

"자기는. 저희 부부 아니에요."

"그래요? 둘이 너무 잘 어울려서. 같이 사는 것 같아서 말이야. 그럼 남매인가?"

"형제예요, 형제. 이 두부 살게요. 많이 파세요."

승민이 또 다른 소리를 할까 봐 냉큼 두부를 들어 카트 안에 넣고 사라지자 판매원은 잠시 멍한 표정이 되었다.

해강은 싱글벙글 웃는 승민을 외면하고 있었다. 계산을 하고 시장바구니를 트렁크에 넣고 승민이 막 입을 열려는 순간 잽싸게 먼저 입을 열었다.

"신혼부부 안 같아. 형제 같아. 한집에 같이 사는 형제."

"쳇, 틈을 안 주네."

"내가 운전한다."

집에 거의 도착했을 때쯤 해강이 툭 말을 건넸다. 사실 머릿속으로 수십 번이나 되뇌었던 말이었지만 마치 지금 생각난 듯이 가볍게 말을 꺼냈다.

"나 집 구했어. 날짜만 정확하게 잡히면 이사 갈 것 같아."

"그래? 생각보다 빨리 나가네."

"너희 집으로 들어가기 전부터 알아본 거니까 빠른 건 아니지. 그동안 신세 많이 졌다."

"신세는 무슨……. 그렇게 생각한다면 그냥 있을 수 없겠지?"

"뭐?"

대답하는 목소리가 다소 가라앉았다고 생각했는데 바로 장난기를 가득 머금은 말투에 해강은 저도 모르게 승민을 바라보았다.

"어어, 앞에 봐. 운전하는 애가 어딜 봐."

"어, 그래. 그런데 뭘 그냥 있을 수 없어?"

"신세 많이 졌다면 그냥 넘어갈 수 없지. 이번 주 주말에 한턱 쏴라."

"와, 사람이 어떻게 변하냐? 언제는 얼마든지 있어도 된다더니."

"물론 더 있어도 돼. 그런데 나간다고 하니까 보상은 받아야겠다."

"아, 이게 갑질이구나. 그래, 내가 거하게 한턱 쏜다. 먹고 싶은 거 말해. 다 사 줄 테니까."

"진짜지?"

"아예 영화에서 저녁까지 풀코스로 쏜다. 오케이?"

"영화까지! 좋다. 콜!"

집으로 와 저녁을 준비하면서도 둘은 연방 웃음을 터트리며 장난질이었다. 그렇게 왁자지껄한 저녁을 보내고 나니 예전으로 돌아간 것 같아 해강은 마음이 놓였다. 소중한 친구를 잃지 않을까 조금 걱정했던 마음도 편해졌다.

저녁을 먹은 뒤 옆에 앉아 있는 승민을 보며 해강은 한결 편안해진 미소로 그를 불러 보았다.

"승민아."

"왜? 딸기 더 줘?"

"내가 너 많이 좋아하는 거 알지?"

"……응. 알아."

한 박자 늦었지만 온화한 미소와 함께한 대답에 또다시 마

241

음이 놓였다. 포크를 내려놓은 해강이 자리에서 일어났다.

"잘래. 배 터지게 먹었더니 잠이 솔솔 온다. 넌 안 자?"

"이거 다 먹고."

"그래, 그럼 잘 자."

"응. 들어가."

해강의 뒷모습을 보는 승민의 눈빛이 흐려졌다.

난 널 많이 사랑해.

그래서 이번은 너에게 져 줘야겠다. 도저히 이길 수가 없다.

가슴이 먹먹해진 승민은 남은 딸기를 냉장고에 넣었다. 명치에 뭔가가 꽉 걸린 듯 숨조차 쉬어지지 않았다.

✿   ✿   ✿

바쁜 일정 속에 잠깐의 짬이 났다. 해강은 모처럼 지호와 하는 정식 데이트에 가슴이 설레었다. 예쁜 옷을 입고 화사하게 화장을 한 뒤 마지막으로 향수를 든 그녀는 생각난 듯 병을 내려놓았다.

"맞다. 팀장님은 향수 싫어한다고 했지."

봄이라 다행이다. 옷차림이 화사해서. 봄이라 다행이다. 주변에 달콤한 꽃향기가 가득해서. 봄이라 다행이다. 어딜 봐도 사랑하는 사람들이 많아서.

방글거리는 웃음을 가득 머금은 해강은 서둘러 약속 장소로 향했다.

"오 마이 갓!"

먼저 약속 장소에 나온 지호의 옷차림에 해강은 입을 헤 벌렸다. 각 잡힌 슈트가 아닌 편안한 캐주얼 차림이었다. 남자가 분홍색이 저렇게 잘 어울려도 되는 건가요? 편안한 면바지에 몸에 잘 맞는 분홍색 니트가 그렇게 예쁠 수 없었다. 지호에게 다가가며 해강은 저도 모르게 중얼거렸다.

"승민이가 입어도 예쁘겠다. 어디 브랜드인지 보고 색만 다르게 살까?"

아니다. 그러다 둘이 같은 날 입고 나타나면!

"커플 티가 되는 거잖아. 승민이는 다른 거 사 줘야겠다. 그러고 보니 걔 봄옷 별로 없던데……. 옷 좋아하는 애가 왜 봄옷이 없지?"

"왔어요?"

"일찍 나오셨네요."

해강은 지호가 인사를 건네자 잽싸게 웃음을 지었다. 그러자 지호가 입술을 꼭 다물며 눈을 크게 떴다.

"왜요?"

"뭔가 고민이 있어 보이는 얼굴이어서요. 걱정 있어요?"

"걱정은요. 없어요, 그런 거."

"그럼, 갈까요?"

지호가 팔을 내밀자 벌어지는 입술을 이로 문 해강이 팔짱을 꼈다.

오오. 데이트다, 데이트. 내 생애 역사적인 첫 정식 데이트다.

그동안 밥도 먹고 술도 마셨지만 지호의 입에서 '내일 데이트할
까요?' 라는 말을 들은 건 처음이었다. 그러니까 오늘이 첫 데이
트다. 행복해.

시간이 어떻게 흘러갔는지 모르겠다. 가벼운 맥주를 마지막
으로 헤어진 해강은 콩콩콩 깨금발을 뛰며 집으로 돌아왔다.

혼자 저녁을 먹은 승민은 게임을 하고 있는 중이었다. 콧노
래를 부르며 해강이 들어오자 힐끔 그녀의 얼굴을 본 그가 말
했다.

"생각보다 일찍 왔네."

"내일 또 일해야 한대. 불쌍한 우리 팀장님. 일요일도 없어."

"너도 나가지. 가서 같이 일해."

"사무실이 아니고 바이어 쪽과 접촉하는 거래. 난 갈 수가 없
지. 그리고."

"그리고 뭐?"

양손을 현란하게 움직이며 적들을 물리치던 승민이 묻자 해
강이 다가와 뒤에서 그를 꼭 안았다.

"우리 형제님과 놀아 줘야지. 누나 없어서 심심했지?"

해강의 몸이 등에 닿는 순간 숨까지 콱 막혀 버린 승민은 5초
쯤 멈춰 있다 의자에서 벌떡 일어서며 해강의 팔을 확 뿌리쳤
다. 의외의 반응에 놀란 건 해강도 마찬가지였다. 팔을 뿌리칠
이유가 없는데 갑작스런 승민의 태도에 어안이 벙벙했다.

스스로의 행동에 승민도 놀라 얼굴이 빨개졌다. 제가 영역 표
시라며 해강을 안고 볼을 문지를 땐 몰랐다. 해강의 향기기 이

토록 매혹적이고 아름다운지. 당황한 해강을 보며 승민은 눈도 맞추지 못하고 더듬거렸다.

"너, 너 때문에 죽었잖아!"

"아, 미안. 미안해."

"나 들어간다."

방으로 쑥 들어가 버린 승민을 멀뚱히 바라보던 해강은 입을 삐죽거리며 방문을 노려보았다.

"괜히 신경질이야. 게임하다 보면 죽을 수도 있지. 어! 죽긴 뭘 죽어? 제 편도 다 살고 지 캐릭터도 쌩쌩하구만. 웃기는 놈이야. 어! 공격당한다!"

승민 대신 의자에 앉은 해강은 핸드백도 팽개치고 승민 못지않은 현란한 손동작으로 적들을 깨부수기 시작했다. 해강이 게임에 열중하고 있을 때 승민의 방문이 스르르 열렸다. 여전히 빨개진 얼굴로 해강의 뒷모습을 바라보았다.

이렇게 보기만 해도 좋고 네가 안아 주면 떨리는데 널 보낼 수 있을까. 자신 없는 얼굴로 다시 문을 닫은 승민은 한숨을 푹 내쉬었다.

❀   ❀   ❀

마지막 여유를 즐기는 주말이었다. 다음 주부터는 집에 갈 생각조차하지 말라는 지호의 말에 팀원 모두가 한숨을 내쉬었지만 그만큼 기대감도 컸다. 이번에도 반드시 히트하고 말 거라는 의지로 모두들 고개를 끄덕였다.

이런 날! 지호의 개인적인 일 때문에 해강은 데이트도 못 하고 그냥 집에서 뒹굴거려야 했다. 그러다 문득 떠오른 생각에 자고 있는 승민을 두들겨 깨웠다.

"야! 이승민 일어나! 빨리 일어나! 갈 데 있어."

"아웅, 잘 거야. 졸려."

"이따 밤에 자. 일어나라고!"

억지로 승민을 일으켜 세운 해강은 그의 등을 떠밀어 욕실로 들여보냈다. 아침을 간단히 챙겨 먹은 둘은 가까운 아웃렛 매장으로 갔다.

"여긴 왜 온 거야?"

승민은 여전히 졸린 눈으로 해강이 당기는 대로 끌려 다니고 있었다.

"너 봄옷이 별로 없더라고. 내가 한턱 쏜다고 했잖아. 이쁜 걸로 사 줄 테니까 따라와. 저기 있다."

화사한 파스텔 톤의 니트가 즐비하게 걸려 있는 매장에 멈춰 선 해강은 민트색 옷을 하나 골랐다.

"이거 괜찮다. 이것도 예쁘네. 어때? 저것도 진짜 예쁘다."

"이건 너한테 어울리겠다. 네 것도 사지?"

"일단 네 것부터 보고. 이거 사이즈 있죠?"

신나게 옷을 고른 해강은 다른 매장으로 가 바지도 골랐다. 셔츠에 신발까지 싹 구입한 뒤 흐뭇한 표정으로 차에 올라탔다. 대여섯 개나 되는 쇼핑백을 보며 승민이 미안한 표정을 지었다.

"너무 많이 산 거 아니야?"

"그동안 방세 절약한 거에 비하면 새 발의 피지. 자! 이제 맛있는 점심을 먹으러 가 볼까? 벌써 2시다."

"피곤한데 집에서 자장면이나 시켜 먹자."

"에에? 내가 제대로 쏜다니까?"

"그럼 유산슬이랑 탕수육도 추가. 콜?"

"콜!"

집으로 오는 도중 미리 주문을 한 덕분에 집에 도착하자마자 음식도 같이 배달이 되었다. 푸짐한 음식들을 보며 랩을 벗기던 승민이 문득 물었다.

"진짜 오늘 데이트 안 해?"

"데이트는 매일 하냐? 쉬는 날도 있어야지."

어쩐지 대답하는 표정이 좋지 않아 보여 승민은 더 이상 묻지 않았다. 덕분에 같이 점심도 먹을 수 있으니 그걸로 만족했다.

지호와의 일을 승민에게 말하면 안 될 것 같았다. 왜인지 모르지만 괜히 그의 눈치가 보여 대충 얼버무렸다.

영화 한 편을 보며 많은 음식을 모두 해치운 둘은 그릇들을 대충 옆으로 밀어 놓고 소파에 늘어져 있었다.

"아, 배불러. 기분 좋다."

볼록한 배를 두드리며 해강이 나른하게 말하자 승민이 그런 그녀를 보며 빙긋이 웃음 지었다. 그러다 생각난 듯 해강이 발로 승민을 툭툭 차며 말했다.

"아! 너 옷 입어 봐."

"귀찮아. 나중에."

"안 돼, 지금 입어 봐. 아까 사람들이 많아서 못 입어 보고 산 것 있잖아. 이상하면 바로 바꿔야지. 오늘밖에 시간 없는데…….
여기 있다. 이거랑, 이거랑, 이것도. 얼른 입어 봐."

"귀찮은데……."

툴툴거리면서도 승민은 순순히 일어나 윗옷을 벗으려 잡았다. 그러다 해강이 눈을 말똥하게 뜨고 바라보자 눈짓을 했다.

"나 옷 벗는다."

"벗어라. 옷 벗는 거 한두 번이냐?"

사실 승민의 알몸을 보면 기분이 이상해진다. 그러나 지금까지 아무 때나 벗은 몸을 봤는데 이제 와서 이상하다고 외면하면 더 이상해질 것 같아 해강은 아무렇지 않은 듯 서 있었다.

이상하긴 승민도 마찬가지였다. 아무 때나 홀렁홀렁 잘도 벗었는데 요즘은 신경이 쓰였다. 하지만 친구라는데……. 형제라는데 괜히 내외하면 이상해질 것 같아 태연한 척 옷을 벗었다.

대신 재빨리 옷을 입은 승민은 속으로 숨을 내쉬었다.

"예쁘다. 잘 맞네. 이것도 입어 봐."

다시 잽싸게 벗고, 잽싸게 입기 성공. 다시 안도의 숨을 내쉰 승민은 옷을 툭툭 쳤다.

"이것도 좋네."

"자, 마지막."

"이건 조금 작아 보인다."

"그러게. 사이즈는 맞는데……."

셔츠는 승민의 몸에 꽉 맞았다. 단추를 반밖에 채우지 못해 맨가슴이 드러나자 둘은 화끈거리는 얼굴을 숨기며 난감해했다.

"안 되겠다. 얼른 벗고 네 옷 입어."

"그, 그래."

급한 마음에 손가락이 꼬이는지 단추가 잘 풀어지지 않았다. 꼼지락거리는 승민이 답답했는지 해강이 손을 뻗었다.

"내가 풀어 줄게. 불량인가. 왜 이렇게 뻑뻑해."

해강도 끙끙거리며 단추와 씨름을 했다.

승민은 기분이 묘했다. 해강의 샴푸 냄새가 바로 코앞에서 나고 단추를 만지작거리는 손이 가끔씩 맨살을 스쳐 지나갔다. 조금만 고개를 내밀면 닿을 듯 가까운 해강의 얼굴에 심장이 세차게 뛰기 시작했다.

구멍에서 단추를 빼긴 했는데 실이 엉켜 여전히 옷에 매달려 있자 해강은 고개를 들었다.

"뭐야, 제대로 마감이 안 됐나 봐. 가위로 잘라야……."

고개를 듦과 동시에 승민의 뜨거운 눈빛과 딱 마주치고 말았다. 얼음이라도 된 양 그대로 굳어 버린 해강은 눈도 감지 못했다.

혼란스러운 듯 흔들리는 눈동자, 갈 곳 잃은 듯 엉거주춤 허공에 떠 버린 손, 둘 사이를 기묘하게 떠오르는 이상한 공기. 숨이라도 크게 쉬었다간 아슬아슬하게 균형을 잡은 이 공간이 깨져 버릴 것 같은 기분에 둘은 숨조차 쉬지 못하고 있었다.

승민의 목울대가 천천히 움직였다. 안아 버려, 안아 버리라고. 그의 안에 있는 목소리가 유혹하고 있다. 팔만 뻗으면 해강을 제 품에 쏙 안을 수 있다. 유혹은 달콤했지만 위험하기도 했다. 친구 하기로 했는데, 그녀를 놔주기로 했는데 이러면 어떻게 놔줘.

"내가 가위를…… 어맛!"

어색하게 말을 이으며 뒷걸음질 치던 해강은 승민이 아무렇게나 바닥에 벗어 던진 옷 무더기에 발이 걸려 휘청거렸다. 넘어지려는 몸을 승민의 단단한 손이 받쳐 주었지만 허공을 버둥대던 손이 셔츠를 강하게 잡아당긴 덕에 실에 감긴 단추는 뜯어져 공중으로 날아갔고 둘은 같이 뒤로 털썩 넘어져 버렸다.

"아이고, 아파."

"괜찮아?"

다행히 승민이 몸을 틀어 넘어진 곳이 소파라 등은 무사했지만 거대한 몸집의 승민이 그 위를 덮쳐 압사당할 지경이었다. 해강은 여전히 셔츠를 부여잡고 눈을 찡그렸다.

"비켜. 깔려 죽겠다."

"……"

"이승민! 숨 막힌다고!"

나도 숨이 막혀.

해강이 제 아래에 깔려 있었다. 위에서 보는 해강은 좀 더 예쁘고, 작고, 약해 보였다. 발그레한 저 볼을 만지면 얼마나 보드라울까. 사춘기 이후 수도 없이 상상해 오던 일이었다.

그냥 힘으로 밀어붙일까? 실제로 그랬다가 해강의 매운 손에 등을 강타당했지만 힘이 없어 맞은 건 아니었다. 그러나 지금은 다르다. 그때는 열여덟 살이었고 지금은 스물여덟 살이다. 그때는 아이였고 지금은 어른이다.

"비……키라고……."

슬며시 외면한 눈빛처럼 목소리도 잦아들어 갔다. 오물거리는 붉은 입술을 보며 승민은 마른침을 삼켰다. 키스해 버려. 제 안의 목소리가 또 부추기고 있었다. 해강의 동의 없이, 혹시 상처가 될 수 있으니 절대 하지 못하던 신체 접촉을 하라고 계속 소리를 내고 있다.

승민의 목울대가 움직인다. 아래위로 천천히 움직이는 목울대를 보니 괜스레 얼굴이 화끈거렸다. 남자라면 다 가지고 있는 게 뭐 어떻다고. 얼굴이 화끈거리고 심장이 벌렁거리긴 하지만 갑자기 넘어졌으니까, 놀랐으니까 그럴 수 있다. 이건 당연한 조건 반사라고, 내 신경이 살아 있다는 증거라고.

이것저것 갖다 붙일 수 있는 모든 변명거리를 총동원하여 심장이 뛰는 걸, 이상한 기분을 느끼는 걸 정당화하려 했지만 승민의 눈을 똑바로 바라보지 못하는 이유는 찾을 수 없었다.

"좀 비키라니까!"

해강이 승민의 가슴을 밀어내며 다시 소리쳤다. 여전히 눈을 마주치지 못한 채.

단단한 가슴은 여전히 꿈쩍도 하지 않았다. 제가 밀면 밀리고, 당기면 당겨 오던 승민이 꼼짝도 하지 않는다.

"야! 이승민!"

눈에 힘을 잔뜩 주고 승민의 시선을 마주 보는 데 성공했다. 그러나 그 안도도 잠시, 뭔가로 잔뜩 얼룩진 눈동자와 마주한 순간 밀어내던 손의 힘이 쭉 빠지며 팔이 후들거렸다.

저 까만 눈동자에 얼룩진 게 뭔지 안다. 어린애가 아닌 이상 누구라도 알 수 있었다. 그건 뜨거운 욕망, 갖고 싶다는 욕구, 당장이라도 폭발해 버릴 것 같은 본능. 늘 온화하고 따뜻하던 승민의 눈동자가 뜨겁게 얼룩진 것은 처음 보았다.

강한 야수로 변해 버린 승민을 보자 해강은 작고 약한 피식자 (被食者)처럼 온몸이 떨리기 시작했다. 주변의 공기가 삽시간에 뜨거워지며 증발해 버린 것처럼 기묘하게 변했다.

워크숍 때 느꼈던 둘만이 있는 것 같은 이상한 공기. 지금이 그랬다. 해강은 숨도 쉬지 못하고 승민의 눈빛을 간신히 견디고 있었다.

"해, 야."

뜨겁고 붉은 입술이 힘겹게 열렸다.

"나, 너……."

끊어질 듯 이어지는 몽롱한 목소리에 다시 힘이 쭉 빠지는데 띠리링, 경쾌한 전자음과 함께 현관문이 열렸다. 마치 현실로 돌아오는 주문처럼 반쯤 정신을 놓고 있던 해강이 먼저 정신을 차렸다.

"누, 누구세요?"

기회는 이때다, 잽싸게 승민을 밀치며 몸을 일으킨 해강은 안도의 숨을 채 내쉬기도 전에 다시 얼어붙고 말았다. 현관에는 절대 이곳에 있을 것 같지 않은 사람이 서 있었다. 해강은 더 이상 커질 수 없이 커다래진 눈으로 그 사람을 바라보았다.

"팀장님? 팀장님이 여긴 왜? 어떻게?"

바보처럼 질문을 던진 해강을 보던 지호의 미간이 희미하게 구겨졌다. 해강과 승민을 번갈아 보던 그가 천천히 발길을 돌렸다.

"내가 시간을 잘못 맞춰 온 것 같네요. 나중에 보자, 이승민."

일말의 망설임도 없이 지호가 나가자 해강은 더 커다래진 눈으로 승민을 보았다. 그리고 다시 바보처럼 말을 더듬거렸다.

"너, 너…… 저리 가."

풀어 헤쳐진 승민의 상의와 발그레하게 달아오른 자기의 얼굴. 소파 등받이에 가려 보이진 않지만, 아니, 온갖 상상의 세계를 펼칠 수 있는 소파 등받이 때문에 지호가 오해를 했을 거란 생각에 마음이 급해졌다.

그리고 승민에게서 빨리 벗어나고 싶었다. 더 있다가는 제가 그를 잡고 무슨 짓을 할 것 같은 생각에 승민을 밀친 해강은 제 머리를 딱딱 때리며 밖으로 뛰어나갔다.

널브러진 옷 무더기 위에 털썩 밀린 승민은 쓰게 웃었다.

"웃기게 됐다. 해야, 나 너 포기 못 하겠다."

눈길만 스쳐도, 손끝만 스쳐도 불쑥불쑥 치솟아 오르는 욕망이 있는데 어떻게 널 포기할 수 있니.

커다란 손으로 눈을 가린 승민은 크게 숨을 들이쉬었다.

8화
이상과 현실 사이

혹시라도 지호가 그냥 가 버렸을까 봐 해강은 부리나케 밖으로 달려 나갔다. 지하 주차장으로 갔겠지? 그쪽으로 갔을 거야. 엘리베이터 버튼을 다다다다 누른 그녀는 하강하는 엘리베이터 속에서도 발을 동동 굴렀다. 내리자마자 다급하게 주차장 안으로 뛰어 들어갈 때였다.

"해강 씨."

"팀장님!"

뒤에서 부르는 지호의 목소리에 해강은 다시 엘리베이터 쪽으로 몸을 움직였다. 그리고 숨 돌릴 틈도 없이 입을 열었다.

"오해예요, 오해. 헉헉, 저랑 승민이랑, 아니, 이승민 씨랑은 친구예요. 어릴 때부터 불알친……. 윽, 아니, 그냥 아주 친한 친구라서 잠깐 신세지고 있는 중인데, 헉헉, 아까 옷을 입다가 단추가 실에 걸리는 바람에 그걸 가위로 잘라야 하는데, 헉헉, 발에 옷에 걸려 넘어져서, 승민이가 잡아 주다가 내가 승민이 셔츠를 잡아서……."

"숨 좀 쉬고 얘기해요."

"네? 네. 헉헉, 그럼 일단 숨 좀 쉬고. 후하후하."

"좀 진정됐어요?"

아무 일도 없었다는 듯 온화한 그의 미소에 해강은 오히려 불안했다. 혹시 단단히 오해하고 마음의 정리를 준비를 하고 있는 걸까? 아까 그 장면은 누가 보아도 야릇한 상황이었으니까.

"그러니까 아까 아무 일도 아니에요."

"네, 믿어요."

"믿어요? 오해 안 하세요?"

"오해 안 해요. 해강 씨가 지금 설명한 그대로 믿어요."

"휴우, 다행이에요. 오해하지 않아서."

해강이 그제야 한숨을 내쉬자 지호가 빙긋 웃었다. 순간 놀란 건 사실이지만 예전부터 승민의 '해'가 해강인 것을 알아서인지 충격적이진 않았다. 그러나 가슴속에서 뭔가가 울컥 올라와 그 자리를 떴던 것이다.

확신할 순 없지만 그는 지금 승민에게 질투를 느끼고 있었다. 야릇한 분위기로 둘이 마주하는 모습을 보는 게 싫었다. 다행히 해강이 빨리 내려온 것을 보면 둘이 무슨 짓을 하던 건 아닌 게 분명하니 마음이 조금 진정되었다.

잠시 숨을 고르며 안도하던 해강이 의구심이 담긴 눈으로 그를 보았다.

"그런데 팀장님은 어떻게 문을 열고 그 집엘 들어온 거예요?"

"아! 원래 내 집이었어요."

"팀장님 집? 그럼 돈 많은 사촌 형이라는 사람이?"

"승민이가 그래요? 돈 많은 사촌 형 집이라고?"

"자기도 잠깐 얹혀사는 거라고, 차도 형 거라고……."

사실 집도, 차도 지호의 것은 아니었다. 두 명의 손자 중 누구든 필요하면 가지라고 외할아버지가 마련해 주신 것이었다. 그런데 승민은 지호의 것이라고 했다. 지호의 미간이 살짝 구겨졌다.

해강도 뭔가가 생각났는지 미간을 찌푸리며 눈이 커졌다.

"잠깐! 팀장님은 회장님 손자라는 소문이 있잖아요!"

"그런 소문이 돌았어요?"

"아니죠? 그냥 소문이죠?"

"맞아요, 회장님 손자."

"헉! 대박! 그럼 사촌이니까 승민이도 회장님 손자가 되는 거예요?"

더 이상 커질 수 없을 만큼 해강의 눈이 커졌다. 지금껏 살면서 들은 얘기 중에서 가장 놀라운 얘기였다. 입도 흉하게 쩍 벌어졌지만 도무지 다물어지지 않았다.

지호가 고개를 끄덕이자 해강의 입에서 기나긴 감탄사가 흘러나왔다.

"아아아, 그랬구나. 승민이가 회장님 손자였구나. 아니, 그럼 재벌 3세란 소리네? 그런데 그동안 나한테 얻어먹고, 내가 옷도 사 주고 그런 거야? 이놈 시키, 양심 없는 시키네. 죽었어. 가만 두지 않겠어."

당장이라도 비상계단으로 뛰어갈 것 같은 해강의 손을 지호가 잡았다.

너무 충격적인 얘기에 잠시 지호를 잊어버렸던 해강은 재빨리 정신을 챙겼다. 아무리 놀라도 눈앞의 이상형을 잊으면 안 되지.

"좀 많이 놀라서요. 승민이도 그럼 부자겠네요? 그런데 어쩜 애가 사치도 안 부리고, 겸손하고, 싸가지도 제대로 장착하고 컸을까. 참 기특하네요. 물론 제가 옆에서 크게 일조를 하긴 했지만요. 안 그래요, 팀장님?"

지호의 얼굴이 어둡다. 제가 무슨 실수라도 한 걸까? 걱정이 된 해강이 조심스럽게 물었다.

"혹시 어디 안 좋으세요?"

"바빠요?"

"지금이요? 딱히 바쁘지는 않지만 집이 엉망이라……. 제가 어지른 거라서 치워야 하거든요."

해강의 눈길이 위쪽을 향하자 갑자기 마음이 급해졌다. 지호는 다짜고짜 해강의 팔목을 당겼다.

"잠깐 차라도 마셔요."

"네? 네."

가까운 곳에서 커피를 마실 거라는 예상과 다르게 지호는 교외로 멀리 떨어져 있는 커피숍으로 향했다. 커피를 마시는 내내 뭔가 초조해 보이고 불안해 보이는 건 착각인가?

한 시간 남짓 커피숍에 앉아 별다른 얘기 없이 차만 홀짝거린 지호는 다시 그녀를 집에 데려다주면서도 여전히 불안해 보였다.

이유가 뭔지 얘기를 해 주지 않고, 다시 묻기도 뻘쭘해 해강은 고개를 꾸벅 숙여 작별 인사를 했다.

"조심해서 가세요."

"해강 씨!"

"네?"

"내일 회사에서 봐요."

"네, 내일 봬요."

손을 흔들어 인사하는 모습도 어쩐지 초조해 보인다.

갑자기 무슨 일이지? 왜 기분이 갑자기 다운된 거지? 집에 무슨 일이 생긴 건가?

지호가 왜 그러나 이런저런 생각을 하던 해강은 집에 들어오자마자 말끔해진 거실에 앉아 있는 승민을 보며 소리 질렀다.

"이승민!"

흥분한 그녀와 달리 승민은 편안한 자세로 TV를 보고 있었다.

"너 재벌 3세라며? 어쩜 그동안 나를 감쪽같이 속였냐? 왠지 부티가 난다고 했어. 그게 다 생활의 여유로움에서 나온 거구

나. 캬, 내가 아는 사람 중에 재벌 3세가 있다니 진짜 놀랍다."

"또 한 명 있잖아. 지호 형."

"아, 팀장님도 재벌 3세구나. 뭐 팀장님이야 그렇다 치고. 네가 재벌 3세라는 건 정말 신기하다. 너 20년 동안 나랑 같은 땅콩 집에서 살았잖아. 재벌이 뭐 그래? 으리으리한 저택에서 살아야 하는 거 아니야?"

"으리으리한 저택에서 살고 싶어?"

"누가 그렇대. 재벌들은 흔히 그러지 않나 싶어서. 근데 말투가 왜 그래? 심문하냐?"

딱딱한 말투와 차가운 눈빛에 은근히 심사가 뒤틀렸다.

너 돈 많다 이거지? 좋다 이거야.

"지금부터 저녁 메뉴 고를 건데 네가 돈 내. 너 돈 많으니까."

"그래, 저녁 살게. 저녁뿐 아니라 으리으리한 저택도 살 수 있어."

"뭐?"

"원하면 명품으로 도배를 시켜 줄 수도 있고, 외할아버지를 졸라서 당장 승진시켜 줄 수도 있어."

"왜 그래, 갑자기. 무섭게."

승민의 말투가 점점 격해지고 있었다. 차갑다 느꼈던 눈빛도 어느새 이글이글 타오르고 있었다. 해강이 살짝 겁먹은 듯 뒤로 반걸음 물러서자 무섭게 타오르던 눈빛이 한 톤 낮아지고 목소리 역시 낮아졌다.

"그러니까, 그러니까 해야."

"말해."

"그렇게 해 줄 테니까 나한테 시집올래?"

"뭐?"

"회장님이 외할아버지야. 맘만 먹으면 그 회사 내가 물려받을 수 있어. 그럼 너 나한테 올래?"

진심이다. 이렇게 해서라도 해강을 잡을 수 있다면 좋겠다.

간절한 승민의 진심이 너무 무겁게 느껴져 해강은 다시 뒤로 물러났다. 제가 알고 있는 승민이 아닌 것 같았다. 다른 사람을 보는 듯 이질적인 느낌에 마른침을 삼킨 그녀는 일부러 쾌활하게 웃었다.

"야! 왜 개그를 다큐로 받아. 그냥 농담한 거잖아."

"난 농담 아니야. 너 정말 좋아해. 한순간도 좋아하지 않은 적이 없었어. 너 없는 미래를 상상해 본 적도 없고 네 옆에 내가 아닌 다른 남자가 있는 걸 생각해 본 적도 없어. 나는 안 돼?"

느닷없는 고백에 해강은 정신이 멍해졌다.

수도 없이 들었던 고백. 좋아해. 사랑해. 그래서 가족끼리 사랑하는 건 당연하지, 웃으며 넘겼던 그의 말이었는데 지금의 고백은 의미가 달랐다. 목구멍이 돌덩이가 박힌 것처럼 꽉 막힌 것 같아 그녀는 기침을 쿨럭거렸다.

결국 대답은 하지 못했다.

✿   ✿   ✿

잠깐 편안했던 봄날은 갔다. 샘플 테스트가 끝나자 곧바로 생산 라인이 가동된다는 말에 막바지 마케팅과 보완 사항을 체크하느라 사무실도 눈코 뜰 새 없이 바쁘게 돌아갔다.

해강은 정신없이 일에 몰두했다. 그래야 승민의 고백을 잊을 수 있으니까. 이번엔 등짝 한 대 갈겨 주고 그냥 웃어넘길 수 있는 사항이 아니었다. 난데없는 고민에 빠져 해강도 혼란스럽긴 마찬가지였다.

어떤 이유인지 모르지만 지호와의 저녁도 즐겁지 않았다. 저녁이라기보다는 야식에 가까운 시간. 제법 괜찮다는 해장국집에 지호와 마주 보고 앉은 해강은 콩나물이 푸짐한 해장국을 숟가락으로 뒤적거릴 뿐 선뜻 입에 넣지 못하고 있었다.

그런 그녀를 보는 지호의 시선이 불안한 듯 흔들렸다. 해강의 눈빛이 자신이 아닌 다른 누군가를 향한 것 같아 초조한 마음이 들었다.

처음엔 단순히 승민을 괴롭히기 위해 해강을 좋아하는 척했다. 이상형이라는 그 말처럼 해강도 쉽게 그에게 빠져들었다. 처음 생각한 대로 승민을 실컷 괴롭게 한 다음 마음이 바뀌었다며 해강과 헤어질 생각이었다.

그녀는 그의 취향이 아니었다. 앞으로 회사를 이끌어 가려면 그에게 힘을 실어 줄 수 있는 여자가 필요했다. 외모, 성품, 이상형. 그런 건 중요하지 않았다. 회사에 도움이 되는 재력과 인맥을 가졌다면 어떤 여자라도 좋았다.

그런데 어느 순간 마음이 흔들리기 시작했다. 같이 있으면 편하고, 즐겁고, 어느새 입가에 웃음을 짓게 만든다. 한 점의 의구심도 없는 맑은 눈동자를 들여다보는 게 기분 좋았다. 그녀와 함께하면 아버지의 비난도, 어머니의 걱정도, 외할아버지의 기대도 모두 털어 내고 온전한 저로 있게 되는 기분에 마치 다른 세상에 있는 듯했다.

그도 모르는 사이에 그녀에게 젖어 들어 갔다. 그래서 욕심이 나려 한다. 장난으로, 승민을 괴롭히기 위해 그녀를 곁에 두는 게 아니라 정말 해강을 옆에 두고 싶어졌다.

그런 행복도 잠시, 해강의 눈이 다른 곳으로 향하려 한다. 그것도 가장 경계하고 미워하는 승민에게로. 그에게서 빼앗아 왔다고 생각했는데 다시 제자리로 돌아가려는 그녀를 붙잡아야 했다.

해강은 고개를 숙인 채 여전히 음식을 뒤적거릴 뿐 먹지 않고 있었다.

"맛없어요?"

눈속의 불안을 지운 지호가 다정하게 말했다.

"아뇨. 맛있어요. 얼큰한 게 딱 제 스타일이에요."

화들짝 놀란 해강이 커다랗게 뜬 해장국을 입에 넣고 우물거렸다. 시원한 콩나물과 얼큰한 국물이 딱 입맛에 맞았고 늦은 저녁에 배도 고팠건만 목으로 넘어가지 않았다. 목구멍만 한 덩어리가 가로막고 있는 것 같아 국물조차 넘어가지 않았다.

아니나 다를까 억지로 삼킨 밥 한 숟갈이 목에 걸려 얼굴이 빨개진 채 켁켁거려야 했다.

"여기 물."

"콜록, 고맙습니다."

목멘 소리로 인사를 잊지 않은 해강은 물을 들이켰다. 밥은 넘어갔는데 그 덩어리는 여전히 목구멍을 막고 있었다.

"무슨 고민 있어요?"

"그런 거 없어요."

"그런데 왜 그렇게 밥을 못 먹어요?"

"요즘 피곤한가 봐요. 소화가 잘 안 돼서요. 계속 야근에 바빴잖아요."

괜히 배를 문지르며 위기를 모면한 해강은 방긋 웃으며 국물을 떠먹었다.

"국물 진짜 맛있어요."

거짓말인 걸 알지만 다시 묻지 않았다. 처음처럼 승민에게서 빼앗을 계획이었다면 온갖 감언이설을 동원할 텐데 입이 떨어지지 않는다. 무슨 말을 어떻게 해야 할지 모르겠다. 그냥 그녀가 다시 승민에게로 돌아갈까 걱정되기만 했다.

"해강 씨."

"네?"

"우리 사귀어요."

"아…… 저희 지금 사귀는 사이 아닌가요? 지난번에 그, 음. 팀장님이 저 좋아한다고 하셔서 저도 좋아한다고 대답했으니까 사귀는 걸로 알고 있었는데……. 아니었나요?"

해강은 지호의 말이 조금 당황스러웠다.

그럼 지금까지는 뭐였지? 그냥 밥 먹고, 차 마시는 사이? 그 거랑 사귀는 거랑 다른 사이였나?

겸연쩍은 표정으로 볼을 긁던 해강은 뭔가 대단히 심각해 보이는 지호의 표정에 덩달아 긴장했다.

"아니었나요?"

"진지하게 만나고 싶어요."

"진지하게라면……."

"결혼을 전제로 만나고 싶어요."

"켁!"

결혼? 느닷없이 결혼? 이제 만나기 시작한 지 겨우 석 달쯤 되어 가는데 결혼?

"해강 씨 생각은 어때요?"

"그게…… 지금 당장 대답해야 해요?"

당황한 해강의 대답에 지호는 입술을 깨물었다. 역시 다시 승민에게로 돌아가려 하고 있다. 슬며시 주먹을 쥐어 보지만 제 힘으로 할 수 있는 일이 없었다.

"아니요. 생각해 봐요. 긍정적으로."

힘없는 대답을 들은 해강은 가슴이 벌렁거렸다.

며칠이 지났지만 대답은 정해지지 않았다. 답답한 마음에 미영을 꾀어 근처 술집에 온 해강은 미영이 화장실을 간 사이 다시 고민에 빠졌다.

Yes 아니면 No. 둘 중 하나를 고르는 건 역시 힘들다. 지호는 제 이상형이었다. 보자마자 빠져들었고 그와 함께한 시간은 늘 설레고 좋았다. 그의 말 한마디에 웃고, 울고 했는데 왜 갑자기 망설이게 되는 거지?

지호의 일만으로도 복잡한데 다시 승민이 끼어들었다.

"난 농담 아니야. 너 정말 좋아해. 어릴 때부터 한순간도 좋아하지 않은 적이 없었어. 너 없는 미래를 상상해 본 적도 없고 네 옆에 내가 아닌 다른 남자가 있는 걸 생각해 본 적도 없어. 나는 안 돼?"

긴 대사가 토씨 하나 안 틀리고 다시 재생되고 있었다.

"아으! 연습했니? 대본 써 놓고 연기 연습이라도 한 거냐고. 그 긴 대사를 어쩜 한 번 버벅거리지도 않고 정확하게 줄줄 읊냐고! 연극배우야? 탤런트야? 아, 나쁜 노무 시키. 그래 놓고 마주치면 쌩깐단 말이지. 남은 미치게 만들어 놓고."

"뭘 그렇게 중얼거려? 벌써 취한 거야?"

화장실에서 돌아온 미영이 손에 묻은 물기를 닦으며 말하자 해강은 대뜸 맥주잔을 들었다.

"천천히 마셔. 오늘따라 왜 이리 급하게 마시는 건데."

"속이 타서 그래, 속이 타서. 지옥 불처럼 뜨거운 불이 활활 타오르고 있다고."

"고민 있어?"

"있어 보여?"

탁자 위에 볼을 대고 누운 해강이 멍하니 대답하자 미영이 고개를 끄덕였다.

"역시 미영 씨는 눈치가 빠르구나."

"뭔데? 말하고 털어 버려."

"팀장님이 사귀재."

"어? 이미 사귀는 사이 아니었어?"

"결혼을 전제로 진지하게."

"뭐? 대박! 사귄 지 얼마나 됐다고 벌써 결혼 애기가 나와? 팀장님 생각보다 성격 엄청 급하신 거 같다. 아니면 사고 쳤어?"

"사고는 무슨……. 아직 키스도 못 해 봤구만."

"키스도 못 해 봤다고!"

사고 쳤다는 말보다 키스도 못 해 봤다는 말이 더욱 충격적인 모양이었다. 과장되게 양손으로 입을 가린 미영은 측은한 눈빛으로 해강을 바라보았다.

"뭐, 그럴 수도 있지. 그럴 수도 있을 거야."

"어쩐지 그 말. 기분 나쁘다."

"에이, 그냥 기분 탓일 거야."

얼렁뚱땅 넘어가려 생글생글 웃음 짓던 미영의 시선이 누군가를 따라 슥 지나갔다.

"저기 승민 씨랑 동현 씨랑 지혁 씨다. 저기 셋도 술 마시러 왔나 봐."

승민의 이름에 가슴이 덜컥 내려앉았다. 해강은 몸을 일으켜 미영이 가리키는 곳을 보았다. 세 명 중 승민의 얼굴이 가장 먼저 들어왔다. 웃으면서 동현과 지혁에게 뭐라고 하는 모습을 보니 다시 심장이 쿵 내려앉았다.

해강은 얼른 고개를 돌려 맥주를 반이나 비웠다.

이게 무슨 추태람. 사춘기 때도 안 해 본 심쿵이라니……. 그것도 승민이 저 녀석을 상대로…….

정말 말이 안 된다. 그동안 녀석을 보아 온 게 몇 년인데 새삼스럽게 가슴이 뛰는 이유가 뭘까? 심장병이라도 걸린 건가? 그것도 이상형의 남자가 결혼을 전제로 사귀자는 역사적인 순간에 다른 사람을 향해 뛰는 심장이라니…….

"나 의외로 바람둥이 기질이 있나 봐."

"뭔 멍멍이 소리래?"

"그냥 그렇다고."

"그나저나 승민 씨 요즘 묘하게 분위기가 달라지지 않았어?"

"분위기가 달라지다니?"

"예전에는 그냥 잘생기고 귀엽고, 되게 친근하다고 생각했는데 어느 순간 카리스마가 자리 잡은 것 같달까. 회의 시간에도 그렇고, 지금도 봐 봐. 그냥 대화를 하는 것뿐인데 뭔지 범접할 수 없는 아우라가 느껴지는 것 같지 않아?"

"그거야말로 멍멍이 소리 같네."

겉으로는 미영의 말을 가볍게 무시했지만 그녀도 느끼고 있었다. 오랜 세월 알아 온 친구에게서 그동안 느끼지 못했던 어떤 분위기라는 게 느껴짐을. 그리고 그 분위기 때문에 그녀의 심장이 조금씩 반응하고 있음을.

느닷없는 고백 이후 바쁜 회사 일 탓으로 둘이 마주치는 시간은 극히 적었다. 아니, 회사에서는 늘 마주치지만 다른 사람들과 언제나 함께였고 대화를 한다고 해도 일 얘기가 고작이었다. 정말 고백한 사람 맞나 싶게 승민은 철저하게 공적으로만 해강을 대했다.

승민은 그냥 툭 던진 말인데 저 혼자 고민에 빠진 건지 문득 화도 났다.

"멀쩡히 잘 살고 있는 사람한테 돌 던져 놓고 지는 뭐하는 짓이래? 진짜 열 받네. 으, 머리 띵해."

차가운 물을 단숨에 들이켠 해강은 머리를 부여잡았다. 미영이 그런 그녀를 걱정스럽게 보았다.

"그냥 오케이해! 뭐가 걱정이야? 해강 씨 팀장님 많이 좋아하잖아."

"어? 그렇지."

미영은 해강이 결혼을 전제로 사귀자고 한 지호의 말 때문에 고민하고 있다고 생각한 모양이었다. 정작 지금 고민하고 있는 건 승민의 말 때문이었는데…… 뭐가 뭔지 모르겠다. 왜 지호의 질문보다 승민의 고백이 더 고민스러운 건지.

"해강 씨 전화 오는데."

승민 때문에 고민인 것은 입 밖으로 꺼내지도 못해 끙끙 앓고 있던 해강은 부르르 떨리는 핸드폰을 들었다.

"여보세요? 아, 안녕하세요. 날짜 정해졌어요? 알겠습니다."

"무슨 날짜가 정해져?"

"방. 예전에 살던 집이 갑자기 재개발이 되는 바람에 친구

집에 잠깐 얹혀살았거든. 오늘은 일찍 퇴근해야겠다."

"아, 부모님은 제주도에 계시고 자기 혼자 산다고 했지."

"응."

"서울에 혼자 있어서 외롭겠다."

"뭐, 그냥."

외롭지 않다. 승민을 만나기 전에는 외로울 틈 없이 바쁘게 살았고, 승민을 만난 후로는 외로움을 느낄 새도 없이 녀석과 재미있었으니까.

생각해 보니 모든 게 기, 승, 전, 승민이다.

아플 때도, 즐거울 때도, 슬플 때도, 기쁠 때도.

"우리가 참 많이 함께했구나."

잠시 입가에 미소가 맺혔지만 그녀는 금세 미간을 찌푸렸다.

이사 간다고 말은 해야 하는데 시간이 늘 엇갈리니 그럴 틈이 없었다. 이사가 다음 주인데 언제 말을 꺼내나…… . 오늘도 해강은 일하는 틈틈이 승민과 단둘이 있을 기회를 엿보느라 머리가 깨질 지경이었다. 기회를 엿보던 해강은 승민이 자재 창고 쪽으로 가는 것을 보고 은밀히 뒤를 쫓기 시작했다.

조용히 뒤를 따르던 해강은 문득 제 행동이 웃겼다.

"그냥 잠깐 보자고 하면 될 걸 뭐라고 졸졸졸 숨어서 따라가냐고!"

말은 그렇게 했지만 여전히 은밀하게 승민의 뒤를 밟던 해강은 모퉁이를 돌자마자 뭔가에 부딪혀 엉덩방아를 찧고 말았다.

"아얏."

"괜찮아?"

"네, 괜찮아요. 헉, 이승민."

부딪힌 얼굴을 만지작거리며 누군가 내민 손을 잡은 해강은 그 손의 주인이 승민인 걸 깨닫고 화들짝 놀랐다.

"왜 그렇게 놀라?"

"아니, 그냥. 갑자기 만나게 될 줄 몰라서."

"나 따라온 거 아니고?"

"봤어?"

"봤어."

순간 부글부글 머리에서 김이 올랐다. 그럼 제가 그동안 단둘이 만날 기회를 엿보느라 애쓴 것도 알고 있는 건가? 화가 나자 목소리가 커졌다.

"그럼 좀 기다려 주지! 왜 먼저 막 가냐?"

"기다렸잖아."

"어?"

아, 그래서 부딪힌 거구나. 너무나 자연스럽게 말하는 승민을 보며 해강은 어쩐지 마음 한쪽이 콕콕 쑤셨다. 갑자기 작아진 소리로 그녀가 입을 열었다.

"같은 집에 사는데 얼굴 보기가 너무 어렵다."

"제품 출시로 바빴잖아."

"나, 할 말 있는데……."

"해."

차갑게 들리는 목소리에 다시 마음이 쿡쿡 쑤신다. 크게 심호흡을 한 해강은 최대한 아무렇지 않게 말을 하려고 애썼다.

"나 이사 날짜 정해졌어."

"그래? 잘됐네. 언제야?"

"다음 주 토요일."

"그렇구나. 그때는 일 때문에 도와주지 못하겠다. 잘 가."

"……."

승민이 홱 몸을 돌려 자재 창고로 걸음을 옮겼다. 순간 해강은 눈물이 핑 돌았다.

아직 가는 거 아닌데. 일주일 넘게 남았는데. 잘 가라니. 잘…… 가라니…….

"야! 너 왜 그래! 나한테 왜 그렇게 차갑게 구는 건데! 내가 뭘 어쨌다고!"

더 있다간 눈물이 흐를 것 같아 대신 소리를 꽥 지른 해강은 들고 있던 볼펜을 승민의 뒤통수에 확 던졌다.

느닷없는 고함에 볼펜까지 맞은 승민은 천천히 몸을 돌렸다. 여전히 감정 없이 느껴지는 눈빛에 왈칵 눈물이 솟았다. 대답하는 승민의 목소리도 눈빛만큼 차갑게 느껴졌다.

"왜 심술이야? 내가 뭘 어쨌다고!"

"네 대답 기다리고 있잖아. 그런데 넌 대답 정한 거 같고. 그러니까…… 나도 내 마음 정리할 시간을 줘야지."

"우리가 1, 2년 본 사이도 아니고 왜 그런 걸로 마음을 정리해야 하는데! 넌 만날 고백했고, 난 한 번도 받아 준 적 없어. 그런데 왜 이번만 이렇게 예민하게 구는 건데!"

"그때는 네 옆에 아무도 없었으니까. 내가 네 옆에 서 있었으니까. 네 곁에는 나만 서 있었으니까. 그런데 지금은 아니잖아. 네가 정말 원하면 네 옆을 고집하지 않을게. 그러니까…… 나에게도 시간을 좀 줘."

"우리 친구잖아. 꼭 이렇게 해야 해?"

"난 너 친구로 생각한 적 없어. 항상 사랑했으니까. 나에게 넌 항상 여자였어."

단호한 승민의 말에 말문이 막혔다. 아슬아슬하게 맺혀 있던 눈물 한 방울이 기어코 눈에서 넘치려고 하자 해강은 얼른 고개를 돌려 얼굴을 닦는 척 눈물을 닦았다.

"내가 옆에 있으면 너도 불편할 거야. 지호 형도 불편할 거고."

담담하게 말을 맺은 승민이 다시 뒤돌았다. 그래서 해강이 고개를 돌렸을 때는 뒷모습밖에 보이지 않았다. 한 번도 보인 적 없는 뒷모습을 보인 채 승민이 멀어져 갔다.

해강의 눈에서 닦을 수 없을 만큼 많은 눈물이 흘러내리고 있었다.

❁　　　❁　　　❁

얼마나 울었는지 눈이 퉁퉁 부었다. 그것도 지척에 있는 승민에게 들릴까 봐 이불을 뒤집어쓴 채 베개에 얼굴을 묻고, 말

그대로 펑펑 울었다. 대체 왜 이렇게 눈물이 쏟아지는 건지도 모르고 그냥 서러운 생각만 들어서 펑펑 울었다.

새벽녘, 찬물로 세수를 한 해강은 빨개진 코를 훌쩍이며 마음을 진정시켰다. 눈물을 쏟고 나니 머리는 아프고 무거웠지만 마음은 어느 정도 정리가 되는 것 같았다.

28년 동안 승민이 그녀에게 바란 건 딱 한 가지였다. 자신이 바라보는 것만큼만 자기를 봐 달라는 거. 해강도 그만큼 그를 바라보고 있다고 생각했다.

단지 승민은 사랑의 시선으로 그녀를 보았고, 그녀는 친구로서만 봤다는 차이가 있을 뿐이었다. 사실 그것이 그렇게 큰 차이라는 것도 의식하지 못하고 있었다. 죽을 때까지 승민은 곁에 있을 것이다. 그것에 친구라는 이름이든 사랑이라는 이름이든 상관하지 않았다. 그저 승민과 함께 있다는 게 중요했으니까.

그런데…… 그게 아니었다.

승민이 떠난다고 말하는 순간 가슴이 무너져 내렸다. 그저 먹먹한 수준이 아니었다. 주변의 공기가 모두 사라진 것처럼 숨을 쉴 수가 없이 죽을 것처럼 괴로웠다.

"나 되게 이기적인 애인가 봐. 승민이도 저 살 궁리를 찾아간다잖아. 그런데 왜 이렇게 투정을 부리는 거야. 언제까지나 승민이 뒤치다꺼리할 수 없다고 징징거린 건 너잖아. 그런데 왜 그래?"

조금 진정되는 것 같던 마음이 또다시 울렁거리며 눈물을 쏟아 내기 시작했다. 겨우 가라앉기 시작한 눈이 다시 퉁퉁 부어올랐다.

이사하는 날 결국 승민은 회사에 일이 있다며 나가 버렸고 그녀는 몇 안 되는 짐을 작은 용달에 싣고 이사를 했다. 새로 옮긴 곳은 예전 집만큼 작고, 예전 집보다 지저분하고, 회사에서도 아주 멀리 떨어진 곳이었다.

그러나 그녀를 힘들게 하는 건 환경이 아니었다. 승민이 곁에 없다는 사실이 못 견디게 슬펐다.

"승민이 없어도 3년 동안 잘 살았어. 지금은 회사에 가면 언제든 볼 수 있잖아. 힘내자."

눈물이 찔끔 나오는 걸 억지로 참은 그녀는 중얼거렸다.

시간이 조금 지나면 승민이도 다시 제자리로 돌아올 거야. 그럼 그때 내가 너그럽게 받아 주면 되는 거고. 아니면, 내가 다시 친구 하자고 하면 되지. 뭐가 어려워.

"그래, 그러면 되는 거야."

꽉 묶여 있는 끈을 풀며 해강이 중얼거렸다. 그러나 얼마나 여러 번 묶었는지 끈을 쉽게 풀리지 않았다.

"뭘 이렇게 꽉 묶었어. 별로 중요하지도 않은 책들을……."

손가락이 빨개지도록 이리저리 만지작거렸지만 결국 끈은 풀어지지 않았다.

"짜증 나."

힘이 빠진 해강은 이사하느라 먼지가 쌓인 방바닥에 그냥 털썩 앉아 버렸다. 그러자 옆에 놓여 있는 가위가 보였다.

그냥 가위로 잘라 버릴까?

그 편이 쉽고 편하다. 잘못하다간 책 표지가 찢어질 수도 있고, 끈은 당연히 못 쓰게 되겠지만 잘라 버리면 손가락도 아프지 않고 짜증도 나지 않을 거다.

알고 있는데…….

해강은 선뜻 가위를 들지 못했다. 잘라 버리면 편하지만 자르면 안 될 것 같았다.

다시 일어선 해강은 안간힘을 다해 끈을 풀기 시작했다. 장장 10여 분을 고군분투한 결과 여러 번 지어진 매듭 하나를 찾아냈다. 그것을 잡아당기자 거짓말처럼 끈이 쉽게 풀렸다.

"풀었다."

잔뜩 찡그려졌던 입가에 배시시 웃음이 맺혔다. 그저 매듭 하나 잘 풀었을 뿐인데 기분이 나아졌다. 고작 매듭 하나. 늘 어났던 입가가 다시 일자로 돌아왔다.

내가 풀어야 하는 매듭이다. 어디서 어떻게 잘못 묶였는지 모르지만 찾아서 풀어야 한다. 절대 가위로 잘라 낼 수 없는 매듭이니까.

승민은 자신이 답을 정한 것 같아 보인다고 했지만 나는 잘 모르겠다. 내가 진짜 원하는 대답이 뭔지.

"휴우."

잔뜩 어질러진 이삿짐만큼 어지러운 마음을 대변하기라도 하듯 길고 긴 한숨이 나왔다.

✿　　　✿　　　✿

바쁜 일상이 어떻게 지나가는지도 모르는 사이 봄은 절정에 다다라 온갖 꽃들이 만발하고 좋은 향기로 거리를 채웠다. 신제품 출시 날짜가 확정되고 모두들 막바지 작업에 열을 올리는 중이었다.

"으아. 벌써 5월이다, 5월이야. 봄이 다 가기 전에 우리 꽃구경이라도 가야 하는 거 아닌가?"

"꽃구경?"

해강이 반문하자 눈을 반짝이며 미영이 조르기 시작했다.

"해강 씨, 이따 점심 먹고 잠깐 나가자."

"꽃구경을 하려면 주말에 제대로 가지 점심시간에 잠깐은 뭐야?"

"자기야 팀장님이 있으니까 당당하게 갈 수 있겠지만 난 아니야. 주말에 나가 봐. 온통 커플들뿐이지. 그 지옥 속을 혼자 거닐라고? 나 같은 솔로는 차라리 평일 점심이 나아. 점심 먹는 핑계로 슬쩍 꽃구경을 하는 거지. 가자, 응?"

"그래, 가자. 나도 꽃 본 지 오래됐다."

"오케이, 그럼 점심은 여기에서 먹자."

미영이 내민 핸드폰에는 회사에서 좀 떨어진 곳의 햄버거 가게 사진이 있었다.

"좀 멀지 않아?"

"여기까지 가는 길에 꽃나무들이 제법 심어져 있거든. 거리도 예쁜 편이야. 그리고 여기 수제 햄버거집이야. 줄 서서 기다렸다 먹어야 해."

"시간이 되나?"

"걸어오면서 먹으면 되지."

별걱정을 다 한다는 듯 미영이 말하자 해강은 고개를 끄덕였다. 머리도 복잡한데 미영과 수다를 떨면서 기분 전환을 하는 것도 나쁘지 않을 것 같았다.

"그래, 가자."

"아싸. 드디어 꽃구경이다."

미영이 그토록 기다리던 점심시간이 되었다. 조금 떨어진 곳이라 일찍 서두르자는 미영의 말에 해강은 점심시간이 되기 전 미리 나갈 채비를 마쳤다. 그때 지호가 그녀의 곁으로 다가왔다.

"점심 먹으러 나가요?"

"네."

"같이 나갈래요? 나도 좀 일찍 서둘러야 해서."

"아, 그게…… 미영 씨와 같이 먹기로 했어요."

"그래요? 그럼 맛있게 먹어요."

잠시 머뭇거리며 돌아온 대답에 약간 실망감이 들었지만 지호는 대범하게 넘어가기로 했다.

아직도 마음을 정하지 못한 건가? 잘되어 가는 분위기였는데 부쩍 망설임이 심해진 것 같다.

"대신 저녁은 양보 안 해요."

"네, 퇴근하고 봬요."

대답과 함께 방긋 웃는 얼굴에 불안함이 조금 가셨다. 지호는 고개를 끄덕였다.

결혼을 전제로 한 만남이다. 그냥 교제를 하는 것과 다르니 당연히 고민이 많을 것이다. 신중하게 선택을 하려고 대답을 미루는 것이다. 그렇게 생각한 지호는 마음을 조금 편하게 가지기로 했다.

제품 출시 준비는 순조롭게 진행되었다. 피부 테스트를 통과하고, 물질 테스트도 통과했다. 광고 역시 모두 찍고 마케팅이 서서히 시작될 시점이었다. 며칠 뒤 제품이 나오기만 하면 대박을 치리라는 부푼 기대감에 특별팀 모두의 마음은 설레기만 했다.

회의실에 모여 마지막 점검을 하고 있을 때였다. 승민이 심각한 표정으로 손을 들었다.

"잠시만요. 여기 화장품 성분이 좀 이상한데요."

"어디? 왜?"

"뭐가 이상한데?"

승민의 말 한마디에 사무실 전체가 술렁이기 시작했다.

"아미노—7—클로로—3—나이트로 페놀 이 성분, 얼마 전에 식약청에서 긴급 금지된 성분 아닌가요? 일부 사람들에게 원인 모를 중독 증세가 나타난다고 해서 저희도 뺀 것으로 아는데 왜 여기에 적혀 있죠?"

승민의 말에 모두들 서류를 보았다. 그가 말한 것은 제품을 만들기 시작할 단계에서 긴급 금지 품목으로 정해진 성분이었다. 부랴부랴 대체제를 찾았고 다행히 효과는 조금 덜하지만 비슷한 성분을 찾아냈었다.

그런데 그렇게 제외시킨 성분이 지금 화장품 라벨에 떡하니 인쇄되어 있다는 말에 모두의 얼굴이 삽시간에 새파랗게 변했다.

진짜 이 성분이 화장품에 포함되었다면 생산된 화장품은 모두 전면 폐기해야 하고, 설령 오타가 난 것이라도 라벨지 전체를 다시 인쇄해야 했다.

이거든 저거든 회사에 손해가 날 것은 뻔했다.

"어떻게 해? 이거 뺀 거 아니었어?"

"몰라. 내 담당 아니야."

모두들 눈치만 보고 있는데 승민이 자리에서 일어섰다.

"지혁 씨. 공장에 전화 걸어 이 성분이 정말 원료에 포함되었는지 알아보세요. 라벨 쪽에도 전화 걸어서 잠깐 멈추라고 하고요. 미영 씨는 인쇄소에 전화 걸어서 광고지 인쇄 중지 요청하세요."

"네."

"인쇄소에서 전화를 안 받아요."

울상이 된 미영의 말에 해강이 가방을 들었다.

"제가 다녀올게요."

해강이 후다닥 사무실을 나서자 승민은 동현에게 시선을 돌렸다.

"연구소에 전화해 보세요. 성분 분석표 누가 작성한 건지. 제대로 한 건지."

"그, 그럴게요."

승민의 지휘 아래 사람들이 일사분란하게 움직였다.

택시에서 내린 해강은 숨 가쁘게 인쇄소로 달려갔다. 여전히 통화 중인 전화 때문에 숨이 턱에 닿도록 달린 해강은 인쇄소에 들어가자마자 사장을 찾았다.

"사장님! 사, 장님!"

"어? 해강 씨 아니야? 이 시간에 어쩐 일이야?"

"저희 광고지 인쇄, 잠깐 멈춰 주세요."

"광고지? 이번에 출시되는 거?"

"네."

사장은 잠시 안쪽으로 들어갔다 나오더니 손을 들었다.

"아직 시작 안 했네."

"아, 다행이다."

"무슨 일이야?"

"오타가 나서요. 전화는 왜 안 받으세요?"

"전화?"

주머니를 뒤적거리던 사장은 핸드폰을 보더니 두어 번 탁탁 두드렸다.

"요즘 배터리가 말썽인지 가끔 꺼지더라고."

"그렇구나. 어쨌든 광고지 인쇄는 잠시만 기다려 주세요. 다시 연락드릴게요."

숨 돌릴 겨를도 없이 다시 사무실로 돌아온 해강은 잠깐 사이 모두들 녹초가 되어 늘어진 모습에 눈이 휘둥그레졌다. 표정만 봐서는 제대로 수습이 된 건지 아닌 건지 알 수가 없어 바쁘게 미영의 곁으로 다가가 조그만 목소리로 물었다.

"어떻게 된 거야?"

"다행히 수습되었어. 진짜 그 성분이 화장품에 들어간 건 아니더라고. 문서 수정 중에 문장 하나가 잘못되어서 그런 거래. 진짜 십년감수했다."

미영의 설명에 해강도 안심이 되었다. 다리에 힘이 빠져 의자에 털썩 앉자 여기저기에서 비슷한 안도의 숨소리가 들렸다. 그녀처럼 발로 뛴 사람도 있었고, 사무실에서 전화만 건 사람도 있었지만 모두들 마음 졸이긴 마찬가지였다.

해강의 옆으로 의자를 쭉 밀어 다가온 미영이 감탄 어린 말투로 속삭였다.

"승민 씨 대박 아냐? 그걸 어떻게 찾았대? 이미 검사 다 끝나고 마지막으로 인쇄만 남은 상황이었잖아. 빠졌던 아미노—7이 거기 쓰여 있을 걸 누가 짐작이나 했겠냐고. 진짜 그 성분이 화장품에 첨가되었으면 우린 출시해 보기도 전에 망했을 거다. 그게 몽땅 얼마야. 승민 씨 대단해."

미영뿐 아니라 모두들 비슷한 생각을 하고 있었다. 거기에 침착한 지휘로 위기를 모면했다.

그가 마음만 먹으면 회사를 물려받을 수 있다던 말이 떠올랐다. 빈말이 아니다. 승민이라면 그렇게 하고도 남을 만큼 능력이 있는 남자니까.

일단 위기는 모면해 상품은 계획대로 만들어지고 예정된 날짜에 무리 없이 출시가 될 예정이었다. 자칫 잘못하면 큰 손해를 볼 수 있는 상황을 승민의 빠른 판단으로 무사히 넘어가게 된 것이다.

회장실에 불려 가게 된 지호는 어떤 처분도 달게 받을 각오가 되어 있었다. 어찌 됐든 이번 건의 책임자는 자신이니까.

"잘했구나."

그러나 그를 향한 건 비꼼이 아니라 진심이 담겨 있는 칭찬이었다. 의아한 눈으로 고개를 들자 시선이 마주친 부일이 빙긋 미소를 지었다.

"일하다 보면 그런 부분에서 트러블이 종종 생길 거야. 문제는 사소한 부분을 간과하지 않고 얼마나 빠르게 위기를 모면하느냐다. 이번에 잘했다. 덕분에 회사는 아무런 타격을 받지 않았어."

그동안 외할아버지의 칭찬을 받기 위해 무던히 노력을 했는데 엉뚱한 곳에서 칭찬을 받게 되었다.

한동안 상황 파악을 하지 못한 채 그 자리에 가만히 서 있던 지호가 결심한 듯 살짝 주먹을 쥐었다. 이 칭찬은 제 몫이 아니었다.

"제가 받을 칭찬이 아니에요."

"무슨 소리냐?"

"잠시만요. 잠깐 회장실로 와."

지호가 누군가에게 전화를 걸고 얼마 지나지 않아 똑똑 노크하는 소리가 들렸다. 그리고 들어온 사람은 승민이었다.

부일이 의아한 눈으로 지호와 승민을 번갈아 보자 지호가 담담하게 대답했다.

"이번에 문제점을 발견한 사람은 제가 아니라 승민이에요. 빠른 대처를 한 것도 승민이구요. 저는 그냥 승민이를 도왔을 뿐입니다. 제가 책임자인데 그런 실수가 벌어졌다는 것도 알지 못했고, 발견하고도 즉각적인 대처를 못 했습니다. 승민이가 아니었으면 아마 큰일이 났겠죠. 그러니까 이번 건 승민이가 잘한 겁니다."

지호의 말에 가장 놀란 사람은 승민이었다.

사실 이번 일로 지호가 또 얼마나 말도 안 되는 심술을 부릴까. 꼬투리를 잡고 늘어질까 은근 신경이 쓰였다. 그런데 외할아버지 앞에서 순순히 자신의 실수를 인정하고 승민의 능력을 인정해 줬다.

"보기 좋구나. 그래, 앞으로도 둘이 그렇게 해 나가면 되는 거다."

웃음으로 입가를 실룩거리며 부일이 말했다. 저 두 놈이 드디어 서로를 돕기 시작하는구나. 손자들에 대한 기대와 사랑에 마음이 한없이 따뜻했다.

회장실을 나선 둘은 나란히 복도를 걷기 시작했다.

승민은 혼란스러웠다. 시샘을 해야 맞는데. 또 너 때문에 외할아버지에게 꾸중을 들었다. 푸념을 해야 하는데 오히려 그를 칭찬했다.

지호가 변했다. 해강 때문인가? 그의 표정도 어둡게 가라앉았다.

지호는 기분이 묘했다. 늘 승민에게 열등감을 가지고 있어서인지 그가 옳은 소리를 해도 곧이곧대로 들리지 않았다. 승민이 나서서 뭔가를 하려 하면 어떻게 해서든 꼬투리를 잡고 싶었다.

그런데 이번엔 아니다. 그가 제품의 오류를 잡아냈을 때 그의 머릿속에는 한 가지 생각밖에 없었다. 이 일을 수습해야 한다.

그러나 무엇부터 해야 할지 막막했다. 그가 머릿속으로만 고민하고 있을 때 승민은 행동으로 보여 주었다. 직원들에게 지시를 하고 그도 발로 뛰었다.

다른 때 같으면 또 나선다, 제 공을 가로챈다, 하며 승민에게 원망스러운 마음이 들었을 텐데 이번엔 그저 고마운 마음뿐이었다. 승민 덕분에 무사히 고비를 넘길 수 있어 다행이었다. 제 마음의 변화가 스스로도 놀라울 뿐이었다.

"고맙다. 덕분에 큰일 치를 거 면했어."

"고맙다는 인사를 할 줄이야. 형, 변한 거 같다."

"그래? 변했나 보지."

바라보는 눈빛이 온화하다. 늘 가시를 세우고 찌르지 못해 안달을 하던, 시기와 질투로 뒤범벅이 된 눈빛이 아니었다. 그 원인이 해강에게 있다는 걸 지호도 승민도 어렴풋이 깨닫고 있었다.

"어쨌든 고마워."

승민의 팔을 툭 친 지호가 아무 사심 없는 미소를 지으며 먼저 앞서 나갔다. 그 뒷모습이 참 편안해 보인다.

"처음인 거 같다. 형에게 고맙다는 말을 들은 게."

기분이 썩 나쁘지 않다. 해강의 문제만 아니라면 더없이 반가울 변화인데 그렇지 못해 아쉬울 뿐이다. 승민은 피식 웃음을 흘렸다. 문제는 해결하면 그뿐이다. 해강에 대한 문제라면 이 세상 누구보다도 잘 풀 자신이 있다.

❂   ❂   ❂

지호는 약속된 장소에 미리 와 있었다. 아직 시간이 30분이나 남았지만 도저히 기다릴 수가 없어 일찍 나왔다. 완연한 봄을 느끼게 하듯 공원 모든 나무의 꽃망울과 키 작은 들꽃들이 흐드러지게 피어 있고, 그 향기에 취할 듯 고운 향으로 가득했다.

어두워지기 시작하는 저녁이었지만 좋은 향기와 고운 꽃들을 배경으로 한 가로등의 은은한 불빛이 오히려 낭만적으로 느껴졌다.

크게 심호흡을 한 지호는 양복 안쪽에서 작은 상자를 꺼냈다. 가느다란 체인에 작고 투명한 보석이 달린 목걸이였다. 단순한 모양이었지만 고심해 고른 것이었다. 해강의 성격상 크고 비싼 물건은 분명 부담스러워할 게 분명해 최대한 심플한 것으로 고르느라 오히려 애를 먹었다.

그리고 다른 주머니에서 좀 더 작은 상자를 꺼내 긴장되는 듯 헛기침을 한 번 하고 열었다. 같은 디자인의 반지였다. 목걸이는 하나였지만 반지는 두 개로, 커플링이었다.

감사의 선물로 목걸이를 걸어 준 뒤 그녀의 대답을 듣고 반지를 나눠 낄 예정이었다. 결혼을 전제로 교제를 신청한 지 벌써 몇 주일이 지났다. 그동안 신제품 때문에 바쁘다는 핑계로 단둘이 오붓하게 만날 기회도 없었고, 아마 생각할 겨를도 없었을지 모른다.

그래서 지금껏 대답을 기다렸다. 그러나 내일이면 제품이 나오고 당분간은 바쁠 일도 없을 것이다.

자리에서 일어나 서성거리던 지호의 표정이 일순 밝아졌다.

"해강 씨."

"제가 늦은 건가요? 죄송해요. 멀리서 팀장님 보고 막 뛰어오긴 했는데……."

미안해하며 시계를 본 해강은 아니네, 하며 중얼거렸다. 약속한 시각까지는 아직 10분 정도 남아 있었다.

"내가 일찍 나왔어요."

"무슨 할 말 있으세요?"

약간 들뜬 목소리에 붉게 상기된 얼굴을 보며 해강이 약간 심각하게 물었다.

그 말에 지호의 표정이 어둡게 변했다.

제가 한 질문은 잊은 건가? 아니면 아직도 마음의 결정을 내리지 못한 건가?

잠시 머뭇거리는 듯했지만 지호는 다시 미소를 지었다.

"네, 중요하게 할 말 있어요."

"뭔데요?"

"해강 씨 덕분에 회장님께 칭찬받았어요."

"네? 제 덕분에요?"

웬 자다가 봉창 두드리는 소리람? 한 게 아무것도 없는데 어째서 제 덕분에 칭찬을 받았다는 것인지 해강은 눈만 끔뻑 거렸다. 그러자 더욱 환하게 미소 지은 지호가 그녀의 손을 살 며시 잡았다.

"우습게 들릴지 모르지만 해강 씨 덕분에 내가 좋은 방향으로 변한 것 같아요."

"제 덕분에 변했다고요? 전 한 게 아무것도 없는데요."

"있어요. 아주 많이."

동문서답하는 지호를 보며 해강은 가슴이 무거웠다. 얼마 전까지만 해도 지호와 함께 있으면 무조건 좋았는데 지금은 아니다. 마주친 눈빛이 너무 부드러워 부담스럽고, 맞잡은 손에 힘이 들어가자 불안했다.

이상형의 남자인데……. 분명 좋아하는 마음이 있는데…….
예전과 다르다.

그런 해강의 마음을 아는지 모르는지 여전히 들뜬 목소리로 지호가 말했다.

"고마워요. 모두 해강 씨 덕분이에요. 그래서……."

저고리 안쪽에서 뭔가를 꺼내는 동작에 해강은 저도 모르게 뒤로 반걸음 물러섰다. 마치 권총이라도 나올 듯 잔뜩 긴장이 되어 말아 쥔 손바닥에 땀이 배어 나올 정도였다.

"그냥 작은 선물이에요. 비싼 거 아니니까 부담 갖지 말구요."

부담이 된다. 그것도 엄청 많이.

지호 말대로 그리 비싸 보이진 않았지만 받으면 안 될 것 같았다. 저걸 받는다는 건 말하지 않아도 예스라는 대답이 될 것 같았다. 지금 자신의 마음이 누구에게 향해 있는지 명확하지 않은데 덥석 받을 수는 없었다.

물론 그와 함께하면 떨렸고, 기분이 좋았고, 마치 꿈인 듯 황홀했다. 그런데 그뿐이었다. 그와 함께할 미래가 보이지 않았다.

공손하게 두 손을 모은 해강은 미안하지만 단호하게 입을 열었다.

"정말 감사한데 마음만 받을게요."

뜻밖의 대답을 들은 지호는 멍하니 해강을 보았다. 흔들림 없이 단호한 눈빛이 그녀의 말이 진심임을 대변해 주고 있었다.

"제가 뭘 해서 받는 건지 정확하게 모르지만 받으면 안 될 것 같아요."

"그냥 순수한 선물이에요. 우리 같이 좋은 제품 만들었으니까……."

"그런 선물이면 팀 전원에게 주셔야 맞죠. 그건 팀장님 사심이 들어 있는 게 맞을 거예요."

"맞아요. 사심 듬뿍 있는 선물이에요."

얼떨결에 나온 변명이 참 유치했다. 지호는 아쉬운 손길로 상자의 뚜껑을 닫았다. 그리고 조금 전과는 다른 눈빛으로 그녀를 보았다. 늘 부드럽고 자상하던 눈빛이 아닌 결연한 의지의 눈빛이었다.

"선물은 안 받는 걸로 해요. 그럼 대답은요? 아직 대답 안 해 줬잖아요."

"그게……."

평소의 해강과 다르게 머뭇거리고 있었다. 그것이 지호를 불안하게 했다. 몇 주 전까지만 해도 긍정적인 대답일 거라는 확신이 있었는데.

"내가 이상형이라면서요."

"이상형 맞아요. 팀장님은 내가 마음속으로 바라던 사람과 신기하게 닮았어요. 자상하고, 멋지고, 어른스럽고, 배려심 깊고, 공부도 잘하고. 공부 잘하셨죠?"

"거의 1, 2등 했어요."

"그것 봐요. 내 이상형에 딱 맞는다니까요."

"그런데 왜 대답을 망설여요?"

"그러니까요. 저도 답답하다고요."

답답한 마음에 제 가슴을 쾅쾅 두드리던 해강은 지호를 보며 미안한 표정을 지었다.

"죄송해요. 아무래도……."

"잠시만. 아직 대답하지 마요."

"팀장님."

"시간이 필요하면 더 줄게요. 그러니까 그렇게 급하게 결정하지 말아요."

"시간이 더 지나도……."

"내가 기다릴게요. 조금 더 생각해 봐요. 긍정적인 방향으로……."

간절한 말투가 그녀를 더욱 미안하게 만들었다.

그녀의 입을 막은 지호가 뒷걸음질을 쳤다. 차마 뒤돌아 갈 용기가 나지 않았다. 눈앞에 안 보이면 다른 곳으로 사라질까 봐 천천히 뒤로 걸으며 그녀에게서 시선을 떼지 않았다.

"기다릴게요. 그러니까 천천히, 아주 공들여서 고민해 봐요. 마음 조급하게 먹지 말고."

"팀장님."

"쉿. 대답하지 마요."

눈도 떼지 못하고 멀어져 가는 지호를 보며 해강은 확실하게 느낄 수 있었다. 지금 그에게 굉장히 미안한 마음이 들고 있었다. 왜냐면 그를 받아 줄 마음이 그녀에겐 전혀 없으니까. 그래서 미안한 마음이 드는 거다.

"미안해요."

입 모양만으로 말을 한 해강을 지호는 볼 수 없었다. 이미 멀리 떨어졌고, 너무 어두워졌다. 해강은 그의 모습이 완전히 사라질 때까지 공원에 서 있었다.

9화
사랑일 수도 있어

승민은 느닷없는 지호의 전화를 받고 약속 장소로 향했다.
지호의 취향이 확실해 보이는 바로 들어간 그는 혼자 앉아 술
을 마시고 있는 지호를 발견했다.

"갑자기 웬 술이야?"

"안 나올 줄 알았는데 나왔네."

"형이 처음으로 부른 술자리잖아. 나와야지."

순수하게 대답하는 승민의 말에 지호의 눈빛이 뾰족해졌다.
탁 소리가 나도록 술잔을 그의 앞에 놓은 지호가 술을 따랐다.

"착한 척하는 건 여전하구나."

"나 원래 착한데."

"왜, 이젠 어른들 안 계신 곳에서도 착한 척하려고?"

"착함이 몸에 배어서 아무 때나 나오고 그러나 보네."

"재수 없는 놈."

"그래, 이제야 형 같다."

"한마디도 안 지지."

"형도 만만치 않아."

냉랭한 말투로 서로를 흘겨보던 둘은 동시에 피식 웃음을 터트렸다.

지호는 미소를 머금고 있는 승민을 비스듬히 바라보았다. 분명 쌓인 감정들이 많았는데 웃을 수 있다는 게 이상했다. 질투는 늘 제 몫이었고, 승민을 따라잡기 위해 고군분투하는 것도 제 몫이었다.

사실 승민은 그저 제 자리에서 제 할 일을 한 것뿐이었는데 왜 그것이 그렇게도 얄밉고 싫었는지. 승민을 있는 그대로 인정해 주던 이모와 이모부가 얼마나 부러웠는지 모른다.

아버지에게 자신은 늘 기대에 못 미치는 능력 부족한 아들이었고, 어머니의 눈물을 닦아 줘야만 하는 무거운 책임이 있는 아들이었다. 그래서 승민을 더 미워하고 질투한 것인지도 몰랐다.

대단치도 않은 사실은 이제야 발견하게 되다니.

지호는 비어 버린 자기 잔에 술을 따르고 승민의 잔에도 술을 따랐다.

"늘 혼자 오는 곳이었는데 너랑 있으니 좋네."

"분위기 나쁘지 않아. 그런데 형 닮아서 좀 음침한 구석이 있어."

"착한 코스프레는 끝이야?"

"형이 딴지만 걸지 않으면 난 언제나 귀여운 사촌 동생이
될 준비가 되어 있어."

둘은 말없이 술잔을 기울였다. 그러나 둘 다 술에 관심이
없는 듯 조금씩 입술을 적시기만 할 뿐 술은 줄어들지 않았다.
잠시 후 지호가 툭 말을 던졌다.

"나 안 미워?"

"밉지."

승민이 대답을 했다.

"해강 씨는 포기한 거야?"

"아니."

"너 보니까 포기한 것 같은데?"

"해강이는 내 목숨이야. 어떻게 포기해. 나더러 죽으라고?"

"방금 그 말 상당히 오글거린다."

"원래 사랑에 빠지면 오글거리는 거야."

눈 하나 깜짝 안 하고 간지러운 말을 하는 승민을 보며 지
호의 입가에서 미소가 서서히 사라졌다. 술잔을 만지작거리던
지호가 승민에게로 시선을 돌렸다. 승민은 편안해 보였고, 사
랑 때문에 고민하는 남자의 모습은 보이지 않았다.

그러나 진심이겠지. 그리고 나도 진심이 되어 버렸다. 해강
을 놓치고 싶지 않다.

속마음을 말하려고 하는데 승민이 자리에서 일어섰다.

"형, 최선을 다해. 나도 그렇게 할 거니까."

"이승민."

"해강이가 원한다면 난 그렇게 할 거야. 그때까지 포기는 절대 안 해. 난 해바라기니까."

언젠가 지호가 지어 주었던 별명이다. 그때도 해강이만 쫓아다니는 승민을 놀리려고 지어 준 별명인데 승민은 아주 만족스러워했었다.

"난 지금도 최선을 다하고 있어. 그러니까 긴장해."

알쏭달쏭한 말을 남기고 승민이 바를 나갔다.

"재수 없는 놈. 끝까지 멋진 척이지."

저런 점이 싫었다. 진짜 잘난 놈이라 그냥 있어도 잘났는데 저렇게 하고 돌아서면 진짜 잘나 보인다. 그래서 자신이 더 초라하게 느껴지는지 모른다.

"너한테는 안 되나 보네."

한숨 섞인 말과 함께 입술 끝이 위로 올라갔다.

"안 될 때 안 되더라도 나도 최선을 다해 보지. 결과는 나온거 같지만 널 괴롭히는 걸 하루아침에 포기할 순 없거든. 사람은 그렇게 쉽게 변하지 않아."

지호의 입가에 개구쟁이 같은 미소가 걸렸다.

❖   ❖   ❖

이번 주가 아주 중요했다. 제품이 풀리고 바로 반응이 터지지 않자 모두들 노심초사하느라 사무실에 가만히 앉아 있지 못했다.

"잠깐 매장 좀 돌고 올게요."

"저도 이태원 쪽에 다녀올게요."

약속이라도 한 듯 하나같이 나갈 준비를 하고 있는데 언제 다가왔는지 지호가 해강의 손을 잡았다.

"해강 씨는 나랑 백화점 쪽 돌죠."

"전 미영 씨랑······."

"다녀와. 다녀오세요."

미영은 곤란해하는 해강을 보며 파이팅을 외쳤다. 둘이 붙어다니면 마음의 결정도 좀 쉬워지겠지. 해강의 마음이 이미 정해진 걸 모르는 미영은 둘이 잘되길 바라며 자신도 빨리 애인을 만들어야겠다고 다짐을 했다.

미영이 등을 떠미는 바람에 어쩔 수 없이 지호와 동행하게 된 해강은 어색해서 죽을 지경이었다. 그날 분명하게 마무리를 지어야 했는데. 어영부영 이렇게 시간을 끌면 어색함은 더해질 거고 지호에게 더 미안해질 것 같았다.

안전벨트를 꼭 잡은 해강이 결연하게 지호를 부르려는 순간, 지호가 선수를 쳤다.

"운전 중이에요. 목숨에 위협을 받고 싶지 않으면 백화점까지 그냥 가요."

"네."

이런 농담도 할 줄 아는 사람이었나? 어찌 됐든 목숨은 하나

뿐이니까 얌전하게 입을 다문 해강은 그저 목적지에 빨리 도착하기만을 바랐다. 이윽고 백화점에 도착해 주차를 하자마자 재빨리 그의 곁으로 다가갔다.

"저 팀장님……."

"지금 매장 들어갈 건데 만약 매출이 저조하면 기분이 무척 나쁘겠죠?"

"그렇겠죠."

"그런데 내가 미리 기분 상할 일을 만들 필요는 없겠죠?"

"그렇겠죠."

"그럼 들어가요."

"네."

성큼성큼 걸어가는 지호를 쫓아가며 해강은 연방 투덜거렸다. 저렇게 능글맞은 사람은 아니었던 것 같은데 오늘따라 이상하다. 이런 건 미루면 미룰수록 말하기가 더 어려워지는데…….

"아이고."

한숨을 푹 내쉰 해강은 지호를 따라 쪼르르 달려갔다.

해강이 무슨 말을 할지 알고 있다. 아마 거절의 말을 하려는 거겠지. 귀로 듣지 않아도 그녀의 태도와 표정에서 확실히 알 수 있었다. 놓기 싫은데…….

며칠 전 승민의 태도를 봐서 승민은 아직 해강이 어떤 결정을 내린 건지 모르는 게 분명했다. 어차피 승민에게 갈 거, 약이나 올려야겠다는 생각에 해강을 무시하는 척 지호는 매장 안으로 들어갔다.

그러나 매장 안에는 그들보다 먼저 온 사람이 있었다. 부일을 본 지호는 잠시 놀랐지만 깍듯하게 인사를 했다.

"오셨습니까."

뒤늦게 따라 들어온 해강 역시 회장의 모습에 후다닥 허리를 숙였다.

"안녕하세요, 회장님?"

해강에게 잠시 눈길을 준 부일은 매장 밖으로 나왔다.

"장사 방해하지 말고 어디 가서 차라도 한잔하지."

"네."

부일이 나서자 비서들과 지호 역시 그 뒤를 따라나섰다. 해강만 엉거주춤 제자리에서 움직이지 못하고 있었다.

나도 따라가야 하는 건가? 차 한잔하자는 말에 나도 포함되는 건가? 아닐 거다.

슬쩍 뒤로 빠지려 주춤거리고 있는데 부일이 뒤를 돌아보았다.

"자네도 따라오게."

"네? 네."

백화점을 나온 일행은 근처의 전통찻집으로 들어갔다.

들릴 듯 말 듯 조용한 가야금 소리가 낮게 흐르고 있는 조용한 찻집에 앉아 있으니 해강은 숨조차 제대로 쉴 수가 없었다.

입사한 지 1년이 넘었지만 회장님과 함께 한자리에 앉은 건 처음이었다. 하긴 말단 사원이 회장과 겸상을 할 일이 얼마나 있겠는가.

부일도 지호도 모두 편안해 보이는데 해강 혼자만 안절부절 못하고 있었다. 괜히 여기 앉았다며 후회를 하는 중이었다. 비서님과 함께 다른 테이블에 앉을걸……. 오란다고 덥석 따라오는 게 아니었다. 다행히 차가 나오기 전이니까 기회는 있다.

해강이 슬그머니 자리에서 일어서자 부일과 지호가 동시에 그녀를 보았다.

"두 분이 말씀 나누세요. 저는 저쪽에 앉아서……."

"그냥 여기 앉아 있어요."

"중요한 대화를 나누실 것 같으니까 저는……."

지호에게 소곤거리며 필사적으로 자리를 옮기려고 하는데 마침 차가 나왔다.

"앉아요."

지호가 해강의 손을 잡아 자리에 앉히자 부일의 눈매가 가늘어졌다. 부하 직원을 대하는 게 아니라 마치 제 여자 다루는 것처럼 자연스러운 손길이었다.

"자리가 불편한가?"

"네? 아닙니다. 차 마시겠습니다."

느닷없는 부일의 물음에 해강은 냉큼 찻잔을 들었다. 뜨거운 김이 모락모락 오르고 있는 찻잔을 입술에 댄 그녀는 뜨거운 김에 놀라 입술을 데고 말았다.

"흡, 뜨거워."

"차는 천천히 음미하면서 마셔야 제 맛을 알지."

"네, 회장님."

잠시 모두들 차를 음미했다. 무슨 맛인지도 몰랐지만 해강 역시 차를 홀짝거렸다. 한 시간 같은 1분이 흐른 뒤 부일이 입을 열었다.

"시작은 좋은 것 같구나."

"다른 매장에서도 비슷한 반응들입니다. 하지만 이번 주가 지나 봐야 알겠죠."

"어떻게 전망하고 있나?"

"긍정적입니다. 지난 일주일간의 매출 현황을 보면 다음 주역시 좋은 반응이 이어질 것 같다고 생각합니다."

조심스럽지만 자신감 있는 말투에 부일이 지호를 지그시 바라보았다. 능력이 출중하고 마음도 착한데 늘 주눅 들어 있는 태도가 걱정스러웠다. 제 아비의 기에 눌려 눈치를 보던 게 엊그제 같은데 잠깐 사이에 뭔가 변화가 있어 보였다.

부일은 이번에는 그의 옆에 있는 해강에게로 시선을 옮겼다. 누군지 알고 있었다. 승민이 늘 노래를 부르던 문해강이란 아이다. 고등학교 때까지도 가끔 사진을 보여 주며 제 여자 친구라고 자랑하던 게 눈에 선했다. 그런데 어째서 지호가 저런 태도를 보이는 건지.

겉으로 티 내지 않지만 지호의 온 신경이 해강이란 아이에게 쏠려 있는 걸 모를 수가 없었다. 가끔 바라볼 때 눈에 비치는 사랑스러움 역시 감출 수 없었다.

두 녀석이 같은 여자를 바라보고 있다는 소리인가?

"지난 봄 상품 때처럼 이번에도 히트를 예감하고 있습니다."

"그래. 잘된 일이지."

두 사람의 대화를 조용히 듣고 있던 해강은 고개를 살짝 끄덕였다. 내용은 회장과 팀장이 할 대화였지만 말투의 친밀감이라든가 지호를 바라보는 회장의 눈길에는 피붙이를 향한 애정이 담겨 있었다.

회장님이 승민이 외할아버지라니……. 여전히 믿어지지는 않는다. 그러고 보니 쌍까풀이 진하신 게 눈매가 살짝 닮았다. 승민이 어머니랑도 많이 닮으셨…….

"자네 생각은 어떤가?"

"네?"

마치 TV 속 드라마를 보는 것처럼 흥미진진한 눈빛으로 둘을 곁눈질하던 해강은 느닷없이 질문이 던져지자 큰 소리를 내고 말았다.

날카롭고 묵직한 부일의 눈빛이 해강을 향해 던져졌다. 긴장한 해강은 마른침을 꿀꺽 삼켰다.

"이번 상품이 어떤가 물었네."

"저희 팀이 최선을 다해 만들었습니다. 많은 시장 조사를 거쳐 수요자들의 원하는 바를 확실하게 검토했고, 좋은 재료와 합리적인 가격으로 다른 제품들과 차별을 두었습니다. 무엇보다 품질뿐만 아니라 수요자들이 원하는 세세한 요구 역시 잘 반영된 제품입니다. 그러니까 반드시 성공할 겁니다."

확신에 찬 해강의 말에 부일의 입이 한일자로 다물어졌다.

예상외로 당찬 대답에 잠시 놀라는 중이었지만 갑자기 정색을 하는 그의 표정에 해강은 다시 얼어 버리고 말았다.

뭔가 대답을 잘못했나? 말단 사원이 너무 되바라지게 말을 했나? 승민이 외할아버지라는 생각에 갑자기 너무 친근한 말투를 썼나 봐! 아닌데, 우리 제품 진짜 좋은데…….

"자네 우리 제품 써 봤나?"

"네, 항상 쓰고 있습니다."

부일의 물음에 해강은 재깍 가방을 열어 파우치를 꺼냈다. 그동안 더 퀸에서 생산되었던 모든 화장품이 가득 들어 있는 파우치였다. 그중에서 이번 신제품을 꺼낸 그녀는 그것을 부일에게 내밀었다.

사용한 흔적이 있는 화장품을 보며 부일은 해강의 얼굴을 바라보았다.

너무 직선적인 눈빛에 해강은 슬쩍 눈길을 떨어뜨렸다.

"립스틱 색이 자네와 안 맞는구먼."

"네?"

"이번 신상품 색이 잘 나오긴 했지만 자네는 붉은 계열보다 오렌지 계열이 맞는 거 같아. 입술 색은 좀 바꾸게."

"립스틱이요?"

뜨끔한 해강은 제 입술을 만지작거렸다. 자신도 오렌지 계열이 어울린다고 생각했지만 이번에 나온 립스틱 색이 너무 마음에 들어 충동적으로 구매한 것이었다. 그녀는 감탄 어린 눈으로 부일을 보았다.

"역시 코스메틱 회사 회장님다우시네요. 단번에 파악하셨어요. 저도 오렌지 계열이 맞는 건 알지만 가끔 빨간색을 바르고 싶을 때가 있거든요."

"예를 들면?"

"음. 뭔가 중대한 결정을 하거나, 중대한 발표를 할 때. 강한 인상과 자신감을 더해 줘요."

"음, 남자들의 넥타이와 같구만."

"그렇죠. 잘 아시네요."

"오늘 내 넥타이는 어떤가?"

"음, 여름 분위기를 내셨어요. 여름을 겨냥해 나온 저희 제품 홍보에 적당한 넥타이라고 생각합니다."

요것 봐라. 제법 깜찍한 대답에 부일의 입꼬리가 살짝 올라갔다. 성격이 당차고 머리 회전도 제법 돌아가는 것 같아 해강이 마음에 들었다. 그래서 그녀의 마음이 어디에 있는지 더욱더 궁금해졌다.

"회장님, 다음 일정 장소로 가셔야 합니다."

조용히 다가온 비서가 넌지시 말을 건네자 부일은 자리에서 일어섰다. 동시에 일어난 지호와 해강에게 가볍게 손짓을 한 그가 말했다.

"맛있는 점심 사 줘라. 밥값은 하는 직원이구만."

"네, 들어가세요."

"안녕히 가십시오, 회장님."

부일이 자리를 떠나자 긴장이 풀린 해강은 털썩 주저앉았다.

"긴장했어요?"

"제가 회장님과 얼굴 맞대고 말할 일이 뭐가 있었겠어요. 완전 긴장했다고요."

"그래도 대화 잘하던데."

"그게, 승민이 외할아버지라고 생각하니까 좀 친근감이 들더라고요. 승민이 어머니랑 완전 똑같이 생기셨잖아요. 아!"

생각 없이 대꾸하던 해강은 지호를 보며 얼른 입을 다물었다. 지금 승민의 얘기는 지호가 들어서 좋을 게 없을 텐데…….

"팀장님하고도 닮으셨어요. 특이 입매가."

"둘 다 좀 고집스럽죠?"

"네. 아뇨! 카리스마 있어요."

또 말실수를 한 해강이 손을 저으며 정정하자 지호는 웃음을 터트렸다.

찻집을 나와 차에 오르던 부일은 환하게 웃는 지호를 보며 미간을 찌푸렸다. 승민이 늘 '내 해야' 하던 아이를 보며 웃는 지호라니.

"저 친구에 대해서 좀 알아봐."

"네, 회장님."

비서에게 지시를 내린 부일은 차에 올랐다.

❖   ❖   ❖

예상대로 여름 상품은 히트를 쳤다. 연이은 성공에 특별팀 모두 마음이 방방 하늘로 날아오르고 있었다.

"그동안 애썼습니다. 모두 한마음으로 일한 덕분에 성공했다고 생각합니다."

"모두 수고했습니다."

"와아."

서로를 향한 인사와 박수가 이어졌다. 마음이 뿌듯했다. 이대로 다음 것까지 성공시킨다면 얼마나 좋을까? 모두들 기쁜 마음이 가득했다.

"그래서 오늘 회식합니다. 한 사람도 빠지지 말고 참석해 주세요."

"당연하죠!"

"고기 먹어요, 고기!"

"한우! 한우!"

지호가 내민 하얀 봉투를 보며 모두들 흥분을 감추지 못했다.

일을 조금 일찍 마친 사람들은 회식 장소로 향했다. 모두의 바람대로 회식 장소는 고급 한우집이었다.

핏기가 살짝 가시자마자 불판 위에서 순식간에 사라지는 고기를 보며 해강은 열심히 고기를 구웠다.

"자기도 좀 먹어. 굽기만 하네."

"미영 씨 많이 먹으라고. 이번 상품은 자기 아이디어였잖아."

"이런. 그랬나? 그래서 그렇게 제품이 좋았구나. 호호호."

"능청은……."

해강은 미영의 접시 위로 알맞게 익은 고기 한 점을 올려주었다.

"미영 씨, 여기 술 한 잔 받아요."

"네, 가요."

미영이 옆 테이블로 건너가자 누군가 해강 옆에 털썩 앉았다. 누군지 얼굴을 확인할 겨를도 없이 집게를 빼앗아 간 그가 해강의 접시에 고기를 놓았다. 승민이었다.

"너도 먹어. 고기 좋아하잖아."

"고마워."

고기를 입에 넣었지만 무슨 맛인지 느껴지지 않았다. 이번엔 잘 구운 마늘과 함께 고기를 접시에 올린 승민이 다시 권했다.

"마늘도 먹고 상추도 좀 먹어. 고기만 먹으면 변비 생긴다. 요구르트보다는 채소가 효과가 더 좋지."

"내 장은 튼튼하거든. 그동안 너무 식이 섬유만 먹어서 단백질이 필요하다고."

"그래. 그럼 이번 주에 내가 단백질 사 줄게."

"응?"

"나 돈 많잖아. 그러니까 비싼 회 사 준다고. 콜?"

"코올."

빙긋 웃은 승민이 다시 고기를 그녀의 접시 위에 올려놓았다. 예전 같은 사이로 돌아가고 싶어 상추쌈을 싸던 해강이 작게 웅얼거렸다.

"너도 먹어. 고기만 굽지 말고."

"아."

승민이 고기를 뒤집으며 입을 벌리자 해강은 싸던 상추쌈을 반사적으로 그의 입에 넣어 주었다. 그러나 너무 컸는지 그의 입가에 쌈장을 묻히고 말았다.

"애냐? 애야? 꼭 뭐 묻히고 먹더라."

"니가 어무 그게 싸자나."

"뭐?"

입에 든 음식을 반쯤 삼킨 승민이 항의하듯 말했다.

"네가 너무 크게 쌌다고."

"고기가 듬뿍 들어가서 그런 거잖아. 남의 성의도 모르고."

"솔직히 너 먹으려고 싼 거 아냐? 어디 구라를 치시나."

"눈치챘냐? 그럼 이번엔 적당히 싸 주지. 정력에 좋은 마늘도 듬뿍 넣어서."

생마늘을 대여섯 개나 넣은 해강이 쌈을 내밀자 승민이 미간을 잔뜩 찌푸렸다.

"진짜 입에 넣을 거야?"

"남자한테 좋은 거야."

"그거 너한테 써도 돼?"

"어?"

어느 틈엔가 다시 남자의 눈빛이 된 승민을 보며 해강은 몸을 움츠렸다.

예전의 모습으로 돌아간 걸 눈치채지 못할 정도로 자연스럽게 말을 주고받았는데 다시 달라졌다. 다중이야? 왜 이랬다저

랬다 하는데!

갑자기 심장이 쿵쿵거리기 시작했다.

"너한테 써도 되냐고."

다시 질문이 돌아왔지만 대답하지 못했다.

어떻게 쓸 건데!

❖   ❖   ❖

저녁을 먹기엔 좀 이른 시간이라 다소 한가한 주차장에 차를 주차시킨 승민은 식당 쪽으로 걸어갔다. 시계를 보니 정확한 시각에 도착한 것 같았다.

"일찍 왔네."

뒤를 돌아보니 지호 역시 막 도착했는지 이쪽을 향해 걸어오고 있었다.

"제시간에 왔지."

"가자."

팔을 툭 치며 지호가 먼저 걸음을 옮기자 승민도 바로 뒤를 따랐다. 예약된 방 앞에 선 둘은 옷매무새를 다시 점검하고 노크를 했다.

"들어와."

문을 열자 부일이 앉아 있는 게 보였다.

"같이 온 거냐?"

"앞에서 만났습니다."

309

"앉아라."

"네."

지호와 승민이 각각 양쪽 의자에 자리를 잡자 뿌듯한 마음이 가득했다. 야망에 비해 능력이 모자란 큰 사위와 회사에 관심 없는 둘째 사위. 그것이 늘 아쉬웠다. 아버지와 키우고 만든 회사를 생판 남에게 맡겨야 하나 고민도 됐었다.

그런데 손자 놈들이 태어나자 하나의 기대를 품었다. 저 두 놈이 함께 힘을 모아 더 퀸을 세계적인 회사로 만들면 좋겠다. 아니, 둘 중 하나라도 제대로 된 놈이 있다면 좋겠다.

그의 바람은 반쯤 이루어졌었다. 두 놈 다 능력은 충분했다. 그런데 큰 사위와 반대로 능력은 되지만 제 아비의 기에 눌려 그 능력을 펼치지 못하는 지호의 모습에 안타까웠고, 승민은 둘째 사위처럼 회사에 별 관심이 없어 아쉬웠다.

헌데 지금은 그의 나머지 바람이 채워질 것처럼 보였다.

"식사부터 하자."

"네."

"음식 들이라 하세요."

부일의 말에 둘은 착착 식사를 주문했다. 그 호흡이 또 부일을 흐뭇하게 만들었다. 말없이 식사가 시작되었다.

아직 가족 모임을 가질 시기는 아니었다. 두 사람은 자신들만 부른 부일의 심중이 궁금했지만 조용히 얘기를 기다리며 식사를 했다.

"죽이 맛있구나. 간도 적당하고 쌀알도 잘 퍼졌어. 너희 입맛에는 맞냐?"

정말 죽 맛이 궁금해서 한 질문은 아닌 듯해 둘 다 대답을
망설였다. 그러다 승민이 먼저 입을 열었다.

"죽이 아니라 다른 얘기 하시려는 거 아니세요?"

"고얀 놈. 잘 아는구나."

"외할아버지는 포커페이스가 잘 안 되신다니까요."

농담이 섞인 그 말에 눈매를 가늘게 한 부일이 살짝 미소를
머금었다.

늘 어리게만 느껴졌던 승민이 어느새 부쩍 남자로 성장했
다. 애교가 많고 생글생글 잘 웃는 것은 여전한데 그 묵직함이
다르다. 청바지와 후드 티가 잘 어울리던 녀석이 이제 슈트도
제법 멋지게 소화하고 있었다.

"하실 말씀 있으시면 하세요."

수저를 내려놓은 지호가 진중하게 물었다. 여전히 딱딱하지
만 예전처럼 주눅 들어 눈치 보는 말투는 아니었다.

확실히 두 놈 다 변했다. 입을 닦은 부일은 다정한 눈으로
손자들을 바라보았다.

"이번에 일을 잘해서 상을 좀 줄 생각이다. 지호 넌 승진시
켜 주마. 재무1팀으로 가라."

"어, 낙하산이에요?"

승민의 물음에 부일은 눈을 흘겼다.

"능력 있는 낙하산이니 괜찮아. 가서 일 잘 배우고 와. 자고
로 돈을 알아야 회사를 아는 거야."

"네. 기대에 부응하겠습니다."

대답하는 목소리에 힘이 들어갔다. 그저 그런 인사 이동이 아니다. 후계자 수업을 시작하고 있는 것이다.

"저는 무슨 상 주실 건데요?"

생글거리며 승민이 묻자 부일은 놓았던 수저를 들었다. 마침 메인 요리가 들어오며 식탁을 가득 채웠다.

"저도 잘했는데 뭐 없어요?"

"이제 갓 들어온 신입 사원이 뭘 바라?"

"너무하시네. 보너스라도 좀 주시지."

승민의 투정에 지호가 픽 웃음을 터트렸다. 비웃음이 아니라 진심으로 승민을 귀엽게 생각한 웃음이었다. 딱딱한 부일을 녹일 수 있는 건 승민의 애교뿐이었다. 그래서 부러웠고 질투도 났었다. 지금도 아주 조금 부럽긴 하다.

"형은 승진했다 이거지? 안 되겠다. 형한테 빌붙어야지."

"난 너보다 경력이 더 많아. 같은 급으로 생각하면 안 되지. 외국 지사라도 나갔다 오든지."

지호의 말에 부일이 고개를 끄덕였다.

"좋은 생각이구나. 이제 갓 들어온 햇병아리를 뭔 수로 승진시켜. 외국 지사에 나갔다 와라."

"외국이요? 농담이시죠?"

"비싼 밥 먹고 농담 안 한다."

부일의 말에 승민의 안색이 싹 바뀌었다. 외국이라니. 해강이 흔들리고 있는데 지금 외국으로 간다면 해강을 잡을 기회가 영원히 날아갈 수도 있다.

회사에 들어와 일을 하다 보니 애정이 생긴 건 사실이었다. 증조할아버지와 함께 외할아버지가 만들고 키운 회사를 세계 일류로 만들어 보고 싶다는 야망도 생겼다. 그래서 지호와 함께 선의의 경쟁을 할 예정이었다.

지호도 예전처럼 딴죽 걸지 않을 것 같고 제대로 붙을 마음이 들었다. 그러니 정말 제대로 해 볼 생각이었다. 그러나 해외 지사는 아니다. 눈에서 멀어지면 경쟁 상대인 지호에게 빼앗길 것이다. 승민이 다급히 대답을 했다.

"꼭 지금 가야 해요?"

"그럼 언제 갈래? 지금이 딱 좋은 시기다."

난처한 표정을 짓는 승민을 보며 부일은 슬쩍 미소를 지었다. 그래도 아직 내가 한 수 위지?

무심한 척 대하고 있지만 사실 마음은 온통 해강에게 향해 있었다. 너무 붙어 다녀서 친근한 가족 같다는 그녀의 말에 일부러 거리를 두는 중이었다. 그리고 예상대로 해강의 마음이 조금씩 움직이고 있는 것 같았다.

그런데 이런 중요한 때에 외국이라니.

외할아버지가 농담하실 분이 아니라는 걸 잘 아는 승민은 난처한 표정을 지었다.

두 사람과 식사를 한 며칠 뒤 부일은 비서가 조사해 온 해강에 대한 서류를 꼼꼼하게 살펴보았다. 해강은 기억하지 못하겠지만 아주 어릴 적 승민의 집에 갔을 때 어린 해강을 본 적이 있었다. 물론 부일도 서류와 사진을 보고 기억한 것이지만.

다섯 살쯤으로 기억되는 해에도 승민은 해강을 졸졸 따라다니고 있었다. 웃겼던 것은 그때는 해강이 승민을 보호하고 다녔다는 거다. 동네에서 다른 애들에게 승민이 맞고 오면 발끈한 해강이 나가 그놈들을 모조리 혼내 주곤 했다.

선명하게 생각나는 건 해강이 저보다 조금 작은 승민을 등에 업고 재워 주던 것이다. 좁은 마당을 걸으며 승민을 업고 토닥거리던 해강도 힘이 들었는지 승민의 방에서 둘이 나란히 잠이 들었었다.

"그때처럼 여전히 당차고 용감하게 컸구먼."

서류를 넘기자 지호가 해강을 만나게 된 부분이 나왔다. 지호도 자신처럼 해강을 알고 있었다. 그때 승민이네 집에 지호도 같이 갔었으니까. 늘 승민을 경계하던 지호가 해강을 몰랐을 리 없었다.

그런데 마치 제 여자처럼 행동하던 그건 뭐였을까.

이쯤 되니 해강의 생각이 정말 궁금해졌다. 제 손자 둘을 손에 쥐고 흔드는 요물인지. 아니면 어렸을 때처럼 용감하고 지혜로운 아이인지 알아볼 필요가 있었다.

❖   ❖   ❖

신제품이 출시되면 더 이상의 야근은 없을 줄 알았다. 그러나 회사 생활이란 게 어디 가겠는가. 정신을 차리고 보니 사무실에 남아 있는 사람은 해강뿐이었다.

"아, 진짜. 이걸 왜 퇴근 시간 지난 뒤에 주냐고."

이사를 하고 나서 출퇴근 시간이 많이 길어졌다. 길에서 시달리는 시간이 많으니 부쩍 피로도 심해졌다. 김밥 한 줄을 옆에 놓고 오물거리던 해강은 뒷목을 주물렀다. 이제 마무리만 하면 끝이라는 생각에 늘어지게 기지개를 켰다.

"으갸갸갸갸. 으아, 뼈마디가 삐거덕거리는 거 같아."

자리에서 일어선 해강은 의자를 안으로 바짝 밀고 스트레칭을 했다.

"헙!"

그리고 크게 기합을 넣으며 다리를 쫙 뻗어 발차기를 했다. 서너 번 발차기를 하고 나니 몸이 조금 풀리는 기분이었다.

"아, 개운해. 도장을 좀 다녀 볼까?"

그런데 언제? 허구한 날 야근에, 회식에, 좀 일찍 들어가는 날은 잠도 자야지. 도장 갈 시간은 없겠다.

심각한 표정으로 생각에 잠겨 있던 해강은 주먹을 꽉 쥐었다.

"그냥 집에서 하는 걸로 하자."

"집에 빨리 가야 하는 일이 있는가 보구만."

"아이고! 헉! 안녕하세요, 회장님."

언제 들어온 건지 비서도 없이 부일이 문 앞에서 해강을 빤히 바라보고 있었다. 설마 발차기하는 것도 보신 건 아니겠지?

315

물론 바지를 입었지만 다 큰 처녀가 다리를 공중으로 쫙쫙 뻗는 게 과히 보기 좋은 장면은 아닌데.

"바쁜가?"

"아닙니다."

그녀의 책상으로 다가온 부일은 노트북을 들여다보았다. 각 매장별 매출과 반품 상황이 깔끔하게 정리되어 있었다. 마우스 휠을 내리던 부일이 툭 입을 열었다.

"정리가 잘돼 있군."

"감사합니다."

"그래, 다음엔 어떤 제품을 생각하고 있나?"

"네? 혹시 가을 제품 말씀하시는 건가요?"

"가을도 좋고 간절기 제품도 좋고. 아이디어가 있으면 말해보게."

말해도 되나? 신제품 의견은 아닌데 괜찮겠지? 지난번처럼 오버하지 말고 차분하게 말해야지.

크게 숨을 들이쉰 해강은 평소 제 생각을 말했다.

"새로운 제품에 관한 생각은 아니고 재활용에 관한 아이디어라고 생각하시면 될 것 같습니다."

"재활용?"

"네, 사실 여성이라면 기초는 한 세트뿐이라도 립스틱이나 아이섀도 등 포인트 화장품은 못해도 서너 개씩 가지고 있잖아요. 유통기한이 있지만 그걸 제대로 지키는 사람은 많지 않을 거라는 조사도 있습니다. 그래서 그것들을 버리지 않고……."

해강은 그동안 화장을 하면서 해 왔던 생각들을 차근차근 설명하기 시작했다. 그녀의 얘기를 다 들은 부일이 물었다.

"혹시 문서화한 거 있나?"

"네. 잠시만 기다려 주세요."

의자에 앉은 해강은 얼른 파일을 찾아 프린트를 했다. 틈틈이 자료를 모으고 생각을 정리한 것이 이렇게 사용될 줄은 몰랐다. 프린트한 것을 깔끔하게 모아 스테이플러로 찍은 해강은 공손하게 부일에게 건넸다.

자료를 보는 부일의 얼굴을 살폈지만 호불호가 잘 보이지 않았다. 손자들 앞에서는 잘 안 되는 포커페이스지만 일할 때만큼은 철저한 기업인으로 돌아간 부일의 생각을 엿보기란 쉽지 않았다.

부일은 조금 놀라고 있었다. 그저 좋은 제품 만들어 많이 팔면 좋다는 생각이 다였는데 해강이 생각한 건 조금 다른 방향이었다. 기존의 제품들 역시 제대로 잘 쓰게 만들면서 새 제품 구매를 유도하는 방법이었다. 제법 쓸 만한 아이디어였다.

사원으로는 좋은 점수를 줄 수 있었다. 그러니 이번엔 사람으로서 점수를 매겨야 할 차례였다. 제 눈을 바로 보며 반짝이는 눈빛이나 공손하지만 비굴하지 않은 태도를 보니 가정교육도 잘 받은 것 같았다.

"대학을 끝까지 마치지 못했는데 이유라도 있나?"

느닷없는 질문에 해강은 잠시 말문이 막혔다. 제품 아이디어에서 갑자기 넘어간 제 이력에 관한 질문은 정말 뜬금없었다.

조금 머뭇거렸지만 또렷한 목소리로 대답했다.

"개인적인 사정이 있었습니다. 그러나 회사 일을 하는 데는 전혀 지장이 없습니다."

혹시 대학 중퇴가 이력에 흠이라도 될까 해강은 마음을 졸였다. 그러나 부일의 표정만 봐서는 어떤 생각을 하고 있는지 짐작이 되지 않았다.

"괜찮다면 그 개인적인 사정을 좀 듣고 싶은데."

그런 것도 말해야 하나? 잠시 머뭇거리던 해강은 조심스럽게 입을 열었다.

"집안 사정이 갑자기 나빠졌습니다. 그래서 등록금을 마련하기보다는 당장 생활 전선에 뛰어들어야 했습니다. 여러 가지 아르바이트를 하면서 더 퀸에 입사하기 위해 공부를 했습니다."

"그 집안 사정이라는 게 뭐지?"

"그게…… 아버지가 친구 보증을 서 주셨습니다. 저희 아버지가 거절을 잘 못 하시거든요."

"그럼 지금은 괜찮은 건가?"

"다행히 친구분을 찾아서 빚은 없습니다."

"부모님과 함께 사는 거 같진 않던데……."

"두 분은 제주도에 계세요. 거기가 외가댁이거든요. 두 분 다 건강하시고 새로운 일도 찾아서 열심히 일하고 계십니다."

"음…… 자네는 어디 아픈 곳은 없고?"

"건강합니다."

"올해 나이가 어떻게 되나?"

"스물여덟입니다."

질문이 어째 점점 사적인 내용으로 변하고 있었다. 좀 이상하다는 생각이 들긴 했지만 해강은 성심껏 대답을 했다.

"승민이와 동갑이군."

"네, 친구니까요."

무심결에 대답하던 해강은 아차 싶었다. 승민이 외할아버지라는 걸 안다는 걸 말해도 되는 건가? 조심스럽게 부일의 표정을 살폈지만 여전히 무슨 생각인지 알 수가 없었다. 회장은 아무나 하는 게 아닌가 보구나.

진정한 포커 페이스에 감탄하며 해강은 얌전히 두 손을 모았다.

"애인은 있나?"

"아직 없습니다."

"지난번에 보니 팀장과 가까운 것 같던데. 아니었나?"

"그게……."

해강은 난처했다. 원래는 팀장님이 제 이상형이라 혹하고 빠졌는데 요즘엔 승민이 때문에 심장이 뛰어서 저도 아주 헷갈리고 난감한 상황이랍니다, 라고 말할 수는 없으니까.

해강이 머뭇거리고 있자 부일은 그녀를 조금 도와주기로 했다. 비서가 알아 온 바로 승민은 28년 동안 쭉 해강만 바라보았고 최근 지호가 그런 해강에게 호감을 보이고 있다고 했다.

겉으로 해강과 승민은 친구처럼 연인처럼 서로를 잘 챙기고 쿵짝이 잘 맞는 사이처럼 보였고 지호와는 몇 번의 데이트를 한 듯했다.

그러나 남녀 사이란 둘밖에 모르는 것이다. 해강의 마음이 누구에게 있는지 확실히 할 필요가 있었다. 물론 외할아버지로서 말이다.

"승민이는 요즘 회사 생활 잘하고 있는지 모르겠군."

"제 일은 똑소리 나게 잘하잖아요. 똑똑하고 정이 많으면서 리더십도 제대로 박힌 애라 일은 참 잘해요. 동료들에게 인기가 많고 신뢰도도 꽤 높아요. 사람들의 마음을 사로잡는 거, 그런 면에서 타고났죠. 애가 미운 짓을 해도 밉지가 않아요. 가끔 애처럼 굴 때가 있는데 공적인 자리에서는 별로 티가 나지 않으니까 그건 걱정 안 하셔도 될 것 같습니다."

마치 준비한 대본을 읽듯 승민에 대해서 술술 이야기가 나왔다. 거기에 입가에 엄마 미소까지 장착한 해강은 친한 할아버지에게 하듯 친근한 말투로 얘기를 했다.

"지호도 잘하고 있나? 외국에 있다 한국에 들어온 지 얼마 안 되어 말이야."

"팀장님도 잘하세요. 뭐랄까, 우등생은 우등생인데 공부를 많이 해서 된 우등생 있잖아요. 팀장님은 똑똑한 노력형이에요. 머리도 좋고, 노력도 하고, 운 같은 건 바라지 않고 자기 능력을 최대로 이끌어 내려고 많이 노력하시지요."

승민에 대해 말할 때와 달리 진지함을 담아 객관적으로 평가하려 애를 쓰고 있었다. 단지 승민을 더 오래 알아서인지 감정이 승민에게 더 있어서인지 궁금했다.

"그럼 자네는 누가 더 마음에 드나?"

"네?"

이건 진짜 당황스러운 질문이다. 누가 마음에 드냐니? 마치 상견례 자리에서 시할아버지가 물어보는 질문처럼 느껴져 해강의 얼굴이 붉게 달아올랐다.

"단도직입적으로 말하지. 두 놈 다 내 손자인 건 알고 있지?"

"알고 있습니다."

"두 놈 중 누가 될지는 모르지만 앞으로 이 회사를 맡게 될 텐데 친구가 어떤 사람인지, 좋아하는 여자가 무슨 생각을 가지고 있는지 알아야 하지 않겠나?"

"네, 그러시겠죠."

"할아비로 걱정되어 물어보는 거네."

회장이 아닌 할아버지로 물어본다는 말이었다. 회장과 사원이 아니라 승민이네 놀러 갔다 만난 외할아버지면 더 편했을 테지만 이미 만난 걸 어쩌랴. 해강은 최대한 솔직하게 마음을 털어놔야겠다고 생각했다.

"승민이랑은 선택의 여지없이 친구가 됐어요. 태어나 보니 옆에 있었고 초, 중, 고, 대학까지 같은 곳을 다니다 보니 늘 붙어 다녔고요. 당연하게 숨 쉬는 공기. 승민이는 그런 공기였어요. 같이 있는 것이 너무나 자연스럽고 당연한 가족처럼 말이에요. 그리고 팀장님은…… 제 이상형이에요."

"이상형?"

"제가 늘 입버릇처럼 말하던 게 있었거든요. 외까풀에 카리스마 있는 눈매, 배려심 많고 어른스러운 남자. 팀장님을 처음 보자마자 제 이상형과 너무 비슷해서 깜짝 놀랐어요."

"쌍꺼풀이 없는 것을 좋아하나 보군."

승민과 똑같이 선하게 생긴 쌍꺼풀을 쓰다듬으며 부일이 말하자 해강은 난처했다.

"꼭 쌍꺼풀을 싫어하는 건 아닌데 승민이가 여자 친구 하자고 조를 때마다 그 녀석 마음 돌리느라 반대로 말했거든요. 그러다 보니 그게 제 이상형처럼 되어 버렸어요."

"승민이가 마음에 안 드나?"

"아뇨. 절대 아니에요. 저 승민이 많이 좋아해요. 그런데 너무 오랫동안 붙어 있다 보니까 헷갈리더라고요. 그냥 가족이라는 생각이 들어 좋아하는 건지, 남자로 좋아하는 건지."

말끝에 살짝 망설임이 느껴졌다.

"그럼 지호는 단지 이상형이라 좋아하는 건가?"

"지금 생각해 보니 그랬던 거 같아요. 입버릇처럼 말하던 남자가 실물로 눈앞에 나타났을 때 심장이 쿵쾅거렸거든요. 믿어지지 않아서 꿈을 꾸는 건가 다리도 꼬집어 보고 그랬어요. 마치 동경하던 연예인을 실제로 본 느낌이랄까."

"연예인과 가족이라……. 많이 다르군."

"그러네요. 다르네요."

중얼거린 해강의 미간이 살짝 구겨졌다. 저도 몰랐던 감정이 부일과 이야기하면서 겉으로 튀어나왔다.

　퇴근길 버스에 몸을 실은 해강은 생각에 잠겨 있었다. 승민에 대해서 어떤 감정이냐. 고민할 겨를도 없이 승민은 가족이었고, 그래서 승민의 고백은 늘 장난이라 치부해 버렸다. 가족을 사랑하는 건 당연한 거니까. 가족이라면 애인이 되는 건 말도 안 되니까.
　그런데 부일과 이야기를 나누면서 그런 감정이 아닐 수도 있겠다는 생각이 처음 들었다. 승민은 진짜 가족이 아니라 가족처럼 아주 가까운 사이다. 그러니 지금의 이 감정이 가족을 사랑하는 마음이 아닌 다른 마음일 수도 있다.
　"가족애가 아니라 그냥…… 사랑일 수도 있겠구나."
　창에 머리를 기댄 해강이 중얼거렸다. 여전히 결론은 나지 않았지만 헷갈렸던 감정은 조금 정리가 된 느낌이었다.

✿　　　　✿　　　　✿

　연이은 성공에 회사 주가가 상승 곡선을 그리자 그야말로 축제 분위기였다. 게다가 지호의 승진 소식이 은밀하게 나돌자 특별팀 사원들은 저마다 살짝 기대감을 키우고 있었다. 한 팀을 이루어 만들어 낸 성공이었다. 팀장이 승진을 하면 팀원들 역시 뭔가가 있겠지, 라는 기대를 버릴 수가 없었다.
　조만간 중요한 발표가 있을 거라는 소식을 들은 팀원들은 오늘도 기대감에 살짝 흥분된 상태였다. 그리고 퇴근 직후 지호가 모든 팀원을 한자리에 모았다.

"저희가 같은 팀이 된 지 벌써 반년이 지났네요."

지호의 말을 들으니 벌써 시간이 그렇게 흘렀구나 싶어 모두들 고개를 끄덕였다. 겨울과 봄, 그리고 막 시작되는 여름까지. 세 계절을 함께하고 있었다.

"길지 않은 시간이었지만 저에게는 많은 것을 배울 수 있는 소중한 시간이었습니다. 좋은 사람들을 만나게 해 준 고마운 시간들이었구요."

감동적인 말은 틀림없는데 어쩐지 불길한 기운이 스멀스멀 올라오고 있었다. 마치 마지막을 예고하는 듯한 어투에 긴장감이 감돌았다.

한 사람, 한 사람 눈을 맞춘 지호의 입술이 기분 좋은 곡선을 그렸다.

"아마 여러분을 잊지 못할 겁니다."

슬픈 예감은 어김없이 들어맞는다. 순간 울상이 된 팀원들이 한마디씩 입을 열었다.

"팀장님 어디 가세요?"

"그러게요. 송별사 하는 거 같아요."

"왜 그런 말씀을 하세요."

팀원들의 불안한 눈빛과 달리 지호의 표정은 편안했다. 그리고 그 편안하고 그윽한 목소리로 이별 선언을 하고야 말았다.

"이번 주를 마지막으로 특별팀은 해체됩니다."

"네?"

"해체요? 없어진다고요?"

"우리 이대로 쭉 고정 부서 되는 거 아니었어요?"

여기저기에서 항의가 빗발치자 지호는 손을 들어 사람들을 조용히 시켰다.

"처음부터 한시적으로 만들어진 팀이었습니다. 다음 주부터 여러분이 있던 부서로 복귀될 겁니다. 어차피 회사에서 볼 사이이니 마지막 회식은 하지 말죠. 그럼 퇴근들 하세요."

지호가 나가 버리자 모두들 멍한 표정을 지었다. 믿는 도끼에 발등 찍힌 기분이 이럴까? 어쩐지 배신감도 들고 서운함도 들어 자리를 뜨지 못하고 있었다.

"뭐지? 나 배신감 같은 거 들려고 하는데……."

"나도."

"토사구팽인가? 회사를 위기에서 살렸으니 사냥개는 필요 없다 이거지?"

서운함과 분노를 담아 모두들 한마디씩 했다.

"팀장님은 승진한다면서. 우린 뭐야? 상여금 한 장 없잖아."

"인센티브 받았잖아."

"그거랑 그거는 다르지!"

"진짜 서운하다. 그래도 반년을 함께했는데 어떻게 회식 하나 없이 달랑 인사로 마무리를 하냐."

"로열 패밀리라 이거지. 회장님 손자라는 소문 있잖아."

작게 소곤거렸지만 이제는 모두들 알고 있는 사실이었다. 기분이 상했는지 우리끼리라도 먹자, 한마디 없이 모두들 서둘러 퇴근을 했다.

텅 빈 사무실에 남은 해강은 깊은 숨을 내쉬었다. 사무실을 둘러보니 지난 6개월의 시간이 순서대로 지나갔다.

처음 이상형인 지호를 만나 가슴 쿵쾅거렸던 일. 미영과 친구가 되고 승민의 집에 얹혀 지내게 된 일. 그리고 승민의 진지한 고백과 너무 늦게 알아 버린 제 마음.

이제 원래 부서로 돌아가니까 내 마음도 원래 자리로 돌려놔야겠다.

결정을 하니 마음이 한결 가벼웠다.

사무실의 불을 끄고 나오며 해강의 마음엔 다른 불이 켜졌다.

10화
친구 말고 남자

버스에서 내린 해강의 몰골은 만신창이였다. 머리는 헝클어
지고 삐질 흐른 땀 때문에 겨우 바른 비비크림은 얼룩이 져 있
었다. 집이 멀어진 탓에 출근 시간이 너무 길어졌다. 시계를
보던 해강은 기겁을 했다.

"흐익, 지각이다."

대체 몇 시에 나와야 지각을 면하는 걸까. 회사 옆에 쪽방
이라도 알아봐야 하나? 아직 출근 전인데 며칠 야근을 한 듯
온몸이 삐거덕거리는 것 같았다.

회사에 도착하자마자 커피믹스 두 봉지를 타 단숨에 들이켠
해강은 한숨을 푹 내쉬었다. 옆에 선 미영을 보니 그녀 역시
눈이 풀려 있었다.

"자기는 집 별로 안 멀잖아. 눈이 왜 그래?"

"휴우, 특별팀이 아닌 마케팅 부서로 출근해서 그래. 특별팀이 내 부서 같아. 여긴 무지 어색해졌다."

"그러게. 고작 6개월이었는데 말이야."

고작 6개월인데 1년도 넘게 있었던 마케팅 부서가 어색하다. 남의 집에 뒷방살이 하러 온 것마냥 맘이 불편한데 그런 그녀들에게 익숙한 목소리가 들렸다.

"어머! 승민 씨 벌써 출근했어?"

"부지런도 하지. 오랜만에 만나니 더 멋져졌네?"

"다시 마케팅 부서로 와서 진짜 반갑다."

"그런 의미에서 오늘 점심 같이 먹을까?"

하이 소프라노의 쨍쨍거리는 목소리의 주인공들은 강희숙, 임영숙 숙 자매였다. 승민은 대답을 하는지 마는지 두 여자의 목소리만 번갈아 들려오자 해강은 쿡 하고 작게 웃음을 터트렸다.

"웃지 마. 들켜."

"두 분은 여전하네."

"숙 자매가 어디 가겠냐? 결혼이라도 하면 모를까."

미영이 해강의 옆구리를 찌르며 말하자 해강은 입술을 말아 물고 웃음을 애써 참았다. 그리고 6개월 전에 앉았던 의자에 앉았다.

약간 어색하지만 그래도 내 자리다. 그러나 자리가 주는 향수를 느낄 새도 없이 앉자마자 두툼한 서류 뭉치가 책상 위로 쿵 떨어졌다.

"오랜만이야, 해강 씨. 이거 파일로 정리 부탁해."

"네, 임 대리님. 안녕하셨…… 그냥 가 버리네."

일거리를 던져 준 영숙이 쌩하니 가 버리자 해강은 어이가
없어 혀를 찼다.

어쩜 6개월 전과 변한 게 하나도 없었다. 사무실도 그대로이
고 사람들도 그대로였다. 유 팀장의 깐깐함도 그대로이고 숙 자
매의 심술도 그대로였다. 어색해 죽겠다던 미영도 어느새 업무
를 능숙하게 처리하고 있었다. 모두 그대로인데 자기만 변한 것
같았다. 마치 다른 사람이 된 느낌이었다.

사무실을 둘러보던 해강은 고개를 든 승민과 눈이 마주쳤다.
피하지 않고 둘은 서로를 바라보았다. 승민도 예전과 같다. 언
제나 사랑스러움과 부드러움을 듬뿍 담은 눈빛으로 자신을 바
라보고 있었다. 가볍게 고갯짓을 한 그가 다시 고개를 숙이고
일에 몰두하자 해강은 가슴이 먹먹했다.

내가 문제였구나. 승민이는 늘 그 자리에 있었는데 나만 왔
다 갔다 했었어. 마음이 정리되니 보이지 않던 것이 보이는 것
같았다. 그리고 이젠 답을 줄 차례였다.

먼저 지호와 제대로 이야기를 해야 했다.

'데이트 신청이죠?' 라는 지호의 말에 이따 보자고 덤덤히
대답한 해강은 약속 시각보다 일찍 커피숍에 도착했다.

잠시 후 지호가 들어오며 잔잔한 미소를 지었다.

"일찍 왔네요."

"일찍 퇴근했어요."

"일은 괜찮아요?"

"원래 하던 일인데요. 어려울 것도 없죠. 팀장님은요? 거기서도 팀장님이시죠?"

재무팀으로 자리를 옮긴 지호는 그중에서도 가장 핵심인 재무1팀 팀장이 되었다. 낙하산 인사라는 말이 잠깐 돌긴 했지만 그간 지호가 해낸 성과를 아는지라 어느새 흐지부지 사라져 버렸다.

약간 재수 없는 표정을 지은 지호가 대답 대신 어깨를 으쓱했다. 그 모습이 카리스마 있기보다는 친근한 오빠처럼 느껴졌다. 승민의 사촌 형이니까. 마음을 정하고 나니 모든 것이 승민 위주로 보였다.

"재미있어요. 숫자가 이렇게 재미있는 것이었나 새삼 깨닫고 있는 중이죠."

"분위기가 좋아 보이세요."

잠시 대화가 끊기고 지호가 커피를 들자 해강도 커피를 마셨다. 할 말은 정해져 있는데 어떻게 시작해야 할지 조금 망설여졌다. 제가 먼저 좋다고 덤빈 꼴이었는데 그만하자는 말을 먼저 해야 하니 웃기기도 했다.

"저 할 말 있어요."

"내가 먼저요."

잠시 머뭇거리던 해강이 입을 열자마자 지호가 그녀의 말을 막았다.

"집에서 선을 보라네요."

"선이요?"

"어머니께서 정략결혼 비슷한 걸 시키고 싶으신가 봐요."

"정략결혼이요?"

와, 드라마 같다. 진짜 재벌 맞구나.

해강의 눈이 동그래지며 반짝거리자 지호가 쿡쿡거리며 웃었다. 너무 흥미진진한 반응을 보인 건가 해강은 재빨리 표정을 수습했다. 그러자 지호의 얼굴이 부드러워졌다.

"그러니까 너무 미안해하지 마요."

"팀장님."

"내가 찬 거니까 나도 미안해하지 않을 거예요. 그러니까 쌤쌤이요."

"쌤쌤이요?"

내가 미안한 짓을 한 건 알지만 팀장님이 미안해할 일이 뭐지? 무슨 소리를 하는지 몰라 지호를 보았지만 그는 대답 없이 그냥 미소를 지을 뿐이었다.

승민을 골탕 먹이려고 해강을 이용하려 했다. 그러다 제 꾀에 넘어가 해강을 진심으로 좋아하게 되었다. 하지만 그녀는 승민을 원하니까 쿨하게 놔줄 거다.

이런 뒷이야기는 아마 죽을 때까지 비밀로 해야 하겠지.

"마지막인데 밥이나 먹을까요?"

"저녁은 아까 먹었는데요."

"그럼 야식이나 해요. 사실 다시 회사로 들어가 봐야 해서 뭘 좀 먹어야 하거든요."

"아, 그러시구나. 뭐 드시고 싶으세요?"

"음, 지난번 깨작거린 해장국 어때요?"

"보기보다 뒤끝이 있으시네. 그래요. 이번엔 맛있게 먹을 수 있으니까."

"나 굉장히 멋진 남자 아니에요? 좋아하지만 보내 주는 거잖아요."

"좀 멋지세요."

"지금이라도 잡으면 선 취소하고 해강 씨에게 잡힐 용의가 있는데……."

"죄송해요. 잡을 마음이 없어서요."

"아, 더 들으면 상처 받겠다. 그냥 해장국이나 먹으러 갑시다."

둘은 커피숍을 나와 나란히 해장국집을 향해 걸었다. 고민했는데 지호 덕분에 순조롭게 이별이 이루어졌다. 이별하는 순간에도 지호는 그녀의 이상형답게 멋졌다. 이제 승민만 남았다. 좋은 타이밍을 잡아 제대로 대답하면 미션 클리어다. 결심한 해강은 언제가 좋을지 기회를 엿보기 시작했다.

❀   ❀   ❀

마케팅 부서로 복귀한 지 일주일. 설문에 사용할 질문들을 생각하던 해강은 문득 제 업무가 조금 달라진 것을 눈치챘다. 예전에는 설문을 마친 종이들을 정리하고, 복사하고, 다시 분류하는 잡일을 주로 했었는데 이번엔 설문의 처음을 시작하는 일을 맡게 된 것이다.

특별팀에 다녀온 값을 하는 건가? 한 단계 업그레이드된 일에 묘한 희열이 느껴졌다. 잘해 보자. 의욕이 절로 불끈 솟아올랐다. 덕분에 일거리는 더 늘었지만 기분은 좋았다. 아쉬운 점이라면 승민과 이야기할 타이밍을 계속 놓치고 있다는 것이었다.

업무의 양이 늘어나니 근무 시간이 늘어났고 어쩐 일인지 승민은 계속 밖을 다니며 업무를 봐서 도저히 시간이 나질 않았다.

게다가 이번엔 출장까지 떠났다. 그것도 4일이나……. 토요일, 일요일까지 합하면 무려 일주일이었다.

유 팀장과 함께 승민이 출장을 가 버리자 마음이 허전했다. 4일 후에 돌아올 걸 알면서도 자꾸 승민의 자리를 훔쳐보게 되었다.

"해강 씨, 저녁 먹고 갈래?"

"응? 응."

승민의 빈자리를 물끄러미 바라보던 해강은 미영의 말에 고개를 끄덕였다.

조금 늦은 시간이라 식당은 한가했다. 김치찌개를 시킨 해강은 밥을 먹는 둥 마는 둥 하다 종업원을 불렀다.

"소주 하나 주세요."

소주와 잔 두 개가 나왔다. 뚜껑을 연 해강은 미영에게 소

333

주를 권했다.

"자기도 한잔할래?"

"어째 분위기가 좀 별로다."

"금요일이잖아. 피곤해서 그렇지."

한 잔을 따라 단숨에 비운 해강은 다시 잔을 채웠다. 그런 해강을 빤히 보던 미영이 은근하게 말했다.

"고민 있구나."

"……."

"팀장님이랑 무슨 일 있는 거야?"

"진짜 눈치 빠르네."

"이제 부서도 달라져서 만날 수 있는 시간은 퇴근 후뿐인데, 마케팅 부서로 온 후 자기 쭉 늦게 퇴근했잖아. 불금인 오늘도 팀장님이 아니라 나랑 저녁 먹고. 누구라도 눈치챌 일이라고."

미영의 말에 해강은 다시 술잔을 비웠다. 소주병을 드는데 얼른 빼앗아 간 미영이 대신 술을 따라 주었다.

"뭔데? 싸웠어?"

"헤어졌어."

"뭐어? 왜? 결혼을 전제로 진지하게 만나자고 했다며! 그런데 왜 헤어져? 왜 갑자기 마음이 변하셨대?"

"내 마음이 변했어."

"자기가?"

헤어졌다는 말보다 더 충격이었다. 이상형이 나타났다며 밀어 달라고 해서 작전까지 짰는데 이게 무슨 소리람? 미영은 소

334

주를 단숨에 들이켜고는 해강에게 물었다.

"이상형이라고 엄청 좋아했잖아."

"이상형은 맞아."

"그럼 뭐야?"

"동경하는 연예인, 뭐 비슷한 감정이었나 봐. 만날 때마다 떨리긴 무지 떨리는데 멀리서 봐야 더 빛이 나는 사람. 그런 거 같아."

"배가 불렀구나. 배가 불렀어. 좋아하는 연예인이 나 좋다고 나타나면 꽉 잡아야지 다시 멀리서 바라본다고? 용기 있는 남자만 미인을 얻는 게 아니야. 여자도 용기가 있어야 이상형을 꽉 잡을 수 있는 거라고."

미영의 말에 싱긋 웃은 해강이 대답했다.

"그래서 이번엔 용기 내 보려고."

"무슨 소리야? 헤어졌다며! 혹시 다른 사람 생겼어?"

대답 없이 빙긋 웃는 해강을 보던 미영이 어이없다는 듯 제 잔에 술을 따랐다.

"해강 씨에게 바람둥이 기질이 있는 줄 몰랐네."

"나도 몰랐어. 내 마음이 누구에게 있었던 건지."

"이번에도 외까풀에 배려심 많고 어른스러운 사람이야?"

"아니. 착해 보이는 순한 눈을 하고, 장난스럽지만 보디가드처럼 날 보호해 주고 어린애처럼 보채기도 많이 해서 손이 많이 가는 남자."

"이상형이랑 완전 반대잖아."

"그러니까."

밝게 웃음 짓는 해강을 보며 미영이 고개를 흔들었다.

팀장님이랑 헤어져서 맛이 갔나? 지금 저게 웃을 일이냐고. 아니, 자기가 찼다잖아. 맛이 가서 헤어진 건가? 그런데 갑자기 왜 맛이 가? 꼬리에 꼬리를 무는 의문에 계속해서 머릿속을 어지럽게 하자 에라, 모르겠다 술잔을 든 미영은 잔을 홀랑 비웠다. 어느새 소주병은 바닥을 드러냈다.

"다 마셨네. 이모, 여기 소주 한 병 더 주세요."

다시 가져온 소주 한 병을 주거니 받거니 한 해강은 마음 한 구석이 너무 허전해 밥 한 공기를 뚝딱 비웠다.

회사에서는 비어 있는 있는 승민의 자리를 보니 마음이 더욱 헛헛해 저도 모르게 한숨이 흘러나오기도 했다. 용기를 내어 잘 지내고 있냐는 문자를 보내기도 했지만 잘 지낸다는 의무적인 대답만 돌아왔을 뿐 더 이상 대화가 진전되지 않았다.

설마 마음을 정리하려고 이러는 건 아니겠지! 아니다. 이건 회사 일로 간 출장이잖아. 바빠서 그런 걸 거야. 28년의 감정이 그렇게 빨리 정리되지는 않았을 거야.

애써 좋은 쪽으로 생각하려 했지만 여전히 불안했다. 승민이 엉뚱한 짓을 저지르기 전에 제 마음을 알려야 했다.

전화는 해도 받지 않아 해강은 다시 문자를 보냈다.

〈승민아, 나 할 말이 있어. 돌아오면 꼭 연락해. 토요일도 괜찮고, 일요일도 좋으니까 꼭 연락해 줘. 기다릴게.〉

〈나도 할 말 있어.〉

간절한 마음으로 보낸 문자에 알쏭달쏭한 대답이 돌아왔다. 덜컥 겁이 났다. 설마 마음 다 정리했으니까 다시 친구로 지내자는 말은 아니겠지? 아니면, 친구도 못 하니까 이젠 사적인 연락도 하지 말자는 소리는 아니겠지?

승민이 없는 일주일이 어떻게 지나갔는지 모를 지경이었다. 나사 빠진 사람처럼 이리 쿵, 저리 쿵 실수 연발에 멍하니 앉아 있을 때가 많았다. 노트북을 켜 놓고 멍하니 앉아 있는 해강을 보며 미영이 측은한 듯 혀를 찼다.

"쯧쯧, 진짜 맛이 갔네. 갑자기 왜 저러지?"

금요일이 되자 빠졌던 정신이 제자리로 돌아온 느낌이었다. 아침부터 바짝 긴장한 해강은 핸드폰을 손에서 놓지 못하고 있었다. 언제 승민에게서 연락이 올지 몰라 수시로 확인을 했지만 퇴근 시간까지 결국 연락은 오지 않았다.

"술 한잔하고 갈래?"

"아니, 그냥 갈래."

"해강 씨 얼굴색이 좀 안 좋다. 어디 아파?"

"아니야. 그냥 피곤해서 그래."

"그럼 잘 쉬어."

"미영 씨도 잘 쉬어."

힘없이 손을 흔든 해강은 무거운 몸을 버스에 실었다. 배는 고프지만 뭔가를 해 먹을 의욕이 없었다.

"김밥으로 때워야겠다."

집 근처 분식집에서 김밥을 한 줄 사 온 그녀는 검은 봉투를 달랑거리며 집으로 터덜터덜 걸어갔다. 퇴근 시각을 넘겨 회사에서 나오긴 했지만 그리 늦은 시각은 아니었는데 거리가 워낙 멀다 보니 시곗바늘은 벌써 10시를 향하고 있었다.

"아, 기운 없어."

"기운이 왜 없어. 저녁 안 먹었어?"

"헉! 이승민! 너 왜 여기 있어?"

"출장 갔다 돌아왔으니까. 전화는 왜 안 받아?"

"전화? 아! 전화했어? 진동으로 바뀌었나 봐. 못 들었네. 그나저나 여긴 어떻게 안 거야?"

"그냥 알아. 왜 그렇게 놀라?"

그녀가 이사하는 날. 바빠서 이사를 도와주지 못하겠다고 했지만 사실 그는 그녀를 따라 이곳에 왔었다. 용달차 아저씨와 얼마 안 되는 짐을 끙끙거리며 나르는 것을 보고 뛰어나가 도와주고 싶은 마음을 다스리느라 애를 먹었었다.

물론 그런 사실을 해강은 까맣게 모르겠지만.

낡은 빌라 앞에 승민이 서 있었다. 일주일 만에 보는 반가운 얼굴이지만 너무 놀란 해강은 마음과 달리 타박을 늘어놓았다.

"어두운데 갑자기 말을 걸면 당연히 놀라지. 시간이 늦었으면 집에 가서 쉬어야지 여긴 왜 와?"

"네가 보자고 했잖아."

338

"토, 토요일이나 일요일에 보자고 했지. 누가 이렇게 늦게 보자고 했어?"

"그럼 나 갈까?"

승민이 몸을 반쯤 틀자 해강의 손이 반사적으로 그의 옷자락을 잡았다.

"무, 무슨 애가 쓸데없이 결단력이 빨라. 여기까지 왔는데 뭘 또 그냥 가. 왔으면 보고 가야지."

꽉 잡은 옷자락과 달리 목소리가 점점 기어들어 갔다. 놀란 마음에 버럭 소리를 지른 건데 승민이 그냥 가 버릴까 봐 손에 더욱 힘을 주었다.

"들어왔다 가."

승민의 손을 꼭 잡은 해강은 문을 열었다. 달칵 불이 켜지고 좁은 방이 한눈에 들어왔다.

"좀 좁지. 여기 앉아."

해강이 내민 것은 승민 전용 발받침이었다. 그러나 승민의 눈은 방 한 쪽에 쌓여 있는 이삿짐에 가 있었다.

"아직 정리 안 한 짐들이 있네."

"이사하고 정신이 없어서. 부서 옮기고 계속 일이 많았잖아. 곧 정리해야지. 마실 거 줄까?"

"너 저녁 안 먹었다며, 먹을 건 있는 거야?"

"김밥 사 왔어. 같이 먹자."

말문이 막혔다. 예전 집도 크진 않았지만 그래도 이 정도는 아니었다. 다시 만나고 나서 결심했었다. 이젠 무슨 일이 있어도 해강과 헤어지지 않을 거고 언제나 옆에서 지켜 주겠다고.

그런데 해강을 위한답시고 바보처럼 그녀를 포기하려 했었다. 실수는 한 번으로 족하다. 제 잘못인 걸 알지만 그래도 화가 났다. 거기에 저녁이라고 사 온 것이 고작 김밥 한 줄이었다. 그걸 같이 먹자고 내미는 해강에게 화가 났다.

"이게 뭐야? 고작 이런 곳에서 살려고 나간 거야?"

"그동안 모은 돈으로는 이 정도도 간신히 구한 거야."

"지호 형은 뭐한 거야? 돈도 많으면서 방 하나 못 구해 준대!"

"여기서 팀장님이 왜 나와?"

"저는 큰 집에 살면서 왜 자기 애인은 이런 곳에서 지내게 하는데! 신경질 나게."

"별게 다 신경질이 난다. 앉아!"

등을 탁 때린 해강은 냉장고에서 요구르트를 꺼내어 여전히 입이 툭 튀어나온 승민에게 건넸다.

"술 없어?"

"없어. 그거나 마셔."

해강도 요구르트를 하나 꺼내어 빨대를 꽂아 마셨다. 쪽쪽거리는 소리를 내며 요구르트를 마시던 해강은 불안했던 마음이 어느새 사라졌다는 걸 깨달았다. 승민에게 어떻게 말을 꺼낼까 조바심치던 마음도 사라지고 그저 이 순간이 편안하게 느껴졌다. 언제나 이런 식이었다. 싸웠다가도 금세 화해를 한다. 서로의 얼굴을 보고 등짝 한 번 갈기면 그것으로 끝이다.

"참 신기하다."

픽 하는 웃음과 함께 중얼거리는 해강을 승민은 여전히 못마땅한 듯 바라보았다. 그러자 그녀가 눈을 맞췄다.

"너랑 있으면 역시 편해. 그냥 편해."

순식간에 승민의 얼굴이 어두워졌다. 큰 결심을 하고 왔는데 김빠지는 소리만 해 대는 해강이 얄미웠다. 탁 소리가 나게 요구르트 병을 내려놓은 승민이 냉장고 옆에 서 있는 해강의 앞으로 성큼 다가왔다.

입에 있는 요구르트를 삼키기도 전에 얼굴을 감싼 손이 그녀를 끌어당겼다. 승민의 까만 눈동자가 가까이 다가왔다, 느끼기도 전에 따뜻한 입술이 먼저 그녀의 입술에 닿았다. 꿀꺽, 요구르트가 넘어가고 자연스럽게 입술을 핥으며 승민의 숨결이 입안으로 들어왔다.

달콤, 하다.

승민의 숨결이 들어온 순간 느껴지는 건 달달함이었다. 승민에게서 한 번도 느껴 보지 못한 달달함. 심장이 두근거리고 손끝이 찌릿거렸다. 혀끝에 닿은 입술이 촉촉하게 젖어 들어 가자 두근거리는 심장도 함께 젖어 가고 있었다.

수만 번도 넘게 상상하던 일이었다. 해강과 연인이 되는 것. 그녀의 입술에 입 맞추는 것. 장난삼아 볼에 몇 번 입을 맞춘 적이 있었지만 그때마다 돌아오는 것은 고함 소리와 함께 등짝에 달라붙는 그녀의 차진 손바닥뿐이었다.

얼마나 달콤할까? 한 번도 해 보지 않은 키스에 중독이 될 것 같았다. 예쁜 내 해. 사랑스러운 내 해. 너를 얼마나 사랑하는지 전해졌으면 좋겠다.

두 사람의 달뜬 숨결 때문에 입술이 뜨거워지고 있었다. 먹이를 문 사자가 결코 놓치지 않는 것처럼 승민의 입술은 해강의 입술을 점점 더 탐하고 있었다.

장난기는 조금도 없는 저돌적인 승민의 행동에 놀라 요구르트 병이 툭 떨어졌다. 저도 모르게 뒷걸음질을 치자 차가운 냉장고가 등에 닿았다. 툭 튀어나온 냉장고 손잡이 때문에 아프다고 생각한 순간 든든하고 커다란 손이 그녀의 허리를 감싸 당겼다. 봉긋한 가슴이 단단한 가슴에 밀착되고 단단한 허벅지가 그녀의 배를 지그시 눌렀다.

놀랄 틈도 없이 승민이 고개를 다른 쪽으로 틀자 뜨거운 입 속으로 차가운 공기가 들어왔다. 그러나 그도 잠시, 다시 그의 입술에 막혀 뜨거움이 배가 되었다. 삼켜 버릴 듯 강하게 흡입하는 입술에 몸에 힘이 쫙 빠진 해강은 매달리듯 승민의 팔을 움켜쥐었다. 숨이 간당간당하고 입술이 빨갛게 부풀어 오를 때쯤 입술이 떨어졌다. 그러나 여전히 진한 욕망을 가득 담은 눈동자와 마주하자 해강은 저도 모르게 숨을 들이마셨다.

"지금도 편해?"

거칠어진 숨을 몰아쉬며 승민이 물었다. 아니라고, 전혀 편하지 않다고. 내가 옆에 있으면 두근거린다는 대답이 듣고 싶었다. 무슨 생각을 하고 있는지 알 수 없는 눈동자를 보며 승민은 간절하게 바랐다.

"편해?"

"안, 편해."

해강은 잔뜩 잠겨 버린 목소리로 간신히 대답했다. 이제 너와 있으면 가슴이 두근거린다고, 자꾸만 널 훔쳐보게 되어서 불편하다고, 널 좋아하게 됐다고 말해야 하는데 잠겨 버린 목소리가 나오지 않았다.

하릴없이 승민의 팔만 꽉 움켜쥐고 있는데 승민이 그런 그녀의 머리를 쓰다듬고 볼을 어루만졌다. 감전이라도 된 것처럼 머리털이 비죽 솟아나는 느낌이 들었다.

"놀라게 해서 미안. 하지만 나 이제 친구 안 해. 이제부터 남자 할 거야. 각오해."

아무 말도 못 하고 잔뜩 굳어 버린 해강을 보며 갑자기 놀라게 한 것 같아 미안했지만 더 이상 물러날 곳이 없었다. 게다가 겁에 질린 해강을 보면서도 한 번 자리 잡은 욕망은 사그라지지 않았다. 이곳에 더 이상 머물렀다간 제가 무슨 짓을 할지 몰라 승민은 해강의 볼에서 손을 뗐다.

"내일 회사에서 보자."

날뛰는 마음을 꾹꾹 누른 승민은 집 밖으로 나와 긴 숨을 내쉬었다. 이제 주사위는 던져졌다. 연인이 아니라면 친구로서 곁에 있지 못하겠지만 어쩔 수 없다. 이제 그녀의 곁에서 친구로 머물 자신이 없으니까.

승민이 나가자 멈췄던 숨을 한 번에 몰아쉰 해강은 자리에 털썩 주저앉고 말았다. 다리가 떨려 도저히 서 있을 수가 없었다.

친구라고 생각했는데, 이 세상에서 가장 가깝고, 죽을 때까지 함께할 가족이라고 생각했는데 아니었다. 아주 큰 착각을 하고 있었다. 가족과의 키스에 이렇게 심장이 터질 듯 두근거리지는 않을 테니까.

"너, 남자였어."

이러다 과부하가 걸리지 않을까 걱정이 될 만큼 심장은 빠르게 뛰고 있었다.

❈　　❈　　❈

승민이 달라졌다. 늘 지켜보며 따뜻한 눈빛을 보내 왔는데 이제는 눈도 마주치지 않는다. 남자가 될 거라더니 어째서 눈을 피하는 건지 해강은 입안이 말라 물을 꿀꺽 마셨다. 더구나 확 바뀌어 버린 분위기 때문에 숙 자매들만 신나게 입방아를 찧고 있었다.

"어쩜 나이를 한 살 더 먹어 그런가 분위기가 완전 남자로 변했어."

"범접할 수 없는 카리스마. 20대에서는 도저히 나올 수 없는 분위기인데 말이야. 안 그래, 해강 씨?"

"네? 네."

괜히 옆에 있다 옆구리를 찔린 해강은 냉큼 대답했다. 숙 자매에게는 즉각적인 반응을 보여야 시달림을 면할 수 있다.

"특별팀에서 무슨 일이 있었던 거야? 어떻게 사람이 반년 만에 저렇게 바뀔 수가 있지?"

"내 말이. 뭔가 커다란 심경의 변화가 있었던 거야."

어이구, 저렇게 눈치도 빠르고 찍기도 잘 찍는 사람들이 여태 연애 한 번 제대로 못 했다는 게 정말 신기했다. 그녀들의 신묘한 촉을 놀라워하며 해강은 자리로 가 앉았다. 괜히 옆에 있다간 승민에 대한 이상한 소리를 듣게 될 것이 뻔했으니까.

승민과의 별다른 진전 없이 그저 바쁘고 평범한 일상이 계속될 쯤 회사 내에 소문이 돌기 시작했다. 재무팀으로 간 지호가 또다시 승진을 한다는 소문이었다. 회장님의 손자가 확실하다는 여러 물증들과 소문들 역시 다시 무성해졌다.

그러나 해강의 심장을 쿵 떨어뜨린 것은 지호의 소문이 아니었다. 어디서 들었는지 새로운 소문을 들고 온 숙 자매가 휴게실에 앉아 신나게 수다를 떨고 있었다. 당연히 주위로 사람들이 몰려들었고 커피나 한잔할까 왔던 해강은 휴게실로 들어가려던 걸음을 멈추었다.

"사람들이 왜 이렇게 많아?"

"그러게. 그냥 복도에서 마실까?"

해강과 미영이 막 걸음을 올리려는데 숙 자매의 이야기 중 승민이라는 단어가 귀에 쏙 들어왔다.

"승민 씨에 대한 이야기인가 봐. 가 보자."

"그럴까?"

승민에 대한 소문이라. 대체 무슨 소문이 돌고 있는 거지? 궁금한 해강도 사람들 틈에 껴 귀를 쫑긋 세웠다.

"완전 놀랄 노 자 아니야? 승민 씨마저 그렇다니."

"그냥 소문이잖아요. 진짜인지도 모르구요."

임영숙 대리의 말에 누군가 반박했다. 그러자 강희숙 대리가 싸늘한 눈빛으로 그 사람을 바라보았다.

"우리가 물어오는 정보 중에 완전 가짜가 있었어? 신빙성 있는 소문들만 알아오는 거라고."

그래, 인정한다. 어디서 듣는 정보인지는 모르지만 팀장님에 대한 소문은 사실이었으니까. 해강은 옆에 선 사람에게 조그맣게 속삭였다.

"무슨 얘기예요?"

"마케팅 부서에 이승민 씨라고 있잖아요. 키 크고 잘 생긴 남자."

"네."

"그 사람이요."

영업부라는 것만 아는 사람이 목소리를 한층 더 작게 했다.

"회장님 외손자래요. 그것도 작은 딸의 하나밖에 없는 아들이요."

완전 정확한 소문이었다. 어디서 얘기가 샌 거지? 너무 놀란 해강은 벌어지는 입을 얼른 손으로 막았다. 놀라긴 마찬가지인 미영이 해강의 팔을 탁 때렸다.

"헐, 승민 씨가 회장님 외손자라고? 진짜 대박이다."

"으응."

"그런데 자기 승민 씨랑 어릴 적부터 친구라고 하지 않았어?"

"응? 응, 그렇지."

"뭐야, 그럼 자기는 알고 있었던 거야?"

접시만큼 커다래진 눈으로 미영이 추궁하듯 물었다. 빨리 대답을 내놓으라고 재촉하는 눈빛을 본 해강은 주춤주춤 뒤로 물러섰다.

"아, 나 잊은 거 있어."

그리고 대답을 못 한 채 전속력으로 달려 자리를 벗어났다. 사무실로 가면 또 미영의 질문이 이어질 것이 뻔해 일단 옥상으로 피신한 그녀는 숨을 몰아쉬었다.

어디서 왜 저런 소문이 돌고 있는 건지 모르겠다. 일반 신입 사원처럼 입사를 했기에 끝까지 숨겨질 수 있을 일이 갑자기 소문이 되어 돌고 있다는 게 어쩐지 불길했다. 아니, 승민에게 불길한 소문이 아니다. 불길한 건 해강 쪽이었다.

승민에게 연락을 하기 위해 핸드폰을 꺼낸 해강은 마침 도착한 문자에 난감한 표정을 지었다.

〈유 팀장님 호출. 빨리 모이래.〉

아직 점심시간 10분이나 남았는데, 도살장에 끌려가는 소마냥 무거운 걸음으로 사무실로 가자 외근 나간 승민은 아직도 돌아오지 않고 대신 미영이 눈에 불을 켜고 기다리고 있었다.

"팀장님 호출이라며."

"뻥이야."

"미영 씨!"

"빨리 실토하시지. 진짜 승민 씨가 회장님 손자야?"

양손으로 팔을 꽉 잡고 묻는 미영의 질문에 해각은 마지못해 고개를 끄덕였다.

"헐, 진짜 대박이다. 그럼 해강 씨는 처음부터 알고 있었던 거야?"

이어지는 물음에 해강은 힘없이 고개를 저었다. 그러자 미영의 눈이 휘둥그레졌다.

"몰랐다고? 어릴 적 친구라며."

"옆집에 살았어. 우리 아빠랑 승민이네 아빠랑 같이 땅콩 집을 나란히 지어서 바로 옆집에 살았다고. 재벌인 줄은 꿈에도 몰랐어. 그동안 우리 엄마가 재워 준 갈비가 몇 짝인데. 승민이 엄마는 요리 솜씨가 별로였거든."

"지금 요리 솜씨가 문제야? 그럼 언제 안 거야?"

"얼마 전에. 휴우, 나도 기절하게 놀랐다고. 내 죽마고우가 재벌 3세라니. 믿어져?"

"아, 그래서 그런 아우라를 풍겼구나. 완전 귀티 나는 도련님 분위기잖아. 눈앞에 대어를 두고 난 대체 뭘 한 거야! 아으, 해강 씨 부탁이 있어."

"뭔데?"

"나 승민 씨 소개해 주라."

"무슨 소리야. 소개를 해 달라니."

"연결해 달라고!"

미영의 말이 하도 어이없어 해강은 대답 없이 일어섰다. 그

348

러자 미영이 그런 해강의 손을 덥석 잡았다.

"안 돼?"

머뭇거리는 해강을 보며 미영이 눈을 가늘게 떴다. 그 머뭇거리는 모습이 단지 친한 친구를 소개시켜 주기 싫어하는 분위기가 아니었다.

얼굴에 짙게 드리운 망설임을 본 미영은 고개를 갸웃거렸다.

"뭐지? 이 요상한 느낌은?"

"뭐가?"

"예전부터 느낀 건데 둘이 좀 수상해."

"수상하긴 뭘."

"둘이 진짜 친구야?"

대답을 할 수 없었다. 불과 몇 달 전까지만 해도 친구라고 큰소리 빵빵 칠 수 있었는데 이제는 제 마음을 알아 버려서 쉽게 대답이 나오지 않았다. 그러자 미영의 입이 쩍 벌어졌다.

"세상에. 둘이 이제 친구 아니구나. 그렇지?"

"그렇게 됐어."

"그래, 내가 봐도 좀 이상했어. 세상에 어떤 남자가 친구라는 이름으로 여자를 그렇게 챙겨. 그리고 바라보는 눈빛은 또 어떤데. 옆에서 보면 딱 티가 나는구먼. 그걸 아니라고 그렇게 우겨 댈 때 이상하다고 했어."

"티가 났다고?"

"완전 났지. 자기는 모르는 것 같았지만."

난 바보였구나. 만난 지 얼마 안 된 사람도 느끼는 걸 28년 만에 처음 느꼈다니. 승민에게 미안한 감정이 들었다. 장난이라 치부해 버렸던 그의 모든 행동에 대해 미안했다.

그래, 그러니까 이제 말해야 한다. 나도 너 좋아한다고.

결심한 해강은 승민이에게 전화를 걸었다. 그러나 받을 수 없다는 멘트에 고개를 갸웃거렸다.

다시 전화를 거는데 점심시간이 끝나고 사람들이 우르르 들어오는 덕에 휴대폰을 내려놔야 했다. 그러나 일이 손에 잡힐 리가 없었다.

몰래 문자를 하고 전화 걸 기회를 노리는데 숙 자매 두 명이 쑥덕거리는 게 보였다. 마침 유 팀장도 나갔겠다, 사람들의 관심이 둘에게 쏠리자 숙 자매의 목소리가 조금 커졌다.

"승민 씨, 회장님 손자인 게 분명해."

또 저 소리다. 그래서 어쩌라고.

해강은 한숨을 쉬며 책상 밑으로 내린 손을 이용해 승민에게 다다다다 문자를 찍었다.

"이번에 일본 쪽에 새로 지사 내잖아."

다시 드는 불길한 예감. 핸드폰을 누르던 해강의 손가락이 멈추었다.

"승민 씨 그곳으로 발령 난대. 그것도 지사장으로."

쿵. 심장이 떨어졌다.

"몇 년 있다 다시 한국에 오면 팀장님처럼 파격 인사가 진행되겠지?"

"후계자 수업하러 다녀오는 건가 봐."

"그럼 언젠가는 팀장님이나 승민 씨 둘 중에 하나가 회사를 경영하는 건가?"

대화가 딱 끊겼다. 그저 잘생긴 부서의 막내가 후광 비치는 재벌 3세에 회사 후계자가 된다는 생각에 모두들 머릿속이 바쁘게 돌아갔다. 그 사람들 속에는 해강도 포함되었다.

승민이가 진짜 회사를 물려받으면 어떻게 되는 거지? 그럼 재벌이 되는 거고, 나랑은 완전히 다른 세상 사람이 되는 거잖아.

승민이 곁에 없는 건 상상도 할 수 없었다. 연락이 끊겼던 5년 동안 정말 힘들었다. 아버지가 진 빚 때문이 아니었다. 태어날 때부터 늘 옆에 있던 승민이 곁에 없다는 사실이 너무 힘들었다.

함께 웃고, 함께 울고, 무엇을 하든 늘 함께였다. 3년 동안 혼자 모든 것을 해낼 때 힘이 되었던 건 언젠가 승민을 만날 수 있을 거란 생각이 있었기 때문이었다. 그걸 왜 이렇게 늦게 깨달았을까. 바보. 바보.

외근을 나간 승민은 결국 회사로 돌아오지 않았다.

어수선한 사무실 분위기에 유 팀장이 책상을 탁 두드리며 경고를 했다.

"거 이상한 소문 같은 거 내지 말고 일들이나 해요."

"승민 씨, 정말 일본으로 가는 거예요?"

"회사에서 필요하니까 일본으로 보내는 거겠죠! 이상한 얘기들 좀 그만하라고요!"

누군가 용기 내어 묻는 질문에 괜한 신경질을 낸 유 팀장의 대답은 승민의 일본 발령에 쐐기를 박았다.

승민의 일본 지사 발령이 사실화되는 순간 숙 자매는 그럴 줄 알았다는 듯 고개를 끄덕였다.

"해강 씨랑은 친구잖아. 가더라도 뭐라고 인사는 하고 가겠지."

조심스럽게 위로하는 미영의 말도 소용이 없었다. 승민이 떠날지도 모른다. 예전처럼 오랫동안 볼 수 없는 곳으로 가 버리려 하고 있다. 심장이 두근거려서 가만히 앉아 있을 수가 없었다. 퇴근 시간이 되기도 전에 해강은 가방을 쌌다.

"해강 씨, 이거 정리해야……."

"내일 와서 할게요."

강희숙 대리가 책상 위에 올려 둔 서류를 거들떠보지도 않은 해강은 무슨 말을 더 건네기도 전에 사무실을 빠져나갔다.

"왜 저래? 특별팀에서 일하더니 사람이 변했네."

희숙의 투덜거림에 미영은 걱정스러운 눈빛으로 문 쪽을 바라보았다. 자세한 내용은 모르지만 지금 해강은 최대의 위기를 맞고 있는 듯한 느낌이 들었다.

"힘내. 해강 씨."

미영의 응원을 뒤로한 채 해강은 승민의 집으로 향했다.

딩동. 딩동, 딩동.

"승민아. 이승민. 집에 있어? 있으면 문 좀 열어 봐."

다급한 마음에 현관문을 마구 두드리던 해강은 다시 핸드폰을 꺼내 들었다. 신호는 가지만 여전히 받지 않자 핸드폰을 귀에 댄 채 다시 초인종을 누르기 시작했다.

딩동. 딩동.

"승민아! 이승민……."

덜컥 문이 열리며 놀란 승민의 얼굴이 보였다. 순간 안심이 된 해강의 눈에서 왈칵 눈물이 쏟아졌다.

"야! 집에 있으면서 왜 대답을 안 해! 전화는 또 왜 안 받는 건데!"

"씻느라 못 들었어. 핸드폰은 차에다 두고 와서 조금 이따 가지러 가려고 한 거고. 왜 그래? 무슨 일 있었어?"

"이승민, 허어엉."

"문해강. 왜 울어? 응? 왜?"

"너…… 너, 얼굴도 못 보고 가 버리는 줄 알았잖아."

"내가 어딜 가?"

해강은 울먹이며 손바닥으로 눈물을 훔쳤다. 할 말이 있는데 자꾸만 눈물에 목이 메어 와 목소리가 나오지 않았다. 혹시나 승민이 가 버릴까 한 손으로 그의 소맷자락을 꽉 잡은 해강은 눈물을 삼키려고 애를 쓰고 있었다.

승민은 답답하고 안타까웠다. 무슨 일이기에 만나자마자 눈물부터 쏟는지 이유를 몰라 애가 타고 있었다.

해강을 소파에 앉힌 승민이 물이라도 가져오려고 몸을 돌리자 해강이 소매를 더욱 세게 잡아끌었다. 돌아보니 여전히 말은 못 하고 빨간 코끝으로 눈물을 훌쩍이는 게 보였다.

"안 갈게. 앉아."

승민의 말에도 해강은 여전히 소맷부리를 놓지 못하고 있었다. 손을 놓는 순간 승민이 사라질까 봐 눈도 떼지 못했다.

"진짜, 안 가?"

"안 가. 이 저녁에 어딜 가."

"그게 훌쩍, 아니, 킁, 라고!"

심각하다. 다시 고이기 시작하는 눈물에 막힌 코에서 흐르는 콧물까지, 말하는 중간 훌쩍이다 킁킁거리다……. 이대로라면 왜 우는지 도저히 듣지 못할 것 같아 승민은 해강을 품에 안았다. 그리고 머리를 쓰다듬으며 달래기 시작했다.

"내 해가 왜 이렇게 울까? 어느 놈이 울린 거야? 형이 울린 거야?"

"너! 너잖아! 끅끅."

해강의 말에 몸을 떼려는데 그런 그의 몸을 그녀가 꽉 끌어안았다. 심장이 뛰고 있다. 해강이 저 때문에 운다는 말에 심장이 쿵쾅거리고 있다.

"너…… 일본 가?"

그의 가슴에 얼굴이 묻혀 웅얼거리는 소리로 묻자 승민은 해강의 등을 토닥거리며 대답했다.

"응."

"정말 간다고!"

화들짝 놀란 해강이 잡고 있던 승민을 놓고 고개를 들자 둘의 눈이 마주쳤다. 담담한 눈동자에 아무렇지 않게 한 대답까지. 뒤통수를 망치로 맞은 것처럼 정신이 멍해졌다.

"언, 제?"

"내일."

"정말 가는구나. 진짜로 가는 거야."

"해야……."

"그럼 말이라도 해 줘야 할 거 아니야! 맨날 외근한다고 얼굴도 못 보고, 전화도 잘 안 받고! 키스하고 남자 하기로 했으면 남자 해야지 왜 일본으로 가는 건데! 나도 너 좋아한단 말이야! 이제야 겨우 깨달았는데 일본으로 가 버리면 어떻게 해! 나는 어떻게 하냐고! 으허엉."

"아파. 문해강."

주먹으로 승민의 온몸을 난타하며 속에 있는 말을 마구 쏟아 버린 해강은 터져 버린 울음 때문에 더 이상 말을 잇지 못하고 다시 승민을 덥석 껴안았다.

"가지 마. 승민아. 가지 마. 내가 잘할게. 일본 가지 마. 응? 어엉엉."

"해야……."

해강의 주먹을 이리저리 피하기만 하던 승민은 그녀가 덥석 껴안으며 울먹이는 소리에 눈이 휘둥그레졌다. 좋아한단다. 해강이 저를 좋아한단다. 그래서 이제 남자 하라고 한다. 잠시 정신이 멍해진 승민은 해강의 어깨를 잡고 눈을 맞췄다.

여전히 눈물이 가득 고인 눈으로 해강은 간신히 승민을 바라보았다.

"뭐라고 했어? 다시 한 번 말해 봐."

"일본, 가지 말라고."

"아니, 그전에."

"너 가면, 나는 어떡하냐고."

"아니, 그전에!"

"좋아해."

"……."

"나 너 좋아해. 승민아."

설마 꿈은 아니겠지? 눈을 끔뻑거리자 해강이 다시 말했다.

"나도 너 좋아해. 네가 이제 남자로 보인다고."

"정말?"

"응. 그러니까 일본 가지 마. 이제 너랑 떨어지기 싫단 말이야."

"나 좋아한다고? 남자 여자 하자고?"

"응. 그러니까 가지 말라고. 이승민."

"우와."

그가 환호성을 지르며 꽉 끌어안았지만 해강은 여전히 불안했다. 아직 일본으로 가지 않겠다는 말을 듣지 못했다. 해강은 승민의 몸을 흔들며 다시 물었다.

"일본 안 갈 거지? 응? 이승민!"

"나도 너 많이 좋아해. 절대 놓치지 않을 거야."

"그러니까 일본!"

다시 묻는 해강의 말은 승민의 입술에 끊겨 버렸다. 찝찔한 눈물이 입속으로 들어왔지만 이 세상 어떤 것보다도 달콤한 키스였다. 날아갈 듯한 기분에 살면서 가장 행복한 순간이었다. 해강의 울먹임이 진정될 쯤, 승민의 벅찬 가슴이 조금 가라앉을 때쯤 둘의 입술이 떨어졌다. 미소 지은 승민은 해강의 눈가를 가만히 닦아 주었다. 바라보는 까만 눈동자에 제 모습이 어리자 승민은 빙긋이 미소를 지었다.

"사랑해, 문해강. 이제 널 울리는 일은 없을 거야. 절대로."

"늦게 답 줘서 미안해. 나도 이제 너 애태우는 일 하지 않을 게."

처음으로 해강이 그를 밀어내지 않았다. 28년 동안 늘 혼자서 좋아했고, 혼자만 속을 태웠었는데 자신 때문에 눈물을 흘렸다는 해강의 말에 승민은 가슴이 터질 듯 황홀했다.

"앞으로는 옷을 일만 만들어 줄게. 약속."

두 손으로 해강의 얼굴을 감싸고 엄지로 볼에 얼룩진 눈물을 닦던 승민이 다시 입을 맞추려고 했다. 갑자기 해강이 승민의 가슴을 두 손으로 탁 막고 밀어냈다. 눈물이 글썽거리는 눈으로 사랑을 고백하던 두 눈동자에 불만이 보이자 승민의 의아했다.

"왜?"

"그래서 일본은? 갈 거야? 안 갈 거지? 은근슬쩍 넘어가지 말고 말해. 빨리."

조바심이 난 해강은 입술을 꽉 깨물었다. 가지 마. 간절한 소망을 담은 눈망울이 뚫어져라 승민을 바라보고 있었다.

자신을 밀어내던 손이 멱살을 움켜쥐듯 옷자락을 꽉 잡고 있었다. 해강이 안달복달하는 모습은 거의 처음 보는지라 신기하기도 하고 기분도 좋았다. 환희로 가득 찼던 마음 저 구석에서 놀리고 싶은 마음이 스멀스멀 올라오자 승민은 괜히 미간을 찌푸리며 심각한 표정을 지었다.

덩달아 해강의 표정도 심각해졌다.

"가야 해? 안 가면 안 돼?"

"외할아버지가 직접 지시한 거야. 안 갈 수는 없어."

"힝, 어떻게 해. 얼마나 있어야 하는 건데? 내일 간다면서. 가면 언제 올 수 있는 건데?"

"하아, 좀 길어질 거야."

"얼마나……"

체념한 듯 고개까지 흔드는 모습에 해강의 심장이 쿵쾅거렸다. 몇 년이나 걸리는 일인가? 설마 그곳에 뼈를 묻어라, 이런 건 아니겠지? 내가 그냥 따라간다고 할까?

"나도 갈 수 있는 방법 찾아볼까? 말단이긴 해도 내가 할 수 있는 일이 분명 있을 거야. 내가 지원서 낼 수 있는 방법 찾아볼게. 응?"

"해야."

"왜에?"

불안하다. 너무 불안한 나머지 목소리가 사정없이 떨리고 있었다.

한숨을 내쉰 승민이 가만히 그녀를 품에 안았다.

어떻게 해. 완전 오래 있어야 하나 봐.

완전히 속아 넘어간 해강은 다시 울기 직전이었다.

"이번에 말이야."

"응."

"적어도 5일은 있어야 할 거야. 여차하면 주말 지나고 7일, 8일이 될 수도 있고⋯⋯."

낮게 깔린 목소리에 힘이 하나도 없었다. 조마조마한 마음으로 승민의 목소리에 귀를 기울이던 해강은 머릿속이 점점 또렷해지는 것을 느꼈다. 마치 안개가 걷히듯 머릿속이 깨끗해지고 그가 한 말을 조용히 따라했다.

"5일? 5년이 아니라?"

"하아, 길면 7, 8일이 될 수도 있다니까. 보고 싶어서 어떻게 해. 우리 해."

해강이 그의 가슴을 조용히 밀어내자 슬픈 표정을 지은 승민이 그녀를 측은하게 바라보았다.

"그러니까 5년이 아니라. 5일이라는 거지."

"여차하면 7, 8일이 될 수도⋯⋯."

"지사 발령이 아니라 그냥 출장이라는 거지?"

"누가 나 일본으로 발령 낸대?"

"야! 이승민! 너 죽을래?"

"아얏! 일본 가는 건 맞잖아."

"이게⋯⋯ 놀리니까 좋냐? 나는 너 몇 년 동안이나 못 볼까 봐 헐레벌떡 뛰어왔는데 지금 농담이 나오냐고! 왜 매사에 장난질이야! 내가 만만해? 그렇게 우스워? 네가 맨날 이러니까 내가 네 말을 곧이곧대로 믿지 못하지! 내 늦은 고백도 다 네 탓이야,

알아?"

진짜 화가 난 해강은 알고 있는 무술을 총동원해서 승민의 온몸을 난타했다. 거실을 사방팔방 도망 다니며 간신히 방어만 하는 승민은 그래도 좋은지 연방 웃음을 터트렸다.

"거기 안 서! 잡히면 넌 죽었어! 으앗!"

해강을 피해 도망 다니던 승민이 방향을 확 바꾸더니 해강을 안고 소파로 벌렁 넘어졌다. 약이 바짝 오른 해강은 그의 품에서 벗어나려고 바르작거렸지만 단단한 팔은 요지부동이었다.

"좋은 말 할 때 이거 풀어. 나 진짜 화낸다?"

갑자기 고개를 반짝 든 승민인 해강의 입술에 쪽하고 입을 맞췄다. 신기하게 부르르 떨리던 화가 순식간에 가라앉았고 흥분으로 벌게진 얼굴로 새롭게 발간 물이 올라왔다.

"빠, 빨리 풀라고."

화가 쏙 빠진 목소리가 떨리고 있었다. 승민이 한쪽 팔을 풀고 제 머리에 팔베개를 했지만 해강은 그의 가슴에서 일어나지 않았다. 그윽하게 바라보는 승민의 눈길에 어쩔 줄 몰라 움직이지 못하고 있었다.

"내 해는 화내도 예쁘네."

"쳇, 내가 원래 좀 예쁘거든!"

"알아. 엄청 예쁘다는 거."

"얼렁뚱땅 넘기지 마. 일본 가는……."

쪽, 입을 맞추는 소리가 또 들리고 이어 입술이 촉촉해지기 시작했다. 말랑한 혀가 입술을 핥고, 입속을 더듬으며 숨결을 나누고 있었다. 일곱 살 때 했던 첫 입맞춤과 똑같은 다정함과 따뜻함을 가진 승민의 입술이 이제는 사랑을 담아 그녀의 마음에 전달되고 있었다.

긴 입맞춤이 끝나자 서로를 바라보는 눈에 하트가 뿅뿅 쏟아졌다.

"사랑해."

"나도 사랑해."

다시 붙은 입술은 그 후로도 한참 동안 떨어질 줄 몰랐다.

11화

모두 다 해피엔딩

빨라도 5일은 걸린다던 출장을 단 3일 만에 끝내고 온 승민은 회사가 아닌 해강의 집으로 퇴근을 했다. 시간은 벌써 밤 12시가 다 되었지만 문자를 미리 한 터라 해강은 잠자리에 들지 않고 있었다.

"오오, 빨리 왔네? 뭐하는 거야? 누가 보면 어쩌려고!"

"내 해 보고 싶어서 빨리 왔지. 그리고 이 밤에 누가 봐."

문이 열리자마자 쪽 하고 입맞춤부터 한 승민 때문에 얼굴을 붉힌 해강은 그의 옷자락을 잡아 얼른 집 안으로 당겼다. 아무리 한밤중이라지만 밖에서 할 짓은 아니니까.

"배 안 고파? 뭐 좀 줄까?"

"음…… 고픈 건 따로 있지만 그건 나중에 먹고, 좀 출출하긴 하다."

"고픈 게 뭔데? 먹고 싶으면 먹어."

"진짜? 먹어도 돼?"

다정한 그 말에 승민의 눈빛이 음흉하게 변하자 해강은 뭐가 고픈지 깨달았다.

이 변태 자식!

"아예 아무것도 못 먹고 쫓겨나는 수가 있다. 눈빛 원위치로!"

"쳇, 생각도 못 하냐?"

"그럼 너 생각으로…… 야! 이 변태야!"

"야앗! 변태 아니다, 뭐. 남자들은 다 그래."

"그러긴 뭘 그래! 요즘 네가 덜 맞았지? 그래서 매를 벌지?"

"문해강!"

양 주먹을 야무지게 말아 쥔 해강은 승민의 등을 팡팡팡 때렸다. 작긴 해도 온갖 운동을 했던 그녀라 맵기가 청양고추 저리 가라였다. 몸을 이리저리 틀던 승민은 더 이상 견디지 못해 해강의 두 손목을 꽉 잡았다.

"뭐!"

정색을 하고 손목을 잡았지만 돌아오는 건 노려보는 눈빛뿐이었다. 그런데 그 눈빛마저 사랑스럽게 보여 승민은 스르르 꼬리를 내렸다. 눈꼬리가 휘어지며 예쁜 웃음이 지어졌다.

"배고파."

"아, 배고프다고 했지? 너무 늦어서 부담 안 되는 걸로 몇

개 했는데……. 우선 스프 먹을래?"

"응."

재빨리 민이 도우미 모드로 돌아온 해강은 알맞게 데워진 스프를 떠서 작은 상 위에 올려놓았다.

"과일 샐러드도 했는데 좀 줄까?"

"조금만."

작은 상을 마주하고 앉아 승민에게 이것저것 챙겨 준 해강은 흐뭇한 미소로 그를 바라보았다.

"왜 그렇게 달콤하게 바라보실까? 마음 설레게."

"먹는 게 기특해서. 우리 민이 많이 먹고 건강하게 자라라."

"다 자랐거든. 너나 좀 더 자라는 건 어때?"

"나도 다 컸지. 무슨 소리야."

해강의 말에 승민의 눈빛이 다시 음흉하게 변했다. 그리고 살짝 시선을 아래로 하더니 고개를 갸웃거렸다.

"다 큰 거 맞아? 조금만 더 커도 좋을 텐데……."

"이게, 또 매를 벌지?"

"장난이야. 맛있다. 너도 먹어."

"너나 먹어. 난 지금 먹으면 아침에 눈 붓는단 말이야."

"한입 정도는 되잖아."

"그걸 어떻게 한입만 먹어. 먹으면 끝장을 봐야지."

군침을 삼키던 해강은 눈을 질끈 감고는 자리에서 일어섰다. 사실 요리하면서 맛을 보느라 벌써 배가 반쯤 차 있었다. 안 그래도 요즘 살이 찌는 것 같아 고민인데 승민의 말에 흔들리고 있다.

안 돼! 유혹을 물리치기 위해 냉장고로 가 요구르트를 꺼냈다.

"난 이거나 마실래."

"나도."

"여기."

해강은 다른 요구르트를 꺼내어 빨대를 꽂아 승민에게 내밀었다. 헌데 요구르트가 아닌 해강의 손목을 잡은 승민은 그녀를 쭉 잡아당겼다. 상체가 앞으로 숙여지고 승민의 입술이 그녀의 입술에 닿았다.

자연스럽게 안으로 들어온 그의 혀가 해강의 입안을 슥 훑고 나가자 해강의 얼굴이 순식간에 빨갛게 달아올랐다.

"맛있네. 요구르트."

"못 말려."

서로를 바라보는 눈빛은 달콤했고, 주변 공기에는 달달함이 가득했다. 알콩달콩한 야참 시간이 끝나자 해강은 가차 없이 승민을 제집에서 쫓아내 버렸다.

"너무 매정한 거 아니야? 잠깐만, 조금만 더 있다 갈게."

"너 피곤해서 안 돼. 내일 회사에서 봐."

매정하게 닫힌 문을 뒤로하고 승민이 빙긋이 미소를 지었다. 이제는 문이 닫힌다고 해서 마음이 아프지 않았다. 그녀의 마음의 문은 언제나 저를 향해 열려 있을 테니까.

❀　　　❀　　　❀

　승민이 다시 회사로 출근을 하자 그를 바라보는 시선이 달라졌다. 회장님의 외손자, 그것도 능력 있고 멋진 후계자 중 한 사람이라는 소문 때문에 모든 여사원들의 관심이 그에게 쏠리게 되었다.

　"어쩜 사람이 저럴 수가 있을까?"

　"그러니까. 외모가 출중하면 능력이 좀 부족하든지."

　"능력이 출중하면 됨됨이가 좀 떨어지든지."

　"됨됨이가 훌륭하면 집안이라도 평범하든지 해야지 어쩜 저리 완벽하냐고."

　"저 팔뚝의 힘줄 좀 봐. 예술이다, 예술이야."

　"손은 얼마나 크고 든든해? 저 무거운 생수통 번쩍 드는 거 보라고."

　해강은 만담을 하고 있는 숙 자매를 보며 고개를 절레절레 흔드는 중이었다. 두 여자는 지금 생수기의 통을 갈고 있는 승민을 보며 흐뭇한 대화를 나누는 중이었다. 콩깍지가 쓰였는지 요즘 승민이 뭐만 했다 하면 찬사에 찬사를 퍼붓는 중이었다.

　"다 됐어요. 이제 물 드세요."

　"고마워. 승민 씨. 잘 마실게."

　승민이 고개를 살짝 숙이고 자리로 돌아갔지만 두 여자의 시선은 여전히 그에게 꽂혀 있었다. 사실 숙 자매뿐 아니라 사무실 여직원들을 비롯한 회사 모든 여직원들의 시선이 늘 그를 따라다니고 있었다.

데이터를 정리하고 있는 해강에게 의자를 쭉 밀어 다가온 미영이 나직하게 속삭였다.

"안 불안해?"

"뭐가?"

"숙 자매가 저렇게 승민 씨에게 추파 던지는 거 괜찮냐고."

"불안은 무슨……. 승민이에게 저러는 게 어제 오늘 일이야?"

"그럼 다른 여직원들이 그러는 건? 영업부 박선영 씨가 승민 씨한테 작정하고 꼬리 치고 다닌대. 그건 알아?"

"알아."

"어떻게 알아?"

"승민이가 그러더라고. 며칠 전에 복도를 걷는데 갑자기 선영 씨가 앞에서 픽 쓰러지더래. 그래서 옆에 있던 남자 직원에게 선영 씨 에스코트를 부탁했더니 혼자서 씩씩하게 걸어갔다나 뭐라나."

해강이 여전히 모니터를 보며 말하자 미영의 눈이 커다래졌다.

뭐야, 벌써 둘이 뭔가가 있었네?

"그런 걸 승민 씨가 직접 말했다고?"

해강이 고개를 돌려 미영을 바라보며 씩 웃었다.

"나도 봤거든. 그래서 무슨 일이냐고 물었더니 얘기해 주더라."

"둘이 어떻게 된 거야? 일본 간다고 그렇게 마음 졸이더니 좋은 방향으로 발전된 거야?"

"내가 고백했어."

"뭐어!"

놀란 미영이 소리를 지르자 숙 자매의 매서운 시선이 둘에게 향했다. 거북이처럼 몸을 움츠린 미영의 목소리가 다시 낮아졌다.

"그럼 이제 둘이 사귀는 거야?"

"응."

수줍은 미소와 함께 대답한 해강의 얼굴은 어느 때보다도 밝고 예뻐 보였다. 사랑하면 예뻐진다더니 그 말이 딱 맞았다.

"자기 진짜 예뻐 보인다."

"그래?"

"팀장님이랑 사귄다고 할 때보다 훨씬 더 예뻐."

"근데 말이야. 나 원래 예쁘지 않았나?"

"헐, 재수."

의자를 밀어 멀어지는 미영을 보며 해강인 작게 웃음을 터트렸다. 뭘 해도 행복하고 웃음이 난다.

미영의 말이 맞을지도 모른다. 내 마음이 그때보다 훨씬 더 행복하니까.

퇴근을 조금 넘어간 시간. 해강이 회사 로비로 내려오자 기다렸다는 듯 승민이 곁으로 다가왔다.

"퇴근해?"

"어? 너 외근 나가지 않았어?"

"나갔다가 왔지. 내 해랑 같이 가려고."

바라보는 얼굴이 미소가 가득했다. 나란히 걷던 해강은 승민의 손을 잡아 깍지를 꼈다. 대범한 그녀의 행동에 놀랐는지 승민의 눈이 휘둥그레졌다. 해강에게 몸을 기울인 승민이 작게 속삭였다.

"너 이래도 돼? 숙 자매에게 들키면 안 된다며?"

"해도 돼. 들켜도 이제 상관없어."

"왜 이렇게 대범해졌어?"

여전히 작게 속삭이는 승민과 달리 해강은 어깨를 당당하게 펴며 말했다.

"이제 널 지켜야 하니까 사방팔방에 알려야지. 이승민은 내 남자니까 아무도 건드리지 마라."

"오, 내 해는 역시 용감하네. 그럼 그 기념으로 뽀뽀나……."

"길거리에서 그건 추태네요. 가기나 해. 배고파."

"나도 고픈데."

"또 시작이다. 일단 한 대 맞고 저녁 먹으러 갈까?"

"하하하, 농담이야. 농담. 농담 같은 진담이지."

"이그."

투덕거리는 둘 사이는 누가 보아도 연인 같았다. 이제 막 시작된 연애는 감추려야 감출 수가 없었다.

그리고 둘의 그런 사이는 곧 숙 자매의 레이더망에 포착되고 말았다.

며칠 뒤 휴게실에서 커피를 마시며 잠깐의 휴식을 즐기고 있는데 심상치 않은 포스를 풍기며 숙 자매가 해강과 미영의 곁으로 다가왔다.

"해강 씨."

"네, 대리님."

"물어볼 게 있는데 말이야."

아직 질문은 듣지 않았지만 무슨 얘기를 할지 뻔했다. 그러나 내색하지 않은 채 해강은 조신하게 앉았다.

해강과 미영의 앞 의자에 앉은 영숙이 먼저 입을 열었다.

"우리가 이상한 장면을 본 것 같아서 말이야."

"무슨 이상한 장면이요?"

"어제 우리가 퇴근하다 요 앞 포차에서 간단히 국수를 먹으려고 들어가려는데."

"거기에 해강 씨가 있더라. 그것도 승민 씨랑."

하이에나처럼 번득이는 눈빛을 빛내며 두 여자의 집요한 수사가 시작되었다.

"그런데 되게 이상한 장면을 봤어."

"해강 씨가 승민 씨 입을 막 닦아 주고."

"승민 씨는 해강 씨 입으로 단무지를 넣어 주고."

"뭐야? 둘이 무슨 사이야?"

희숙이 단무지를 언급할 때 어금니를 꽉 무는 것처럼 보였던 건 해강만 느낀 것이 아니었다. 마치 제 몸이 단무지라도 되는 듯 굉장히 아파 보이는 표정에 해강은 저도 모르게 웃음이 터질 뻔했다.

하지만 이 순간을 잘 넘겨야 앞으로가 편해진다. 해강은 단
호한 표정을 짓고는 대답했다.

"사귀는 사이입니다."

"그래, 사귀는 사…… 뭐?"

"사귀는 사이!"

숙 자매의 얼굴이 경악으로 물들자 조마조마한 마음으로 지
켜보던 미영은 저도 모르게 의자를 뒤로 뺐다.

결국 사고를 내는구나. 숙 자매의 무서움을 모르는 바 아닐
텐데 어쩌자고 사실을 발설한 건지. 앞으로 회사 생활을 어찌
감당하려고 저러나.

미영은 벌렁거리는 가슴을 살며시 누르며 긴장 어린 눈빛으
로 해강을 보았다. 그러나 정작 본인은 태연한 표정이었다.

흥분한 숙 자매는 거듭 확인을 했다.

"사, 사귄다고?"

"승민 씨랑 사귄다고? 진짜야?"

"진짜 사귀는 사이예요."

"어떻게, 어떻게 그래?"

"말도 안 돼. 해강 씨가 뭐 볼 거 있다고 회장님 외손자랑 사
귀어? 그게 말이 돼?"

"막 지어 내고 그러면 안 되지. 그게 말이 되냐고."

"당연히 안 되지?"

"당연히 안 되지."

손까지 부들부들 떨며 부정하는 말을 연달아 내뱉는 숙 자매를 한 사람씩 차분히 응시한 해강이 입을 열었다.

"승민이랑은 어릴 때부터 친구였어요. 초등학교부터 대학교까지 같은 학교 다녔고요. 어릴 적에 결혼하자고 약속한 사이거든요. 사실 저희 집이 좀 사는 편이었는데 쫄딱 망했어요. 이제 나이도 먹고 했으니까 슬슬 사귀는 거 공표하자고 합의 본 상태예요."

"마, 말도 안 돼."

"그럼 왜 승민 씨 처음 왔을 때는 모르는 사람처럼 행동했어?"

"맞아."

뭔가 반박할 말을 찾던 숙 자매가 옳다구나 큰 소리를 내자 해강이 빙긋 미소를 지었다.

"이제 갓 들어온 신입인데 사내 연애를 한다는 게 별로 득이 될 것 같지 않아서 제가 모르는 척하자고 했었어요. 우리 둘을 위해서요."

"그럼 정말 사귀는 거야?"

"진짜?"

"네."

방글거리는 해강과 놀라서 입이 떡 벌어진 숙 자매의 모습이 완전히 대조적이었다. 해강에게 저런 강단 어린 모습이 있다니. 미영 역시 입을 떡 벌리고 놀라는 중이었다.

시간을 본 해강이 의자에서 일어서며 인사를 했다.

"저는 일이 있어서 그만 가 볼게요."

"해강 씨."

"네?"

영숙이 나가려는 해강을 급하게 불렀다. 그리고 희숙과 뭔가를 수군거리더니 해강을 쳐다보았다.

"하나만 더 물을게."

"말씀하세요."

"승민 씨 말이야."

"네."

"진짜 회장님 외손자야?"

"아, 그 소문이요?"

숙 자매의 시선이 해강의 입으로 모아졌고, 덩달아 미영도 해강을 빤히 바라보았다. 그러자 싱긋 웃은 해강의 입술이 천천히 벌어졌다.

"그건 승민이에게 직접 물으셔야죠. 집안 일이잖아요. 함부로 발설할 순 없어요. 어머! 괜한 얘기를 하네요."

목소리가 점점 작아지던 해강이 얼른 제 입을 가리고는 고개를 꾸벅 숙였다. 그러자 미영도 냉큼 일어나 그녀의 곁에 바짝 붙어 작게 속삭였다.

"아까 한 말 진짜야?"

"우리 사귀는 거 맞잖아."

"아니, 어릴 적에 결혼을 약속했고 자기네가 좀 살았는데 쫄딱 망했다는 뭐 그런 거. 그런 거짓말해도 되나?"

"거짓말 아니야. 다섯 살 때 결혼하자고 새끼손가락 걸었고, 우리 집 망한 것도 맞아. 내가 좀 산다고 했지, 완전 부자였다고 말하진 않았잖아. 그러니까 아주 거짓말은 아니야."

귓속말을 하며 싱긋 웃는 그녀를 보니 미영도 저절로 웃음이 나왔다. 그녀의 말대로 완전 거짓이 아니고 승민과 사귀는 건 맞으니까.

그런 해강을 바라보는 숙 자매의 얼굴이 핏기가 하나 없이 핼쑥하게 변했다. 아마 지난날을 되뇌고 있는 중일 것이다.

"우리가 해강 씨를 좀, 괴롭힌 편인가?"

"아마, 좀, 괴롭혔지?"

서로를 바라보던 숙 자매는 누가 먼저라고 할 것도 없이 동시에 멀어져 가는 해강에게로 뛰어갔다.

"해강 씨! 오늘 바빠?"

"안 바쁘면 우리가 저녁 살게. 뭐 먹고 싶은 것 있어?"

"오늘 일 많아서 야근해야 하는데요."

"일이 많아? 그럼 우리가 도와줄까?"

"그래. 우리가 대신해 줄게. 그동안 해강 씨가 우리를 많이 도와줬잖아."

"맞아. 이번엔 우리 차례지. 대신해 줄게."

해강의 양옆에 붙어 연신 아양을 부리는 숙 자매를 보며 미영은 터지려는 웃음을 간신히 참았다.

사람 인생 어떻게 될지 아무도 모르는구나. 대리라는 직함을 달고 유세를 부리며 사람을 그렇게 괴롭히더니 회장님 손자일지도 모르는 애인이 생겼다고 저렇게 아부를 떨다니.

고소하다는 듯 숙 자매를 보며 웃음을 참던 미영은 새삼 다른 눈으로 해강을 보았다. 그냥 착하고 참기만 하는 사람인 줄 알았는데 저런 면이 있을 줄은 몰랐다. 당당하고 씩씩한 모습이 멋지다는 생각이 들었다.

❀　　　　❀　　　　❀

사무실로 들어온 승민은 언제나 주변에서 살랑거리며 찬사를 보내 오던 숙 자매가 멀찌감치 떨어져 눈도 맞추지 않는 모습에 의아했다. 처음 보는 모습이 이상하다고 생각했는데 해강에게 하는 행동을 보곤 화들짝 놀라고 말았다.

일거리를 맡기면 맡겼지 절대 해강의 일을 덜어 줄 사람들이 아닌데. 눈앞의 광경을 보고도 못 믿을 지경이었다.

"해강 씨, 이건 우리가 할 테니까 먼저 퇴근해."

"그래, 어제도 야근했는데 오늘도 야근이라니 너무했다. 어서 들어가."

자애로운 미소를 지은 숙 자매는 해강의 가방을 손수 들어 주며 퇴근을 재촉했다. 해강은 사양하지 않았다. 원래 제 일은 다 끝낸 지 오래였다. 다른 사람들을 도와주느라 늘 바빴던 거였다.

"그럼 저는 퇴근하겠습니다."

"응, 잘 가."

"내일 봐. 해강 씨."

입가에 미소를 한껏 더 진하게 만든 숙 자매는 손까지 살짝 흔들어 주었다.

해강이 걸어오자 승민은 숙 자매와 해강을 번갈아 보았다. 뭔가 불안해하는 눈빛의 숙 자매를 보니 또 뭔가 해강을 괴롭히려고 그러나 살짝 긴장하고 있는데 해강이 오더니 그의 팔짱을 꼈다.

"퇴근하자, 승민아."

"어? 어. 들어가 보겠습니다."

허리를 꾸벅 숙이고 사무실을 나설 때 놀라움에 동그래진 숙 자매와 눈이 마주쳤다.

뭐가 뭔지.

"임 대리님이랑 강 대리님이 좀 이상하다."

"정상적인 반응이지. 이상한 건 아니야."

"무슨 소리야?"

"내가 너랑 사귄다고 했거든."

"진짜?"

"네가 회장님 외손자로 강력한 후계자 중 한 사람이란 소문이 돌고 있는 지금, 내가 너랑 어릴 적 친구였고 지금 사귀는 중이라니까 꼬리를 내리는 거지. 너 회장님 외손자라는 거 완전 사실로 굳어졌다."

"와, 진짜 그런 말을 했어? 나랑 사귄다고?"

"정말 대단하다."

"뭐가?"

"여기에서 네가 놀라워야 할 부분은 너랑 내가 사귀는 부분이

아니라 네가 회장님 외손자라는 부분이거든. 그런데 넌 그 소리
는 귀에 안 들어오지?"

"난 네가 우리가 사귀는 사이를 밝혔다는 게 더 놀라운데."

"그렇지. 넌 '해' 바라기니까."

"예쁜 내 해. 너도 나만 바라볼 거지?"

"그래. 너만 비추는 찬란한 해가 될게."

방글방글 웃으며 말하던 해강이 갑자기 울상이 되어 몸을 부
르르 떨었다.

"왜?"

"으아, 나 너 닮아 가나 봐. 이런 얘기를 아무렇지도 않게 하
고 있어. 아오, 손이 오그라든다."

"원래 사랑하면 닮는 거야."

"이런 건 닮고 싶지 않아."

손을 부들부들 떨며 걸어가는 해강을 보며 승민은 마냥 좋았
다. 언제나 당기는 것은 제 몫이었고, 매달리는 것도 제 몫이었
는데 이제는 아무렇지 않게 해강도 저를 당기고 있었다. 두 사
람이 나란히 손을 잡고 걸어가는 게 너무나 익숙해 그것이 또
좋았다.

"같이 가. 해강아."

"빨리 와. 내 손이랑 발이 없어지기 전에 얼른 집에 가야 한
다고."

"가기 전에 뭐 먹고 들어갈래?"

"카레 먹자. 카레 먹고 싶어."

"그래. 내 해가 먹고 싶다면 다 사 줘야지."

"으응. 만들어 달라고."

"만들어 달라고?"

애교를 부리던 해강의 얼굴이 살며시 붉은 물이 들더니 슬쩍 눈을 피했다.

"마트 가서 장 보고 같이 집에 가서 만들어 먹자고."

"신혼부부처럼?"

잔뜩 기대에 찬 얼굴로 대답을 기다리는 승민을 보며 차마 입을 떼지 못한 해강은 앞으로 성큼성큼 걸어갔다.

"응? 신혼부부처럼 말이지?"

"신혼부부 하든가. 아우, 닭살 돋아."

"와, 이제야 인정하는 거야? 우린 진짜 잘 어울린다니까."

"말 시키지 마. 닭이 되는 거 같으니까."

싱글벙글 웃음을 감추지 못하는 승민과 투덜거리면서도 꼭 잡은 손을 놓지 않은 해강은 나란히 마트를 향해 갔다.

❖　　　❖　　　❖

뜨거운 햇볕이 내리쬐는 더운 날이었지만 해강과 승민은 하나도 덥지 않았다. 두 사람의 눈빛에서 나오는 뜨거운 애정으로 주위 사람들은 픽픽 쓰러졌지만 아랑곳하지 않았다. 지금도 같이 점심을 먹으러 나온 미영의 따가운 눈총을 받으면서 둘은 애정 행각을 멈추지 않았다.

"이거 먹어 봐. 더울수록 따뜻한 음식을 먹어야 해."

"너무 뜨거운데."

"그래? 그럼 내가 식혀 줄게."

승민이 수저에 커다란 닭고기를 얹어 후후 불고는 제 입술로 온도까지 체크해 해강의 입으로 쏙 넣어 주는 것을 본 미영은 자리에서 벌떡 일어섰다. 그러자 해강이 의아한 듯 그녀를 바라보았다.

"왜? 다 먹은 거야?"

"지금 이게 나더러 밥을 먹으라는 거야, 그냥 가라는 거야?"

"누가 못 먹게 말렸어?"

"너희 둘! 둘이 그랬잖아!"

분노한 미영의 말에도 두 사람은 어깨를 으쓱해 보일 뿐 서로에게서 눈을 떼지 못했다.

"미영 씨 안 먹을 건가 보다. 이 닭다리 승민이 너 먹어."

"그럴까? 음식 남기면 안 되지."

해강이 미영의 그릇에서 닭다리를 건지려고 하자 다시 자리에 앉은 그녀는 젓가락으로 닭다리를 탁 쳤다. 그리고 닭다리를 꾹 찍어 사수했다.

"내가 먹을 거야. 그리고 선언컨대 다시는 너희 둘이랑 밥 먹으러 안 와. 절대."

"다행이다. 이따 저녁에 약속이 있거든. 해야, 정시에 퇴근하자."

"정시 퇴근 좋지."

진한 배신감이 밀려왔다. 팀장님이랑 잘되게 해 달라고 해서 그렇게 밀어줬건만 뜬금없이 이승민과 연인이 되질 않나. 동갑내기라며 같이 밥 먹자고 해 놓고 둘이서만 꽁냥거리질 않나.

대체 전생에 무슨 나쁜 짓을 했기에 이런 시련을 주시는 건지. 그래. 먹자. 먹어. 먹는 게 남는 거다.

미영은 몸을 아예 옆으로 틀고 그릇을 감싸 잡았다. 빨리 먹고 들어가는 게 정신 건강에 도움이 될 것 같았다.

숙 자매의 심술이 줄어들자 일거리도 자연스럽게 줄어들었다. 제 할 일만 하니 정시 퇴근이 가능했다. 그동안 숙 자매의 일을 대신해 준 걸 떠올리고 살짝 화가 나려던 해강은 고개를 흔들었다.

"아니다. 숙 자매 덕분에 지난 봄 신상 아이디어를 낼 수 있었잖아. 내 일이든 남의 일이든 모두 나에게 도움이 되는 거야."

"뭘 혼자 중얼거려?"

"어, 왜 회사로 와?"

"내 해, 빨리 보고 싶어서 왔지."

혼자 로비에 서 있던 해강의 옆으로 외근 나갔던 승민이 다가왔다. 여전히 외근이 잦아 사무실에서는 마주할 시간이 별로 없었다.

"나도 보고 싶었어. 그런데 외근이 너무 잦은 거 아니야?"

콧소리와 함께 애교를 부리는 모습이 어쩜 저리도 귀여운지. 예쁜 줄은 알았지만 저렇게 귀여운 건 또 몰랐었다.

눈에 콩깍지가 쓰여도 단단히 쓰인 승민은 헤 벌어진 입으로 해강의 손을 잡았다.

"그러게 좀 많지? 가자."

"그런데 어딜 가는 거야? 누구랑 무슨 약속을 한 건데 안 알려 줘?"

"반가운 사람이랑 만나기로 했어. 가 보면 알아."

"반가운 사람?"

그게 누굴까? 고개를 갸웃거린 해강은 승민의 차에 올라탔다. 잠시 후 어릴 적에 승민이네와 자주 오던 중국집에 도착하자 만날 사람이 누구인지 더욱 궁금해졌다.

"여기 예전에 가족들이랑 왔던 곳이네."

"기억나?"

"당연히 나지. 그런데 여기서 누구 만나는데?"

"들어가 보면 알아."

기대해. 눈빛을 반짝반짝 빛내는 승민을 보며 해강은 고개를 갸웃거렸다. 놀래켜 주려는 모양인데 웬만한 일에는 별로 놀라지 않는지라 그런 척이라도 해야겠다고 마음먹었다.

예약되어 있는 방으로 들어간 그녀는 그곳에 앉아 있는 사람들을 보고 눈이 휘둥그레졌다. 놀라는 척이 아니라 정말 놀라 버렸다. 거기에는 승민의 부모님이 앉아 계셨다.

"해강아. 잘 지냈어?"

"아줌마! 아저씨!"

"어쩜 더 예뻐졌네?"

"아줌마도요. 나이를 거꾸로 드시나 봐요. 예전보다 더 젊어지셨어요."

"캐나다에서도 더 퀸에서 나온 화장품만 써서 그런가 보다. 우리 아버지가 화장품 하나는 기가 막히게 만드시잖아. 승민이 외할아버지가 더 퀸 회장님인 건 알지?"

"네, 알게 되었어요. 아저씨도 안녕하셨어요?"

"너도 잘 지냈니? 연락이 끊겨서 걱정 많이 했다."

"헤헤, 죄송해요. 그렇게 됐어요."

정숙과 형곤이 해강을 얼싸안고 반가워하는 것까지는 좋았지만 얘기가 길어질까 봐 승민이 중간에 끼어들었다.

"자, 앉아서 먹으면서 얘기하죠. 엄마 이 집 유산슬 먹고 싶다고 노래를 부르셨잖아요."

"그래, 진짜 먹고 싶었어. 왜 캐나다 중국집에서는 이런 맛이 안 난다니."

"얼른 시킬게요."

"벌써 주문했다. 나오네."

정숙의 말이 끝나기가 무섭게 음식이 나오기 시작했다. 그립고 반가운 사람들과의 저녁은 맛있었다. 마치 가족과 함께 있는 것 같은 편안함에 해강은 먹는 건 뒷전이고 수다를 떨기에 바빴다.

지난 5년간의 이야기는 스펙터클했고 하고 싶은 얘기가 너무너무 많았다.

"그런데 승민이가 갑자기 사무실로 떡 들어오는 거예요. 얼마나 놀랐는지 존댓말을 했지 뭐예요."

"존댓말을? 정말 놀랐나 보구나."

"너무 반가웠어요. 3년 동안 외로웠거든요. 그런데 승민이 만나자마자 그 외로움이 싹 사라졌어요."

"그래. 잘했다. 이제는 둘이 떨어지지 마라."

"네. 아줌마."

따뜻하게 손을 잡아 주는 아줌마의 손길에 눈시울이 시큰해졌다. 코끝이 빨개지며 눈물이 고이는 것 같아 해강은 더욱 환하게 미소를 지었다.

"일행분 오셨습니다."

막 이야기가 무르익을 무렵 종업원이 들어오며 또 다른 일행을 안내했다. 누가 또 오는 거지? 뒤를 돌아본 해강의 눈이 정숙과 형곤을 봤을 때보다 훨씬 더 커졌다. 단박에 눈물이 그렁그렁 차오른 해강이 문 쪽으로 성큼 다가갔다.

"엄마! 아빠!"

"에구, 우리 딸 잘 있었어?"

"어떻게 된 거야? 서울 온다는 말 없었잖아."

"올 예정이 없었으니까. 그런데 정숙이가 한국에 들어온다고 해서 부랴부랴 움직였지. 갑자기 구하려니 표가 없지 뭐야. 그래서 이제야 도착했어."

"미리 전화라도 하지. 놀랐잖아."

"우리 딸 놀라라고 일부러 전화 안 하고 온 건데?"

"아빠!"

상수의 말에 해강이 곱게 눈을 흘겼다.

"자, 이제 모두 왔으니 건배라도 해야지?"

"그거 좋지. 모두들 앉아."

승민과 그의 부모님, 해강과 그녀의 부모님. 오랜만에 모인 두 가족은 음식은 먹는 둥 마는 둥 이야기를 하느라 바빴다. 결국 음식은 식어 가는 줄도 모르고 가게 영업 시간이 끝날 때까지 애기를 나누던 두 가족은 호텔로 향했다.

기분 좋게 취한 정숙이 해미의 팔짱을 끼며 승민에게 손을 살랑살랑 흔들었다.

"우리는 여기 호텔에 방 잡았어. 너희들은 어떻게 할래?"

"저희는 그냥 집으로 갈게요. 내일 출근도 해야 하니까요."

"그럴래? 참, 해강아. 너 이사했다며. 여기서 멀지 않아?"

엄마의 말에 해강이 고개를 저었다.

"예전 집보다 쬐금 더 먼 거야. 다닐 만해."

"아니요. 되게 멀어요. 그래서 오늘은 저희 집에서 재울까 하는데 괜찮죠?"

승민이 어깨를 감싸며 말하자 해강의 얼굴이 빨개졌다. 승민이 군대를 가기 전에는 두 집을 오가면서 같이 잔 적도 많고, 해강의 집이 재개발에 들어가 같은 집에서 산 적도 있지만 그때는 친구였을 시절이다.

남자 여자가 아닐 때는 한 침대에서 자도 이상하지 않았지만 지금은 다르다.

서로의 감정을 확인한 지금 승민의 집에서 같이 잔다는 생각만으로 얼굴이 화끈 달아오르고 있었다.

물론 부모님은 그런 사실을 모르시니 태연하게 행동해야 하는데 얼굴이 제멋대로 빨개지고 호흡이 가빠져 해강은 어정쩡하게 웃고만 있었다.

"승민이랑 같이 있으면 안심이지. 안 그래?"

"그럼요. 안심되죠. 피곤할 텐데 어서 가 봐. 우린 밤새 수다나 떨어야겠다."

해강의 부모님이 쌍수를 들어 환영을 표시하자 해강은 허탈했다. 이제 대놓고 저를 승민이에게 맡기는구나. 그러나 반발하던 예전과 다르게 지금은 당연하게 생각되었다. 이제 진짜 승민의 영역이 되나 보다.

"그럼 저희는 가 볼게요."

"밤새 재미나게 노세요."

둘이 돌아서자 그런 뒷모습을 보며 네 사람은 똑같이 흐뭇한 미소를 지었다.

"잘 어울리지?"

"잘 어울리지. 누구 아들딸인데."

"슬슬 날을 잡아야 하지 않겠어?"

"언제가 좋을까? 승민이 아버지, 다음에 언제 또 한국 들어오세요?"

해미의 물음에 형곤이 웃으며 대답했다.

"날 잡으면 그때 들어오면 되죠. 무슨 상관이에요."

"정답이네."

형곤과 손바닥을 짝 마주친 상수가 웃자 해미와 정숙도 덩달아 웃었다.

"약혼이라도 먼저 시켜야 하나?"

"요즘 누가 약혼을 해. 보아하니 이제 막 연애 시작한 거 같은데 좀 더 즐기게 놔두자."

"당신이 그걸 어떻게 알아? 해강이가 승민이랑 사귄 지 얼마 안 됐다고 했어?"

"아빠들은 이래서 안 된다니까. 척 보면 몰라요? 예전이랑 달라졌잖아요."

"뭐가 달라져? 자네는 알아?"

"글쎄?"

형곤이 상수에게 동의를 구했지만 상수 역시 해강의 무엇이 달라졌는지 몰랐다. 그저 몇 년 전보다 성숙해지고 더 예뻐졌다는 것밖에 알지 못했다.

두 남자를 보며 두 여자는 고개를 흔들었다.

"아무튼 남자들은 둔하다니까."

"그러게. 저렇게 티가 나는데 어떻게 모를 수가 있지?"

두 여자의 말에 답답하다는 듯 상수가 물었다.

"그러니까 뭐가 달라졌냐고?"

서로를 보며 웃던 해미와 정숙이 번갈아 대답을 했다.

"눈빛이 다르잖아요."

"눈빛?"

"예전에는 승민이만 해강이를 바라봤는데 오늘은 해강이도 승민이를 바라보고 있었어요."

"게다가 그 눈빛에서 나오는 애정은 어떻고요. 승민이가 뭘 챙기면 수줍게 웃잖아요. 걔가 그렇게 웃을 애예요?"

"그럼, 닭살 돋는다고 타박이나 안 하면 다행이지."

두 여자의 말에 두 남자는 고개를 갸웃거렸다.

두 남자가 보기에 승민과 해강은 예전이나 지금이나 서로를 잘 챙기고, 잘 어울리는 모습이었다. 여자들이 느끼는 촉은 다른가 봐.

허허 웃음을 지은 남자들이 먼저 걸음을 옮기자 여자들도 뒤를 따랐다. 잘 어울리는 아들과 딸은 보냈으니 이제부터는 지난 5년간 쌓인 회포를 풀 차례였다.

"소주 사 갈까?"

"이이는! 술은 마시지 말라고 했잖아요!"

"그래도 밤새 이야기하는데 술이 빠지면 안 되지."

"걱정 마. 그럴 줄 알고 내가 미리 준비했지."

형곤이 가방에서 소주를 꺼내 보이자 상수의 입가가 헤벌쭉 늘어났다. 밤새 이야기를 나눌 준비가 되어 있다.

"자, 어서 들어가자고."

승민의 집으로 향하며 해강은 행복했다. 입가가 덩실 늘어나 웃음을 감추지 못하고 있자 승민이 그런 그녀의 머리를 쓰다듬었다.

"뭐야? 머리는 왜 쓰다듬는데?"

"예뻐서."

"나 예쁜 게 하루 이틀인가? 새삼스럽게."

"새삼스럽게 예쁘네, 오늘따라."

"속셈이 뭐야?"

해강의 말에 뜨끔한 승민이 그녀의 머리에서 손을 내리고 핸들을 잡았다. 그러나 해강의 집요한 눈길은 그에게서 떨어지지 않았다.

"말하지. 속셈이 뭐냐고?"

"무슨 속셈! 그냥 예뻐서 쓰다듬은 거라고!"

"그래?"

과도하게 큰 소리를 내며 강력히 부정하는 모습이 속셈이 있는 게 분명했지만 그냥 넘어가기로 했다. 승민이 어떤 속셈을 가지고 있든 넘어가지 않을 자신이 있었으니까.

승민의 집으로 들어가던 해강은 거실 입구에 놓인 슬리퍼를 보며 싱긋 웃었다.

"내 거 아직도 있네?"

"항상 그 자리에 있었어. 네가 언제 올지 모르니까. 욕실에 네 칫솔도 그대로고, 두고 간 옷들도 제자리에 있어. 너는 몸만 오면 돼."

만족스런 미소를 지으며 해강이 제가 쓰던 방문을 열었다. 그런데 침대가 달라졌다. 그녀는 방으로 들어가는 승민에게 큰 소리로 물었다.

"침대가 왜 이래?"

"뭐가?"

"베개도 없고 이불도 없어. 달랑 시트만 씌워져 있잖아. 몸만 오면 된다며? 그런데 여기서 어떻게 자?"

"잠은 다른 곳에서 자야지."

"무슨 소리야?"

"내 방에. 네 베개랑 내 베개를 나란히 놨지."

또다시 음흉한 미소와 함께 입꼬리가 양쪽으로 씩 올라간 승민이 천천히 해강을 향해 걸어왔다.

아주 느린 걸음인데 어쩐지 위협적으로 느껴져 해강은 주춤거리며 뒤로 물러섰다.

"왜 그렇게 봐?"

"왜 이렇게 볼까?"

"눈 안 치워! 한 대 콱 맞는다!"

"때려 봐."

어느새 가까이 다가온 승민이 코앞으로 얼굴을 바짝 디밀었다. 눈이 마주치자 누가 심장을 패대기친 것처럼 격렬하게 뛰기 시작했다. 분명히 얼굴도 빨개졌을 거다. 해강은 슬쩍 고개를 돌리며 눈을 피했다.

"때릴 거면 때려 봐."

낮고 그윽한 목소리가 귓속을 파고들자 손이 오그라들며 팔에 소름이 오소소 돋아났다.

아, 이러다 진짜 닭 되겠네.

슬쩍 승민을 보자 눈으로 향하던 눈길이 천천히 아래로 내

려가고 있었다. 긴장된 해강은 저도 모르게 꽉 다문 입술을 오
물거렸다.

"오늘은 그냥 안 보내."

가라앉은 목소리가 떨리며 그녀의 볼에 숨결을 흩어 놓았
다. 그가 한 말이 무슨 뜻인지 모를 리 없었다. 눈을 감아 버린
해강은 심장이 터질 것 같아 주먹을 꽉 쥐었다.

입술이 부드럽게 내려앉자 지금까지의 입맞춤과 달리 승민
도 떨고 있는 게 느껴졌다. 해강은 쥐었던 주먹을 풀고 눈을 떴
다. 그러자 감고 있는 그의 속눈썹이 가볍게 떨리고 있는 게 보
였다.

저만 떨고 있는 게 아니구나.

천천히 손을 올린 해강이 승민의 얼굴을 감쌌다. 놀랐는지
승민의 입술이 떨어지며 눈을 번쩍 떴다. 그러나 그녀가 손에
힘을 주자 두 사람의 입술은 다시 닿았다. 스르르 눈을 감으며
그녀의 어깨를 잡아당기자 몸이 가깝게 밀착되었다.

입술이 좀 더 세게 맞닿으며 서로의 숨결이 오고가고 급기야
두 입술 사이로 가느다란 신음이 흘러나오기 시작했다. 승민이
해강의 몸을 번쩍 들자 두 다리로 그의 허리를 감은 해강은 떨
어지지 않으려고 승민의 입술을 세게 빨았다.

뜨겁고 달콤한 숨결이 새어 나갈까 서로의 입술을 집요하게
탐하며 승민은 해강의 방문을 열었다. 베개도 없고 이불도 없이
새하얀 시트만 달랑 놓여 있는 침대에 해강을 눕힌 후에도 서로
의 입술은 떨어질 줄 몰랐다.

뜨거운 체온이 느껴지고 있었다. 두 사람의 손이 바쁘게 움직이면 움직일수록 승민의 몸에 뿌렸던 향수의 향이 그녀의 몸으로 은은하게 배어들어 갔다. 마치 처음부터 그랬던 것처럼 두 사람은 완벽하게 한 몸이 되었고, 숨결과 영혼마저 하나가 되는 것 같았다.

숨을 고르며 승민의 품에 안겨 있던 해강은 살짝 젖은 어깨로 서늘한 기운이 느껴지자 승민의 품을 파고들며 웅얼거렸다.

"추워."

"이불이 없어."

"그러니까 왜 이불을 없앴냐고."

"내 방에서 자려고 그랬지."

"추워. 옷이라도 입을래."

"그건 안 되지."

해강이 손을 뻗어 옷을 잡으려고 하자 승민이 그런 해강을 잽싸게 품에 가두어 버렸다. 다리까지 동원해 그녀의 온몸을 휘감자 해강이 끙끙거렸다.

"그래도 추워. 숨까지 막힌다고."

"아직 운동이 덜 돼서 그런가 보다. 한 번 더 할래?"

"죽을래? 빨리 이불 가져와!"

"아, 애가 무드가 없어요. 무드가 없어. 할 수 없지."

"으앗, 뭐하는 거야?"

맨몸의 해강을 번쩍 안은 승민은 개구쟁이처럼 미소를 지었다. 완벽히 태초의 모습이 되어 버린 해강은 혹시나 눈길이 닿을까 그의 목에 매달려 몸을 바짝 붙였다.

"뭐하는 거야?"

"이불 달라며? 이불이 혼자 올 수는 없으니까 우리가 이불 있는 곳으로 가야지."

"꼭 이렇게 해야 해?"

"으흠."

울상이 된 해강이 귀여운 듯 쪽 하고 입을 맞춘 승민은 젖은 등 쪽으로 느껴지는 서늘한 기운에 몸을 부르르 떨었다.

"춥긴 춥다."

"빨리 네 방으로 가."

"오, 그 말 완전히 유혹적인데?"

"이승민!"

"알았어. 간다고 가."

해강을 꼭 안은 승민은 단숨에 건넌방으로 달려갔다. 이불 속으로 쏙 들어간 둘은 꼼지락거리며 자리를 잡았다.

여전히 해강에게 팔베개를 한 승민은 다시 그녀를 안았다. 가쁘던 숨소리가 온화해지고 서늘하던 살결이 따뜻해지고 있었다.

가만히 그녀의 머리에 입을 맞춘 승민이 나직하게 속삭였다.

"사랑해, 해강아. 평생도록 너만 사랑할 거야."

"넌 그럴 거야. 이승민이니까."

마주친 눈빛에 애정이 어렸다.

이제 막 시작하는 연인들처럼 가슴은 세차게 뛰었고 서로를 향한 믿음은 강했다.

친구에서 연인으로, 더 나아가 부부로 이름은 바뀌겠지만 둘 사이의 사랑은 영원할 것이다.

에필로그

시간이 지날수록 짙어지는 녹음처럼 둘의 사랑도 점자 짙어
졌다. 여름을 지나 가을, 바람이 쌀쌀해지는 초겨울까지 그 모
든 행각을 곁에서 보던 미영이 이제 해탈한 듯 혼자서 술잔을
기울였다.

"아."

"맛있어. 내 해가 주는 건 뭐든지 맛있어."

"그렇지. 내가 손맛이 있잖아."

"너도 아."

"음, 맛있어. 우리 민이 최고!"

서로를 보는 눈에서 레이저가 나오고 이 세상에 두 사람만
있는 듯 알콩달콩한 모습에도 미영은 아랑곳하지 않고 혼자

씩씩하게 쥐포를 뜯었다.

"그래. 너희도 한때다. 좋은 순간 즐길 수 있을 때 즐겨라."

두 사람 다 미영의 말은 듣고 있지 않았다. 허탈해진 그녀는 다시 술을 들이켰다. 투명인간 취급을 당한 게 한두 번이 아니니 면역이 될 만도 했지만 늘 느껴지는 허탈함은 감출 수가 없었다.

"대체 난 왜 여기에 끼어 있는 거니?"

"소개팅해 준다고 했잖아."

여전히 해강에게서 눈을 떼지 못하며 승민이 말하자 미영의 눈이 커다래졌다. 쥐포를 접시에 탁 던진 그녀가 이를 앙물고 물었다.

"맞다. 소개시켜 준다며! 왜 안 와? 혹시 뻥 아니야?"

"그게, 소개를 시켜 준다기보다는 그동안 미영 씨를 지켜보던 한 남자가 있었지. 그 사람이 미영 씨랑 다리 좀 놔 달라고 해서 오늘 약속 잡은 거야."

"나를 지켜보던 남자가 있었다고?"

누굴까? 대체 누가 나를 지켜보고 있던 걸까?

궁금증과 함께 한껏 올라간 광대가 불그스름하게 물이 들었다. 짐작도 가지 않는 남자에 대한 상상이 막 피어오르려고 할 쯤 승민이 입구를 보며 손을 들었다.

"저기 오네. 여기요."

가슴이 두근거리기 시작했다. 나를 지켜보던 남자라니…….
이렇게 로맨틱할 수가 없다. 호기심이 발동해 누군지 얼굴을 보고 싶었지만 수줍게 고개를 숙인 미영은 재빨리 입술에 묻은 술을 찍어 냈다.

"앉아요. 서로 아는 사이니까 따로 소개는 필요 없죠?"

"아, 안녕하셨어요? 미, 미영 씨?"

응? 더듬거리며 기어들어 갈 듯 소심한 이 목소리는?

설마……. 살며시 고개를 든 미영은 앞에 앉은 남자를 보며 입을 딱 벌렸다.

"양동현 씨?"

"자, 잘 지내셨어요? 더 예, 예뻐지셨네요."

얼굴이 새빨갛게 물든 동현은 제대로 눈도 맞추지 못하고 말을 더듬거렸다. 원래도 소심한 사람이었는데 못 본 사이 소심증이 더 심해진 것 같았다. 미영은 믿기지 않는 듯 인사도 받지 못하고 해강과 승민을 번갈아 바라보았다.

"동현 씨가 얼마 전에 연락을 해 왔어. 자기 소개시켜 달라고. 특별팀에 있을 때 당찬 모습이 마음에 들었다나. 어떻다나."

"이게……."

해강은 여전히 말을 잇지 못하는 미영의 어깨를 툭툭 쳤다.

"이번 크리스마스는 혼자 보내지 않아도 되겠네."

해강의 말에 미영은 벌린 입을 다물었다. 그녀의 말대로 애인은 자주 있었지만 늘 크리스마스 전에 헤어지곤 했다. 그런데 만약 동현과 사귄다면 며칠 후의 크리스마스를 혼자 지낼 필요가 없었다.

일단 징크스를 깨는 것도 나쁘지 않을 것 같아 눈도 맞추지 못하는 동현을 자세히 바라보기 시작했다.

같은 부서에서 6개월이나 같이 일했지만 개인적인 관심은 없었던 터라 어떤 남자인지 잘 알지 못했다. 두꺼운 안경을 쓰긴 했어도 착하게 생긴 얼굴은 비교적 훈남이었다. 키는 큰 편이고 늘 앉아서 연구를 하다 보니 배가 조금 나온 것 같지만 어쩐지 푸근한 인상이 나쁘지 않았다.

지금껏 만난 남자들을 생각해 보니 허우대는 멀쩡했지만 그만큼 자기 자신에게 신경 쓰느라 정작 미영에게는 관심이 덜했다. 예쁘장한 외모에 집도 그럭저럭 사는 편이라 연애 상대로 나쁘지 않았기에 늘 대시가 있었지만, 옆에 두기 좋은 애인일 뿐이었다.

그러나 이제 곧 서른이다. 독신을 고집하지 않는 이상 슬슬 결혼할 상대를 만나야 했다. 허우대만 멀쩡한 속 빈 남자보다는 성실하고 착하며 자기만 위해 줄 것 같은 동현이 훨씬 나아 보였다.

"이번에 일본 지사로 발령 나서 간대. 그것도 수석 연구원으로 승진해서."

해강이 덧붙인 말에 호감도가 급상승했다. 그러나 내색하지 않고 새침하게 말했다.

"일본으로 가면 한동안 못 보겠네요?"

"계, 계속 상주하는 건 아니고, 왔다 갔다 하는 거예요. 연, 연애하는 데 지장 없습니다."

소심한 그가 맞나 싶을 정도로 단호한 말투였다. 의외의 모습에 미영과 해강은 서로 눈짓을 했다.

미영은 동현에게 살짝 몸을 기울였다.

"나를 지켜봤다고요?"

"네? 네. 너무 예쁘셔서…… 머리도 좋으시고……. 가리는
음식도 없고……."

"저에 대해 진짜 많이 아시네요. 난 양동현 씨에 대해서 하
나도 모르는데."

"그러니까, 지금부터 알아보세요."

작은 목소리와 대조적으로 자신감 넘치는 내용에 모두들 와
아, 하며 소리 없는 감탄을 내뱉었다.

"미영 씨랑 사귀어 보고 싶습니다."

"좋아요. 저도 양동현 씨가 궁금하네요."

두 사람이 오케이하자 해강과 승민도 덩달아 웃음을 지었다.

"와, 소개 안 시켜 줬으면 어쩔 뻔했어?"

"그러게, 둘이 인연은 인연인가 보다."

"자, 행복한 크리스마스를 기대하며 건배!"

"건배!"

챙! 맥주잔이 경쾌하게 부딪치고 시원한 맥주가 목으로 넘
어갔다.

행복하다. 지금까지 살아오던 중에 가장 행복했다. 연락이 끊
겼던 승민과 다시 만났고, 자신의 아이디어로 제품이 나와 회사
에 지대한 공헌을 했고, 이상형도 봤고, 승민과 연인이 되었다.

가장 큰 사건이라면 영원히 친구로만 지내리라 생각했던 승

민과 연인이 된 것이겠지.

해강은 촉촉한 눈을 들어 승민을 바라보았다. 보아도 보아도 좋은 내 친구, 내 연인. 행복했다.

그녀뿐만 아니라 지금 이 자리에 있는 네 명 모두 행복한 것이 틀림없었다. 동현이 폭탄을 터트리기 전까지는 말이다.

미영과 사귀게 된 것이 너무 좋았는지 몇 잔을 연거푸 마신 동현은 얼굴이 새빨개져 버렸다. 급기야 입가에 헤롱헤롱 웃음을 달고는 미영의 손을 덥석 잡았다.

"고, 고마워요. 미영 씨. 내가 잘할게요."

"같이 잘하는 거죠. 근데 좀 취했나 봐요?"

"안 취했어요."

네, 네. 혀는 살짝 꼬부라졌지만 안 취했고, 몸이 좌우로 흔들리지만 취한 건 아니죠. 동현을 보며 셋은 킥킥거렸다. 그때 동현이 으흐흐흐 하며 이상한 웃음을 흘리더니 승민의 손을 덥석 잡았다.

승민의 미간이 찌푸려지고 미영과 해강은 열심히 웃음을 참고 있었다.

"이승민 씨 존경합니다. 자신감 넘치고 사람들을 지휘하는 리더십, 배우고 싶어요."

"취했네요. 양동현 씨."

"안 취했어요! 괜찮다고요."

"네, 그러니까 일단 이 손은 좀 놓고 말하죠."

"그나저나 일본 갈 채비는 잘하고 있어요? 나야 금방 다시 돌아오지만 승민 씨는 아니잖아요. 몇 년이나 있어야 하는데 다 했어요? 히끅, 그거 알아요? 승민 씨 대단한 사람이에요. 일본에 책임자로 가는 거라고요."

갑자기 웃음이 뚝 끊기며 싸한 공기가 테이블을 휘감고 지나갔다. 당황한 승민, 멍한 표정의 미영, 그대로 정지해 버린 해강까지. 순식간에 주변은 꽝꽝 얼어 버리고 말았다. 그 속에서 동현만 기분 좋게 웃으며 술잔을 들었다.

"승민 씨! 우리 일본 가서도 잘하자고요! 아자! 아자! 팀장님 파이팅!"

술잔을 높이 들던 동현이 별안간 테이블에 쿵 하고 엎어졌다. 주량을 훨씬 넘긴 듯 완전히 취해 버린 모습에 먼저 정신을 차린 사람은 미영이었다. 그녀는 동현의 가방을 챙긴 뒤 그를 흔들었다.

"무슨 술을 이렇게 먹어요. 일어나 봐요. 양동현 씨!"

"으흠. 미영 씨. 사랑해요. 좋아해요."

"사랑 좋아하네. 오늘 우리 1일이거든요? 오늘로 끝내고 싶지 않으면 빨리 정신 차리라고요!"

낮게 으르렁거린 미영이 동현의 등짝을 때리고 발로 정강이를 걷어차자 간신히 눈을 뜨는 게 보였다.

"아아, 여기 어디예요?"

"지옥이요. 그러니까 빨리 일어나요!"

바로 옆에서는 해강이 살기 어린 눈빛으로 곤란한 듯 머리를 만지작거리는 승민을 쏘아보고 있었다.

저 둘 틈에 끼어 설탕 시럽에 절여지는 것도 싫었지만 눈빛에 맞아 죽는 건 더 싫었다.

미영은 필사적으로 동현을 일으켜 부축을 했다.

"우리 갈게. 주말 잘 보내."

대답이 없다. 그래, 무슨 대답을 바라겠는가. 그나저나 이 남자, 소심한 줄로만 알았지 눈치 없이 일단 저지르고 보는 스타일인지는 몰랐다. 만남을 보류해야 하나?

잠깐 고민이 들었지만 일단 자리를 피하는 게 먼저였다.

미영이 비틀거리며 동현을 끌고 나가자 해강은 테이블에 놓여 있던 찬물을 들이켜고 탁 소리가 나게 물 잔을 내려놓았다.

그 소리에 움찔 놀란 승민은 침을 꿀꺽 삼키고는 해강을 향해 몸을 돌렸다. 막 입을 열려고 하는데 해강이 먼저 말을 꺼냈다.

"그래, 어디 해 봐. 변명 정도는 들어 줄게."

서릿발 같은 목소리에 벌어졌던 입이 저절로 다물어졌다. 어떻게 얘기를 해야 하나. 이게 아닌데, 양동현이 괜한 소리를 해서 단단한 오해를 산 것 같았다.

"일본 가는 건 맞아."

"그래. 방금 동현 씨가 말했잖아. 일본 간다고."

"외할아버지가 키우신 회사야. 다른 능력 있는 사람이 경영할 수도 있겠지만 도전은 해 보고 싶어. 아버지는 하고 싶은 다른 일이 있으셨으니 회사에 아무 미련도 없겠지만 난 다른 것 같아. 비록 처음 회사로 온 이유는 너를 보기 위해서였지만 이제는 회사를 더 크게 키워 보고 싶어. 그래서 일본으로 가는 것도 자원한 거고."

대답이 없다. 서운하겠지. 일주일의 출장에도 아쉬워했는데 무려 5년이나 있어야 하는 일이다. 아! 5년이나 일본에 머물러야 한다는 사실은 또 어떻게 말하지?

속이 바짝 타들어 간 승민은 조심스럽게 물었다.

"이해해 줄 수 있겠어?"

"……."

"해야."

기어들어 가는 목소리에 해강의 매서운 눈빛이 꽂혔다. 화살에라도 맞은 듯 가슴 한복판이 뜨끔한 승민은 배시시 웃으며 그녀의 손을 잡았다. 그러자 작아진 목소리로 해강이 말했다.

"내가 이해 못 할 거라고 생각해?"

"아니, 그런 게 아니라……."

"내가 지금 서운한 건 네가 일본으로 가기 때문이 아니라 그런 중요한 얘기를 다른 사람을 통해 듣게 해서야. 너, 당연히 회사에 애정 가지고 있어. 그냥 그런 애사심을 말하는 게 아니라 진심으로 회사를 사랑하고 있다고. 내가 모를 것 같았어?"

"나 그럼 일본 가도 돼?"

"그런 허락을 왜 받아. 당연히 가도 되지. 가서 공부 많이 하고 열심히 일하고 와."

"하아, 다행이다."

그제야 얼굴을 활짝 편 승민은 만면에 웃음을 지었다. 어떻게 이야기를 꺼내야 하나 며칠 동안 고민했던 게 무색할 정도로 해강은 기꺼이 그를 보내 주었다.

"고마워."

"매일 문자 할 거지?"

"당연하지."

"못 해도 이틀에 한 번 전화하고."

"그럼."

"편지도 쓸 거지?"

"편지?"

"왜? 안 쓸 거야?"

"문자하는데 편지를 또 써?"

"문자랑 편지랑 같아? 당연히 다르지."

곤란해하는 승민을 보며 해강은 슬쩍 미소를 지었다. 괜히 그를 곤란하게 하고 싶어 꺼낸 편지 얘기에 제대로 걸려들었다. 심각한 표정을 지은 그가 눈을 맞추자 얼른 미소를 지운 해강은 대답하라는 듯 그를 독촉했다.

"할 거지?"

"알았어. 너도 답장 꼭 해야 해."

"그럼. 다른 여자는 쳐다보지 마."

"'해' 바라기가 해 안 보고 누굴 보겠어."

"밥도 같이 먹으면 안 돼! 차 마시는 것도 안 돼!"

"일 관련해서는 괜찮지?"

"남자랑만 일하면 안 되겠지?"

"우리 회사 주력 상품이 여성용 화장품인데."

"아아, 맞다. 일본에는 남성 라인만 진출하면 안 되나?"

"음, 외할아버지께 진지하게 건의해 볼게."

"칫."

눈웃음치며 그의 팔을 툭 건드리는 해강의 모습에 승민이 아하, 감탄사를 내뱉었다.

"너 근데 지금 질투한 거 맞아?"

"당연히 질투나지. 내가 모르는 곳에서 모르는 여자랑 말하고 밥 먹는다는 생각을 해 봐. 아, 생각만으로 열 받는다."

"많이 변했네. 내 해."

"너 닮아 가서 그런 거야. 닭살 돋는 것만 닮고 있어."

"이뻐."

쪽 하며 볼에 입을 맞춘 승민을 해강이 다시 툭 치며 나무랐다.

"뭐하는 거야. 공공장소에서."

"내 여자한테 키스하는 중."

"뭐?"

주변의 눈치를 보던 해강이 놀란 눈으로 그를 바라보자 따뜻한 입술이 닿았다. 대체 무엇을 걱정했을까. 자신이 어떤 상황에 처하더라도 해강은 모든 것을 이해해 줄 것이다.

좋은 일이든 나쁜 일이든 언제나 그녀와 함께. 이제는 헤어지지 않기로 했으니까.

입술이 떨어지고 서로를 바라보는 눈에 애정이 뚝뚝 묻어

났다.

"이젠 무슨 일이 생기든 나한테 가장 먼저 알려 줘야 해."

"알았어. 이젠 무슨 일이든 너에게 다 말할게."

"응. 나도 그럴게."

이번엔 해강이 승민의 입술에 쪽 하고 입을 맞췄다.

"이게 뭐하는 거지?"

"내 남자에게 키스하는 중?"

서로를 보는 얼굴에 행복한 미소가 뭉게뭉게 피어났다.

❁   ❁   ❁

어느새 승민이 일본으로 가는 날이 되었다. 짐들은 미리 보내고 개인 물품만 챙긴 덕에 작은 캐리어 하나만 든 승민은 공항에 들어가 주위를 살폈다.

"오기로 했는데……. 차가 밀리나?"

여기저기를 둘러보아도 해강의 모습이 보이지 않는다. 지금 떠나면 당분간은 한국에 올 일이 없을 것이다. 최소한 서너 달은 못 볼지도 모른다는 생각에 벌써부터 그리움이 가득한데 마지막으로 얼굴도 안 비칠 리는 없었다.

한참을 서성이고 있는데 곁에 서 있던 동현이 반갑게 외쳤다.

"미영 씨."

"휴우, 안 늦었네요. 외근 나갔다가 겨우 왔어요. 안녕, 승민 씨."

"어, 해강이는?"

"해강 씨 안 왔어? 난 출근하자마자 외근 나가서 이제 온 거라 잘 모르는데 전화해 볼게."

"안 받아."

놀란 미영의 말에 풀이 죽은 승민이 다시 주변을 살폈다. 기다리고 있다고 문자도 여러 번 보냈는데 답장도 없다.

승민의 어깨가 축 늘어져 있자 반갑게 손을 잡았던 미영과 동현은 슬그머니 손을 풀었다. 그리고 입 모양으로만 물었다.

비행기 시간 언제라고 했죠?

이제 들어가야 해요.

해강 씨는 어디로 간 거야.

승민이 몰래 핸드폰을 든 미영은 문자를 다다다 찍었다. 그러나 그의 말대로 답이 없었다. 혹시나 싶어 숙 자매에게 전화를 한 미영은 영숙이 받자 작은 소리로 다급하게 물었다.

"대리님, 해강 씨 혹시 거기 있어요?"

—해강 씨? 오늘 반차 쓰고 퇴근했는데.

"알겠습니다."

동현이 바라보자 미영은 고개를 흔들었다. 안 올 리가 없는데……. 괜히 제가 초조해져 미영도 주위를 연방 두리번거렸다.

그러다 시계를 본 승민이 말했다.

"시간 됐어요. 들어가죠."

무덤덤한 목소리였지만 뒤에 녹아 있는 아쉬움마저 감추지는 못했다. 먼저 몸을 돌려 게이트를 향하는 승민의 뒷모습을 미영과 동현이 안타까운 눈빛으로 바라보았다.

　이제 저 문을 통과하면 해강이 와도 못 본다. 떨어지지 않는 발걸음에 승민은 다시 뒤를 돌아보았다.

　"이승민!"

　그때 씩씩한 목소리가 그의 귓가에 울렸다.

　"문해강!"

　출국 게이트 근처에 커다란 피켓을 든 해강이 승민을 향해 손을 흔들고 있었다. 무거운 피켓을 든 해강이 달려오자 승민 역시 달려 그녀를 맞이했다. 힘이 드는지 동그란 이마에 땀이 촉촉하게 배어 나온 해강이 허리를 꺾고 심호흡을 했다.

　"후우, 하, 늦는 줄 알았네."

　"달려온 거야? 넘어지면 어쩌려고. 나중에 보면 되지 뭘 그렇게 힘들게 와."

　그녀가 온 게 좋았지만 힘들어하는 모습에 승민이 나무라자 해강은 활짝 웃었다. 그리고 뒤로 두어 걸음 물러섰다.

　"뭐해?"

　"거기 있어. 그리고 이거 읽어 봐."

　승민이 다가오려고 하자 해강이 그런 그를 말렸다. 그리고 피켓을 가리키며 심호흡을 했다. 하얀 종이뿐인 피켓에 승민이 의아한 눈으로 그녀를 보자 호흡을 고른 해강이 손을 들어 종이 한 장을 떼어 냈다.

"이벤트하나 봐."

해강이 자리를 잡고 피켓을 들자 주위 사람들이 멈춰 서서 그녀를 보았다. 많은 사람들의 이목이 집중되자 조금 부끄러운 생각이 들었지만 해강은 턱을 바짝 들었다. 그동안 승민이 보여 준 사랑에 비하면 이 정도는 약과니까.

우리 오랫동안 친구로 잘 지냈지.

승민의 눈동자가 피켓에 쓰여 있는 글을 읽고 그녀와 눈을 맞추자 종이 한 장을 떼어 냈다.

너무 익숙한 친구라 네 소중함을 잘 몰랐어. 미안해.

아니라고, 언제나 소중하게 대해 줘서 고맙다고 승민이 눈빛으로 대답했다.

너무 늦게 알아 버린 내 맘을 받아 줘서 고마워.

나도, 고마워. 승민이 입 모양으로 대답하자 빙긋 미소 지은 해강이 다시 종이를 떼어 냈다.

포기하지 않고, 끝까지 나를 사랑해 줘서 또 고마워.

해강의 눈가에 눈물이 글썽거리자 머리 위로 팔을 올린 승민이 하트를 만들었다.

이제는 내가 그 사랑을 돌려줄 차례야. 그래서 말인데……

말줄임표가 되어 있는 문장을 보며 승민은 다음 종이를 기다렸다.

나랑…….

무슨 말을 하려는 걸까? 기대치가 높아지며 종이가 또 한 장 떨어졌다.

결혼해 줄래?

호기심 어린 시선으로 둘을 보던 사람들이 가벼운 탄성을 내질렀다. 여기저기에서 수군거리는 소리가 들리더니 누군가 박수를 쳤다. 박수 소리와 함께 결혼해! 결혼해! 하는 소리도 들렸다.

입을 벌린 채 멍하니 피켓을 보던 승민은 그 박수 소리에 퍼뜩 정신이 들었다. 대답을 기다리는 해강은 초조한지 입술을 깨물고 있었다. 다시 종이 한 장이 떨어졌다.

OK?

뜸을 들일 줄 알고 미리 적어 놓은 오케이에 웃음이 터졌다. 웃음을 머금고 뚜벅뚜벅 그녀의 곁으로 걸어가자 잔뜩 긴장한 눈동자가 그에게 박혀 움직이지 못하고 있었다.

박수 소리와 결혼하라고 외치던 소리가 점차 잦아들자 떨리는 목소리로 해강이 물었다.

"OK?"

"너 바보냐? 다른 대답을 할 리가 없잖아."

그제야 안도의 숨을 내쉰 해강은 다리에 힘이 풀려 휘청거렸다. 재빨리 잡아 준 승민 덕분에 바닥에 주저앉는 꼴은 면한 해강이 그의 입술에 입을 맞췄다.

"사랑해."

"나도 사랑해."

달달한 연인들을 보던 주위 사람들이 또다시 연호하기 시작했다.

"뽀뽀해! 뽀뽀해!"

"키스해! 키스해!"

이미 서로밖에 보이지 않는 두 사람은 사람들이 연호를 하는 것과 동시에 입을 맞췄다. 서로의 숨결을 나누며 두 사람은 또다시 맹세했다.

죽는 날까지 서로만 사랑하기로…….

✿　　✿　　✿

일본에 온 지도 벌써 1년이 다 되어 간다.

사무실에 있던 승민은 문득 창밖을 바라보았다. 새파란 하늘에 솜사탕처럼 폭신한 구름이 두둥실 흘러가고 있었다. 한국의 하늘도 저럴까?

눈길을 아래로 돌린 그는 책상 위에 놓인 액자를 들었다.

해강의 예쁜 얼굴이 담긴 사진이었다.

"보고 싶다."

거의 매일 화상 통화를 하고 지난달에 한국에 들어갔다 왔는데 또 보고 싶어진다.

〈하늘이 너무 예쁘다. 네가 있는 그곳도 이렇게 예쁜지 궁금해.〉

하늘 사진과 함께 문자를 보낸 승민은 답을 기다리며 일에 열중했다. 어느새 점심시간이 되었는데 해강으로부터 답장이 없었다.

"너무 늦는데……."

어떨 때는 보내자마자 오기도 했고, 늦어도 한 시간을 넘긴 적은 없었다. 이상한 생각에 그는 고개를 갸웃거렸다. 바쁜 거라고 생각하며 그는 약속 시간이 맞춰 사무실을 나섰다.

오후가 되어 사무실로 돌아왔지만 여전히 답이 없었다. 슬슬 불안감이 피어오르자 승민은 다시 문자를 했다.

⟨답이 없네. 바빠?⟩
⟨해야, 왜 대답이 없어?⟩
⟨문해강, 무슨 일 있어?⟩

초조한 마음에 30분 간격으로 문자를 보냈지만 여전히 답이 없었다. 도저히 참지 못한 승민은 통화 버튼을 눌렀다. 그러나 신호만 갈 뿐 받질 않는다. 안 되겠다 싶어 이번엔 미영에게 전화를 걸었다.

—여보세요?

"나 승민인데 해강이랑 같이 있어? 있으면 좀 바꿔 줘."

—아…… 그게…….

"왜 그래? 무슨 일 있어?"

미영이 머뭇거리자 덜컥 걱정이 들었다. 안 좋은 일이 생겼나? 분명히 어제까지만 해도 아무 일 없었는데 무슨 일이 생긴 건가? 나쁜 생각이 들려 하자 고개를 흔든 그는 침착해지려고 애썼다.

"뭔데? 해강이에게 무슨 일 생긴 거야?"

—그게…… 해강이가 절대 말하지 말라고 했는데…….

"무슨 일이냐고!"

소리를 버럭 지른 승민은 자리에서 벌떡 일어섰다. 당장이라도 공항으로 가 한국행 표를 끊을 생각이었다.

"나 지금 한국 간다. 그러니까 무슨 일인지 빨리 말해."

─지금 몇 시지?

미영의 엉뚱한 말에 승민의 말문이 막혔다. 뜬금없이 몇 시냐니? 대체 무슨 소리야?

"해강이 어떠냐는데 갑자기 시간은 왜 물어?"

─지금 4시쯤 됐지? 좀 있으면 알게 될 거야.

"알긴 뭘 알아?"

─끊는다.

"야! 김미영!"

전화가 뚝 끊겼다. 당황한 승민은 멍하니 끊긴 전화를 바라보았다. 미영이 한 말이 무슨 뜻인지 전혀 짐작되지 않았다. 지금 당장 한국으로 가서 해강에게 무슨 일이 생긴 건지 알아봐야 할 것 같았다.

그는 급하게 재킷을 집어 들고 문으로 향했다. 그때 노크 소리와 함께 비서가 들어왔다.

"본사에서 사람이 왔습니다. 이번에 새로 충원된 인력입니다."

"나중에 볼게요. 아, 당장 한국으로 갈 수 있는 표 좀 구해 줘요. 빠르면 빠를수록 좋습니다."

"네? 갑자기 한국은 왜?"

"급하니까 빨리……."

비서의 말은 듣는 둥 마는 둥 밖으로 나가려던 승민은 문이 활짝 열리며 들어오는 누군가의 모습에 말을 잇지 못했다.

"안녕하세요. 이번에 새로 발령받은 문해강이라고 합니다.
잘 부탁드립니다."

"해야? 너 어떻게……."

방글방글 웃으며 인사하는 해강을 보며 승민의 눈이 커다래
졌다. 해강이 슬쩍 비서에게 눈길을 주자 그제야 정신이 돌아
온 승민은 목소리를 가다듬었다.

"이만 나가 봐요."

"한국행 표는 어떻게 할까요?"

"신경 쓰지 말고 나가요."

"네."

비서가 나가자 승민이 질문을 쏟아 냈다.

"일본엔 어떻게 온 거야? 어제만 해도 아무 말 없었잖아?
갑자기 무슨 일이냐고?"

"말했잖아. 이번에 새로 발령받았다고."

"연락이 안 되어서 가슴 철렁했잖아."

"놀랐다면 이벤트 성공이네."

"지금 농담이 나와?"

승민이 화난 척 인상을 쓰자 가까이 다가온 해강이 그의 입
술에 쪽 하고 입을 맞췄다.

"보고 싶었어."

"얄았어."

"나 보고 싶었지?"

이번엔 승민이 해강의 입술에 입을 맞췄다.

"당연한 걸 묻네."

"너랑 같이 있고 싶어서 왔어."

"같이 있으니까 좋다."

달콤한 눈빛이 마주치며 보드라운 입술이 겹쳐졌다.

첫 키스처럼 가슴 떨리는 입맞춤에 둘은 서로를 꼭 껴안았다. 그렇게 다시 만난 두 연인의 입술은 아주 오래도록 떨어지지 않았다.

—fin

작가 후기

오랫동안 잡고 있었던 작품입니다. 연중에 연중을 하며 그냥 묻어 둬야 하나 걱정도 했던 작품이었죠. 그러나 드디어 완결을 이루었습니다. 많은 사람들의 응원 덕분이 아니었나 생각합니다.

늘 격려해 주고 함께 있어 준 사랑하는 서재 식구들, 출간일이 잡혔다며 마음의 부담(?)을 안겨 준 정수경 팀장님, 변함없이 곁을 지켜 준 내 가족들.

모두 감사합니다.

이렇게 또 하나의 글이 제 머릿속을 빠져나가네요. 제가 느꼈던 달달함을 책을 읽는 모든 독자분들도 함께 느끼길 바랍니다.